Jennifer Delamere

Wohin dein Herz mich ruft

JENNIFER DELAMERE

Wohin dein Herz mich ruft

Aus dem amerikanischen Englisch
von Susanne Naumann

SCM
Hänssler

SCM

Stiftung Christliche Medien

SCM Hänssler ist ein Imprint der SCM Verlagsgruppe, die zur Stiftung Christliche Medien gehört, einer gemeinnützigen Stiftung, die sich für die Förderung und Verbreitung christlicher Bücher, Zeitschriften, Filme und Musik einsetzt.

Dieses Buch ist ein historischer Roman, indem natürlich auch gewisse historische Persönlichkeiten vorkommen. Alle anderen Personen entstammen jedoch der Fantasie des Autors, und jedwede Ähnlichkeit mit lebenden oder verstorbenen Personen ist rein zufällig und nicht beabsichtigt.

MIX
Papier aus verantwortungsvollen Quellen
FSC® C014496
FSC www.fsc.org

Übersetzung: SuNSiDe, Reutlingen
Cover design by Koechel Peterson & Associates, Inc., Minneapolis, Minnesota/ Jon Godfredson
Umschlaggestaltung: Kathrin Spiegelberg, Weil im Schönbuch
Satz: Satz & Medien Wieser, Stolberg
Druck und Bindung: GGP Media GmbH, Pößneck
Gedruckt in Deutschland
ISBN 978-3-7751-5905-0
Bestell-Nr. 395.905

1

Februar 1881

Julia Bernay würde sich verspäten – und das, obwohl sie nichts auf der Welt mehr hasste, als unpünktlich zu sein. Unpünktlichkeit bewies einen Mangel an Respekt und warf ein schlechtes Licht auf sie. Julia war auf dem Weg zu einer Vorlesung bei Dr. Anna Stahl, einer Ärztin aus Amerika, und sie war fest entschlossen, einen guten ersten Eindruck zu machen. Nach monatelangem Abrackern am Queen's College in der Harley Street war dies ihre erste echte Gelegenheit, mit Londons medizinischen Fachleuten in Kontakt zu kommen.

Julia war nun schon fast ein Jahr in London, doch offiziell hatte sie ihr Medizinstudium noch nicht aufgenommen. Ihre anfangs so hochfliegenden Pläne – sie hatte sogleich mit der Ausbildung beginnen wollen – waren rasch zunichtegemacht geworden, als sie die Hochschulaufnahmeprüfung nicht bestanden hatte und hatte feststellen müssen, dass ihre schulische Ausbildung sie nicht ausreichend auf das Studium vorbereitet hatte. Die Vorschriften für die Zulassung zum Arztberuf verlangten, dass sie eine Prüfung ablegte, noch bevor sie Kurse an der London School of Medicine for Women belegen konnte, die zu einem Examen in Medizin führten.

Am Queen's College wurden in erster Linie Erzieherinnen ausgebildet, doch es bot auch Kurse für Frauen an, die sich für eine akademische Ausbildung in Medizin qualifizieren wollten. Julia hatte sich in den vergangenen Monaten zwar mit vollem Einsatz ihren Studien gewidmet, doch inzwischen brannte sie förmlich darauf, die akademische Grundausbildung hinter sich zu lassen und das eigentliche Medizinstudium beginnen zu dürfen. Und nachdem sie nun endlich die Erlaubnis hatte, Dr. Stahls Vorlesung zu besuchen, wollte sie unter keinen Umständen zu spät kommen!

Unglücklicherweise hatte sich ihr Entschluss, die U-Bahn zu nehmen, als Fehler erwiesen. Um die Bahn herum drängten sich auf dem Bahnsteig die Passagiere, die bereits den dritten Zug hatten kommen und weiterfahren sehen müssen, weil die Dritte-Klasse-Abteile zu überfüllt waren, um auch nur noch einen einzigen Fahrgast aufzunehmen.

Julia hatte einen Dritte-Klasse-Fahrschein gekauft, weil sie sparen musste und sich vernünftigerweise gesagt hatte, dass der Zug zur selben Zeit ans Ziel kommen würde, ganz gleich, in welchem Wagen sie saß. Dabei hatte sie nicht bedacht, dass die Dritte-Klasse-Wagen um diese Tageszeit aus allen Nähten platzten. Die Erste-Klasse-Wagen waren dagegen sämtlich nur halb besetzt.

Jetzt steckte sie in einem Dilemma, denn sie hatte weder Geld noch Zeit zu verschwenden – zumal nach der Nachricht, die sie diese Woche von ihrer Gönnerin erhalten hatte. Mrs Staunton hatte ihr bekümmert mitgeteilt, dass sie aufgrund einer Bankenpleite in Bristol nicht mehr in der Lage war, Julias Ausbildung zu bezahlen. Julia bedauerte die Stauntons, die nun zu kämpfen hatten, doch das Unglück brachte auch sie selbst in eine äußerst missliche Lage. Sie hatte immerhin noch genügend Geld, um ihren Lebensunterhalt einige Monate lang bestreiten zu können, weil Mrs Staunton sich geweigert hatte, die Summe, die sie ihr bereits gegeben hatte, zurückzunehmen. So konnte Julia ihre Vorbereitung für die Hochschulaufnahmeprüfung abschließen und würde danach die offizielle Qualifikation besitzen, das Studium an der London School of Medicine im Oktober aufzunehmen. Wenn sie sich sehr einschränkte, reichte ihr Geld vielleicht sogar noch für das erste Semester. Doch was dann? Sollte sie überhaupt mit dem Studium anfangen, wenn sie gar nicht wusste, ob sie es fortsetzen konnte?

Vielleicht sollte sie ja doch in Erwägung ziehen, bei den Morans zu wohnen. Ihre Schwester Rosalyn und ihr Mann, Nate Moran, lebten in London in einem großen Haus, in dem sie auch Gäste aufnehmen konnten, und waren selbst aber fast das ganze Jahr über auf Tournee mit ihrem Opernensemble. Es wäre auf jeden Fall billiger als die Unterkunft, in der sie zurzeit wohnte, wenn auch weiter von der Universität entfernt. Doch das würde sie mit Rosalyn und Nate besprechen, wenn diese über Ostern nach Hause kamen.

Erst einmal musste Julia die Prüfung bestehen. Vor allem in Latein, einem wichtigen Prüfungsfach, war sie noch sehr unsicher. Da sie kein Geld für einen Privatlehrer hatte, schien ihr die Gefahr durchzufallen größer denn je.

Vielleicht müsste sie darüber nachdenken, in die Krankenpflege zurückzukehren, doch nachdem sie so weit gekommen war, würde ihr der Pflegeberuf nicht mehr die Erfüllung schenken, die sie früher darin gefunden hatte. Wenn sie in den Beruf zurückkehrte, würde sie weder die Zeit noch das Geld für ein Medizinstudium haben. Der Verdienst betrug knapp zehn Pfund im Jahr, die Schwestern wohnten alle zusammen in dürftigen Unterkünften im Hospital und mussten praktisch Tag und Nacht arbeiten. Sie würde ihr Ziel, Ärztin und Missionarin zu werden, vergessen müssen – doch Julia konnte nicht glauben, dass Gott zusehen würde, wie sie ihre Träume für immer aufgab. *Er wird euch jeden Tag geben, was ihr braucht*, dachte sie. *Deshalb sorgt euch nicht um morgen.*

Sie holte tief Luft und betete, dass der nächste Zug bald kommen möge.

Michael Stephenson stand mit seiner Schwester Corinna am Eingang zur U-Bahn-Station, während Miss Laura Maynard, die Dritte im Bunde, noch rasch einem Blumenmädchen einen Strauß abkaufte. Er sah zu, wie Laura die Auswahl auf dem kleinen, ramponierten Blumenkarren prüfte, eine Wahl traf und dem Mädchen ein paar Münzen reichte. Das Blumenmädchen nahm die Münzen lächelnd entgegen und knickste schüchtern.

Laura roch an den Blumen und atmete tief den Duft ein. Sie war blond, schlank und ausnehmend hübsch. In ihrem hellblauen Cape und mit den bunten Treibhausblumen in der Hand, die einen fröhlichen Kontrast zu dem tristen Februartag bildeten, gab sie ein ganz entzückendes Bild ab. Michael bewunderte Lauras Schönheit und ihre elegante Erscheinung und kam zu dem Schluss, dass er ein Glückspilz war, sie eines Tages seine Ehefrau nennen zu dürfen. Plötzlich spürte er einen Stups und drehte sich um. Seine Schwester sah ihn auffordernd an. Offenbar hatte sie etwas zu ihm gesagt. »Tut mir leid, was hast du gesagt?«

Corinna warf einen vielsagenden Blick auf Laura, dann sah sie Michael an. »Ich habe dich an Lady Amberleys alljährlichen Ball im Juli erinnert.«

»Wie praktisch jeden Tag, seit du die Einladung erhalten hast.«

Die Einladung zu diesem Ball war ein gesellschaftlicher Erfolg, für den Corinna jahrelang gekämpft hatte. Dieses Jahr war ihre Mühe – vielleicht auf Lauras Fürsprache hin – belohnt worden. Corinna platzte fast vor Stolz und hatte sofort angefangen, Pläne für das große Ereignis zu schmieden, obwohl es noch Monate bis dahin waren.

Sie stupste ihn erneut an. »Ich war gerade dabei zu sagen, dass der Ball für die Verkündung der wichtigsten Verbindungen berühmt ist.«

»Ah ja.« Es überraschte ihn nicht, dass Corinna Verlobungen als *Verbindungen* bezeichnete, da er selbst nur zu gut wusste, was sie damit meinte. Sie hatte alles in ihrer Macht Stehende getan, um Michael und Laura, die jüngste Tochter des verstorbenen Viscounts Delaford, zusammenzubringen. Diese Verbindung würde ihn auf dem Weg, die gesellschaftliche Position zurückzuerobern, die die Familie Stephenson verloren hatte, einen guten Schritt voranbringen. In Wahrheit verfolgte Michael diesen Plan mit genau derselben Leidenschaft wie Corinna. Bis zum Ball waren es noch fast fünf Monate, doch er rechnete damit, schon lange vorher Lauras Jawort zu erhalten. Im Moment konnte er allerdings der Versuchung nicht widerstehen, seine Schwester zu necken und sie im Ungewissen zu lassen. Er tätschelte ihr den Arm. »Ich glaube, der diesjährige Ball wird sämtliche Erwartungen übertreffen.«

»Ach ja?« Corinnas eifriger Gesichtsausdruck zeigte, dass sie den Köder geschluckt hatte.

»Ja. Ich habe gehört, die Enkelin des alten Herzogs von Norlingthon plant, ihre Verlobung mit diesem radikalen Parlamentsmitglied, Mr John Waverly, bekanntzugeben.«

Corinna kniff die Augen zusammen. »Das habe ich nicht gemeint, wie du sehr wohl weißt.«

Amüsiert über den gesellschaftlichen Ehrgeiz seiner Schwester, beschloss Michael, den *Advocatus Diaboli* zu spielen. »Aber Corinna, ich kenne Miss Maynard doch erst seit ein paar Wochen. Ganz zu schweigen davon, dass das Trauerjahr nach dem Tod ihres Vaters gerade erst vorüber ist.«

»Ganz genau: Es ist *vorüber*. Wir dürfen keine Zeit verlieren; sie wird sich vor Verehrern nicht retten können. Außerdem steht der neue Viscount deinen Absichten, dich mit seiner Schwester zu verbinden, sehr viel offener gegenüber.«

Das stimmte. Lauras Vater, der alte Viscount, war absolut dagegen gewesen, dass seine Tochter in die Familie Stephenson einheiratete, nachdem Michaels Vater sie alle in den finanziellen und gesellschaftlichen Ruin getrieben hatte. Lauras Bruder sah das anders. Er hatte erkannt, dass Michael eine große Karriere bevorstand – sowohl was Vermögen als auch was Achtbarkeit betraf. Er war ein junger Mann und hatte nicht das Gleiche miterlebt wie sein Vater, noch maß er der Vergangenheit überhaupt viel Gewicht bei. Ihm lag ganz einfach daran, dass seine Schwester eine gute Partie machte.

»Außerdem«, fuhr Corinna fort, »hast du schon jetzt sehr viel mehr Zeit mit Miss Maynard verbracht als ich mit David, bevor wir geheiratet haben.«

Diese Bemerkung holte Michael zurück in die nüchterne Wirklichkeit. Corinna hatte eine Vernunftehe geschlossen, aus der im Laufe von dreizehn Jahren kaum mehr geworden war, jedenfalls nicht aufseiten Corinnas. Plötzlich spürte er Zweifel in sich aufsteigen.

Würde seine Ehe vielleicht genauso enden? Doch dann schob er diesen Gedanken energisch beiseite. Er konnte zwar nicht behaupten, Laura zu lieben, doch es gab auch nichts, was ihm an ihr ausdrücklich missfiel. Warum sollten sie nicht glücklich zusammen werden? Außerdem konnte er nicht vergessen, dass Corinna nicht nur um ihrer selbst willen, sondern mindestens ebenso sehr um seinetwillen einen wohlhabenden Mann geheiratet hatte. Während er darüber nachdachte, murmelte er eine belanglose Antwort.

Doch das genügte seiner Schwester nicht. Sie gab Michael einen dritten energischen Stups. »Michael Stephenson, ich verbiete dir ausdrücklich, Laura Maynard zu heiraten!«

Michael starrte sie entgeistert an. »Warum denn das?«

Sie grinste. »Weil du grundsätzlich nur das tust, was man dir ausdrücklich verbietet.«

Er musste laut auflachen.

Wenn die nächste Bahn ebenfalls voll war, würde Julia in einen Wagen der zweiten Klasse, oder wenn nötig, sogar in einen der ersten Klasse steigen müssen. Aber was schadete das schon? Schließlich nahm sie damit niemandem den Platz fort. Und außerdem – war sie denn nicht ein Kind Gottes, bereit, ihr Leben seinem Plan zu unterstellen? Und waren vor seinen Augen nicht alle Menschen gleich? Das ständige Herumreiten auf Klassenunterschieden mochte zwar ein Grundzug der englischen Mentalität sein, doch sie glaubte nicht, dass jemand sie anhalten würde, weil sie nicht in die erste oder zweite Klasse passte. Immerhin trug sie heute ihr bestes Kleid. Die Verkäuferin im Secondhandladen hatte ihr versichert, dass es erst ein Jahr alt und also noch nicht völlig unmodern war. Die anderen Fahrgäste, die auf die besseren Plätze warteten, schienen bestenfalls der Mittelschicht anzugehören. Die wirklich Reichen benutzten ihre eigenen Fahrzeuge und würden nie die U-Bahn nehmen. Die Bezeichnung *erste Klasse* war also ein wenig unzutreffend.

Mit einem schrillen Pfeifen fuhr der nächste Zug ein. Die riesigen runden Glasleuchten über ihr flackerten, als er zum Halten kam.

Ein kollektives Stöhnen ging durch die Menge, als die Leute sahen, dass auch diese Bahn zum Bersten voll war.

Also gut. Julia hatte hart für die Erlaubnis gearbeitet, diese Vorlesung zu besuchen. Sie würde sie nicht verpassen. Sie bahnte sich schnell einen Weg durch die vielen Menschen, achtete jedoch darauf, kein Aufsehen zu erregen. Die Dritte-Klasse-Wagen befanden sich ganz vorn, dicht beim Rauch, der aus der Lok aufstieg. Die Erste-Klasse-Wagen lagen in der Mitte, dahinter schlossen sich zum Ende des Zuges hin die Zweite-Klasse-Wagen an. Julia blickte kurz zu der Wache auf dem Bahnsteig hinüber. Der Mann sprach mit dem Zugführer. Offenbar diskutierten sie ein Problem mit der Lok, doch eine andere Wache sah quer über den Bahnsteig zu ihr herüber. Hatte der Mann sie vorhin bei den Dritte-Klasse-Passagieren stehen sehen?

Julia blieb stehen und versuchte sich den Anschein zu geben, als hätte sie schon die ganze Zeit hier gewartet. Neben ihr standen zwei Frauen, eine Brünette, groß und apart, wenn auch nicht im klassischen Sinne schön. Sie war etwas größer als Julia, die sich mit ihren ein Meter siebzig für durchschnittlich groß hielt. Die andere Frau war klein, mit blassblondem Haar; sie trug ein Cape mit Pelzbesatz. Ihr leicht gelocktes, kunstvoll aufgestecktes Haar blitzte unter einem Hut hervor, der in einem höchst schmeichelhaften Winkel auf ihrem Kopf saß und eine perfekte Ergänzung ihrer Garderobe bildete.

Die beiden waren zu sehr ins Gespräch vertieft, um Julia zu bemerken, doch Julia bekam genügend von ihrem Gespräch mit, um zu verstehen, dass sie einen Einkaufsbummel machten. Vielleicht waren es Hausfrauen, die mit reichen Kaufleuten oder Geschäftsmännern aus dem Finanzviertel Londons, der City, verheiratet waren. Die Blonde beschrieb gerade drei verschiedene Paare Handschuhe, die sie kaufen wollte – das war mehr, als Julia sich an Einkäufen für ein ganzes Jahr vorstellen konnte. Sie dachte ironisch, dass sie zwar nicht als eine dieser Damen durchgehen mochte, aber vielleicht als ihr

Mädchen, das sie mitgenommen hatten, um ihre Einkaufstüten zu tragen.

Was auch immer die beiden Männer bei der Lok besprochen hatten, sie schienen das Problem gelöst zu haben. Jetzt forderte der Wachmann auf dem Bahnsteig die Leute auf, sich beim Einsteigen zu beeilen und die Türen zu schließen. Julia hatte keine Zeit mehr, zu den Zweite-Klasse-Wagen hinten am Zug zu laufen. Sie warf einen raschen Blick zu der anderen Wache hinüber, doch der Mann schaute in eine andere Richtung.

Ein Gentleman, der ganz in der Nähe der beiden Damen gestanden hatte, sagte etwas zu ihnen und bedeutete ihnen mit einer höflichen Geste voranzugehen. Die drei stiegen zusammen ein, Julia folgte ihnen und schaffte es gerade noch in den Wagen, bevor die Wache auf dem Bahnsteig die Türen schloss. Sie seufzte erleichtert auf und setzte sich auf einen freien Platz, der nicht am Fenster war. Gleich darauf fuhr der Zug an und dann raste er auch schon in den Tunnel hinein.

Julia war schon ein paarmal U-Bahn gefahren, seit sie in London lebte, doch sie fand es noch immer aufregend. Sie konnte sich nicht an die rauchgeschwängerte Dunkelheit und an das Wissen, dass der Zug mit halsbrecherischer Geschwindigkeit durch einen so engen Raum schoss, gewöhnen. Doch wenigstens war es in diesem Wagen geräumiger als in der dritten Klasse. Sie waren nicht nur weiter vom Rauch entfernt, es war auch hell hier drin und die Sitze waren gepolstert. Zwei weitere Männer hatten bereits in dem Wagen gesessen, als sie einstiegen; sie waren in ihre Zeitungen vertieft und hatten kaum aufgeblickt. Als niemand ihr das Recht streitig machte, hier zu sein, entspannte Julia sich und lehnte sich zurück. Jetzt konnte sie hoffen, noch rechtzeitig den Hörsaal zu erreichen.

Der Gentleman hatte sich auf die andere Seites des Gangs gesetzt, gegenüber von den beiden Frauen; die drei unterhielten sich leise. Julia schätzte ihn etwas älter ein, als sie selbst war, vielleicht knapp dreißig. Er war groß und breitschultrig, hatte dunkles Haar und sauber getrimmte Koteletten. Sein dunkler Anzug saß perfekt, er wirkte selbstsicher und wohlhabend.

Sie rief sich zur Ordnung und schlug *The Lancet*, eine medizinische Fachzeitschrift, auf, um die Zeit zu nutzen und noch ein wenig zu lesen. Doch dann wurde sie von dem Gentleman und den beiden Damen, mit denen er unterwegs war, wieder abgelenkt. Sie sann darüber nach, in welchem Verhältnis die drei wohl zueinanderstanden, und revidierte ihre frühere Annahme über die Frauen: Die große musste die Schwester des Mannes sein. Die beiden wirkten vertraut und besaßen eine gewisse Ähnlichkeit, jedenfalls in Größe und Haarfarbe. Die Blonde hingegen blickte immer wieder schüchtern zu dem jungen Mann hinüber, als wollte sie sehen, ob er sie auch genügend beachtete. Julia nahm an, dass sie ledig war und ein Auge auf ihn geworfen hatte.

Ob er wohl die Art Mann war, die Frauen wie die Blonde attraktiv fanden? Er selbst sah sehr gut aus – das fiel sogar Julia auf, die solchen Dingen wenig Gewicht beimaß. Dennoch wirkte er nicht eitel oder frivol so wie die Blonde. Um seinen Mund lag ein entschlossener, fast harter Zug. Julia hielt ihn für einen Mann, der einmal ins Auge gefasste Ziele mit großem Ernst verfolgte.

»Willst du nicht doch zu Selfridges mitkommen und noch eine Tasse Kaffee mit uns trinken, bevor du ins Gray's Inn gehst?«, fragte die Blonde ihn. »Ich würde mich so freuen!«

»Nur unter der Bedingung, dass ich mich verabschieden darf, wenn ihr mit euren Einkäufen anfangt«, erwiderte er lächelnd. Es schien ein warmes, ehrliches Lächeln zu sein. So warm, dass Julias Achtung vor ihm gleich um mehrere Stufen sank. Vielleicht war er ja doch der Typ Mann, dem Frauen wie die Blonde gefielen. Sie hätte es wissen müssen. Gut aussehende Männer schienen sich immer zu schönen Frauen hingezogen zu fühlen.

Doch dann rief sie sich wieder zur Ordnung: *Warum interessiert dich das?* Sie würde heute eine wichtige medizinische Vorlesung besuchen und in ein paar Jahren nach Afrika in ein Leben als Ärztin und Missionarin aufbrechen. Sie hatte wahrlich Besseres zu tun, als über das Privatleben irgendwelcher privilegierter Londoner nachzudenken.

Beinahe musste sie über ihre eigene Torheit lächeln, als der Mann den Kopf wandte und sah, wie sie ihn anschaute. Offenbar glaubte er, ihr Lächeln gälte ihm, denn er zog die Augenbrauen hoch und nickte ihr grüßend zu. Dabei entdeckte sie ein amüsiertes Glitzern in seinen Augen, als sei er daran gewöhnt, in der U-Bahn von ihm unbekannten Damen angelächelt zu werden. Sie wandte entrüstet den Kopf ab. Sie war ganz bestimmt nicht so eine Person! Wie konnte er es wagen!

Sein Blick glitt von ihrem Gesicht an ihrer Kleidung entlang. Julia wusste, dass er sie einzuordnen versuchte, mit ihrer Secondhandkleidung, dem unmodernen Hut und den Handschuhen, die zwar abgetragen, aber durchaus noch gut waren. Zum ersten Mal in ihrem Leben war sie verlegen und verunsichert. Wie hatte er das mit einem einzigen Blick bewirken können?

Wurde sie etwa rot? Nein. Sie konnte gar nicht rot werden. Julia Bernay wurde niemals rot. Das passierte nur unglückseligen weiblichen Wesen wie der Blonden da vorn. Sie wandte rasch den Blick ab, hob ihr Exemplar des *Lancet* hoch und vertiefte sich in die Zeitschrift. Er sollte ruhig sehen, dass sie eine ernst zu nehmende Frau war.

Keine der beiden Damen hatte den kleinen Austausch bemerkt. Die Brünette sagte gerade: »Du weißt doch, dass wir dir etwas so Langweiliges wie Einkaufen niemals zumuten würden.« Es klang ironisch. »Trotzdem könntest du dich nach einem Kammerdiener umsehen, der etwas mehr Kreativität in der Wahl deiner Kleidung beweist.«

Der Mann zuckte die Achseln. »Wozu? In meinem Beruf braucht man nicht kreativ zu sein, was die Kleidung betrifft.«

Julia ließ ihre Zeitschrift ein Stückchen sinken und spähte erneut zu ihm hinüber. Was mochte er von Beruf sein? Die Blonde hatte das Gray's Inn erwähnt. Wahrscheinlich war er also Rechtsanwalt. Das kam ihr plausibel vor. Es war nicht schwer, sich vorzustellen, wie er in einem Gerichtssaal stand und vor einer Jury sprach. Er besaß eine Ausstrahlung, die ihm die Aufmerksamkeit der Menschen sicherte.

Wie er wohl mit der Perücke und im Gewand eines Anwalts aussah? Bestimmt sehr beeindruckend.

Der Zug fuhr in die nächste Station ein. Julia sah, dass der Bahnsteig auch hier völlig überfüllt war. Die meisten Leute drängten sich um die Dritte-Klasse-Wagen, doch ein gepflegter Herr in einem Mantel mit Pelzkragen und mit einem Tuch mit Rautenmuster um den Hals stieg in die erste Klasse. Aus dem Augenwinkel sah sie, dass er ihr einen neugierigen Blick zuwarf. Sie versuchte, sich den Anschein zu geben, als fahre sie tagtäglich in der ersten Klasse, doch das war gar nicht nötig. Sein Blick war rasch weitergewandert zu der Blonden, die seine Aufmerksamkeit wesentlich länger fesselte. Dann setzte er sich.

Der Anwalt zog ein Zigarettenetui aus der Tasche und öffnete es. Julia war enttäuscht. Sie hatte erst kürzlich mehrere Artikel gelesen, die auf die schädlichen Auswirkungen des Rauchens hinwiesen. Allerdings gab es auch Ärzte, die die gesundheitlichen Vorteile herausstellten.

»Michael, gibst du mir auch eine Zigarette?«, fragte die Brünette.

Er sah sie missbilligend an. »Aber Corinna, ich glaube nicht, dass David es gut findet, wenn ich seine Frau auf Abwege führe.«

»Dann sieh mich eben nicht als Davids Frau«, entgegnete sie aufgebracht und streckte die Hand aus. »Denk einfach dran, dass ich deine Schwester bin.«

Er antwortete mit einem spöttischen Lächeln: »Nun, wenn du es so siehst …«

Dann stand er auf und trat in den Gang, um ihr eine Zigarette zu geben.

In diesem Augenblick machte der Zug, der bis dahin ganz normal dahingerattert war, urplötzlich eine quietschende Vollbremsung. Dann neigte er sich stark nach links, wobei sich die rechte Seite anhob, als hätte sie sich vom Gleis gelöst. Julia und die anderen Passagiere mussten sich an ihren Sitzen festklammern, um nicht zu Boden geschleudert zu werden. Der Mann, den Julia nur als Michael kannte, wurde nach links geschleudert und stürzte rücklings in ein Fenster.

Er versuchte, sich aufzurichten, schüttelte kurz benommen den Kopf und schien dann das Bewusstsein zu verlieren. Als er zu Boden stürzte, schrammten sein Kopf und sein Hals über die Glasscherben, die noch im Fensterrahmen steckten. Die übrigen Scherben fielen mit ihm zu Boden, rutschten über den Gang und mischten sich mit dem Blut, das unter seinem Kopf hervorkam.

2

Einen Augenblick lang herrschte ein beinahe gespenstisches Schweigen. Wie Julia waren auch die anderen Fahrgäste im ersten Moment völlig verdattert und versuchten zu begreifen, was eigentlich geschehen war. Dann wurde die Stille durch Schmerzlaute unterbrochen, während die Leute versuchten, sich aufzurappeln. Einer der Gentlemen stöhnte: »Ich glaube, mein Arm ist gebrochen!« Der Wagen war noch immer stark nach links geneigt. Julia vermutete, dass der Zug bei der plötzlichen heftigen Bremsung entgleist war.

»O nein, o nein«, kreischte die Blonde und starrte zu Tode erschrocken auf den am Boden liegenden blutenden Michael. Julia stolperte nach vorn, um ihm zu helfen, selbst entsetzt über die große Menge Blut, die unter seinem Kinn hervorquoll. Einer der anderen Männer kroch neben ihn, zog ein Taschentuch heraus und versuchte erfolglos, die Blutung zu stillen.

»So geht das nicht«, sagte Julia, streifte ihre Handschuhe ab und zog auch ihren Mantel aus, um mehr Bewegungsfreiheit zu haben. »Gehen Sie beiseite. Ich bin Krankenschwester.«

»Krankenschwester?« Er sah sie überrascht an, doch Julia wollte keine Zeit mit Erklärungen verschwenden. Die Fensterglasscherbe hatte einen tiefen Schnitt an Michaels Hals verursacht und dabei offenbar ein wichtiges Blutgefäß verletzt.

»Wollen Sie, dass er verblutet?«

Die Frage schüchterte den Mann so sehr ein, dass Julia ihn aus dem Weg schieben konnte. Sie nahm Michaels Hand. Mit der anderen Hand fügte sie den Schnitt zusammen und presste dann mit aller Kraft gegen die Wirbelsäule, um die Arterie abzudrücken. Blut lief über ihre Hände und ihr Kleid, während sie sich abmühte, den richtigen Griff zu finden.

»Ist er tot?«, weinte die blonde Frau und rang die Hände.

»Noch nicht«, antwortete Julia knapp. Sie war schon mehrfach bei Notfällen zugegen gewesen, doch diesmal war es so ernst, dass sogar sie beunruhigt war. Sie kämpfte um Fassung, während sie weiterhin versuchte, die Blutung unter Kontrolle zu bekommen.

Michaels Schwester war ebenso erschrocken, doch sie geriet nicht in Panik wie die andere Frau. Als sie sich neben Julia kniete, wäre sie fast auf den Scherben ausgerutscht. »Was tun Sie da? Sie erdrosseln ihn ja!«

»Nein, ich verhindere nur, dass er verblutet. Wir müssen Druck auf die Wunde ausüben, bis ein Arzt kommt.« Sie warf der Frau einen beschwörenden Blick zu. »Vertrauen Sie mir, sonst wird er sterben.«

Das war eine schockierende Aussage, doch sie musste so schonungslos sein. Es sprach für die Frau – Michael hatte sie Corinna genannt –, dass sie sich sofort beruhigte. Julia sah, wie sie mehrmals tief durchatmete, um ihre Fassung wiederzugewinnen. Dann nickte sie. »Was tun wir als Nächstes?«

Julia hörte Geräusche außerhalb des Wagens. »Was ist da los? Wie weit sind wir von der nächsten Station entfernt? Wir brauchen so schnell wie möglich einen Arzt.«

Der junge Mann, der bei der letzten Haltestelle eingestiegen war, steckte den Kopf durch das zerbrochene Fenster. Seine Handschuhe und der dicke Mantel schützten ihn, als er sich hinausbeugte, um ihre Lage abzuschätzen. »Da ist ein schmaler Weg zwischen dem Zug und der Tunnelwand. Ganz da hinten sehe ich Lichter. Männer mit Laternen, glaube ich. Wir müssen näher an der Station sein, die wir gerade verlassen haben. Jedenfalls kommen sie aus dieser Richtung.«

»Hoffen wir, dass ein Arzt dabei ist«, sagte Julia.

»Wir werden nicht warten, bis sie da sind!«, rief Corinna. »Wir tragen ihnen meinen Bruder entgegen.«

»Nein! Wir dürfen ihn nicht bewegen. Der Druck muss konstant bleiben, damit das Blut gerinnen kann. Die Arterie muss unbedingt geschlossen werden.«

»Sie werden ihn nicht bewegen?« Es war Befehl und Frage zugleich.

Julia konnte sehen, dass Corinna förmlich zerrissen war zwischen ihrem Wunsch, bei ihrem Bruder zu bleiben, und dem Bedürfnis, Hilfe zu holen. »Ich bleibe hier«, sagte Julia. Sie würde sich nicht von der Stelle rühren, bis sie wusste, dass Michael in Sicherheit war.

Das reichte Corinna, um einen Entschluss zu fassen. »Ich suche einen Arzt.« Sie rappelte sich hoch und nahm die andere Frau am Arm. »Laura, komm mit.«

Laura weinte. Sie war noch immer wie erstarrt vor Schreck und konnte Michael nur anstarren.

Corinna gab ihr einen Schubs. »Komm schon«, befahl sie. Endlich setzte die junge Frau sich in Bewegung.

»Ich komme mit«, bot der Mann am Fenster an. »Die meisten haben ihre Wagen bereits verlassen. Es herrscht ein ziemliches Durcheinander da draußen, Sie werden jemanden brauchen, der Ihnen den Weg bahnt.«

Das Verlassen des Wagens war gleich die erst Hürde. Wegen der Neigung des Zuges konnten sie die Tür nur einen schmalen Spalt weit öffnen; weiter ging es nicht, weil der Absatz, der an der Tunnelwand entlanglief, im Weg war. Doch dem jungen Mann gelang es, sich hindurchzuquetschen und an der Mauer hinaufzuhangeln. Dann drehte er sich um und half Laura und Corinna heraus.

»Ich komme auch mit«, erklärte ein anderer Mann. Er hielt seinen linken Arm umklammert. »Ich brauche Hilfe.«

Julia konnte sehen, dass er Schmerzen hatte. Sie hätte ihm gern geholfen, doch sie konnte Michael nicht loslassen. Der Mann mit den Schmerzen streckte bereits seinen unverletzten Arm dem anderen Mann entgegen, der ihn aus dem Wagen herauszog.

Der Fahrgast, der ursprünglich versucht hatte, die Blutung zu stoppen, machte keine Anstalten, ebenfalls zu gehen. »Ich bleibe bei Ihnen, bis der Arzt kommt«, erklärte er.

»Danke, Mr …?«

»Carter.«

»Können Sie mir sagen, ob die beiden Frauen vorankommen?« Julia, die neben Michael auf dem Boden kniete, konnte nicht sehen, was im Tunnel vor sich ging.

Mr Carter schaute aus dem zerbrochenen Fenster. »Da sind sehr viele Menschen, aber der Bursche hilft ihnen und bahnt ihnen den Weg.« Er drehte sich wieder zu Julia um. »Wenn ich Ihnen helfen, wenn ich irgendetwas tun kann …«

»Das ist sehr freundlich von Ihnen.« Julias Hände ermüdeten bereits. »Es ist unbedingt nötig, dass wir den Druck auf die Arterie fest und konstant halten. Glauben Sie, Sie könnten mir dabei helfen?«

Er kniete sich neben sie. »Sagen Sie mir, was ich tun soll.«

Er war ein großer Mann mit fleischigen Händen, die durchaus geeignet waren, den starken, stetigen Druck auszuüben, der nötig war, und er war bereit, ihre Anordnungen auszuführen. Doch auch als er ihren Platz eingenommen und sie das Gefühl hatte, loslassen zu können, hielt sie sich bereit, jederzeit einzugreifen, falls Mr Carters Griff nachlassen sollte. Es sickerte immer noch ein dünner Blutstrom aus der Wunde, doch die Menge war nicht mehr lebensbedrohlich.

Wunderbarerweise brannten die Laternen im Wagen noch, allerdings nur flackernd, als könnten sie jeden Moment ausgehen. Julia betete, dass das nicht geschehen möge.

Als sie sicher war, dass Mr Carter stark genug presste, untersuchte sie Michael genauer. Er hatte noch weitere Schnitte am Kopf und im Gesicht, die jedoch offenbar eher oberflächlich waren. Sie knöpfte seinen Mantel auf, durchsuchte seine Taschen und fand ein Taschentuch, mit dem sie das Blut von den kleineren Wunden tupfte. Sein dunkelbraunes Haar war dicht und doch seidig, als sie es ihm aus dem Gesicht strich. Über eine Wange lief eine kurze, blasse Narbe, fast verborgen von den Koteletten.

Rasch untersuchte sie seinen Körper, der den Gang fast ganz versperrte. Vor wenigen Minuten war er noch so stark und lebendig gewesen. Zwei Finger seiner rechten Hand schienen verrenkt oder gebrochen zu sein. Sie zog ihr eigenes Taschentuch heraus und band die

Finger, so gut sie konnte, zusammen, um sie vor weiteren Verletzungen zu schützen. Dann richtete sie vorsichtig ein Bein gerade, das in einem seltsamen Winkel abgespreizt war. Die Knieverletzung würde ihm später mit Sicherheit noch Schmerzen bereiten.

»Ihr medizinisches Wissen scheint sehr fundiert für eine Krankenschwester«, sagte Mr Carter.

»Ich befinde mich in der Ausbildung zur Ärztin.«

Früher waren die Menschen dieser Aussage häufig mit Skepsis begegnet, doch Mr Carter sah sie beeindruckt an. »Wirklich? Erstaunlich.«

In diesem Moment gingen die Lampen aus.

Draußen strömten die Menschen noch immer am Wagen vorbei, in dem verzweifelten Versuch, der Dunkelheit zu entfliehen. Lange Minuten vergingen, dann hörte Julia Rufe. Die Leute von der U-Bahn waren da.

»Ruhe bewahren! Bewahren Sie Ruhe!«, versuchte einer der Männer den Lärm zu übertönen. »Es besteht keine unmittelbare Gefahr! Lassen Sie uns durch! Wir müssen die Verletzten herausholen!«

»Hierher! Er ist da drin!« Corinna stolperte in den Wagen. Mehrere Männer folgten ihr. »Ich habe einen Arzt mitgebracht. Wie geht es meinem Bruder?«

Julia zuckte vor dem hellen Licht der Laternen zurück, die von zwei Männer getragen wurden. »Wir konnten die Blutung in Schach halten«, sagte sie nicht nur zu Corinna, sondern auch zu dem Arzt, der sich neben sie kniete und sich rasch einen Überblick über die Lage verschaffte.

»Sie haben genau das Richtige getan«, sagte er dann zu Mr Carter.

»Die junge Dame hier hat mir gezeigt, was ich tun soll«, antwortete Mr Carter. »Sie studiert Medizin.«

»Wirklich?« Der Arzt warf Julia einen kurzen, anerkennenden Blick zu. »Dann war das eine gute Übung für Sie.«

Corinna sah Julia mit staunendem Unglauben an. »Sie studieren Medizin?«

»Ja.«

Der Arzt öffnete seine Tasche. »Ich habe Klammern dabei, die die Wunde geschlossen halten, bis wir ihn ins Krankenhaus geschafft haben.«

Es fiel Julia schwer, ihren Patienten anderen zu überlassen. Sie blieb dicht bei ihm und sah zu, wie der Arzt und ein Helfer die Wunde versorgten.

Auch Corinna blieb in der Nähe, sie wandte den Blick nicht von ihrem Bruder.

»Er wird wieder gesund werden«, versicherte Julia ihr. »Wir haben den Blutverlust eingedämmt, bevor ein größerer Schaden entstehen konnte.«

Julia sah, dass Corinnas Oberlippe zitterte. Sie wusste, dass die Erleichterung, wenn sie endlich einsetzte, auch einen wahren Stoiker zusammenbrechen lassen konnte. Doch Corinna wahrte die Fassung, wenn auch nur mühsam.

»Jetzt können wir ihn bewegen«, verkündete der Arzt. »Legen wir ihn auf die Bahre.«

Julia holte ihren Mantel, als die Männer Michael auf eine Bahre hievten, die durch das zerbrochene Fenster hereingehoben worden war. »Ich komme mit.«

»Nein!«, rief Corinna aus – viel zu heftig, dachte Julia. »Der Arzt versorgt ihn jetzt. Sie brauchen nicht mitzukommen.« Es war eine brutale Abfuhr – nach allem, was Julia getan hatte. Doch dann fügte Corinna freundlicher hinzu: »Danke. Ich habe … keine Worte.« Ihre Stimme war rau und verriet die Gefühle hinter ihrem kurzen, aber tief empfundenen Dank.

Julia hätte sie so gerne ins Krankenhaus begleitet, doch das konnte sie gegen den ausdrücklichen Wunsch der ebenfalls verletzten Schwester des Mannes natürlich nicht tun. »Ich habe es wirklich gern getan. Gott sei Dank war ich da und konnte helfen.«

Corinna presste die Lippen zusammen, sagte aber nichts. Ihre Aufmerksamkeit richtete sich wieder auf Michael, als die Männer die Bahre durch das Fenster zu den draußen Wartenden hinaushoben.

Der Arzt und sein Begleiter halfen Corinna aus dem Wagen. Zusammen eilten sie hinter den Männern her, die Michael forttrugen. Julia sah ihnen nach. Immerhin war es beruhigend, dass Michael jetzt in der Obhut eines Arztes war. Die Männer mit den Lampen leuchteten den Trägern der Bahre. Nicht lange und sie waren außer Sicht.

»Wir sollten auch schnellstmöglich hier rauskommen«, sagte Mr Carter. Er hielt die letzte Laterne in der Hand, die die Männer mitgebracht hatten.

»Ja, jetzt sollte ich wohl meine Sachen zusammensuchen.« Julia kehrte zu ihrem Sitz zurück, um ihre Handtasche und die Zeitschrift, die sie gelesen hatte, zu holen. Dabei fiel ihr Blick auf einen unscheinbaren Gegenstand, der im Wagen auf dem Boden lag. Sie hob ihn auf. Es war eine Visitenkarte mit dem Aufdruck: *Michael Stephenson, Rechtsanwalt, Gray's Inn, London*. Die Karte war mit Blut beschmiert, doch Julia wischte sie, so gut es ging, ab und steckte sie ein.

Mr Carter kämpfte sich durch die enge Türöffnung, was ihm wegen seines nicht geringen Leibesumfangs einige Mühe bereitete, doch er schaffte es. Dann half er Julia hinaus.

Im Tunnel befanden sich keine Passagiere mehr. Ein paar Bahnarbeiter waren eingetroffen; sie überlegten, wie sie den Zug zurück auf die Gleise setzen und wieder fahrtüchtig machen konnten. Plötzlich hörte Julia Rufe aus einem Wagen weiter vorn bei der Lok. Ein Arbeiter rief seinen Kollegen zu: »Hier ist noch eine Frau, die Hilfe braucht!«

Julia und Mr Carter waren gleichzeitig mit mehreren Gleisarbeitern bei ihm.

»Sie ist bewusstlos und verletzt, glaube ich«, sagte der Arbeiter. »Ich brauche Hilfe, wenn ich sie herausholen soll.«

Julia und Mr Carter folgten dem Arbeiter in den Wagen, was nicht einfach war. Er war von dem Aufprall völlig zerschmettert, die schlichten Holzsitze zersplittert und nach allen Seiten steckten Holzteile in den seltsamsten Winkeln heraus. Unter einem Balken, der von der Decke herabgestürzt war, lag eine Frau.

Zusammen mühten sie sich ab. Drei Männer hoben den Balken an, ein Vierter schlang seinen Arm um die Frau. Sie wachte aus der

Bewusstlosigkeit auf und stöhnte vor Schmerz, als er sie unter dem Balken hervorzog.

Sobald die Frau befreit war, untersuchte Julia ihr Bein. Es war stark gequetscht vom Gewicht des Balkens. Das Schienbein war gebrochen, es war ein offener Bruch. Die Frau war nur halb bei Bewusstsein, ihr Gesicht war schmerzverzerrt und ihre Augen waren vor Schreck weit aufgerissen. Julia sprach unablässig leise und beruhigend auf sie ein, während sie das Bein schiente, sodass die Frau bewegt werden konnte. Zwei Männer trugen sie unter ihren wachsamen Augen heraus. Mr Carter leuchtete ihnen mit der Lampe.

Auf dem Bahnhof herrschte ein maßloser Aufruhr. Überall standen die Menschen herum, die das Unglück miterlebt hatten. Auch auf den Straßen draußen ging alles drunter und drüber. Schließlich gelang es den Bahnbeamten, einen Wagen zu organisieren, mit dem die Verletzten ins Krankenhaus gebracht wurden. Sie legten die Frau hinein, doch Julia fuhr nicht mit.

Auch Mr Carter lehnte jede Hilfe ab, er meinte, er habe außer ein paar oberflächlichen Wunden keine Verletzungen. »Kann ich Sie nach Hause bringen?«, fragte er Julia, nachdem der Wagen abgefahren war. »Ich glaube kaum, dass wir eine Droschke auftreiben können, aber ich kann Sie zu Fuß begleiten.«

»Vielen Dank, aber das ist nicht nötig. Sie möchten doch bestimmt selbst so schnell wie möglich nach Hause.«

»Schon«, gab er zu. »Wenn meine Frau von dem Unglück hört, sorgt sie sich zu Tode. Sie sollte so rasch wie möglich erfahren, dass mir nichts passiert ist.«

»Sie müssen ihr erzählen, dass Sie heute ein Held waren«, sagte Julia. »Ich bin Ihnen sehr dankbar für Ihre Hilfe.«

»Sie sind hier die Heldin«, meinte er. »Wir hatten Glück, dass Sie da waren, Miss.« Dann tippte er sich an den Hut, verabschiedete sich und bahnte sich einen Weg durch die Menge.

Inzwischen war es später Nachmittag, die Sonne ging bereits unter. Julia war völlig erschöpft. Sie setzte sich auf eine Bank, um Kraft für den Heimweg zu sammeln. Dabei blickte sie wehmütig an ihrem

Kleid herunter, das zerrissen und mit Schmutz und Blut bedeckt war. Es war nicht mehr zu retten. Da sie sich kein neues leisten konnte, würde sie mit den paar schlichten Röcken zurechtkommen müssen, die sie noch besaß. Doch sie empfand kein Bedauern über den Verlust – nichts war so wichtig wie das Wissen, dass sie einem Menschen das Leben gerettet hatte.

Sie nahm die blutbefleckte Visitenkarte aus der Tasche, betrachtete sie und las erneut die Worte, die darauf standen. *Michael Stephenson, Rechtsanwalt.* Ob sie ihn wohl jemals wiedersehen würde?

Ja.

Inzwischen hatten die Ärzte die Arterie sicherlich geschlossen und auch die anderen Wunden versorgt. Julia wusste, dass es gut gewesen war, nicht mitzufahren, denn so hatte sie auch der anderen Passagierin helfen können. Doch das minderte nicht ihre Enttäuschung darüber, dass sie Michael nicht hatte ins Krankenhaus begleiten und vielleicht bei der Operation hätte zusehen können. Morgen würde sie ihn besuchen. Sie hatte zwar Vertrauen zu den Ärzten, doch sie wollte sich selbst überzeugen, dass er wohlauf und auf dem Weg zur Besserung war. Vorher würde ihr Herz keine Ruhe finden.

3

Michael wusste nicht so recht, wie er das Bewusstsein wiedererlangt hatte. Durch den Nebel, der ihn umgab, hörte er ein Rascheln, als ob sich neben ihm jemand bewegte, doch sogar dieses leise Geräusch verursachte in ihm hämmernde Kopfschmerzen. Er hielt die Augen geschlossen und holte tief Luft. Gleich darauf wusste er auch, wo er sich befand. Er hatte schon früher manchmal im Haus seiner Schwester und seines Schwagers übernachtet: Die Laken dort dufteten nach Waschlauge und Lavendel.

Seine Nase juckte, so sehr, dass er sich schließlich bewegen musste. Er griff mit seiner rechten Hand danach, um sich zu kratzen, doch stattdessen fasste er sich ins Gesicht. Er stieß einen Schmerzlaut aus, öffnete die Augen und stellte fest, dass seine Hand bandagiert und sein Mittel- und Ringfinger geschient waren. Er starrte die Hand an, ohne zu begreifen, was er sah.

»Oh, du bist wach«, sagte eine fröhliche Stimme.

Nicht ganz sicher, ob er sich bewegen konnte, und eigentlich nicht willens, es überhaupt zu versuchen, drehte Michael seinen Kopf ganz, ganz leicht zu der Stimme hin und sah seinen Schwager neben dem Bett stehen.

David hatte Daumen und Zeigefinger beider Hände in die Hosentaschen gesteckt und strahlte Michael fröhlich an. Er wirkte immer wie ein freundlicher Onkel auf ihn, obwohl er nur zehn Jahre älter als Michael war.

»Wie fühlst du dich?«

Michael verzog das Gesicht. Ihm tat alles weh. »Als sei ich von einem Pferd überrannt worden.«

»Von mehreren Pferde*stärken* wäre richtiger«, antwortete David lächelnd.

Langsam kehrte Michaels Erinnerung zurück. Er war in dem Zug gewesen. War aufgestanden, um Corinna eine Zigarette zu geben. Als ihm seine Schwester einfiel, machte er eine heftige Bewegung und versuchte sich trotz des Schmerzes, den sie hervorrief, aufzusetzen. »Corinna! Ist alles in Ordnung mit ihr?«

David legte ihm sanft die Hand auf die Brust und drückte ihn in die Kissen zurück. »Mach dir keine Sorgen. Ihr und Miss Maynard ist nichts passiert. Du bist längst nicht so glimpflich davongekommen wie sie.«

»Das brauchst du mir nicht zu sagen.« Michael ließ sich ins Kissen sinken und war erleichtert, dass es seiner Schwester gut ging.

David ging zur Tür, öffnete sie und sagte leise etwas zu einem Diener, der offenbar draußen gewartet hatte.

»Was genau ist eigentlich passiert?«, fragte Michael, als David wieder an sein Bett trat. Seine wenigen Erinnerungen an die Ereignisse waren so fragmentarisch, dass er sich keinen Reim darauf machen konnte.

»Du erinnerst dich an gar nichts?« David zog sich einen schmalen Holzstuhl ans Bett und setzte sich. Der Stuhl quietschte, als er sich vorbeugte und Michael ansah.

Michael wollte den Kopf schütteln, wurde jedoch von einem scharfen Schmerz im Nacken daran gehindert. »Nein«, murmelte er stattdessen. »Das Letzte, woran ich mich erinnere, war, dass ich aufgestanden war, um Corinna …«

Er hielt mitten im Satz inne, weil ihm einfiel, dass er Corinna versprochen hatte, David nicht zu sagen, dass sie rauchte.

»Du wolltest ihr eine Zigarette geben«, beendete David seinen Satz. Er hob eine Hand, um Michaels Protest zu unterbinden. »Ich weiß es. Sie glaubt, ich weiß es nicht, und ich lasse sie in diesem Glauben. Ich freue mich nicht, dass sie angefangen hat zu rauchen, doch nach dreizehn Jahren Ehe weiß ich, dass es besser ist, sie nicht zu reizen.« Er zuckte lächelnd die Achseln. »Hast du sonst noch irgendwelche Erinnerungen?«

Michael schloss die Augen und versuchte, sich zu erinnern. »Ein Gefühl, als hätten sich Hunderte von Messern in mich hineingebohrt.«

Er griff sich wieder ins Gesicht, diesmal mit seiner linken Hand, die unverletzt war. Sein Nacken war ebenso sorgfältig bandagiert wie seine rechte Hand. Und sein Kopf ebenfalls.

»Du siehst aus, als hättest du eine Schlacht mitgemacht und nicht einen U-Bahn-Unfall«, meinte David und betrachtete ihn mit geneigtem Kopf. »Richtig beängstigend, muss ich sagen.«

»Gut zu wissen«, entgegnete Michael trocken. Er versuchte ein spöttisches Grinsen, doch auch das tat viel zu sehr weh.

»An mehr erinnerst du dich nicht?«

»An diesem Punkt habe ich zum Glück vor Schmerz das Bewusstsein verloren. Hat Corinna dir erzählt, was passiert ist?«

»Und ob. Ganz genau. Es kam zu einer Kollision. Der Zug vor euch war liegen geblieben, und der Fahrer hatte noch keine Zeit gehabt, das Warnsignal aufzustellen. Der Führer eures Zuges hat noch versucht zu bremsen, doch dabei ist der Zug entgleist, und du wurdest gegen das Fenster geschleudert.«

»Wurde sonst noch jemand verletzt?«

»Es gab noch weitere Verletzungen, ja, aber deine hat den Vogel abgeschossen.«

Das tröstete Michael längst nicht so, wie David beabsichtigt hatte. »In unserem Wagen war noch eine andere Frau – weißt du, was aus ihr geworden ist?«

»Und ob ich das weiß. Sie hat deine Wunden versorgt. Du wärst wohl verblutet, wenn sie nicht gewusst hätte, wie sie deine Arterie abklemmen muss.«

Michael hätte das für eine Übertreibung gehalten, doch der bohrende Schmerz in seinem Nacken schien es zu bestätigen. »Sie hat eine medizinische Fachzeitschrift gelesen. Ist sie Krankenschwester? Wusste sie deshalb, was zu tun war?«

»Das hat Corinna sie auch gefragt. Die Frau sagte, sie sei nicht nur Krankenschwester, sondern studiere auch Medizin!«

Davids Stimme ließ erkennen, wie sehr er sich der Ironie der Situation bewusst war. Es gab nur einen einzigen Ort in ganz England, an dem Frauen zu Ärztinnen ausgebildet wurden, und Michael arbeitete für einen Mandanten, der genau das zu unterbinden versuchte. Der mächtige Graf von Westbridge hatte einen der Dozenten an der Schule wegen Verleumdung verklagt. Hinter dem Fall steckte noch mehr, doch das erklärte Ziel des Grafen war es, die Schule zu schließen. Es war der wichtigste Prozess, an dem Michael je mitgearbeitet hatte, und wenn er ihn gewann, würde das seiner Karriere ungeahnten Aufschwung geben.

Michael schluckte und leckte sich die trockenen Lippen. »Du sagst, die Frau, die mir geholfen hat, studiert an der London School of Medicine for Women?«

»So scheint es.«

»Weiß Corinna den Namen der Frau oder hat sie sonst eine Information über sie?«

»Ich glaube nicht. Sie hatte nur Augen für dich. Nach der Operation hat sie dich gleich hierherbringen lassen. Seither schaut Dr. Hartmann nach dir. Er war sehr beeindruckt von der Ersten Hilfe, die die junge Dame dir geleistet hat. Sie hat dir wahrscheinlich das Leben gerettet.«

David fuhr fort, ihm die Szene zu beschreiben. Michael hätte ihm kein Wort geglaubt, wenn seine Verletzungen ihn nicht eines Besseren belehrt hätten.

Am meisten beunruhigte ihn, dass er die ganze Zeit über bewusstlos gewesen und sein Körper von Fremden durch das Chaos auf dem Bahnhof getragen worden war. Er mochte es gar nicht, die Kontrolle zu verlieren, und noch viel weniger gefiel es ihm, wenn sein Schicksal in der Hand anderer lag. Wenigstens war Corinna da gewesen und hatte auf ihn aufgepasst, wofür er sehr dankbar war. Was die Frau betraf, die zufällig im gleichen Wagen wie er gesessen hatte – und zudem Medizinstudentin war: Das konnte Michael nur für einen schlechten Scherz des Schicksals halten.

»Wo ist Corinna?«

»Sie hat sich hingelegt, aber ich habe den Diener geschickt, ihr zu sagen, dass du wach bist.«

Das helle Sonnenlicht, das durchs Fenster fiel, zeigte an, dass es bereits um die Mittagszeit war. Michael hatte nicht gewusst, dass Corinna Mittagsschläfchen hielt. »Geht es ihr nicht gut?«

»Doch, schon. Aber Dr. Hartman meint, in ihrem Zustand kann sie gar nicht vorsichtig genug sein.«

Zustand? Jetzt setzte Michael sich doch auf, ohne darauf zu achten, was ihn das kostete. War sie etwa doch verletzt worden? Er wandte den Kopf, um seinen Schwager anzusehen, doch David grinste ihn nur breit an.

»David, wovon sprichst du?«

»Ah, da ist sie ja«, sagte David, als die Tür aufging und Corinna hereinkam. »Dann können wir es dir ja gemeinsam sagen.« Er nahm Corinnas Hand und zog sie an Michaels Bett. »Als der Arzt sie untersucht hat, hat er eine wunderbare Feststellung gemacht. Wir werden im Juli Familienzuwachs bekommen.«

Jetzt bestand kein Zweifel mehr, was er meinte. Michael blickte zu Corinna auf. Jetzt, wo er danach suchte, sah er, dass sie um die Taille herum nicht mehr ganz so schlank war wie sonst, sondern fülliger geworden war. Gleichzeitig wirkte sie erschöpfter und abgespannter, als er sie je erlebt hatte.

»Ist alles in Ordnung?«, fragte er besorgt. »Muss ich mir wegen irgendetwas Sorgen machen?«

»Aber nein«, entgegnete Corinna, »es geht mir gut.«

»Das stimmt«, meinte David. »Deine Schwester ist gesund wie ein Pferd.«

Corinna warf ihm einen säuerlichen Blick zu. »Was für ein schrecklicher Vergleich!«

»Tut mir leid, meine Liebe.« David küsste ihr die Hand. »Du weißt doch, dass ich nicht höher von dir denken könnte – zumal jetzt nicht.«

Corinna wirkte angespannt, bemühte sich jedoch zu lächeln. »Wir sind natürlich sehr glücklich«, sagte sie zu Michael. »Aber wie geht es dir?« Sie entzog sich Davids Griff und setzte sich auf den Stuhl an Michaels Bett. Dann legte sie ihm eine Hand auf die Stirn, als leide er an Fieber und nicht an einer Kopfverletzung.

»Ich kann nicht leugnen, dass ich im Moment ziemlich angeschlagen bin.«

»Dr. Hartmann meint, du würdest dich wieder erholen, aber du hast uns große Sorgen gemacht. Miss Maynard war außer sich vor Angst. Der Anblick, wie du in dem Wagen auf dem Boden lagst, das viele Blut … ich glaube, sie stand unmittelbar vor einem hysterischen Anfall.«

Michael versuchte, diese Information aufzunehmen, doch er musste noch immer über Corinnas Neuigkeit nachdenken. Und dann wurde ihm plötzlich klar, warum sie so wenig Begeisterung zeigte. »Hat David gesagt, das Baby sei im Juli fällig?«

»Ja.«

»Aber Lady Amberleys Ball …«

Er sah sofort, dass das der Grund war. Ihre Augen schimmerten vor unterdrückten Tränen. »Ich werde nicht teilnehmen können.«

Michael spürte die Enttäuschung hinter ihren Worten. Die Einladung zu diesem Ball war ein Preis, um den Corinna seit Jahren gekämpft hatte, und jetzt würde sie nicht hingehen können. Bestimmt hatte sie schon vor dem Unfall vermutet, dass sie schwanger war, hatte es aber nicht einmal vor sich selbst zugegeben und einfach nicht akzeptieren können.

David drückte sanft ihre Schulter. »Ich habe dir doch gesagt, der Ball findet auch nächstes Jahr wieder statt. Sie werden uns wieder einladen. Außerdem kann eine Einladung zu einer Party doch bestimmt nicht mit der Freude mithalten, eine Familie zu gründen.«

Armer David. Er meinte es gut, doch er fand nicht die richtigen Worte, Corinna zu trösten. Michael konnte nur hoffen, dass sie anders empfand, wenn sie erst einmal Mutter war.

Corinna stand hastig auf. »Ich hole dir rasch ein bisschen Brühe, die ich für dich gekocht habe. Dr. Hartman sagte, du solltest gleich versuchen, etwas zu dir zu nehmen, wenn du wach bist. Ich habe auch nach ihm geschickt – ich weiß, dass er dich sehen will.«

»Danke, Corinna. Für alles.« Er tat sein Bestes, sie mit diesen wenigen Worten zu trösten, und sah, dass sie ihn verstand. Sie nickte ihm zu. Dann verließ sie rasch das Zimmer.

»Ich gebe zu, dass es eine Überraschung ist«, sagte Michael, als Corinna fort war. Nach dreizehn Jahren hatten alle geglaubt, es sei das Schicksal der Barkers, kinderlos zu bleiben.

»Es hat lange gedauert«, gab David zu. »Corinna erlaubt mir nicht … ihr meine Zuneigung so zu zeigen, wie ich es gern hätte.«

Michael schnappte nach Luft, dann hustete er, um es zu überspielen. Er wollte auf keinen Fall über das Privatleben seiner Schwester reden.

Doch David bemerkte es gar nicht; er war zu glücklich. »Der Sommer scheint mir die perfekte Zeit, ein Baby zu bekommen.«

»Corinna wirkt weniger erfreut bei dieser Aussicht«, meinte Michael. »Glaubst du, dass mehr hinter ihrer Enttäuschung steckt als nur die Tatsache, dass sie Amberleys Ball nicht besuchen kann?«

»Ich nehme an, sie fürchtet sich auch vor der Geburt. Frauen haben es in dieser Hinsicht nicht leicht, nicht wahr? Doch bei den vielen Fortschritten, die die Medizin in letzter Zeit gemacht hat, besteht doch überhaupt kein Anlass zur Sorge. Wir werden uns darum kümmern, dass sie den besten Arzt bekommt.«

Den allerbesten Arzt.

Michael wurde plötzlich klar, dass er Corinna gar nicht nach der Frau gefragt hatte, die ihm im Zug geholfen hatte. Er würde das so bald wie möglich nachholen. Schließlich hatte sie ihm das Leben gerettet. Doch er musste zugeben, dass sie ihm schon vor dem Unfall aufgefallen war. Sie hatte eine Aura der Selbstsicherheit und Unabhängigkeit besessen, die Michael erfrischend fand. Ihre schlichte Kleidung hatte eher betont als verborgen, wie attraktiv sie war. Wer war sie, und was bewog sie, sich mit einem so schwierigen Gebiet wie der Medizin zu befassen? Trotz des Prozesses gegen die School of Medicine, den Michael führte, wünschte er sich sehr, sie wiederzusehen.

Julia saß in dem großen Wohnzimmer des Stadthauses, in dem die Studentinnen des Queen's College untergebracht waren, und las die Zeitung.

In einem anderen Teil des Raums saßen vier Studentinnen beieinander und fragten sich gegenseitig die Aufgaben aus dem Lehrbuch der Naturwissenschaften ab. Julia nahm sie kaum wahr. Sie beugte sich über die Zeitung, die ausgebreitet vor ihr auf dem Tisch lag, und ging sorgfältig die verschiedenen Kolumnen durch.

Ein langer Artikel beschrieb den Unfall in der U-Bahn und die darauffolgenden Ereignisse, enthielt jedoch keine weiterführenden Informationen über die Personen, die ins Krankenhaus gebracht worden waren.

Sie seufzte, schob die Zeitung fort und lehnte sich auf ihrem Stuhl zurück. Lisette Blanco kam herein, sie bewegte sich flink und entschlossen wie immer. Halb Französin, halb Spanierin und nur gut einen Meter fünfzig groß, war sie ein wahres Energiebündel. Sie steuerte geradewegs auf Julias Tisch zu und ließ sich auf den Stuhl ihr gegenüber fallen. Stirnrunzelnd deutete sie auf die Zeitung. »*Latine legitur, non quidem hodie.*«

Julia sah sie misstrauisch an; sie war noch ganz in ihre Sorge um Michael Stephenson versunken und nicht in Stimmung, Latein zu übersetzen.

Der vernichtende Blick konnte Lisette, die glaubte, Julia hätte sie nicht verstanden, nicht abschrecken. »Ich sagte: ›Solltest du dich nicht lieber mit Deklinationen befassen, als Zeitung zu lesen?‹«

»Ich versuche, Informationen über den Mann zu finden, dem ich gestern nach dem U-Bahn-Unfall geholfen habe.«

Lisettes Missbilligung wich neugierigem Interesse. »Du warst dort? Du musst mir unbedingt erzählen, was eigentlich passiert ist!«

In ihrer Aufregung sprach sie so laut, dass auch die anderen Frauen im Raum aufmerksam wurden. Sie unterbrachen ihr Gespräch und sahen Julia ebenfalls neugierig an.

Julia erzählte ihnen, was in der U-Bahn passiert war. Eine der Studentinnen sah Julia schockiert an, als sie sagte, dass sie ohne gültigen Fahrschein in der ersten Klasse gefahren sei, doch Lisette verzog keine Miene; im Gegenteil, sie nickte anerkennend. Als Julia ihnen von dem Unfall erzählte und was sie unternommen hatte, um Michael zu retten, rief Lisette: »Bravo! Jetzt verstehe ich, warum du glaubtest, es müsse etwas darüber in der Zeitung stehen. Du hast dem Mann das Leben gerettet!«

»Es geht mir nicht um persönliche Anerkennung, ich wüsste nur gern, was aus ihm geworden ist.« Julia griff nach Michael Stephensons Karte, die auf dem Tisch lag. »Wenigstens habe ich seine Karte. Er ist Anwalt in Gray's Inn. Vielleicht sollte ich dort mal nachfragen.«

»Ein Anwalt?« Lisette nahm Julia die Karte aus der Hand und zog die Augenbrauen hoch, als sie sie las. Dann gab sie sie ihr mit einem angewiderten Blick zurück, als sei sie eine der faulig riechenden Proben, die sie bei ihren naturwissenschaftlichen Kursen untersuchen mussten. »Das ist der Mann, dem du gestern das Leben gerettet hast?«

Es klang wie eine Anklage. »Ja«, antwortete Julia, erschrocken über Lisettes Ton. Es konnte wohl kaum etwas mit den Blutflecken auf der Karte zu tun haben.

Lisette warf die Karte angeekelt auf den Tisch. »Weißt du denn nicht, dass dieser Mann einer der Kläger in der Verleumdungsklage gegen Dr. Tierney ist?«

Julia sah sie überrascht an. Sie wusste natürlich von dem Prozess. Eine der Dozentinnen an der Schule, Dr. Tierney, hatte in einer Rede bei einer Demonstration die Aufhebung des Gesetzes über ansteckende Krankheiten gefordert. Dieses Gesetz ermächtige Polizeibeamte, Prostituierte in Hafen- und Garnisonsstädten festzunehmen und zu zwingen, sich einer gynäkologischen Untersuchung zu unterziehen. Wenn tatsächlich eine Krankheit festgestellt wurde, wurden sie in ein Krankenhaus zwangseingewiesen und behandelt. Zweck des Gesetzes war es, die Schwächung der Heereskräfte durch die Ausbreitung von Geschlechtskrankheiten zu verhindern, doch das geschah allein auf Kosten der Frauen. Dr. Tierney hatte in ihrer Rede darauf hingewiesen, dass der Graf von Westbridge so leidenschaftlich für dieses Gesetz eintrat, weil sein Sohn an Syphilis gestorben war, mit der er sich während seiner Zeit in der Armee infiziert hatte. Der Graf bestritt diese Behauptung natürlich empört und hatte Dr. Tierney und die Schule wegen Verleumdung verklagt. Die Schadensersatzsumme, die er forderte, würde die Schule ruinieren.

Julia hob die Karte auf und las sie erneut. Dann sah sie Lisette an. »Ich dachte, der Anwalt des Klägers sei ein Mr Tamblin.«

»Mr Stephenson arbeitet in derselben Kanzlei wie Mr Tamblin und ist sein Assistent. Er hat mehrere von uns, die an der Demonstration teilnahmen, befragt.«

»Dich auch?«

»O ja! Er hat alle möglichen Fragen gestellt und wollte ganz genau wissen, was Dr. Tierney gesagt hat.« Lisette öffnete ihr Täschchen und holte eine Karte heraus. »Er hat mir sogar seine Adresse gegeben, falls wir es uns überlegen sollten und vielleicht doch noch Informationen für ihn hätten! Diese Leute sind so maßlos von sich überzeugt!« Sie zeigte ihr die Karte. Sie war identisch mit der, die Julia hatte – bis auf die Blutflecken. »Das viele Geld, das sie die Schule kosten, und der Ärger, den sie uns machen! Sie tun alles, um zu verhindern, dass Frauen Ärztinnen werden. Ich frage mich, wie er jetzt darüber denkt – falls sie ihm überhaupt erzählt haben, dass es eine Medizinstudentin war, die ihm geholfen hat.« Ihre Augen leuchteten amüsiert auf. »Wir sollten in seine Kanzlei gehen und uns ihm vorstellen, wir und alle anderen Medizinstudentinnen!«

»Ich glaube nicht, dass er dort ist. Heute Morgen war ich im Krankenhaus, aber sie haben mir gesagt, er sei bereits entlassen. Seine Schwester hat ihn zu sich nach Hause geholt. Ich habe keine Ahnung, wo sie wohnt.«

Colleen Branaugh, eine Kommilitonin, sagte: »Ich glaube, das ist nicht schwer herauszubekommen. Sie ist mit Mr David Barker verheiratet, einem der reichsten Männer in Kensington. Obwohl es sich bei ihm um ›neues Geld‹ handelt, was es irgendwie weniger echt macht.«

»Geld ist Geld«, fiel ihr eine andere Frau ins Wort, und alle nickten zustimmend.

»Und woher weißt du so viel über Mr Stephensons Schwester?«, fragte Lisette.

»Mr Stephenson hat auch mich befragt«, antwortete Colleen. »Ich fand ihn unglaublich gut aussehend und sehr sympathisch, obwohl er für den Kläger in diesem Prozess arbeitet. Aber Anwälte können sich ihre Mandanten auch nicht immer aussuchen, oder? Jedenfalls wollte ich unbedingt mehr über ihn herausfinden.«

»Natürlich«, meinte Lisette bissig. »Colleen Branaugh, warum suchst du eigentlich so dringend einen Mann? Könntest du wirklich einfach so darauf verzichten, dir ein eigenes Leben aufzubauen?«

»Ich lese gern die Gesellschaftsspalten, das ist alles«, verteidigte sich Colleen. »Das schadet doch nichts.«

»Wie können wir ihre Adresse in Kensington herausbekommen?« fragte Julia. Wenn es einen Weg gab, Michael Stephenson zu finden, würde sie sich die Gelegenheit, ihn zu sehen, nicht entgehen lassen.

4

Michael schaute aus dem Schlafzimmerfenster. Es war ein kalter Tag, das konnte er an dem Schnee sehen, der sich im Schutz der Hauswände gehalten hatte, und auch daran, wie die Fußgänger ihre Kragen hochstellten, während sie durch die Straßen eilten. Doch die Sonne schien und wärmte sogar schon ein bisschen, jedenfalls wenn man hinter einer Fensterscheibe saß.

Nach vier Tagen Bettruhe war Michael froh, ein Weilchen aufstehen zu dürfen. Er fühlte sich noch immer angeschlagen und sein Nacken schmerzte höllisch, doch seine Unruhe wuchs von Tag zu Tag.

Dr. Hartman schien zufrieden mit seinen Fortschritten. Er hatte Michael gerade erst noch einmal genau untersucht und packte jetzt sein Stethoskop und andere Gerätschaften zurück in seine Tasche. »Sie haben das Ganze bemerkenswert gut überstanden«, sagte er. »Ich glaube, wir können die Gefahr bleibender Schäden ausschließen.«

»Sehr gut. Ich möchte nämlich so schnell wie möglich nach Hause.« Wie viele Londoner Anwälte hatte auch Michael seine Arbeitsstätte und seine Wohnung in einem der vier Gebäudekomplexe der Anwaltskammer, in diesem Fall in Gray's Inn.

»Ich würde Ihnen raten, noch ein paar Tage hierzubleiben«, meinte Dr. Hartman. »Es gibt zwar keine Anzeichen für eine Gehirnerschütterung, aber Ihr Nacken braucht Zeit, um richtig zu heilen. Sie wollen doch die Nähte nicht unnötig strapazieren und riskieren, dass sie sich öffnen.«

Michael wollte protestieren, doch als er sah, dass die Kutsche von Lauras Familie vor dem Stadthaus hielt, schwieg er. Er hatte Corinna gebeten, Laura eine Nachricht zu senden und sie zu bitten, ihn während seiner Genesungszeit nicht zu besuchen. Jetzt war sie trotzdem gekommen.

Corinna hatte ihm erzählt, wie verzweifelt Laura bei dem Unfall gewesen war. Er hielt ihre Reaktion für einen Beweis dafür, wie viel ihr an ihm lag, doch er wollte nicht, dass sie ihn so sah – als ungepflegten Invaliden. Wenn das männliche Eitelkeit war – auch gut. Aber bis sie verlobt waren, wollte er sich ihr nur im allerbesten Licht zeigen.

Er drehte sich zu Dr. Hartman um und sagte: »Ich fühle mich doch ein wenig schwach nach all dem. Vielleicht lege ich mich besser wieder hin.«

Der Arzt nickte zustimmend. »Sehr gut. Sie dürfen jetzt vor allem nichts überstürzen.«

Michael stand langsam von seinem Stuhl auf. Sein Kammerdiener, der in der Nähe gestanden hatte, nahm seinen Arm und half ihm, sich wieder ins Bett zu legen.

»Würden Sie bitte meiner Schwester sagen, dass ich ruhe und nicht gestört werden möchte?«, bat Michael, als der Arzt seine Tasche nahm und zur Tür ging.

»Gern. Ich komme morgen wieder und schaue nach Ihnen.«

Michaels Rastlosigkeit hatte sich noch nicht gegeben, doch im Moment war er zufrieden damit, wieder zu liegen. Er sah keinen Grund, warum Laura nicht noch ein paar Tage warten konnte.

Julia blieb auf dem Gehweg stehen, als eine junge Frau aus dem Stadthaus der Barkers kam. Sie war zwar noch einen halben Block entfernt, doch sie erkannte trotzdem die Blonde aus dem Zug. Colleen Branaugh hatte ihr erzählt, dass es Miss Laura Maynard war. Ihr Bruder war ein Viscount, und Colleen hatte gemeint, dass sie entweder Mr Stephensons Verlobte sei oder eine Verlobung kurz bevorstünde.

Miss Maynard sah Julia nicht. Sie wirkte ganz in Gedanken versunken, während sie schnurstracks zu ihrer Kutsche ging, die am Bordstein wartete. Doch es konnten keine angenehmen Gedanken sein, denn sie runzelte die Stirn. War das ein Zeichen, dass es Michael Stephenson nicht gut ging? Julia fielen sofort alle möglichen Komplikationen ein – eine Infektion oder schlimme Folgen des Blutverlusts, ganz zu schweigen von einer möglichen Gehirnerschütterung.

Die Kutsche fuhr an; gleich darauf hastete Julia zur Tür und klingelte. Der Butler öffnete sofort und war sichtlich überrascht, nach so kurzer Zeit schon wieder einer Besucherin gegenüberzustehen.

Julia kam gleich zur Sache. »Guten Tag. Ich möchte mich nach Mr Michael Stephenson erkundigen.«

Der Mann zog die Augenbrauen hoch. »Verzeihung, Miss. Dies ist das Haus von Mr und Mrs Barker.«

»Ja, das weiß ich. Aber ich möchte …«

Sie hielt inne. Die hochgezogenen Augenbrauen waren sehr vielsagend. Vor allem bewiesen sie einen übertriebenen Sinn für Anstand. Julia setzte ihr schönstes Lächeln auf und nahm eine ihrer Visitenkarten aus ihrer Tasche. Gott sei Dank hatte ihre Wohltäterin, Mrs Staunton, darauf bestanden, sie damit auszurüsten. Sie meinte, eine richtige Dame brauche Visitenkarten. Julia lag wenig daran, als »richtige Dame« aufzutreten – sie hatte Wichtigeres zu tun, doch wenn ihr Visitenkarten dazu verhalfen, Michael Stephenson zu sehen, dann umso besser.

Sie reichte dem Butler die Karte und sagte mit untadeliger Höflichkeit: »Ich würde gerne Mrs Barker sprechen. Ist sie zu Hause?«

Der Butler schien besänftigt und nahm die Karte. Das edle Papier schien das Seinige dazu beizutragen, dass er sie in die Halle bat. Dann ging er, um nachzusehen, ob Mrs Barker »zu Hause« war.

»Sagen Sie ihr, wir haben uns vor ein paar Tagen in der U-Bahn kennengelernt«, rief Julia ihm nach. Sie sah, wie er kurz stehen blieb, doch da sie nun sicher im Haus war, hielt sie es für besser, ihm das zu sagen, als zu riskieren, dass Mrs Barker sie nicht empfing, weil sie ihren Namen nicht kannte.

Während sie wartete, schaute sie sich in der Halle um. Alles, was sie sah – von dem eleganten Kronleuchter bis zu dem prächtig gerahmten Spiegel, zeugte von großem Reichtum. An den Wänden hingen dicht an dicht Fotografien und Gemälde.

Nach wenigen Minuten kehrte der Butler zurück; Mrs Barker war gleich mitgekommen. Julia hatte erwartet, dass die große Brünette sich freuen würde, sie zu sehen, wenn auch nur aus Dankbarkeit, doch es hatte den Anschein, dass sie vor allem überrascht war. Sie begrüßte Julia zurückhaltend.

Das war nicht die Aufnahme, mit der Julia gerechnet hatte. Dennoch schenkte sie Mrs Barker ein strahlendes Lächeln. »Wie Sie meiner Karte entnehmen können, heiße ich Julia Bernay. Ich glaube nicht, dass wir uns im Zug richtig vorgestellt haben.« Sie entschied sich dagegen, ihr die Hand hinzustrecken – diese Frau würde eine so kühne Geste bestimmt nicht zu schätzen wissen. »Ich wollte mich nach Mr Stephenson erkundigen. Ich glaube, er wohnt im Moment bei Ihnen. Ich bin natürlich neugierig und wüsste gern, wie es ihm geht. Kann ich ihn sehen?«

Mrs Barker schaute sie überrascht an. »Das ist leider nicht möglich. Meinem Bruder geht es momentan nicht so gut, dass er Besuch empfangen könnte.«

Julia fiel ein, wie Miss Maynard die Stirn gerunzelt hatte, als sie aus dem Haus gekommen war. Vielleicht hatte auch sie ihren Liebsten nicht sehen dürfen. Doch Julia machte keinen Privatbesuch. »Ich würde bestimmt nichts tun, das seinen Zustand verschlechtert. Ich möchte – aus rein beruflichem Interesse, wenn Sie so wollen – nur sehen, ob er Fortschritte macht.«

Das Wort »beruflich« zu gebrauchen, war wohl keine gute Idee gewesen. Mrs Barker wusste sicherlich um die Klage gegen die Schule. Julia war sich im Klaren, dass das zu widersprüchlichen Gefühlen führen musste. Einerseits war sie Julia sicherlich dankbar, andererseits war sie natürlich verlegen, weil die Person, die ihrem Bruder das Leben gerettet hatte, ausgerechnet an der Institution studieren wollte, die der Mandant ihres Bruders verklagt hatte.

Mrs Barker schien sich tatsächlich sehr unbehaglich zu fühlen. »Das ist wirklich nicht nötig. Mein Bruder wird ärztlich gut versorgt. Dr. Hartman praktiziert seit über dreißig Jahren. Ich versichere Ihnen, dass er absolut Herr der Lage ist.«

»Das glaube ich Ihnen gern«, antwortete Julia, obwohl sie sogleich den Verdacht hegte, dass der Arzt seine Patienten möglicherweise veralteten und alles andere als hilfreichen Prozeduren unterzog, wenn er alt genug war, um tatsächlich schon so lange zu praktizieren. »Ich würde gern mit Dr. Hartman sprechen. Ist er vielleicht gerade da? Er hat doch hoffentlich nicht zufällig einen wie auch immer gearteten Aderlass angeordnet?«

Mrs Barker öffnete den Mund, schloss ihn jedoch wieder, ohne etwas zu sagen. Offenbar war sie zu schockiert, um Julias Frage zu beantworten.

»Das würde ich ihm nicht raten«, sagte eine Männerstimme.

Julia blickte auf und sah Michael Stephenson oben an der Treppe stehen. Selbst aus dieser Entfernung sah sie das amüsierte Glitzern in seinen Augen.

»Sie unterschätzen unseren guten Doktor, Madam«, sagte er. »Er ist sehr fortschrittlich, trotz seines Alters.«

»Michael, du solltest doch nicht aufstehen«, tadelte ihn seine Schwester. »Du weißt doch, dass Dr. Hartman gesagt hat …«

»Er hat es auf meinen Wunsch hin gesagt.« Michael fing an, die Treppe hinunterzugehen, hielt sich dabei jedoch am Geländer fest und schonte sein verletztes Knie.

Man sah, dass er gerade aus dem Bett kam. Er trug einen Hausmantel, der wirkte, als hätte er ihn hastig übergeworfen. Ein paar Locken seines Haars standen in merkwürdigem Winkel ab – kein Wunder, war sein Kopf doch noch immer größtenteils bandagiert. Julia fand, dass er beinahe lustig damit aussah. Außerdem war es unnütz, denn die Verletzung war in erster Linie am Nacken gewesen, nicht am Kopf.

Seine Schwester eilte ihm entgegen und versuchte, seinen Arm zu nehmen, doch er schüttelte sie ab. Er kam auf Julia zu und sagte: »Ich danke Ihnen, dass Sie sich nach meinem Befinden erkundigen, Miss … äh …?«

»Bernay. Julia Bernay.«

»Miss Bernay.« Er wiederholte ihren Namen mit einem kleinen Seufzer der Befriedigung. »Ich freue mich sehr, Sie kennenzulernen.«

Er streckte seine rechte Hand aus, und sogleich waren beide sehr überrascht und verlegen, als sie sahen, dass die Hand bandagiert und geschient war. Er wollte sie zurückziehen, doch Julia griff danach und hielt sie fest.

Sie hob die Hand leicht an, um die Schiene zu begutachten. »Kurz nach dem Unfall vermutete ich, dass Sie sich einen oder mehrere Finger gebrochen hätten. Wie ich sehe, hat Dr. Hartman sich darum gekümmert.« Sie drückte vorsichtig seine Fingerspitzen und sah erfreut, dass die Haut sich verfärbte – ein Zeichen dafür, dass die Blutzirkulation funktionierte. »Das Blut fließt ungehindert. Der Arzt hat gute Arbeit geleistet. In ein paar Wochen ist Ihre Hand so gut wie neu. Bis dahin brauchen Sie einen Sekretär, der die Schreibarbeit für Sie erledigt.«

»Ich werde dafür sorgen, dass Dr. Hartman Ihre Prognose erfährt.« In seiner Stimme klang ein Hauch von Amüsement mit.

Sie standen relativ nah beisammen, da sie immer noch seine Hand hielt, doch Julia beugte sich trotzdem vor, um sich seinen Nacken anschauen zu können. Sie hätte die Wunde gern untersucht und sich angesehen, wie die Ärzte die Verletzung versorgt hatten, doch es war alles dick bandagiert.

»Stimmt etwas nicht? Bitte sagen Sie mir nicht, dass ich wieder blute.«

Er klang ehrlich beunruhigt, doch als Julia aufblickte und ihn ansah, bemerkte sie ein Lachen in seinen blaugrauen Augen und sah, dass seine Lippen zuckten.

Sie war überrascht, dass er sie nicht ernst nahm – im Gegensatz zu Mrs Barker, deren Blicke sie förmlich durchbohrten. Beide Verhaltensweisen, so unterschiedlich sie waren, ärgerten sie. Wie immer, wenn sie mit Menschen konfrontiert war, in deren Augen Frauen nicht fähig waren, den Arztberuf auszuüben, fiel es ihr schwer, ihren Ärger zu verbergen. Wie konnten diese beiden nach allem, was geschehen war, so denken?

Julia ließ Michaels Hand los und sah ihn streng an. »Dr. Hartman hat Ihnen sicher gesagt, dass Sie auf Anzeichen für eine Gehirnerschütterung achten müssen?«

»O ja. Er ist, genau meine Schwester, der Ansicht, dass ich meinen Kopf regelmäßig untersuchen lassen muss. Nicht wahr, Corinna?«

Corinna verzog den Mund und Michael schien schon wieder ein Grinsen zu unterdrücken. Plötzlich erkannte Julia, dass er gar nicht sie auslachte, sondern es einfach genoss, seine Schwester zu necken.

»Wollen wir ins Wohnzimmer gehen?«, schlug Michael vor. »Es gibt noch eine ganze Menge, worüber ich gern mit Ihnen reden würde.«

»Michael, das finde ich nicht klug«, protestierte Corinna. »Du darfst dich nicht überanstrengen.«

»Genau deshalb sollten wir ins Wohnzimmer gehen und uns hinsetzen.« Ohne ihre Antwort abzuwarten, ging er auf die Wohnzimmertür zu und blieb dort nur kurz stehen, um Corinna und Julia als Erste eintreten zu lassen. Corinna ging hinein, doch Julia sah, dass sie sich zusammenreißen musste.

Jetzt amüsierte sich auch Julia. Sie vermutete, dass es zwischen den Geschwistern, die beide so ausgeprägte Persönlichkeiten hatten, des Öfteren zu Spannungen kam. Diese Runde schien an den Bruder gegangen zu sein. Nicht zum ersten Mal überlegte sie, wie es wohl sein mochte, einen Bruder zu haben, ganz zu schweigen von einem Bruder wie ihn.

Julia hatte noch nie ein solches Wohnzimmer gesehen. Es war so vollgestellt mit Stühlen, allen möglichen Möbeln und vor allem Nippes, dass es an ein Wunder grenzte, dass man sich überhaupt noch darin bewegen konnte. Topfpflanzen wetteiferten mit Bücherregalen, Tischchen und Vitrinen voller Kuriositäten um Platz. Die Wände waren, wie in der Halle, mit Gemälden und Fotografien bedeckt. Es war eine prachtvolle Zurschaustellung von Überfluss, doch Julia war nicht im Geringsten beeindruckt. Sie hätte sich in einem so überladenen Haus niemals wohlfühlen können.

Bevor sie sich setzen konnten, trat ein untersetzter Mann mit dichtem schwarzem Haar und Backenbart ein. Er wirkte leicht gehetzt. »Ah, Corinna, da bist du ja. Könntest du bitte rasch mal in die Küche gehen? Der Diener hat mir gesagt, Mrs Teague hat wieder einmal eine Auseinandersetzung mit dem Lieferjungen des Metzgers. Du musst unbedingt dazwischengehen.«

»O nein, nicht ausgerechnet heute«, antwortete Corinna verdrossen.

Jetzt erst bemerkte der Mann Julia. »Hallo – wir haben Besuch?« Er lächelte sie freundlich an. »Ich bin David Barker. Sehr erfreut.«

Es war ein Julia ein Rätsel, wie er so umgänglich sein konnte, wo er doch mit einer Frau verheiratet war, die offenbar das völlige Gegenteil von ihm war.

Michael sagte: »David, das ist Miss Julia Bernay, die Frau, die mir in der U-Bahn das Leben gerettet hat.«

Mr Barkers Lächeln wurde noch breiter. »Wirklich? Ich freue mich sehr, Sie kennenzulernen. Wie gut, dass Sie uns gefunden haben! Es ist uns leider nicht gelungen, Sie ausfindig zu machen.«

»Ach, nein?« Nach Mrs Barkers Verhalten ihr gegenüber war Julia überrascht, das zu hören.

»Ja, wirklich.« Er warf einen Blick auf die Standuhr in der Ecke und fuhr fort: »Ich wünschte, ich könnte Sie bitten, noch ein wenig zu bleiben und mit uns zu plaudern, doch ich muss leider gehen.« Er wandte sich an Michael und erklärte: »Ich habe einen Termin mit einem wichtigen Klienten an der Börse, und du weißt ja, wie haarsträubend der Verkehr ist. Man braucht Ewigkeiten mit der Droschke – aber die U-Bahn sollte man wohl lieber nicht riskieren, oder?«

Er schmunzelte über seinen Scherz, gab seiner Frau ein Küsschen auf die Wange und nahm ihre Hand, um sie mit sich zu ziehen. »Du gehst doch gleich zu Mrs Teague, nicht wahr?«

»Na gut.« Corinna warf ihrem Bruder einen strengen Blick zu, als wollte sie ihn warnen, sich ja zu benehmen, während sie fort war. »Ich bin gleich wieder da.«

Mr Barker setzte seinen Hut auf und nickte Julia zu. »Auf Wiedersehen, Miss Bernay. Ich hoffe, Sie beehren uns bald einmal wieder.«

Als sie den säuerlichen Gesichtsausdruck von Mrs Barker gewahrte, konnte Julia nicht widerstehen. »Vielen Dank, Sir, das mache ich gern.«

Die Barkers verließen das Zimmer, und Julia hörte, wie sich die Vordertür öffnete und wieder schloss. Mr Barker war vermutlich gegangen und seine Frau auf dem Weg nach unten. Julia fragte: »Hat Mrs Teague oft Streit mit dem Metzgerjungen?«

»Nur, wenn es um eine wichtige Abendeinladung geht. Aber Corinna macht das schon.«

»Mr Barker scheint sehr nett zu sein.«

»Ja. Er hält meine Schwester bei Laune.«

Während er sprach, streckte er die Hand aus und stützte sich auf einen der hochlehnigen Stühle. Julia sah, dass er leicht zusammenzuckte und blass wurde.

»Sie sollten sich setzen«, drängte sie ihn.

Er wehrte sich nicht, als sie seinen Ellbogen nahm und ihn in den Stuhl drückte. »Danke«, murmelte er. »Vielleicht habe ich mich doch ein bisschen überanstrengt.«

Julia legte eine Hand auf die Bandage in seinem Nacken. »Darf ich mir die Wunde einmal genauer ansehen? Es interessiert mich sehr, wie die Chirurgen sie genäht haben.«

Sie konnte sehen, dass er ablehnen wollte, doch dann sagte er: »Ich hatte großes Glück in dem U-Bahn-Wagen. Dr. Hartman sagt, Ihr rasches Handeln hat mich davor bewahrt, viel Blut zu verlieren.«

Julia nahm die Äußerung als stillschweigende Erlaubnis und beugte sich über ihn. »Es freut mich natürlich, dass der Arzt einen guten Eindruck von meiner Arbeit hat.«

Sie zog vorsichtig den Hausmantel herunter, um sich den Nacken anzusehen. Der gesamte Bereich war geschwollen und rot, aber nicht von einer Infektion. Es war normal, dass eine Nahtwunde kurz nach einer Operation so aussah. Julia betrachtete die Stiche und sah, dass der Arzt sehr erfahren und geschickt gewesen war. »Beeindruckend«, murmelte sie.

»Wollen Sie wirklich Ärztin werden?« Michael klang eher skeptisch als ungläubig.

Sie legte die Bandagen wieder an. »Ich nehme das Studium in Kürze auf. Im Moment bin ich am Queen's College eingeschrieben und absolviere Kurse, um die Lücken in meiner schulischen Ausbildung zu schließen. Ende Juni lege ich dann mein Immatrikulationsexamen ab und fange an zu studieren.«

»Und unterstützt Ihr Vater Sie in diesem Vorhaben?«

Julia zuckte leicht zusammen, und Michael grunzte, weil das Pflaster an seiner Haut ziepte. »Verzeihung«, sagte sie und nahm die Hände weg. »Ich habe einen Gönner. Es ist nicht mein Vater.«

»Er muss sehr großzügig sein.«

Julia war irritiert, doch sie machte sich nicht die Mühe, ihm zu sagen, dass es sich um eine Frau handelte. »Wie meinen Sie das?«

»Ich fand es nur ein wenig … seltsam … ich meine … fahren Sie immer erster Klasse?«

»Ich hatte es eilig und die anderen Wagen waren voll.« Julia hatte die Kunst energischen Auftretens schon vor langer Zeit gelernt. Es war oft die einzige Möglichkeit, die Ärzte im Krankenhaus dazu zu bringen, ihr zuzuhören. Sie zögerte auch jetzt nicht, sie anzuwenden. Mehr brauchte er gar nicht zu wissen. »Ja, mein Wohltäter ist in der Tat sehr großzügig«, betonte sie noch einmal. Das stimmte auch. Mrs Staunton war in mehr als einer Hinsicht sehr großzügig gewesen – als sie noch die Mittel dazu gehabt hatte.

»Könnten Sie sich etwas weiter ins Licht beugen?«, fragte sie. »Dr. Hartman hat Sie zwar auf Anzeichen für eine Gehirnerschütterung untersucht, aber man kann nie vorsichtig genug sein.« Sie bückte sich, um ihm in die Pupillen zu blicken; dabei war ihr Gesicht nur Zentimeter von dem seinen entfernt. »Sogar kleine Schläge auf den Kopf haben manchmal ernste Folgen …«

Das Geräusch der Wohnzimmertür, die geöffnet wurde, unterbrach sie. Sie blickte verärgert auf und erwartete, Mrs Barker zu sehen. Doch es war der Butler.

Sein Grinsen ärgerte sie noch mehr. »Verzeihung, Sir«, sagte er trocken.

Julia merkte, dass sie für seine Augen ein kompromittierendes Bild bieten mussten. Sie richtete sich betont langsam auf, um ihm zu signalisieren, dass ihr Verhalten absolut schicklich und sie sich keiner Schuld bewusst war.

Michael seufzte »Ja, was gibt's?«

»Mr Tamblin möchte Sie sprechen, Sir. Darf ich ihn hereinführen?«

Mr Tamblin! Der federführende Anwalt des Mannes, der die Schule verklagt hatte, befand sich in diesem Haus! Julia hoffte, dass er hereingeführt wurde; sie hätte ihn zu gern einmal gesehen.

Doch zu ihrer Enttäuschung antwortete Michael: »Nein. Bitten Sie ihn, im Arbeitszimmer zu warten. Ich komme gleich.«

Der Butler nickte und verließ das Zimmer. Michael erhob sich langsam; er sah aus, als habe er starke Schmerzen. Julia nahm seinen Arm, um ihm aufzuhelfen, doch er lächelte nur. Vielleicht war es aber auch eine Grimasse. Er stützte sich schwer auf ihren Arm und kämpfte um sein Gleichgewicht.

»Verzeihen Sie, aber ich muss kurz mit diesem Herrn sprechen. Er ist mein Arbeitgeber und wir sind mitten in einem – wir haben im Moment sehr viel zu tun.« Er warf ihr einen Seitenblick zu. Vielleicht dachte er, sie wisse nichts von dem Prozess gegen die Schule. »Würden Sie bitte hier warten? Ich weiß – und bin dankbar –, dass Sie mir das Leben gerettet haben. Ich möchte gern mit Ihnen besprechen – wenn ich irgendetwas für Sie tun kann …?«

Julia sah ihn an und überlegte, ob er wusste, auf was für ein gefährliches Terrain er sich damit begab. Er wusste doch bestimmt, dass der Prozess sie zu Gegnern machte, wenn sie auch jeweils nur Stellvertreter waren.

»Ja, ich warte.« Sie würde sein Angebot, das Gespräch fortzusetzen, bestimmt nicht ablehnen.

Er schenkte ihr ein kurzes dankbares Lächeln und verließ das Zimmer.

Julia war jetzt allein im Raum und sah sich um. Viele der Gegenstände in den Regalen wirkten, als stammten sie aus dem Ausland. Die Barkers waren entweder selbst Weltreisende oder kauften gerne Sachen von Leuten, die es waren.

Sie betrachtete ein buntes Gemälde mit Stocherkähnen auf dem Fluss Cam; im Hintergrund sah man die altehrwürdigen Gebäude der Universität Cambridge. Julia war niemals dort gewesen, doch sie hatte schon Fotografien davon gesehen. Aus ihren Lateinstudien kannte sie das Motto der Universität, das auf einer goldenen Tafel über dem Rahmen geschrieben stand: *Hinc lucem et pocula sacra*. Sie wusste, dass die Übersetzung lautete: »Von hier Erleuchtung und heiliges Wissen.« War Mr Barker ein ehemaliger Student? Oder vielleicht Michael?

Sie überlegte, was wohl im Arbeitszimmer verhandelt wurde. Wie sehr wünschte sie sich, eine Fliege an der Wand sein und hören zu können, was die beiden Anwälte besprachen! Vor allem, wenn sie über Strategien redeten, mit denen sie den Prozess gegen Dr. Tierney gewinnen konnten. Julia liebäugelte kurz mit der Idee, durch die Halle zu ihnen ins Arbeitszimmer zu marschieren und sie einfach zu fragen, warum sie eine Institution ruinieren wollten, deren einziges Anliegen es war, den Menschen zu helfen. Sie stand sogar schon beinahe an der Tür, doch dann überlegte sie es sich noch einmal. Wahrscheinlich würde sie daraufhin aus dem Haus geworfen werden.

Während sie noch darüber nachdachte, fiel ihr plötzlich ein Set geschnitzter Figurinen in einer der Vitrinen ins Auge. Sie trat näher und sah, dass es Schachfiguren waren, die auf einem eingelassenen Schachbrett standen. Statt Springern, Türmen und der Königin sah sie den langen Hals und den Kopf einer Giraffe mit ihren beiden kurzen Hörnern, Grashütten und eine Frau mit einem Topf auf dem Kopf. Fasziniert sah sie sich die Figuren genauer an. Der König trug einen kunstvollen Kopfschmuck, die Bauern hatten Ringe in den

Ohren und breite Nasen. Das ganze Spiel war offensichtlich inspiriert von Eindrücken aus Afrika.

Das rief ihr mahnend ihre Zukunftspläne in Erinnerung. Sie würde ihr Studium abschließen und eines Tages nach Afrika gehen. Wie auch immer der Prozess ausging, die Schule würde ihn überleben. Und wenn nicht, würde sie einen anderen Weg finden, Ärztin zu werden, bevor sie Europa verließ. Ganz gleich, welche Hindernisse ihr in den Weg gelegt wurden.

5

Michael hielt kurz inne, bevor er die Tür des Arbeitszimmers öffnete, holte tief Luft und wartete, bis sein Kopf wieder klar war. Er war bestürzt, wie sehr der kurze Gang durch die Halle ihn erschöpft hatte. Er war es gewohnt, allein zurechtzukommen, und hatte nicht die Geduld, ein Invalidendasein zu ertragen.

Doch nicht nur die körperlichen Beschwerden, auch die Begegnung mit Miss Bernay beschäftigte ihn sehr. Als sie ihn untersucht hatte, war er sich ihrer Nähe sehr bewusst gewesen. Ihre Berührung war kühl und professionell gewesen und doch hatte sie lebhafte, widersprüchliche Gefühle in ihm geweckt: ein unbeschreibliches Wohlgefühl und eine gewisse neugierige Erregung. Sie hatte nach Seife geduftet. Die meisten Frauen, die er kannte, trugen ein blumiges Parfüm, Julia jedoch duftete nach einfacher, herber Seife. Alles an ihr zeigte ihm, dass sie eine aufrichtige und praktische Frau war, die keinerlei Berührungsängste vor völlig Fremden hatte. Er war noch nie einer Frau so nahe gewesen, ohne dass diese etwas völlig anderes im Sinn gehabt hätte.

Ihr ganzes Verhalten ließ keinen Zweifel daran aufkommen, dass sie durch und durch der medizinische Profi war, der zu sein sie behauptete. Und doch stand dies im scheinbaren Widerspruch zu ihrer äußeren Erscheinung: Sie war eine schlanke junge Frau mit ausdrucksvollen braunen Augen, die eher mandelförmig als rund waren. Ihr Gesicht war eher kantig, doch diese Strenge wurde von den vollen roten Lippen abgemildert, die sich zu einem reizvollen Bogen formten, wenn sie nachdachte – wie zum Beispiel, als sie ihn untersucht hatte. Noch jetzt musste Michael bei der Erinnerung an das Gesicht des Butlers lächeln, als dieser plötzlich ins Zimmer gekommen war. Was hatte er wohl gedacht, was zwischen ihnen vorging? Das war nicht schwer zu erraten. Wahrscheinlich war die Neuigkeit bereits zu Corinna vorgedrungen. Der Butler würde mit der Haushälterin und diese mit der Zofe darüber sprechen. Solcher Tratsch durfte Michael eigentlich nicht gleichgültig sein, doch für den Moment zuckte er nur mit den Achseln und trat ins Arbeitszimmer.

Noah Tamblin, Kronanwalt, besaß genau das Aussehen und Auftreten, das man von einem Mann mit seinem Titel erwartete. Mit seinem grauen Haar und den Altersfalten im Gesicht verströmte er die Aura der würdevollen Weisheit eines Mannes, der das Gesetz in- und auswendig kannte, nachdem er sich jahrzehntelang damit befasst hatte. Doch in diesem Moment wirkte er bei Michaels Anblick aufrichtig erschrocken. »Stephenson, Sie sehen furchtbar aus.«

Erst jetzt fiel Michael ein, dass er noch seinen Hausmantel trug und weder gekämmt noch rasiert war. Wie seltsam, dass er Laura in diesem Zustand auf keinen Fall hatte unter die Augen treten wollen, ihn in Julias Gesellschaft hingegen völlig vergessen hatte. »Wie Sie sehen, befinde ich mich noch in der Erholungsphase.« Er hob seine bandagierte rechte Hand. »Ich würde Ihnen ja die Hand geben, aber …«

Tamblin schüttelte mitleidig den Kopf. »Wenigstens sind Sie auf. Als ich hörte, was passiert war, habe ich Sie sofort aufgesucht, aber Sie hatten das Bewusstsein noch nicht wiedererlangt. Ihre Schwester hat mir alles erzählt. Sie hatten Glück, dass sich eine Krankenschwester unter den Fahrgästen befand, die wusste, was zu tun war.«

»Ja, ich hatte Glück«, gab Michael zu. Er griff nach der Bandage in seinem Nacken und dachte an Julia. Tamblin hatte sie als Krankenschwester bezeichnet; offenbar hatte Corinna Tamblin gegenüber nicht erwähnt, dass die *Krankenschwester* Ärztin werden wollte. Wenn sie es getan hätte, was würde Tamblin dann davon halten, dass diese Frau momentan im Zimmer nebenan saß? Würde er glauben, dass der Feind die Tore gestürmt hatte? Vielleicht sollte Michael selbst es lieber auch so sehen. Konnte es wirklich ein Zufall sein, dass sie mit ihm zusammen im Zug gewesen war? Oder war sie ihm aus irgendeinem Grund gefolgt? Der Gedanke verursachte ihm leises Unbehagen.

»Wie lautet die Prognose?«, fragte Tamblin.

»Es wird alles wieder in Ordnung kommen.« Michael musste eine Grimasse unterdrücken; die diversen Schmerzen, die ihn plagten, schienen seine Worte Lügen zu strafen. »Ich nehme an, in einer Woche kann ich wieder arbeiten.«

Tamblin nickte zufrieden. »Ich bin erleichtert, das zu hören. Wir brauchen Sie. Sie sind zweifellos der beste Devil, den ich je hatte.«

Michael hatte hart gearbeitet, um sich einen Namen als Devil zu machen. Diesen Titel erhielt ein Rechtsreferendar, der Schriftsätze ausarbeitete, juristische Recherchen anstellte und auch im Namen des beauftragten Anwalts an Gerichtsverhandlungen teilnahm. Ein Erfolg auf diesem Gebiet war der erste Schritt zu einer Anwaltskarriere.

Tamblin betrachtete ihn genauer. »Wenn ich mich recht erinnere, waren Sie an dem Tag des Unfalls bei Buxton. Wie lief es? Hatten Sie Erfolg?«

»Ja.« Michael hatte den Arzt eines Privatsanatoriums auf dem Land befragt, wo John Morton, der Sohn des Grafen von Westbridge, die letzten drei Jahre seines fünfundvierzigjährigen Lebens verbracht hatte. Er war mit dem Zug hingefahren und erst spät am Vorabend des Unglückstages zurückgekehrt, deshalb hatte er Tamblin noch nicht Bericht erstatten können.

Michael, dem immer noch ein wenig schwindlig war, setzte sich in einen der beiden Ledersessel am Kamin.

Tamblin nahm ihm gegenüber Platz, beugte sich jedoch sogleich eifrig vor und fragte: »Was ist passiert? War Dr. Gale bereit, die eidesstattliche Erklärung zu unterschreiben?«

»Aber ja. Dr. Gale hat sehr freimütig gesprochen und mir eine Aufstellung sämtlicher Krankheiten Mortons mitgegeben, körperlicher und auch geistiger. Und selbstverständlich stand keine davon im Zusammenhang mit Syphilis.«

»Hmm. Gut. Das ist gut. Noch ein Punkt für uns.«

Tamblin klang, als hätte er nicht mit diesem Ergebnis gerechnet. Doch warum hätte er das nicht tun sollen? Von dem Tag vor zwei

Jahren, an dem man Morton ertrunken im Teich auf dem Sanatoriumsgelände gefunden hatte, hatte der Arzt behauptet, das sei ein Zufall gewesen. Morton sei wegen eines Fiebers nicht im Besitz seiner geistigen Fähigkeiten gewesen. Er litt unter Rückfällen seiner Malariaerkrankung, mit der er sich während seines Heeresdienstes in Südafrika infiziert hatte.

Diese Informationen waren der Öffentlichkeit bekannt. Doch es gab immer wieder Gerüchte, der wahre Grund für Mortons »Unfall« sei ein Zustand geistiger Unzurechnungsfähigkeit aufgrund einer fortgeschrittenen Syphiliserkrankung gewesen, ja, dass er möglicherweise sogar bewusst Selbstmord begangen haben könnte. Gegen ebendiese Behauptung hatte der Graf von Westbridge Klage erhoben. Michaels Meinung nach ging es bei dem Ganzen lediglich darum zu verhindern, dass der Skandal einen geachteten Familiennamen in den Schmutz zog – ein Bestreben, das er bis zu einem gewissen Grad durchaus nachvollziehen konnte, hatten er und Corinna doch die letzten zehn Jahre darum gekämpft, ihren Ruf, den ihr Vater ruiniert hatte, wiederherzustellen. Allerdings hatten die Stephensons natürlich nicht versucht, die hässliche Wahrheit zu verschleiern, sondern nur, sich darüber zu erheben. Michael setzte sich zwar mit seinem ganzen beruflichen Können dafür ein, diesen Prozess für den Grafen zu gewinnen, doch er hatte den Verdacht, dass die wahren Vorgänge dabei weitgehend unter den Teppich gekehrt wurden.

Ein Hinweis darauf war die Art und Weise, wie Dr. Gale so überaus bereitwillig Auskunft über sämtliche angeblichen Krankheiten Mortons gegeben hatte. Michael war zwar alles andere als ein Experte, doch Gales Verhalten schien ihm doch ein eklatanter Verstoß gegen die ärztliche Schweigepflicht zu sein. Der Arzt hatte Michael versichert, dass er absolut bereit und willens war, Lord Westbridge in seinem Prozess zu unterstützen. Es war durchaus möglich, dass er dafür Geld von dem Grafen erhielt. Oder war es zynisch, so zu denken? Vielleicht entsprach die offizielle Version der Geschichte doch der Wahrheit. Andererseits war Michael aufgefallen, dass der Arzt bei ihrem Gespräch ein außerordentlich teures Jackett aus bestickter

Seide getragen hatte und immer wieder eine kostbare goldene Taschenuhr herausgezogen hatte, um nach der Zeit zu sehen.

War es denkbar, dass Ärzte mit Geld gekauft werden konnten, wie so viele Männer in anderen Berufen? Michael hatte immer geglaubt, sie seien zu altruistisch, um Bestechungsgelder anzunehmen. Aber vielleicht war kein Mensch immun gegen den Wunsch nach Reichtum. Er fragte sich unwillkürlich, warum Julia Bernay wohl Ärztin werden wollte. Bestimmt nicht wegen des Geldes, dachte er, obwohl er nicht hätte sagen können, warum er sich dessen so sicher war.

Tamblin erhob sich. »Ich möchte Sie nicht länger von der Ruhe abhalten, die Sie dringend nötig haben. Wir brauchen Sie so schnell wie möglich wieder bei vollen Kräften zurück im Büro.« Als sie zur Tür gingen, fuhr er fort: »Seine Lordschaft weiß von dem Unfall. Er hat mich gebeten, Ihnen seine besten Wünsche für eine schnelle Genesung auszurichten. Er weiß, dass Ihre Arbeit für diesen Prozess unschätzbar wertvoll ist.«

»Vielen Dank, Sir.« Michael warf einen Blick zur Wohnzimmertür. Sie stand offen, und er sah, dass Julia Bernay noch da war. Sie betrachtete den Inhalt einer Vitrine.

Als sie Tamblin hörte, drehte sie sich um und runzelte die Stirn. Es war nicht schwer zu erraten, was für Gedanken ihr durch den Kopf gingen, als sie mitanhören musste, wie Tamblin ihn für ihren zu erwartenden Sieg über die Schule lobte.

Andererseits – woher sollte sie eigentlich wissen, wer Tamblin war? Michael hatte keine Ahnung, was genau sie über den Prozess und die daran beteiligten Personen wusste. Vielleicht war sie ja nur verärgert, weil er sie hatte warten lassen. Jedenfalls hatte er bei seiner Schwester schon öfter einen ähnlichen Blick gesehen. Tamblin verabschiedete sich und Michael schloss dankbar die Tür hinter ihm.

»Danke, dass Sie gewartet haben«, sagte er, als er ins Wohnzimmer zurückkehrte.

»War das Mr Noah Tamblin?«

»Ja.« Er versuchte, beiläufig zu klingen. »Kennen Sie ihn?«

»Ich habe von ihm gehört.« Jetzt bestand kein Zweifel mehr, dass ihr Blick der Ausdruck reinster Verachtung gewesen war.

Er sah sie ungerührt an. »Vielleicht bereuen Sie jetzt, dass Sie mir das Leben gerettet haben.«

Sie fuhr überrascht auf. »Niemals! Kennen Sie denn nicht den hippokratischen Eid?«

»Sie sind noch keine Ärztin«, betonte er.

»Aber ich werde bald eine sein und tue mein Bestes, schon jetzt nach diesem Eid zu leben.«

Er war versucht, ihre Zielstrebigkeit zu bewundern, doch so ganz glaubte er ihr noch nicht. »Dann ist vermutlich alles, was Sie tun, und ihr gesamter gesellschaftlicher Umgang ehrlich und aufrichtig?«

»Aber selbstverständlich!«

»Das heißt, Sie hatten kein niedriges Motiv, das Sie bewog, am Tag des Unfalls im gleichen Wagen zu sein wie ich? Eines, das mit diesem Prozess zu tun hatte?«

Sie schien aufrichtig überrascht zu sein. »Was für ein Motiv sollte das sein?«

»Sie wissen doch, inwiefern ich mit der Schule zu tun habe, deren Existenz durch diesen Prozess bedroht ist.«

»Aber ich wusste es nicht, als Sie in den Wagen einstiegen. Ich hatte keine Ahnung, wer Sie waren. Ich war auf dem Weg zu einer Vorlesung, das war alles.«

Doch dabei senkte sie kurz den Blick, und Michael hatte das Gefühl, dass sie ihm nicht alles gesagt hatte. »Ich nehme an, diese Vorlesung haben Sie versäumt.«

»Ja. Aber es wird noch mehr Vorlesungen geben. Vor allem, wenn ich erst immatrikuliert bin.«

Das war nicht nur eine Aussage, sondern eine Herausforderung. Aller Wahrscheinlichkeit nach hatte jede Frau, die mit dieser Ausbildungsstätte zu tun hatte, den gleichen unbeugsamen Willen. So viel war Michael im Laufe seiner Arbeit für den Prozess klar geworden.

»Sie haben gefragt, was Sie für mich tun könnten«, sagte Julia Bernay. »Wie Sie wiedergutmachen könnten, dass ich Ihnen das Leben gerettet habe.«

Michael verspannte sich. Er konnte nicht fassen, dass er etwas so Unüberlegtes gesagt hatte. Er hatte es zwar ernst gemeint, erschrak nun aber doch, als er sein Angebot in so deutliche Worte gefasst sah. »Sie haben geantwortet, Ihr Motiv sei ausschließlich der Wunsch zu helfen gewesen«, erinnerte er sie.

Sie presste kurz die Lippen zusammen, doch die leicht nach oben gezogenen Mundwinkel zeigten, dass sie sich amüsierte. »Haben Sie Angst, dass ich Sie ›um die Hälfte Ihres Königreichs‹ bitte?«

»Nun, im Moment scheine ich ganz von Ihrer Gnade abzuhängen.«

Sie sah ihn aufmerksam an. »*Quod in iuventute non discitur, in matura aetate nescitur.*«

Überrascht murmelte er: »Bitte?«

Sie wiederholte den Satz. »Das ist Latein. Wissen Sie, was es bedeutet?«

»Natürlich. Was in der Jugend nicht gelernt wird, weiß man im reifen Alter nicht. Anders gesagt: Was Hänschen nicht lernt, lernt Hans nimmermehr.«

»Sehr gut.« Sie redete wie eine Lehrerin. Aber ihre Aussprache war nicht besonders gut, auch wenn sie den Vers syntaktisch richtig betont hatte. »Sie können also Lateinisch?«

Michael starrte sie an. Er hatte keine Ahnung, wohin dieses Gespräch führen sollte. »Ja.«

»Ich meine, können Sie es *wirklich?* Sind Sie sattelfest in der Grammatik und kennen auch die klassischen lateinischen Werke?«

Er konnte nicht widerstehen. Wenn sie mit ihrer Hingabe an die ärztliche Profession prahlen wollte, konnte er ihr seine Qualifikationen für die Rechtsprechung entgegensetzen. Die Tatsache, dass er in seinem Studienfach stets die besten Noten erzielt hatte, war ein wichtiger Schritt in seiner Karriere gewesen. »Sehr gute Lateinkenntnisse sind unverzichtbar für meinen Beruf. Ich habe die Prüfung in den klassischen Sprachen in Cambridge mit Auszeichnung abgeschlossen.«

»Beeindruckend.« Wieder wandte Julia den Blick ab und diesmal sah Michael, dass sie das Bild von Cambridge anschaute, das Corinna gekauft hatte, weil sie so stolz auf ihren Bruder war.

»Darf ich fragen, warum Sie so interessiert an meiner akademischen Laufbahn sind?«

Sie drehte sich wieder zu ihm um. »Weil ich Sie bitten möchte, mir Nachhilfe in Latein zu geben.«

Michael machte sich allmählich Sorgen, ob seine Verletzungen vielleicht irgendwie sein Gehör beeinträchtigt hatten. »Was soll ich?«

»Um das Immatrikulationsexamen zu bestehen, muss ich einen lateinischen Text übersetzen und eine schwierige Frage nach der lateinischen Grammatik beantworten. Es beinhaltet natürlich noch weitere Themen, unter anderem Algebra und englische Geschichte, aber in Latein bin ich am schwächsten.«

»Das glaube ich gern.«

Sie warf ihm einen stechenden Blick zu. »Machen Sie es also?«

»Aber ich bin nicht qualifiziert, Latein zu unterrichten.«

»Haben Sie mir nicht gerade erzählt, wie gut Sie die klassischen Sprachen beherrschen? Glückwunsch übrigens. Darauf können Sie stolz sein.«

Wollte sie ihm jetzt schmeicheln? Sie schien wirklich jede nur denkbare Taktik auszuprobieren. »Etwas zu können und es zu lehren, sind zwei ganz verschiedene Dinge. Aber ich bezahle Ihnen natürlich gern einen Lehrer.« Das war das Mindeste, was er tun konnte, und nur eine kleine Wiedergutmachung dessen, was sie für ihn getan hatte.

Sie sah ihn mit einer Mischung aus Verletzung und Enttäuschung an. »Sie wollen jemanden bezahlen, um sich einer persönlichen Schuld zu entledigen – einer moralischen Verpflichtung?« Sie schüttelte den Kopf. »Wirklich, Mr Stephenson, ich hatte mehr erwartet von einem Mann Ihres Kalibers.«

Das musste ein Trick sein. Er konnte nicht glauben, dass sie ihrer Meinung von ihm dermaßen schonungslos Ausdruck gab, ganz zu schweigen von diesem Unsinn über moralische Verpflichtungen. Wer sprach heutzutage noch von solchen Dingen? Michael hatte sein Leben lang hart für das gearbeitet, was er verdiente, und noch viel härter für das, was er nicht verdiente. Doch diese Frau machte den Eindruck, als meine sie es völlig ernst. Wenn sie log, war sie besser im Lügen als alle, die er kannte. Und angesichts der Menschen, mit denen er als Anwalt zu tun hatte, wollte das etwas heißen.

»Ich habe Ihnen bereits meine tiefste Dankbarkeit zum Ausdruck gebracht. Warum sollte ich Ihnen einen zweitklassigen Lehrer anbieten« – er deutete auf sich selbst – »wenn ich Ihnen den besten besorgen kann? Würde ich damit nicht meine moralische Verpflichtung verfehlen?«

»Ich glaube nicht, dass Sie zweitklassig wären. Sie können mich die Techniken lehren, mit denen Sie Ihr Examen mit Bravour bestanden haben. Ich habe Ihnen das Leben gerettet. Sie haben gesagt, dass Sie das wiedergutmachen wollen. Ich glaube nicht, dass man eine solche Schuld stellvertretend bezahlen kann.«

Diese Frau war alles andere als subtil, doch ihre Argumentationskunst war beängstigend. Sie wäre ein würdiger Gegner in einem Gerichtssaal. Er hatte das Gefühl, dass sie diese Fähigkeit schon öfter dazu benutzt hatte, Gegner auf medizinischem Gebiet abzuschmettern. Einen Moment lang taten ihm diese Gegner richtig leid. Vielleicht sollte er froh sein, dass sein Beruf Frauen noch nicht offenstand.

Doch ihm blieb noch ein Argument. »Wenn ich Zeit mit Ihnen verbringe, könnte das den Anschein eines Interessenkonflikts erwecken. Ich würde meine Arbeit gefährden. Sie verlangen ja wohl nicht, dass ich zum Dank meinen Lebensunterhalt aufs Spiel setze, nachdem Sie mein physisches Leben gerettet haben?«

»Es gibt noch keine offizielle Verbindung zwischen mir und der Schule.«

»Kennen Sie vielleicht andere Studentinnen oder irgendwelche

Lehrerinnen des Instituts? Sind Sie ihnen begegnet, haben Sie Zeit mit ihnen verbracht?«

»Ich habe Zeit mit ihnen verbracht«, gab sie zu.

»Das ist auch der Grund Ihres Hierseins, nicht wahr?«, fragte er. »Es geht Ihnen um Rache.«

»Ganz sicher nicht.« Sie wirkte ganz entsetzt über diese Unterstellung, doch Michael war im Gerichtsraum zu oft Zeuge der Zurschaustellung vorgespielter Emotionen gewesen, um ihre Reaktion einfach so hinzunehmen.

»Warum bitten Sie mich dann, Ihnen Latein beizubringen?«

»Ich habe Ihnen meine Gründe doch bereits genannt. Das ist eine Sache nur zwischen uns beiden. Ich werde bestimmt niemandem davon erzählen, wenn Sie das für besser halten.« Sie warf ihm einen Blick zu, der einer blanken Kampfansage gleichkam.

Absurderweise fielen Michael in diesem Augenblick vor allem die Sommersprossen auf ihrer Nase und den Wangen auf. Es befremdete ihn, dass eine Frau wie sie Sommersprossen hatte. Er assoziierte diesen Teint normalerweise nicht mit starken, vernünftigen Frauen.

Du lieber Himmel! Er zog doch tatsächlich einen Kontakt mit einer Person in Betracht, die dem Feind zu nahestand, um eine solche Verbindung guten Gewissens einzugehen, mit einer Frau, die er kaum kannte – und zu allem Überfluss würde er sich auf ihr Wort verlassen müssen, ihr Geheimnis zu wahren.

Daraus konnte ja nichts Gutes entstehen.

Er hörte, wie seine Schwester in der Halle mit einem Diener sprach. Sie würde jeden Moment zurückkommen. Seine Gedanken überschlugen sich und sammelten sich als wirre Masse irgendwo in seinem Kopf. Interessanterweise unterschied sich dieser Effekt gar nicht so sehr von dem Moment, in dem sein Kopf mit dem Wagenfenster der U-Bahn kollidiert war.

Erstens hatte er nicht die Zeit, den Tutor eines Schulmädchens zu spielen.

Zweitens würde der Rüffel, den er von seiner Schwester dafür würde einstecken müssen, mindestens so schmerzhaft sein wie seine

Verletzungen bei dem Unfall. Er kannte die Eifersucht – Eifersucht! – in den Augen seiner Schwester, die bis jetzt nur auf Lauras Konto ging. Er würde ihre dahingehenden Befürchtungen beschwichtigen müssen.

Drittens, und das war das Allerwichtigste, hatte diese Frau ein persönliches und dem seinen entgegengesetztes Interesse am Ausgang des Prozesses, der so wichtig für Michaels Karriere war. Überhaupt Zeit mit ihr zu verbringen, ganz zu schweigen von vielen Stunden Lateinunterricht, würde die größten Probleme heraufbeschwören. Michael stand kurz davor, alles zu erreichen, was er seit dem Tod seines Vaters angestrebt hatte. Es wäre Torheit, diesen Erfolg jetzt aufs Spiel zu setzen.

Kurz, das Ganze stand völlig außer Frage.

Andererseits hatte sie ihm das Leben gerettet.

Sie hatte an sein Ehrgefühl appelliert. Und irgendwie war es ihr gelungen, es trotz aller Bedenken anzustacheln.

Gleichzeitig war er sich bewusst, dass er sie gern wiedersehen wollte, trotz der Probleme, die das mit sich brachte. Welcher Mensch wäre schließlich nicht fasziniert von jemandem, der ihm das Leben gerettet hatte? Vor allem, wenn dieser Jemand eine Frau mit so vielen äußerst reizvollen Widersprüchen war wie sie?

Deshalb tat er das einzig Vernünftige. Er schlug alle Bedenken in den Wind.

»In Ordnung. Ich mache es.«

6

Julia hastete die Straße entlang und wich dabei geschickt den anderen Fußgängern aus. Wenn sie sich nicht beeilte, würde sie zu spät zu ihrer Algebra-Vorlesung kommen. Doch ihr Sieg war die Verspätung wert. Sie wusste nicht, was sie auf die Idee gebracht hatte, Michael Stephenson um Lateinunterricht zu bitten. Sie hatte einfach ganz tief in sich das Gefühl gehabt, dass Gott genau das von ihr wollte.

Sie drückte sich mit einiger Mühe zwischen einer Straßenlaterne und einem Verkäufer von Fleischpasteten durch, der hinter seinem kohlebeheizten Karren stand, bog in die Harley Street ein und rannte den letzten halben Block zum Hauptgebäude des Queen's College. Dann zog sie die große Eichentür auf, lief den Flur entlang und schaffte es gerade noch, sich auf ihren Platz fallen zu lassen, bevor Mr Johnston mit seiner Algebra-Vorlesung begann.

Er sah Julia an, die sich atemlos neben Lisette setzte. »Sie sind spät dran, Miss Bernay.«

»Ja, Sir. Fast zu spät.« Mit einem Lächeln, das, wie sie hoffte, beschwichtigend war, beugte sie sich vor und signalisierte, dass sie bereit war, sich auf seine Worte zu konzentrieren und zu lernen. Hoffentlich merkte er nicht, dass sie ihr Algebrabuch vergessen hatte.

Er wandte sich an die Klasse. »Also gut, wir fangen an, wo wir gestern aufgehört haben: auf Seite 161 mit einigen Anwendungsmöglichkeiten für quadratische Gleichungen …«

In den vergangenen zehn Monaten hatte Julia sich voll und ganz auf ihre Studien konzentriert. Algebra selbst interessierte sie nicht im Geringsten, doch sie wusste, dass sie eine der Hürden war, die sie überwinden musste, um zum Medizinstudium zugelassen zu werden. Heute fand sie es allerdings fast unmöglich, sich zu konzentrieren. Ihre Gedanken kehrten immer wieder zu ihren Zusammentreffen mit Michael Stephenson zurück.

Sie war nicht nur erleichtert, dass er sich so weit ganz gut von dem Unfall erholte – jetzt hatten die Dinge auch noch eine interessante Wendung genommen. Sie konnte kaum fassen, dass er ihrer Bitte nachgekommen war. Wenn er es wirklich aus moralischer Verpflichtung tat – ein Argument, das ihr spontan eingefallen war –, dann war er im Grunde seines Herzens ein ehrenhafter Mann. Sie würde nichts tun, was seiner Karriere schaden konnte, ganz gleich, für wen er arbeitete. Wenn Gott ihr einen Weg gewiesen hatte, den Unterricht zu bekommen, den sie so dringend brauchte, dann konnte alles, was sich daraus ergab, nur zum Besten sein. Ihr schwirrte schon jetzt der Kopf, wenn sie an die nächste Woche und ihre erste Unterrichtsstunde dachte.

Erst später, nachdem Mr Johnston die Damen in Zweiergruppen eingeteilt hatte, die sich jeweils der Lösung eines bestimmten Problems widmen sollten, fing Julia an zu überlegen, was für eine Herausforderung es werden würde, ihre künftigen Treffen mit Michael geheim zu halten.

Lisette stieß sie an und flüsterte: »Was ist passiert? Du musst mir unbedingt alles erzählen!«

»Es ist gut gelaufen.« Sie wollte auf jeden Fall so weit wie möglich bei der Wahrheit bleiben.

»Du hast ihn also gesehen? Mit ihm gesprochen?«

»Ja.«

»*Merveilleux*!« Lisette hüpfte beinahe auf ihrem Platz vor Aufregung. »Hast du ihm klargemacht, dass er sein Leben der Tatsache verdankt, dass eine Frau eine medizinische Ausbildung hatte?«

»Mr Stephenson ist sich völlig darüber im Klaren, was er mir verdankt.«

»Aber das hat seine Ansicht über diesen Prozess nicht geändert, nehme ich an.«

»Wir haben nicht über den Prozess gesprochen«, antwortete Julia – was ja auch stimmte. »Ich bete aber, dass unsere heutige Begegnung nicht ohne Auswirkung auf ihn bleibt.«

Als Julia vom Beten sprach, verdrehte Lisette die Augen. »Wir brauchen keine Gebete!«, zischte sie. »Wir brauchen Taten!«

»Schhh!«, mahnte Julia und deutete auf Mr Johnston, der in Hörweite stand und die Fragen einer Studentin an einem anderen Tisch beantwortete. Etwas an Lisettes aufgebrachtem Ton musste sein Interesse geweckt haben, denn er drehte sich um und blickte in ihre Richtung. Julia tippte mit dem Stift aufs Papier, um Lisettes Aufmerksamkeit wieder auf das Problem zu lenken, das sie lösen sollten. Für Mr Johnstons Ohren bestimmt, sagte sie laut genug, dass er sie hören konnte: »Wenn ich diese beiden Funktionen vergleiche, würde ich sagen, der Koeffizient für x minus den Koeffizienten für y ist gleich …«

Als Mr Johnston ihnen nicht mehr zuzuhören schien, sagte Julia rasch: »Gebet und Taten müssen einander ergänzen, das weißt du ganz genau!«

Doch Lisette schnaubte nur höhnisch: »Gebet!« und fügte hinzu: »Ich behaupte immer noch, wir sollten dieses Büro stürmen!«

»Und was würde das nützen? Sie arbeiten für Lord Westbridge. Seine Lordschaft kann es sich leisten, so viele Anwälte für seinen Prozess zu engagieren, wie er will.«

Lisette murmelte etwas Abfälliges, doch sie konnte Julias Argument nichts entgegensetzen. Sie machten sich wieder an die Arbeit; das Thema war vorerst erledigt.

Das Gespräch hatte Julia gezeigt, wie wichtig es war, dass sie die ganze Sache mit äußerster Diskretion behandelte. Sie würde ihr Versprechen halten und dafür sorgen, dass auch Michael Stephenson seines halten würde. Aber auf keinen Fall durfte sie seine berufliche Existenz in Gefahr bringen. Als Anwalt musste er alles tun, um seine Mandanten zu vertreten. Dennoch würde sie weiterhin dafür beten, dass ihr Handeln den Ausgang des Prozesses zum Guten beeinflusste. Wie sie das anstellen sollte, wusste sie noch nicht, doch von ein paar unüberwindbar erscheinenden Hindernissen ließ sie sich bestimmt nicht abhalten. Dafür gab es schließlich Wunder.

»Michael, das ist doch wohl nicht dein Ernst!«

Corinna sank auf das Sofa und schaute ihn entsetzt an. Michael hatte sie noch nie so blass gesehen. Er hätte ihre Reaktion gern auf die Schwangerschaft geschoben, doch selbst wenn es so wäre, hätte die Neuigkeit nichts Gutes bewirkt. Inzwischen ging es ihm gut genug, dass er in seine Wohnung zurückkehren konnte, doch vorher musste er Corinna noch um diesen einen Gefallen bitten.

Ein Mädchen trat ein und brachte den Tee, sodass er nicht gleich antworten musste. Er wartete, bis sie alles aufgebaut hatte und wieder gegangen war, dann vergewisserte er sich, dass die Tür richtig geschlossen war, damit er und Corinna ungestört reden konnten.

»Corinna, wir können nicht leugnen, was Miss Bernay für mich getan hat. Es war ein unglaubliches Glück, dass sie zum richtigen Zeitpunkt da war – manch einer hätte es vielleicht sogar als Vorsehung bezeichnet.«

Corinna schnaubte nur. Genau wie Michael machte sie sich keine großen Gedanken darum, ob die Zufälle des Lebens eine übernatürliche Ursache hatten.

»Bist du denn nicht dankbar, dass sie deinem einzigen Bruder das Leben gerettet hat?«, fragte er.

»Du weißt ganz genau, dass ich dankbar bin.« Ihr angespannter Blick sagte ihm, was sie empfunden hätte, wenn er gestorben wäre. »Es ist nur, dass diese Situation eine ganze Reihe neuer Probleme aufwirft.«

Er setzte sich neben sie aufs Sofa. »Was für Probleme?«

Während sie Michael eine Tasse Tee einschenkte, waren Corinnas Bewegungen ruhig und fast mechanisch, da sie sie schon unzählige Male ausgeführt hatte. Als fände sie Trost im Vertrauten. Nur das leichte Beben ihrer Hand, als sie Michael die Tasse hinhielt, verriet ihre wahren Gefühle.

»Ärgert es dich denn nicht, dass sie diesen *Gefallen* praktisch von dir einfordert? Ich kann darin keinen Altruismus entdecken.«

Es fiel Michael schwer, ihr nicht entgegenzuhalten, wie oft sie selbst nur freundlich gewesen war, weil sie sich davon Vorteile erhofft hatte. Doch im Moment wollte er sie auf seine Seite ziehen und nicht noch mehr verärgern. »Wie auch immer, Tatsache ist, dass ich ihr etwas schulde. Ich fand, dass ich … nun ja, dass ich es meiner Ehre schuldig war, Ja zu sagen.«

»Du bist es deiner Ehre schuldig, die Arbeit zu tun, für die Lord Westbridge dich bezahlt, und nicht den Tutor für eine Frau zu spielen, die dir deine Pflichten unter die Nase reibt! Sie wird dich beeinflussen wollen! Sie wird einen Weg finden, den Verleumdungsprozess zu ruinieren! Was würde das für deine Karriere bedeuten? Für alles, wofür du gearbeitet hast?«

Michael fuhr sich mit der Hand durchs Haar. »Glaubst du, das alles hätte ich nicht bedacht? Ich weiß, auf welch schmalen Grat ich mich begebe. Aber sie ist noch nicht Studentin der Medizin, deshalb gibt es keinen legalen Grund, warum ich mich von ihr fernhalten sollte. Und bedenke, dass sie mich um sehr viel mehr als diesen kleinen Gefallen hätte bitten können. Es scheint mir doch eher eine Kleinigkeit zu sein, verglichen mit dem, was sie eigentlich hätte fordern können.«

Corinna begann, Milch in ihren Tee zu gießen. »Es gefällt mir trotzdem nicht. Wie willst du verhindern, dass diese Neuigkeit die Runde macht? Du kannst nicht mit ihr in deinem Arbeitszimmer sitzen und erst recht nicht an einem Ort wie der Londoner Bibliothek. Dort könnte euch jeder zusammen sehen.«

»Ich bin froh, dass wir uns darin einig sind. Ich würde sie nämlich gern hier unterrichten.«

Corinna stellte das Milchkännchen abrupt ab. »Was hast du gesagt?«

»Vielleicht hier, im Wohnzimmer? Dann würde ich Davids Arbeitszimmer nicht blockieren, wo er doch so häufig seine Kunden empfängt.«

Seine Schwester starrte ihn nur an. »Ich weiß, was du vorhast, Michael Stephenson. Du willst mich in deinen Plan einbinden, damit ich nichts mehr dagegensagen kann.«

»Nichts dergleichen, versprochen. Ich dachte nur, das könnte deine Bedenken ein wenig mildern. Und außerdem würdest du dann genau sehen, was abläuft.« Er nahm die Hand seiner Schwester. »Ich verspreche, ich werde nichts von dem, wofür wir gearbeitet und was wir erreicht haben, aufs Spiel setzen. Aber ich bitte dich, mir diesen Gefallen zu tun. Ich bitte dich, es dir zumindest zu überlegen und vielleicht aus Liebe zu mir zu gestatten. Wenn du mir in dieser Sache einen Vertrauensbonus gibst, werde ich dir ewig dankbar sein.«

Sosehr sie beide es auch genossen, miteinander zu streiten – Michael wusste ganz genau, wenn er sie so bat, gewann ihre zärtliche Liebe zu ihm die Oberhand. Diese Liebe grenzte manchmal fast an Mutterliebe, hatte Corinna doch so oft in seinem Leben schon die Mutterrolle übernommen. Er sah, wie ihr Gesicht weich wurde und wie sich ihre Hand in der seinen entspannte. Und fingen ihre Augen nicht auch verdächtig an zu glänzen?

Sie seufzte. »Na gut. Aber dienstags und donnerstags geht es nicht, da empfange ich Besucher.«

Michael atmete erleichtert auf. Er hatte keine Ahnung, was er getan hätte, wenn er seine Schwester nicht hätte überreden können. »Einverstanden.«

Corinna entzog ihm ihre Hand und gab vor, eine gelöste Haarsträhne wieder in ihrem strengen Knoten zu befestigen. Er sah, wie ein winziges Lächeln in ihr ernstes Gesicht trat. Gleichzeitig entdeckte er einen Hauch von Triumph in diesem Lächeln, was ihn sofort misstrauisch machte.

»Corinna, was denkst du gerade?«

Sie glättete ihren Rock und griff nach der Teetasse. »Ich habe gerade daran gedacht, wie wunderbar es ist, dass es dir wieder besser geht. Jetzt kannst du doch bestimmt zu meiner Dinnerparty morgen Abend kommen? Miss Maynard kommt auch und sie möchte dich so gerne wiedersehen.«

Er wusste ganz genau, dass seine Schwester selten jemandem einen Gefallen tat, ohne eine Gegenleistung dafür zu erwarten, doch diesmal hatte er gedacht, es sei anders. Er hätte es besser wissen müssen.

Ihre Bitte zeigte zudem, dass sie Angst hatte, Julia könnte sich als Bedrohung für seine Beziehung zu Laura erweisen. Er musste ihr klarmachen, dass das völlig ausgeschlossen war. »Natürlich, Corinna, ich komme gerne zu deiner Party. Habe ich dir übrigens schon gesagt, dass ich nächste Woche mit dem Viscount Delaford diniere?«

Die Neuigkeit veränderte mit einem Schlag Corinnas Verhalten. »Wirklich?«, fragte sie eifrig. »Wo?«

»Im Klub. Aber versprich dir nicht zu viel davon. Es sind nur … Vorverhandlungen.«

»Trotzdem!« Corinna war außer sich vor Freude. »Du und Laura, ihr werdet bald verlobt sein! Ich weiß es einfach!«

Michael hatte beinahe Schuldgefühle, weil er das Gespräch so leichthin auf ein Thema gelenkt hatte, das seine Schwester von ihren Sorgen ablenkte. Doch wenn er sie auf diese Weise dazu bringen konnte, seinen Lateinunterricht für Julia zu akzeptieren, dann war es das wert.

7

Julia schritt durch die Halle der London School of Medicine for Women. Sie war seit ihrer Ankunft in London zwar schon ein paarmal hier gewesen, doch ihr liefen immer noch kleine Schauer über den Rücken, wenn sie das Gebäude betrat. Heute war es besonders aufregend, denn sie war auf Bitten von Dr. Elizabeth Garrett Anderson hier. Julia verehrte diese Frau schon lange, die so viel getan hatte, den Frauen den Weg in die Medizin zu ebnen. Dr. Anderson war nicht nur die Mitbegründerin der Schule und eine ihrer Lehrerinnen, sondern praktizierte auch selbst und arbeitete zudem mit mehreren Kliniken zusammen. Julia wusste nicht, warum sie eingeladen worden war, doch sie hoffte, dass es ihre Pläne betraf, im Herbst ihr Studium hier aufzunehmen. Sie konnte es kaum erwarten, von Lehrerinnen wie Dr. Anderson zu profitieren, die so viel Wissen und Erfahrung besaßen.

Die Tür zu Dr. Andersons Büro stand offen. Als Julia näher kam, sah sie, dass die Ärztin an ihrem Schreibtisch saß. Ihr gegenüber saß mit dem Rücken zur Tür eine andere Frau, die sich mit den Ellbogen auf den Tisch gestützt lebhaft mit Dr. Anderson unterhielt.

Julia klopfte leise an die Tür. »Ich möchte Sie nicht unterbrechen …«

Dr. Anderson winkte sie herein. »Willkommen, Miss Bernay. Treten Sie ein und schließen Sie bitte die Tür.«

Die andere Frau wandte sich um, als Julia eintrat, und sah ihr neugierig entgegen. Julia erwiderte ihren Blick mit der gleichen Neugier. Es war eine junge Frau in Julias Alter. Ihr Gesicht war von Pockennarben entstellt. Dr. Anderson stellte sie als Lady Edith Morton vor.

Lady Edith runzelte nach dieser Vorstellung die Stirn, sodass Dr. Anderson ergänzte: »Sie möchte einfach mit Miss Morton angesprochen werden.« Die Beiläufigkeit, mit der sie das sagte, deutete an, dass sie derartige Spitzfindigkeiten für irrelevant hielt. »In einem Jahr werden wir sie übrigens mit Dr. Morton ansprechen.«

»Genau«, sagte Miss Morton befriedigt. Sie streckte Julia die Hand hin. »Sehr erfreut.«

Hinter Miss Mortons Selbstsicherheit entdeckte Julia eine gewisse Wachsamkeit in ihren Augen, als wappne sie sich gegen den üblichen Schreck und die Ablehnung der Menschen, wenn sie zum ersten Mal ihr narbenübersätes Gesicht sahen. Doch Julia schüttelte ihr begeistert die Hand. »Ich freue mich sehr, Sie kennenzulernen! Ich habe gehört, Sie sind eine herausragende Studentin.«

»Danke. Es stimmt – mein Vater hat den Fehler gemacht, mir eine ausgezeichnete Erziehung angedeihen zu lassen.«

Die Bitterkeit hinter ihrem Sarkasmus war nicht zu überhören – ein Zeichen, dass es stimmte, was Julia über die Feindseligkeit zwischen Edith und ihrem Vater, dem Grafen von Westbridge, gehört hatte. Die meisten Menschen glaubten sogar, der Zorn des Grafen über Ediths Entschluss, Medizin zu studieren, sei der Grund für seinen Versuch, die Schule schließen zu lassen. Julia bewunderte Miss Morton dafür, dass sie so unbeugsam an ihrem Ziel festhielt, obwohl ihr Vater alles Menschenmögliche tat, es ihr zu verbieten oder sie davon abzubringen.

Dr. Anderson sagte: »Miss Bernay, ich habe Sie eingeladen in der Hoffnung, dass Sie uns etwas über den Unfall in der U-Bahn und die darauffolgenden Ereignisse erzählen können. Wir haben natürlich in der Zeitung davon gelesen.«

Sie deutete auf eine Zeitung, die auf ihrem Schreibtisch lag und bei demselben Artikel aufgeschlagen war, den Julia am Tag nach dem Unglück gelesen hatte. »Ich habe von einer Ihrer Kommilitoninnen, Miss Lisette Blanco, erfahren, dass die Zeitung über bestimmte Einzelheiten schweigt, die für uns an der Schule von Interesse sein könnten.«

Lisette hatte mit Dr. Anderson gesprochen? Julia hoffte nur, dass das nicht Lisettes Vorstellung davon war, *Taten* sprechen zu lassen. Es gefiel ihr gar nicht, sich so im Mittelpunkt zu sehen, doch sie musste zugeben, dass die Schule ein berechtigtes Interesse an der Geschichte hatte. »Ich erzähle Ihnen gern, was ich erlebt habe.«

Miss Morton sah sie mit leuchtend blauen Augen an, die einen auffallenden Kontrast zu ihrem glänzenden dunkelbraunen Haar bildeten. Sie musste sehr schön gewesen sein, bevor ihr Gesicht von den Pocken entstellt worden war. Rote Male und Narben bedeckten fast vollständig ihre eine Gesichtshälfte.

»Beeinträchtigt diese Narbe Ihr Sehvermögen?«, fragte Julia und beugte sich vor, um Miss Mortons linkes Auge besser sehen zu können, das von den Pockennarben entstellt war.

Miss Morton zog erstaunt ihre Augenbrauen hoch.

»Verzeihung!«, rief Julia und merkte erst jetzt, wie rücksichtlos ihre Frage geklungen haben musste. »Ich wollte Sie wirklich nicht kränken. Aber ich habe in meiner Zeit im Krankenhaus in Bristol mehrere Pockenfälle gesehen. Wir hatten einen Fall, bei dem sich eine Pustel auf der Hornhaut bildete …«

Miss Morton lachte laut auf. »Miss Bernay, ich mag Sie schon jetzt!«

Und Dr. Anderson fügte hinzu: »Ich sehe, Sie bringen alles mit, was ein guter Arzt braucht, Miss Bernay. Ärztliches Interesse überlagert alles andere, auch die Regeln für ein höfliches Gespräch.«

»Ich bin nicht gekränkt«, versicherte Miss Morton Julia. »Ich trage diese Male mit Stolz, denn es waren meine Krankheit und die Behandlungen und Probleme bei meiner Genesung, die mein Interesse für Medizin weckten. Und die Antwort auf Ihre Frage ist: Nein, Gott sei Dank nicht. Mein Sehvermögen blieb unbeeinträchtigt, im Gegensatz zu meinem Gesicht.«

»Vielleicht könnten wir zu unserem eigentlichen Thema zurückkehren?«, schlug Dr. Anderson vor.

Julia nickte; sie war noch immer leicht verlegen.

Doch Miss Morton lächelte.

Dr. Anderson sagte: »Ich war betroffen zu hören, dass eine unserer künftigen Studentinnen in den Unfall verwickelt war, aber ich war auch beeindruckt von Ihrem Verhalten.«

»Ich glaube, es war Schicksal, dass ich an diesem Tag in der U-Bahn war. Ich wäre nicht dort gewesen, wenn ich nicht auf dem Weg zu einer Vorlesung bei Dr. Stahl gewesen wäre. Die Wege des Herrn sind manchmal wirklich unergründlich!«

»Wie recht Sie haben«, antwortete Dr. Anderson, doch Julia empfand ihren Ton als sehr unverbindlich. Die Ärztin deutete auf die Zeitung und sagte: »In dem Artikel ist die Rede von einer Krankenschwester, die das Bein einer verletzten Frau schiente. Waren Sie das?«

»Ja.« Julia empfand einen Hauch Stolz, dass ihre ärztlichen Fähigkeiten bereits erwähnt wurden, obwohl sie noch nicht einmal studierte.

Dr. Anderson schob geistesabwesend die Zeitung beiseite und konzentrierte sich auf Julia. »Miss Blanco hat mir gesagt, Sie hätten noch einer anderen Person geholfen. Jemandem, der in dieser Schule wohlbekannt ist. Ich wüsste gern, warum darüber nichts in der Zeitung steht.«

»Wir haben mehrere Theorien«, warf Miss Morton ein.

»Bitte, erzählen Sie uns doch von Anfang an, was geschehen ist«, bat Dr. Anderson.

Die beiden Damen hörten interessiert zu, wie Julia den Unfall und die Maßnahmen beschrieb, die sie vorgenommen hatte, um Michael Stephensons Blutung im Nacken zu stillen, bis der Arzt da war. Sie erklärte, dass sie zu diesem Zeitpunkt nicht gewusst hatte, wer er war. »Nicht dass ich mich dann anders verhalten hätte«, fügte sie hinzu. »Ich würde jeden behandeln, der in Not ist.«

»Ja, das ist auch unsere Pflicht«, stimmte Dr. Anderson ihr zu. »Doch damit wären wir bei der Frage, die ich Ihnen stellen wollte. Weiß Mr Stephenson von Ihrer bevorstehenden Bindung an diese Schule?«

»Ja.«

»Laut Miss Blanco haben Sie ihn nach dem Unfall besucht. Was ist dann geschehen?«

Julia beschrieb ihren Besuch, betonte jedoch, dass sie Mr Stephenson nur kurz gesehen und sich überzeugt hätte, dass seine Genesung gut verlief. »Dieser Dr. Hartman scheint recht kompetent zu sein«, erklärte sie. Als sie Dr. Anderson lächeln sah, fragte sie leicht verlegen: »Habe ich etwas Falsches gesagt?«

Dr. Anderson schüttelte den Kopf. »Ich war nur amüsiert über Ihr Urteil. Dr. Hartman hat einen ganz außerordentlichen Ruf in der ärztlichen Gemeinschaft.«

»Das freut mich zu hören«, antwortete Julia aus tiefstem Herzen. Vielleicht mit etwas zu viel Gefühl, denn sie sah, wie die beiden Frauen einen Blick austauschten. »Ich finde, es grenzt an Kriminalität, wenn jemand von einem unfähigen Arzt falsch behandelt wird«, fügte sie deshalb hinzu.

»Da haben Sie recht«, pflichtete Dr. Anderson ihr abermals bei. »Ist sonst noch etwas geschehen, als Sie dort waren? Wie wurden Sie aufgenommen?«

»Die Stephensons waren dankbar und gleichzeitig zurückhaltend. Es war immerhin eine heikle Situation, angesichts Mr Stephensons Involvierung in den Verleumdungsprozess.«

»Sehr großmütig von Ihnen, sie zu verteidigen«, bemerkte Edith mit einem verächtlichen Schnauben.

»Es freut mich, dass Mr Stephensons Verletzungen nicht tödlich waren und dass er sich wieder vollständig erholen wird«, sagte Dr. Anderson. »Wenn das Schlimmste geschehen wäre, hätte man das vielleicht der Schule angelastet.«

»Oh! Daran hatte ich noch gar nicht gedacht! Ich wollte nur helfen. Ich glaube aber auch nicht, dass irgendjemand einen Zusammenhang zwischen meiner Hilfe und der Schule hergestellt hätte.«

»Das kann man nie wissen. Dennoch sind wir aus mehreren Gründen jetzt in einer heiklen Lage. Ich billige Dr. Tierneys Verhalten nicht, auch nicht ihre Rede, die zu dem Verleumdungsprozess geführt hat. Ich bin nicht der Ansicht, dass solche Aussagen über einen Angehörigen der Aristokratie ihrer Sache förderlich sind. Doch wir können sie nicht der Schule verweisen, zumal das natürlich als Eingeständnis gewertet würde, dass wir an ihre Schuld glauben. Wir müssen vielmehr alles tun, was wir können, um diesen Prozess zu gewinnen. Zu allem Überfluss ist allgemein bekannt, dass ich das Gesetz unterstützt habe, als es vor einigen Jahren erlassen wurde.«

»Das haben Sie getan?« Julia war überrascht. Sie hatte angenommen, dass sämtliche Frauen hier gegen dieses Gesetz seien.

»Ich habe viele unschuldige Frauen behandelt, die sich bei ihren Ehemännern mit einer Geschlechtskrankheit infiziert haben, weil diese vor und auch nach der Hochzeitsnacht Umgang mit Prostituierten hatten. Ich habe ihr Leid gesehen, sowohl das emotionale und als auch das körperliche. So abstoßend diese Maßnahmen auch sind, ich unterstütze sie, wenn sie helfen, dieses schreckliche Problem in den Griff zu bekommen.«

Julia schaute Edith an, um ihre Reaktion zu sehen, doch ihr Ausdruck war unergründlich.

»Ich bin jedenfalls froh, dass alles gut ausgegangen ist«, fuhr Dr. Anderson fort. »Ich wünschte nur, es gäbe eine Möglichkeit, auf dem Laufenden zu bleiben, wie es mit Mr Stephenson weitergeht. Meine Sorge ist, dass es zu einer verspäteten Reaktion kommt, die dann gegen uns verwendet wird.«

»Wenn Sie Dr. Hartman kennen, könnten Sie doch über ihn weitere Informationen erhalten«, meinte Edith.

Dr. Anderson schüttelte den Kopf. »Ich würde ihn nie bitten, gegen seine ärztliche Schweigepflicht zu verstoßen. Wir werden uns einfach auf öffentlich zugängliche Informationen verlassen müssen und das Beste hoffen.«

Julia hätte ihnen gern erzählt, dass sie Michael weiter sehen würde, doch sie schwieg, weil sie ihr Ehrenwort gegeben hatte.

»Diese Frau, der Sie geholfen haben – wissen Sie, wie es ihr geht?«, fragte Dr. Anderson.

»Nein«, antwortete Julia. »Ich weiß, dass sie ins Royal Free Hospital gebracht wurde, und zweifle nicht daran, dass sie dort gut versorgt wird.«

»Ich bin auf dem Weg dorthin«, sagte Miss Morton. »Ich arbeite dort in der Operationsvorbereitung und darf auch bei der Visite mitgehen. Möchten Sie mich vielleicht einmal begleiten? Dann können wir sie uns zusammen ansehen.«

»Sehr gern!«, sagte Julia und war begeistert, sehen zu dürfen, wie die Medizinstudentinnen mit dem Krankenhauspersonal zusammenarbeiteten.

Miss Morton grinste breit. »Ausgezeichnet.«

Als sie aufstanden, um zu gehen, sagte Dr. Anderson: »Miss Bernay, möchten Sie vielleicht in drei Wochen an einer *conversazione* bei mir zu Hause teilnehmen? Es ist eine informelle Zusammenkunft, die ich in unregelmäßigen Abständen mit unseren Studentinnen habe. Wir sprechen ganz allgemein über medizinische Themen, die von aktuellem Interesse sind.«

Julia war hocherfreut über die Einladung. »Es wäre mir eine Ehre!«

Dr. Anderson nahm ein Blatt Papier und notierte etwas; dann reichte sie es Julia. »Hier haben Sie das Datum und die Adresse. Wir freuen uns auf Sie. Ach ja, und die Kleidung spielt keine Rolle!«

Julia las die Adresse. Sie war rasch auf ganz gewöhnliches Papier gekritzelt worden, doch wenn sie auf einer Karte mit Goldrand gestanden hätte, hätte sie ihr nicht wertvoller sein können.

»Sieht sehr gut aus«, meinte Edith, als sie und Julia das Bein der Frau untersuchten, der Julia bei dem U-Bahn-Unglück geholfen hatte. Die Ärzte hatten Julias provisorische Schiene ersetzt und die Fleischwunde war genäht und sauber.

Die Frau namens Mavis hatte kein Wort gesagt, während sie untersucht wurde. Sie hatte die Frauen mit stumpfem Blick beobachtet, und der einzige Glanz in ihren Augen kam von den Tränen, die ihr über die Wangen liefen. Sie hatte die ganze Zeit still geweint, ohne den Versuch zu machen, ihre Tränen abzuwischen.

»Sie sollten ein wenig von der Brühe essen, das gibt Ihnen Kraft«, sagte Julia und griff nach dem Becher, der unberührt auf Mavis' Beistelltisch stand.

»Nein.« Ihre Stimme klang ausdrucklos. Sie wandte den Kopf von dem angebotenen Getränk ab.

»Haben Sie große Schmerzen?«, fragte Edith. Mavis hatte sich von Anfang an geweigert, Schmerzmittel zu nehmen.

»Nicht mehr, als ich verdiene«, murmelte Mavis.

»Wie meinen Sie das?«, fragte Julia.

»Ich werde sterben. Ich weiß, was aus einem gebrochenen Bein wird. Ich habe es gesehen, als mein Onkel sich das Bein gebrochen hat. Es wird grün und blau und dann stirbt man. Das ist meine Strafe.«

»Nicht jedes gebrochene Bein führt zu Wundbrand«, sagte Edith knapp. »Und Ihres ganz bestimmt nicht. Es wurde richtig behandelt und vor allem rechtzeitig.«

Edith hatte recht, doch Julia erkannte hier ein tiefer gehendes Problem, das die Medizin nicht behandeln konnte. Sie nahm Mavis' Hand. »Glauben Sie, dass Gott Sie bestraft hat?«

Mavis fing wieder an zu weinen und umklammerte Julias Hand. »Ich habe schlimme Dinge getan und werde dafür in die Hölle kommen. Gott hasst mich.«

»Es stimmt, dass wir ein Leben nach Gottes Willen führen sollten.« Julia hielt lange genug inne, dass Mavis ihre Worte begreifen konnte, aber sie ließ sie nicht in ihrer Verzweiflung allein. »Aber er wartet nicht darauf, uns bei jeder Gelegenheit zu bestrafen. Das macht schon der Teufel für ihn.«

Daraufhin flossen Mavis' Tränen nur noch mehr.

»Wenn sie einen Pfarrer sprechen möchte, hole ich ihr einen«, bot Edith an. »Sie quälen sie ja nur noch mehr.«

Julia antwortete nicht. Sie hatte schon öfter Menschen so weinen sehen, wenn Gott im Begriff war, ihre Herzen zu heilen. Sie legte ihre Hand über Mavis' Hand. »›Ich bin der Herr, der dich heilt.‹ Möchten Sie das nachsprechen?«

Mavis sah sie verwirrt an. »Was?«

»Es ist aus der Bibel. Sie enthält viele Verse, in denen von Heilung die Rede ist. Gott möchte Sie heilen, damit Sie ihn loben können. Soll ich Ihnen noch ein paar Verse sagen?«

Mavis blinzelte und wirkte noch immer verwirrt. Sie antwortete nicht, doch Julia las in ihrem Gesicht auch keine Abwehr.

»›Gelobt sei der Herr, der dir alle deine Sünden vergibt‹«, fuhr sie fort. »›Der alle deine Krankheiten heilt. Der dich vom Tode erlöst …‹«

»Ich schaue nach den anderen«, flüsterte Edith Julia zu und ging.

Julia zitierte noch weitere Bibelverse, die ihr einfielen, und sprach von Gottes Gnade und Barmherzigkeit.

Nach ein paar Minuten lockerte sich der Griff, mit dem Mavis ihre Hand umklammert hielt. Sie hatte die Augen geschlossen, doch Julia wusste, dass sie zuhörte. Edith dagegen hatte offenbar keine Lust gehabt zuzuhören. Sie war in die entgegengesetzte Zimmerecke gegangen und hatte auf dem Weg ein paar Worte mit den anderen Patientinnen gesprochen.

Er sandte sein Wort und heilte sie. Diesen Vers behielt Julia im Gedächtnis, nachdem sie Mavis, die jetzt ruhiger war, versprochen hatte, morgen wiederzukommen. Als Julia ging, nippte Mavis an dem Becher mit der Brühe.

Julia holte Edith ein, als diese gerade den Hauptflur betrat, der die Frauen- mit der Kinderabteilung verband.

»Fertig?« Ediths Verärgerung war deutlich spürbar.

»Ich habe festgestellt, dass die Menschen oft schneller gesund werden, wenn sie in guter psychischer Verfassung sind«, meinte Julia. Sie würde sich ganz bestimmt nicht für das entschuldigen, was sie getan hatte.

Sie gingen durch den langen Flur zu der großen Haupttreppe, der die beiden Flügel des Krankenhauses verband. Zwei Schwestern kamen an ihnen vorbei; beide trugen Tabletts mit schmutzigem Geschirr.

»Ich bin froh, dass der Junge endlich aufgehört hat, wegen des Essens zu jammern«, sagte die eine zur anderen. »Er hat die anderen nur aufgeregt.«

»Ich vermute, *Master* Crawford bekommt in seiner Villa in Spitalfields nur das beste Essen«, meinte die andere spöttisch. Es war die reine Ironie, denn das Royal Free Hospital war für die Armen und Notleidenden gegründet worden.

»Verzeihen Sie, Miss Peters«, sagte Edith. »Sprechen Sie von Roger? Was gibt es für Probleme?«

Die Schwestern blieben stehen; offenbar kannten sie Edith, doch sie wirkten irritiert, weil sie in ihrer Arbeit unterbrochen wurden. »Er hat sich darüber beklagt, von dem Essen, das er bei uns erhält, Magenschmerzen zu bekommen«, sagte Miss Peters. »Aber jetzt sagt er nichts mehr. Anscheinend ist er zur Vernunft gekommen.«

»Hat er es gegessen?«

»Nein. Aber sein Vater sagt, dass er sich schon immer so angestellt hat, mit allem Essen.« Sie verdrehte die Augen.

Edith runzelte die Stirn. »Er hat über Magenschmerzen geklagt, aber jetzt sagt er nichts mehr?«

»Ja!«, antwortete die Schwester ungeduldig. »Wenn Sie uns jetzt bitte entschuldigen wollen?«

Edith nickte und schien kaum zu bemerken, dass die beiden Schwestern weitereilten.

»Stimmt etwas nicht?«, fragte Julia.

»Wir gehen besser mal zu ihm und schauen nach.«

Julia wusste nicht, was Edith beunruhigte, doch sie folgte ihr bereitwillig; vielleicht konnte sie ja etwas lernen.

»Der Junge, um den es geht, ist eine Treppe hinuntergestürzt«, erklärte Edith auf dem Weg in die Kinderabteilung. »Er hat sich den Arm gebrochen und böse den Kopf angeschlagen.«

»Sie haben doch hoffentlich auf Anzeichen für eine Gehirnerschütterung geachtet, oder?«

»Ja, das haben sie. Er soll morgen entlassen werden, aber …«

Sie beendete den Satz nicht. Auf der Kinderstation trat sie an das Bett gleich neben der Tür. Ein Junge, der vielleicht zehn Jahre alt war, saß aufrecht im Bett. Neben ihm lag ein kleines hölzernes Spielzeug – ein Becher mit einem Ball an einer Schnur, doch er hatte offensichtlich kein Interesse daran. Er saß teilnahmslos an sein Kissen gelehnt und hatte die Augen geschlossen.

»Wie fühlst du dich heute, Roger?«, fragte Edith und nahm sanft das Handgelenk des unverletzten Arms, um nach dem Puls zu fühlen. »Miss Peters hat mir erzählt, dass du über Magenschmerzen geklagt hast.«

Roger verzog das Gesicht. »Ich mag sie nicht.«

Edith runzelte die Stirn und ließ seine Hand los, doch Julia hatte nicht den Eindruck, dass das eine Reaktion auf seine Worte war. »Ich möchte kurz deinen Bauch untersuchen«, sagte sie.

Sie glitt mit der Hand über die Bauchregion und drückte vorsichtig. Als sie zur linken Seite kam, schrie er vor Schmerzen auf.

Sie nahm die Hände weg. »Alles klar«, sagte sie knapp. Dann nahm sie Julia beiseite und sagte ruhig: »Ich glaube, er hat eine innere Blutung. Der Arzt hat seine Schmerzen auf angebrochene Rippen zurückgeführt, doch es könnte sein, dass seine Milz gerissen ist. Der Bauch ist hart und aufgebläht, vielleicht weil er mit Blut gefüllt ist. Sein Puls ist schnell und schwach.«

Julia hörte ihr gebannt zu und bewunderte sie dafür, dass sie das Problem erkannt hatte.

»Ich muss den Arzt suchen«, fuhr Edith fort. »Bleiben Sie bei Roger? Reden Sie mit ihm – er darf nicht das Bewusstsein verlieren.«

»Natürlich«, antwortete Julia, doch Edith war schon draußen.

»Das war sehr beeindruckend«, sagte Julia, als sie und Edith drei Stunden später das Krankenhaus verließen. Der Arzt hatte ihre Diagnose bestätigt und den Jungen sofort in den Operationssaal gebracht. Weder Julia noch Edith hatten mitkommen dürfen, doch sie hatten gewartet, bis Roger wieder herausgebracht wurde. Er würde durchkommen. »War es etwas, das Miss Peters gesagt hat, was Sie veranlasst hat, ihn noch einmal zu untersuchen?«

»Ja. Manchmal kann eine innere Blutung Symptome wie die von Koliken verursachen, doch dann ist der Schmerz wieder weg. Sie sagte, er hätte anfangs über Magenschmerzen geklagt, später dann aber nicht mehr. Ich dachte, ich sollte das noch einmal überprüfen.«

»Sie sind sehr scharfsinnig dafür, dass Sie noch Studentin sind«, sagte Julia. »Sie werden einmal eine großartige Ärztin werden.«

Edith hörte das Kompliment voller Stolz. »Ich bin gleichzeitig auch ehrenamtliche Mitarbeiterin an einem Hospital in Bethnal Green. Wir behandeln dort viele Verletzungen. Sie haben bei Mavis' Bein gute Arbeit geleistet. Wenn Sie mich also gelegentlich in die Klinik begleiten möchten …«

»Und ob ich das will!«, rief Julia, ohne zu zögern.

8

»Ihr könnt euch nicht vorstellen, wie verzweifelt ich war! Da lag Mr Stephenson auf dem Boden des Wagens und das Blut sprudelte aus seinem Nacken …!« Laura hielt inne und führte ihre zierliche Hand an die Stirn, als könnte sie jetzt noch durch die bloße Erinnerung daran jeden Moment ohnmächtig werden.

Die Gäste an Corinnas prachtvoll gedecktem und geschmücktem Tisch hörten ihr gebannt zu. Die handverlesene Auswahl von Mitgliedern aus Londons Elite hörte Laura mit geradezu morbider Faszination zu, während sie die Ereignisse auf eine dramatische Weise beschrieb, die Michael Unbehagen verursachte. Er hob sein Weinglas und fing Corinnas Blick auf. Seine hochgezogenen Augenbrauen signalisierten eine stumme Frage nach der Schicklichkeit eines so grausigen Gesprächsthemas bei einem eleganten siebengängigen Abendessen. Ihre Antwort bestand aus einem kaum merklichen Zusammenkneifen der Augen – das war ihre Art, ein Schulterzucken zum Ausdruck zu bringen, ohne dass es irgendjemand im Raum bemerkte. Er vermutete, dass ihr Lauras demonstrative Sorge um ihn durchaus gefiel. Die Tatsache, dass er und Laura diese furchtbare Prüfung gemeinsam überstanden hatten, schmiedete sie in den Augen der Gäste noch fester zusammen, und genau das wollte Corinna.

»Es muss schrecklich gewesen sein!«, rief Mrs Dalrymple, eine sehnige alte Dame, die Klatsch und Tratsch über alles liebte.

Laura nickte energisch. »Ich glaube, es war reine Willenskraft, die mich nicht auf der Stelle in Ohnmacht fallen ließ.«

»Es tut mir leid, dass ich Ihnen solche Sorgen gemacht habe«, sagte Michael und tätschelte ihr die Hand. »Glauben Sie mir, wenn ich es hätte vermeiden können, hätte ich es getan.«

»Ho, ho«, lachte Mrs Dalrymple. »Das glaube ich Ihnen gern, Sie Ärmster!«

Laura belohnte Michael mit einem Lächeln und einem koketten Augenaufschlag für seinen Scherz.

»Gott sei Dank wurden Sie nicht ohnmächtig, Miss Maynard, sonst wären wir nie aus dem Tunnel herausgekommen und hätten keine Hilfe für meinen Bruder holen können«, erklärte Corinna.

»Aber wir haben es geschafft, nicht wahr?«, antwortete Laura stolz. »Natürlich haben wir auch diesem freundlichen Gentleman, Mr Browne, viel zu verdanken. Der Tunnel war so voller Menschen! Aber Mr Browne hat uns den Weg gebahnt, weil wir auf schnellstem Weg Hilfe für Mr Stephenson holen mussten.«

Corinna lobte Laura zwar, doch Michael gegenüber hatte sie eine ganz andere Geschichte erzählt. Laura war eher ein Hindernis als eine Hilfe gewesen. Sie war in Panik geraten und beinahe hysterisch geworden. Es war Corinna, die einen klaren Kopf behalten und Geistesgegenwart bewiesen hatte. Sie hatte Laura mit einer Mischung aus Schieben und gutem Zureden durch den Tunnel bekommen und dabei die ganze Zeit nur den einen Gedanken gehabt, Hilfe für Michael zu holen. Mr Browne, von dem Laura gesprochen hatte, hatte angeboten, Laura eine Droschke zu besorgen, sodass Corinna sich endlich auf die Suche nach einem Arzt für Michael machen konnte.

Doch Michael hütete sich, diese Dinge anzusprechen. Dies hier war Corinnas Dinnerparty und wenn sie den Ruhm, Michael gerettet zu haben, mit Laura teilen wollte, war ihm das recht.

»Und was ist mit der Krankenschwester, die Ihnen geholfen hat – wie hieß sie noch mal?«

Die Frage kam von Baronesse Crowder, einer unverheirateten Bankerbin. Da sie viel von ihrer Zeit und ihrem Vermögen für die Philanthropie eingesetzt hatte, hatte ihr die Queen die Adelswürde verliehen.

Eigentlich war Julias Name überhaupt nicht erwähnt worden. Michael hatte gehofft, Gespräche über sie von vornherein unterbinden zu können, doch irgendwie kam man dann doch auf ihre medizinischen Studien zu sprechen. Er hätte wissen müssen, dass das schwierig werden würde.

Die Baronesse fügte hinzu: »Miss Nightingale ist meine Cousine zweiten Grades, wie Sie vielleicht wissen. Ich glaube, sie könnte Interesse daran haben, diese junge Dame kennenzulernen. In welchem Hospital arbeitet sie?«

Michael war verzweifelt auf der Suche nach einer unverfänglichen Antwort und tupfte sich mit seiner Serviette die Lippen ab, um Zeit zu schinden.

Leider durchbrach David die Stille und antwortete für ihn. »Sie heißt Julia Bernay und scheint eine ganz besondere junge Dame zu sein. Und was das Hospital betrifft …« Er wandte sich an Michael. »Hat sie es dir gesagt, als sie dich besucht hat?«

David merkte nicht, dass seine Frau ihm einen verärgerten Blick zuwarf, doch Michael fiel es auf. Und er sah auch, wie Laura die Stirn runzelte.

»Ich glaube nicht, dass sie im Moment als Krankenschwester arbeitet«, sagte Michael. Dabei wurde ihm klar, dass er noch nicht einmal wusste, wo Julia herkam – sie hatte nicht wie eine Londonerin geklungen – oder wo sie ausgebildet worden war.

»Sehr schade.« Die Baronesse schüttelte enttäuscht den Kopf. »Dann ist sie verheiratet?«

»Verheiratet?«, wiederholte Michael verblüfft über diese Frage.

»Das ist meist der Grund, warum die Frauen ihre Arbeit im Hospital aufgeben«, sagte die Baronesse. »Sie können nicht beides tun, da sie als Krankenschwestern normalerweise in den hospitaleigenen Unterkünften wohnen.«

»So ähnlich wie Nonnen, meinen Sie?«, bemerkte Mrs Dalrymple.

»Sie ist hierhergekommen?«, fragte Laura. »Wann denn?«

»Wenige Tage nach dem Unfall, nicht wahr, Michael?«, meinte David. »Du hast noch all die vielen Bandagen getragen und sahst aus wie eine ägyptische Mumie.«

»Aber ich dachte, es ging dir damals nicht gut genug, um Besuch zu empfangen.« Lauras Worte klangen wie ein Vorwurf. Es hatte ihr gar nicht gefallen, dass sie an jenem Tag abgewiesen worden war.

Corinna ging sanft dazwischen. »Miss Bernay war nur ganz kurz da; sie wollte fragen, wie es Michael ging, und ihm ihre besten Wünsche zur Genesung überbringen. Es ist ja verständlich, dass sie Interesse daran hatte, wie das Ganze ausgegangen war.«

Laura nickte, schien aber nicht ganz besänftigt zu sein. Michael würde diese Woche ein bisschen mehr Zeit als sonst mir ihr verbringen und sie und Corinna vielleicht begleiten müssen, wenn sie das nächste Mal eine Ausstellung oder dergleichen besuchten. Auf keinen Fall durfte Laura sich zu viele Gedanken über Julia machen. Schon bereute er ein wenig, dass er Julia zugesagt hatte, sie zu unterrichten. Er musste unbedingt dafür sorgen, diese beiden Bereiche seines Lebens strikt getrennt zu halten, aber irgendwie hatte er das Gefühl, dass das nicht einfach werden würde.

Ein paar Tage später stand Michael vor dem Carlton Club. Er war stehen geblieben, um das prächtige Gebäude zu bewundern, bevor er hineinging. Es war ein lang gestreckter Bau aus warmem braunem Portlandstein, gekrönt von einem kunstvoll gearbeiteten Fries. Zwei Reihen hoher, eleganter Bogenfenster schmückten die beiden Stockwerke. Der Prachtbau nahm einen Großteil der Straßenecke am Pall Mall ein, wo er stand.

Für Michael war der Carlton Club die Verkörperung all dessen, wofür er seit einem Jahrzehnt arbeitete. Seine Mitglieder waren die konservativen Machthaber der Stadt – Banker, Anwälte, Parlamentsmitglieder. Männer mit Einfluss, mit dem Finger am Puls der Nation. Gleichzeitig war der Klub eine Bastion gesellschaftlichen Ansehens. Vor allem aber war er ein Ort, an dem auch Michael all dies offenstand. Hier als Mitglied angenommen zu werden, war schon für sich eine Meisterleistung. Michaels aufgehender Stern trat endlich aus dem dunklen Schatten heraus, der seit dem schändlichen Verhalten seines Vaters und dessen Tod über seiner Familie lag.

Das Sprichwort, dass ein Mann Geld ausgeben musste, wenn er Geld verdienen wollte, war nie zutreffender gewesen als bei ihm. Als Anwalt durfte Michael keine Werbung machen; die Mandanten mussten zu ihm kommen. So manch junger Anwalt dümpelte ewig vor sich hin und musste schließlich aufgeben, weil er einfach nicht bekannt wurde. Karriere machte nur, wer Beziehungen hatte. Barrister, die Anwälte bei den höheren Gerichten, wurden offiziell von einem Solicitor, einem Anwalt bei den niederen Gerichten, kontaktiert. Ein cleverer Mandant wusste genau, welchen Barrister er wollte, und würde dafür sorgen, dass sein Solicitor sich an diesen wandte.

Durch seine Arbeit für Tamblin war Michael bereits an viele Fälle gekommen. Hier im Carlton warteten zweifellos noch mehr auf ihn, denn hier kam er mit den richtigen Leuten zusammen, die er sich als Mandanten wünschte. Seit er vor zwei Jahren Mitglied geworden war, hatte er bereits etliche Mandanten gewonnen, und es würden mehr werden, je mehr Erfolge er vor Gericht aufweisen konnte.

Doch heute war er aus einem anderen Grund hier. Lauras Bruder, der neue Viscount Delaford, hatte Michaels Einladung zum Lunch akzeptiert. Der Viscount war selbst Mitglied bei einem anderen Klub, den die Angehörigen des Adels bevorzugten, doch Michael hatte es für besser gehalten, wenn ihre erste Begegnung gleichsam auf ihm vertrautem Terrain stattfand. Es war eine schamlose Zurschaustellung von Status, dachte er, aber sie war notwendig, wenn er einen Aristokraten beeindrucken wollte, und er hatte sich mit vollem Einsatz in dieses Spiel gestürzt. Doch als er jetzt den Klub betrachtete und sich innerlich für die bevorstehende Begegnung rüstete, stellte er überrascht fest, dass ihm das Treffen heute längst nicht mehr so viel bedeutete wie früher. Er schob es auf seine Überarbeitung und die Schmerzen, an denen er seit dem Unfall noch immer litt. Doch beides würde vorübergehen.

Ein kalter Windstoß blies ihm beinahe den Hut vom Kopf und trieb die Fußgänger, die ihren Zielen zustrebten, zur Eile. Michael stellte seinen Kragen zum Schutz gegen den bitterkalten Märzwind auf, überquerte die Straße und betrat den Klub.

Nachdem Michael eine halbe Stunde in der ausgezeichneten Bibliothek des Klubs verbracht hatte, traf auch Lord Delaford ein. Michael war ihm noch nie begegnet, doch er wusste sogleich, dass er es war. Der Viscount war nicht viel älter als er selbst, war untadelig gekleidet und bewegte sich mit dem gelassenen Selbstvertrauen eines Mannes, der von Geburt an Reichtum und Privilegien besaß.

Delaford kam direkt auf Michaels Sessel zu, und Michael erhob sich, um ihn zu begrüßen. »Mr Stephenson, nehme ich an?« Delaford wiederholte mit großer Geste den berühmten Satz des Forschers Henry Stanley. Dann beugte er sich vor und fügte hinzu: »Ich *hoffe* zumindest, dass Sie Stephenson sind. Sie scheinen der einzige Mann unter vierzig in diesem Raum zu sein, und ich habe keine Lust, meine Schwester mit einem alten Knacker zu verheiraten.«

Michael wusste es zu schätzen, dass Delaford ihm von vornherein die Befangenheit nehmen wollte. Sein Interesse an dem Treffen war wieder geweckt.

Sie tauschten ein paar Höflichkeiten aus, dann sagte Michael: »Wollen wir essen? Heute steht eine ausgezeichnete Suppe auf der Karte, die einem die Kälte des eisigen Windes draußen aus den Knochen vertreiben sollte.«

»Wunderbar.«

Während sie aßen, schnitt der Viscount alle möglichen Themen an. Irgendwann sagte er: »Was um alles in der Welt machen Sie eigentlich in diesem Klub? Jetzt, da Mr Gladstone wieder Premierminister ist, sollten Sie doch besser dem Reformklub beitreten.«

Das hatte Michael auch schon von anderen gehört, doch er war überrascht, es von einem Adligen zu hören. Laura hatte ihm erzählt, dass ihr Bruder sehr freie Ansichten habe, und anscheinend stimmte das auch. Doch Michael wurde nicht so recht warm mit dem Gedanken eines Klubwechsels. Seiner Ansicht nach konnten politische Strömungen jederzeit in ihr Gegenteil umschlagen; deshalb hielt er es für eine Torheit, sein Mäntelchen in diesen Wind zu hängen. »Ich werde meine Chancen zu nutzen wissen. Doch abgesehen davon weiß ich nichts über die Qualität der Suppe im Reformklub.«

Der Scherz trug ihm ein anerkennendes Lächeln des Viscounts ein. »Ich mag Sie, Stephenson. Sie sind klug und lassen sich nicht in die Ecke drängen. Ich schätze, diese Eigenschaften braucht man wohl, wenn man in Ihrem Beruf Erfolg haben will.«

»Ich fand sie schon so manches Mal recht nützlich«, gab Michael zu.

Der Viscount machte eine weit ausholende Bewegung mit der Gabel, die nicht nur den edel ausgestatteten Speisesaal, sondern den gesamten Club einbezog, und sagte: »Ich war schon ein paarmal hier und empfand das Ambiente immer als außerordentlich angenehm, aber ich selbst bin bei White's – eine alte Familientradition. Dabei wäre mir persönlich eigentlich das Garrick's lieber. Dort herrscht mehr Leben.«

Ein Adliger, der sich unter Künstler, Schriftsteller und Schauspieler mischte? Das war ein weiterer Fingerzeig, dass Lord Delaford ein ganz anderer Mensch war als sein Vater.

Erst als sie den Hauptgang fast beendet hatten, sagte Delaford: »Wollen wir über Laura sprechen? Deshalb haben Sie mich doch eingeladen.«

Michael entschied, dass ein neutraler Vorstoß der beste wäre: »Es mag etwas überheblich wirken, wenn ein Mann wie ich um ihre Hand anhält.«

Der Viscount dachte über das Gesagte nach. »Wenn man Ihre Stellung gegen Lauras abwägt? Vielleicht. Wenn mein Vater noch am Leben wäre, wäre es etwas anderes. Ihm gefiel der Gedanke nicht, dass Bürgerliche in den Adel einheiraten. Ich selbst sehe das etwas liberaler. Bevor Sie jedoch auf die Idee kommen, ich sei ein netter Mensch, der das Gute in jedem sieht, möchte ich Ihnen sagen, dass ich Ihre Vergangenheit sorgfältig durchleuchtet habe. Laura hat viele Verehrer. Sie ist schön, sagt man mir – ein Mann kann kein Urteil über seine eigene Schwester fällen –, und sie verfügt über eine nicht unbedeutende Mitgift, die unser Vater vor seinem Tod für sie angelegt hat. Doch auch wenn ich freizügigere Ansichten habe als mein Vater, heißt das nicht, dass ich nicht größten Wert darauf lege, dass meine Schwester einen ehrenhaften Mann heiratet. Es gibt viel zu viele Schurken und Glücksritter; man kann gar nicht vorsichtig genug sein.«

Michael wusste, dass er damit hatte rechnen müssen. »Ich schätze es sehr, dass Sie so große Vorsicht walten lassen, was das Schicksal Ihrer Schwester betrifft, Sir.«

Delaford nickte. »Sie sind, dem Vernehmen nach, ein gebildeter und ehrenhafter Mann. Soweit man das von einem Anwalt sagen kann. Meine Nachforschungen haben außerdem ergeben, dass Sie bereits eigene Mandanten haben, abgesehen von Ihrer Arbeit für Tamblin.«

»Ja.« Das alles waren Tatsachen, die für jedermann leicht zugänglich waren. Dass der Viscount sie bereits kannte, enthob Michael jedoch der Notwendigkeit, sich selbst zu beweihräuchern.

»Ich habe aber trotzdem eine Frage. Sie scheinen zufrieden damit zu sein, für Tamblin zu arbeiten, obwohl Sie sich inzwischen selbstständig machen könnten. Warum?«

Auch diese Frage hatte Michael schon des Öfteren gehört. »Tamblins Ruf ist beispiellos. Es gilt als sicher, dass er in naher Zukunft zum Richter ernannt wird. Wenn es so weit ist, gehe ich davon aus, dass ich die meisten seiner Mandanten übernehmen werde.«

»Sie sind also bereit zu warten.«

»Ich glaube nicht, dass ich lange werde warten müssen. Wir rechnen damit, dass die Ernennung innerhalb eines Jahres erfolgt. Ich sehe mein Verhalten also als vernünftige Strategie.«

Michaels Aussage stimmte. Gleichzeitig sparte es ihm jedoch auch viel Geld. Wenn er jetzt eine Kanzlei gründete und Leute einstellte, fraß das finanzielle Mittel auf, die er für andere Dinge benötigte. Er war entschlossen, das Geld zurückzuzahlen, das sein Schwager ihm geliehen hatte. David betonte zwar immer wieder, dass das nicht nötig sei, doch für Michaels Selbstachtung war es unerlässlich.

Seine Antwort schien Lord Delaford zufriedenzustellen. »Ich halte Ihre Strategie für gut. Und ich bezweifle nicht, dass Sie meiner Schwester das Leben bieten können, an das Sie gewöhnt ist.«

Obwohl das Gespräch durchaus positiv verlief, wusste Michael, dass noch andere Dinge als seine rosige finanzielle Zukunft aufs Tapet kommen mussten. »Da Sie sich so eingehend mit meinen Lebensumständen beschäftigt haben, sind Ihnen sicher auch sämtliche Aspekte meiner Vergangenheit vertraut. Der Vergangenheit meiner Familie, meine ich.«

Delaford nickte. »Ich sehe, Sie reden frei heraus und weichen auch schwierigen Themen nicht aus.« Er legte Messer und Gabel hin, lehnte sich zurück und sprach erst weiter, als ein Kellner, der in der Nähe gestanden hatte, ihre Teller abgeräumt und sich entfernt hatte. »Stephenson, in diesen modernen Zeiten spielen viele altmodische Vorstellungen keine Rolle mehr. Ich kann nicht leugnen, dass mein Vater nicht einmal mit Ihnen reden würde, wenn er noch lebte – doch ich selbst teile seine Bedenken nicht. Warum sollte ich Sie für die Taten Ihres Vaters verantwortlich machen? Das wäre doch unsinnig. Meiner Meinung nach muss ein Mann einzig und allein nach seinen eigenen Taten beurteilt werden.«

»Sie wissen, dass es Gerüchte gibt, mein Vater hätte Selbstmord begangen.«

Es war riskant, das zu sagen. Die meisten Menschen hielten Geisteskrankheit für erblich. Doch Michael wollte ganz genau wissen, wo der Viscount in dieser Frage stand.

Delaford warf ihm einen anerkennenden Blick zu, antwortete jedoch nicht sogleich. Er nippte langsam an seinem Wein. Als er das Glas wieder hinstellte, blickte er sich um, als messe er ihre Entfernung zu den anderen Tischen. Niemand achtete auf sie.

»Ich bin mir der Spekulationen im Zusammenhang mit dem Ableben Ihres Vaters wohl bewusst. Ich glaube, mit Sicherheit weiß man nur, dass er sich bei einem Sturz vom Pferd das Genick brach. Ist das korrekt?«

Michael nickte. »Das sind unbestreitbare Tatsachen.«

»Das Jahr, das ich nach meinem Abgang von Oxford in Lincoln's Inn verbrachte, war also nicht völlig verschwendet.« Delaford schenkte ihm ein kurzes Lächeln, zum Zeichen, dass er einen Scherz gemacht hatte, wurde jedoch sogleich wieder ernst. »Wenn ich Anwalt wäre, würde ich sagen, dass es reine Spekulation ist, ob der Tod Ihres Vaters nun ein Unfall war, weil er wegen Trunkenheit zu waghalsig geritten ist, oder ob er sich tatsächlich umzubringen versuchte. Ich glaube nicht, dass wir genügend konkrete Fakten haben, um zu einem Urteil zu kommen. Dabei leugne ich keineswegs, dass auch die negativere Erklärung durchaus plausibel ist. Es gibt Männer, die im Leben so tief fallen, dass sie ihr seelisches Gleichgewicht verlieren und sich oder anderen bewusst Schmerz zufügen, weil sie Pech haben oder schlecht beraten sind.« Er beugte sich vor und sah Michael in die Augen. »Doch selbst, wenn das auf Ihren Vater zuträfe, muss das nicht zwangsweise auch auf Sie zutreffen, oder?«

Michael erwiderte seinen Blick ganz offen. »Ich habe die letzten zehn Jahre alles dafür getan, den Ruf meiner Familie wiederherzustellen. Ich werde die Fehler meines Vaters nicht wiederholen.«

Das mochte genau das sein, was der Viscount hören wollte, aber es war auch die Wahrheit. Michael hätte nie etwas getan, das seiner Schwester noch mehr Schmerz zugefügt hätte. Sie und er hatten genug durchgemacht.

Lord Delaford lehnte sich wieder zurück und entspannte sich. »Dann sind wir uns ja einig. Eins muss ich Ihnen aber noch sagen.«

»Ja?«

»Meine Schwester und ich haben gerade erst die Trauerzeit hinter uns. Eine zu rasche Verlobung verbietet sich schon aus Schicklichkeitsgründen. Ich selbst gebe nicht allzu viel auf diese Dinge, aber ich möchte mir natürlich keinen schlechten Anstand nachsagen lassen. Hinzu kommt, dass Lauras Debüt durch den Tod unseres Vaters sehr kurz ausfiel und dies ihre erste Gelegenheit ist, an der Londoner Saison teilzunehmen. Geben wir ihr die Gelegenheit, diese Zeit zu genießen, meinen Sie nicht auch? All die Bälle und das Ausfüllen der Tanzkarten und dergleichen. Laura ist sehr in Sie verliebt, Sie haben also nichts zu befürchten, wenn Sie noch ein wenig mit Ihrem Antrag warten.«

Der Vorschlag, nichts zu übereilen, kam Michael sehr entgegen. Corinna würde ihn zwar gern so bald wie möglich im Hafen der Ehe sehen, und er wusste, dass sie sehr enttäuscht sein würde, noch ein paar Monate warten zu müssen. Und eigentlich, dachte er, müsste er genauso empfinden, doch im Moment fühlte es sich beinahe an wie eine Galgenfrist. Er hätte nicht sagen können, warum.

Delaford zog ein silbernes Etui aus der Tasche, öffnete es und streckte es Michael hin. »Zigarette?«

»Nein, danke.« Zur Erklärung berührte Michael kurz die Bandage, die unter seinem Halstuch hervorlugte. Die Wunde schmerzte noch, und er hatte nicht den Wunsch, die Schmerzen durch das Rauchen noch zu verstärken.

»Natürlich, das hätte ich beinahe vergessen«, sagte Delaford. »Obwohl das eigentlich fast unmöglich ist«, fügte er ironisch hinzu. »Laura scheint an manchen Tagen von nichts anderem zu reden.«

Es überraschte Michael nicht, dass das Unglück Laura so beschäftigte. Auch er dachte viel daran, wozu seine Schmerzen einen Gutteil beitrugen. Hinzu kam das Wissen, dass alles völlig anders ausgegangen wäre, wenn Julia nicht gewesen wäre. Unwillkürlich verglich er immer wieder ihr Verhalten mit dem von Laura – ein Vergleich, bei dem Laura alles andere als gut abschnitt. Doch war das fair? Beschützt, wie sie aufgewachsen war, hatte sie sich noch nie zuvor in einer wirklich gefährlichen, beängstigenden Situation befunden. Und selbst Corinna, so vernünftig sie auch war, hätte nicht gewusst, wie sie Michaels Blutung hätten stoppen können. Und Laura hatte wirklich viele gute Eigenschaften; sie war hübsch, normalerweise freundlich und in ihrem Lebensbereich durchaus kompetent. Michael hätte dankbar sein sollen, dass sie in ihn verliebt war, wie Lord Delaford sagte.

Julia war … völlig anders. Anders als alle Frauen, die er kannte. Die ganze Situation erinnerte ihn an einen Prozess, in dem der gegnerische Anwalt in letzter Minute plötzlich eine überraschende neue

Information präsentierte. Er hatte keine Ahnung, was seine künftigen Treffen mit Miss Bernay bringen mochten, doch eines war sicher: Sie würden interessant werden. Er musste lediglich dafür sorgen, dass ihre Begegnungen seine Lebenspläne nicht gefährdeten.

9

Der Butler der Barkers führte Julia ins Wohnzimmer. Michael Stephenson erhob sich aus seinem Stuhl und begrüßte sie. Heute sah er völlig anders aus als bei ihrem letzten Aufeinandertreffen. Abgesehen davon, dass seine Krawatte nur lose gebunden war, um keinen Druck auf seine Bandage auszuüben, war er der Inbegriff eines Gentlemans. Seine Finger waren allerdings ebenfalls noch bandagiert, deshalb akzeptierte Julia seine höfliche Verbeugung, statt ihm die Hand zu reichen.

Der Butler zog sich zurück, doch Julia fiel auf, dass er die Tür nicht ganz schloss. »Bleiben wir allein? Ich hatte halb damit gerechnet, dass Mrs Barker unsere Anstandsdame spielt.«

»Meine Schwester macht Besuche – sie muss doch Kapital aus dem gesellschaftlichen Ansehen schlagen, das ihr die kürzlich gegebene Dinnerparty eingetragen hat.«

Seine Stimme klang zwar leicht ironisch, doch es fiel Julia schwer zu entscheiden, ob er das Tun seiner Schwester wirklich missbilligte. »Es freut mich, dass sie ein Erfolg war.«

»Ja.« Er runzelte ein wenig die Stirn, doch dann wechselte er das Thema. »Wollen wir anfangen?« Er deutete auf einen Tisch, an dem zwei Stühle mit hoher, gerader Lehne standen. »Ich habe uns einen Arbeitsplatz vorbereitet.«

Julia erinnerte sich noch von ihrem ersten Besuch an den Tisch. Damals war er übergequollen von gerahmten Fotografien, drei oder vier kleinen Blumentöpfen, einem Figürchen und einer Lampe. Heute war bis auf die Lampe alles abgeräumt. Stattdessen lagen zwei große Bücher da – eine lateinische Grammatik und ein Wörterbuch – und außerdem Papier und Stifte. Er hatte an alles gedacht.

Als Julia ihr eigenes Lateinbuch auf den Tisch legte, sah sie, wie

Michael an seinem Kragen zupfte. »Macht Ihnen die Wunde Probleme?«

»Sie juckt ein bisschen«, gab er zu. »Und Wundschmerzen habe ich auch noch, aber das ist wohl normal.«

Julia trat näher an ihn heran. »Haben Sie etwas dagegen, wenn ich sie mir mal ansehe?«

Er nahm seine Hand herunter und strich seine Krawatte glatt. »Das ist nicht nötig. Dr. Hartman hat mir versichert, dass alles in Ordnung ist.«

»Wann hat er sie zuletzt gesehen?«

»Gestern.«

»Diese Symptome können ganz normal sein oder aber ein Zeichen für eine beginnende Infektion. Wenn eine solche Infektion nicht richtig behandelt wird, kann sie ernste Folgen haben. Bitte erlauben Sie mir einen kurzen Blick, nur um sicher zu sein, dass alles in Ordnung ist.« Sie sah zu ihm auf. Dabei wurde ihr wieder einmal bewusst, wie groß er war. Er blickte ihr in die Augen, und sie sah, wie er ins Zweifeln geriet.

»Sie werden sich beeilen müssen, wenn Sie noch Lateinunterricht haben wollen. Ich habe heute nur eine Stunde für Sie.«

»Ich verspreche, es wird nicht lange dauern. Wenn Sie sich bitte hinsetzen würden, dann kann ich es besser sehen.«

Obwohl man es ihm ansah, dass ihm unbehaglich zumute war, setzte sich Michael an den Tisch. Julia setzte sich ebenfalls und beugte sich über ihn, während sie vorsichtig seine Krawatte lockerte, um an die Bandage zu kommen. Sie nahm den Duft der Verbandsalbe wahr, aber auch noch etwas anderes. Hatte er eine Pomade fürs Haar verwendet? Was immer es war, es roch sehr gut. Sie bemerkte gar nicht, dass sie einen Moment innegehalten hatte, bis Michael den Kopf leicht zur Seite neigte und sie fragend ansah. Von seinem sorgfältig gekämmten Haar bis hinunter zum Kinn – ganz glatt nach einer frischen Rasur – war er heute fraglos wesentlich gepflegter als beim letzten Mal. Doch das war zu erwarten gewesen, denn als sie ihn das letzte Mal gesehen hatte, war er gerade aus dem Bett aufgestanden. Sie erinnerte sich, wie lustig er ausgesehen hatte mit seinem in alle Richtungen abstehenden Haar.

Julia rief sich zur Ordnung, entfernte vorsichtig die Bandage und betrachtete die Wunde. Ihre Sorge war unnötig gewesen. Die roten Ränder um die Nähte hatten sich in ein dunkles Rosa verfärbt, was bedeutete, dass die Wunde heilte. »Es sieht sehr gut aus«, informierte sie ihn. »Keine Anzeichen für eine Infektion.«

»Das ist schön zu hören.«

Ein leichtes Lächeln spielte um seinen Mund und erinnerte Julia an eine andere Szene: an den Moment in der U-Bahn, in dem er gemerkt hatte, dass sie ihn ansah. Damals hatte sie überlegt, welche Sorte Frau wohl sein Interesse wecken mochte. Es war eine seltene, törichte Wendung gewesen, die ihre Gedanken damals genommen hatten – und jetzt drohten sie schon wieder die gleiche Richtung einzuschlagen. Er sah zweifellos sehr gut aus, doch deswegen war sie nicht hier.

Sie rief sich erneut zur Ordnung, hob die Bandage an, tippte mit den Fingerspitzen in die Salbe und inspizierte sie, rieb sie zwischen den Fingern und roch daran. »Ich sehe, er hat Leinöl auf die Nähte gegeben. Das ist gut in diesem Stadium.« Sie legte ihm sorgfältig die Bandage wieder an. Dabei konnte sie nicht verhindern, dass ihre Hände den frisch gestärkten Kragen und die glatte Seide seiner Krawatte berührten. Dass ihre Fingerspitzen so sensibel auf diese Berührungen reagierten, erschreckte sie, doch sie tat ihr Bestes, es zu ignorieren. »Was das Jucken angeht, empfehle ich eine Salbe, die Mr Baines, der Drogist in der Gray's Inn Road in der Nähe des Royal Free Hospital herstellt. Sie ist auch sehr gut für das Narbengewebe und tut bestimmt auch den Schnitten an Ihrer Schläfe gut.« Sie berührte den Bereich – nur um ihm die Stellen zu zeigen, die sie meinte. Dabei glitten ihre Finger sanft an seinem Haaransatz entlang und über die Schnitte, die im Moment noch mit Pflastern bedeckt waren. Wieder bemerkte sie – wie schon damals im Zug –, dass sein Haar dicht und weich war.

»Mr Baines«, wiederholte Michael und lehnte sich auf seinem Stuhl zurück, als wollte er eine gewisse Distanz zwischen sie legen. »Danke, ich werde daran denken. Wollen wir jetzt mit dem Unterricht beginnen?«

»Ja!«, antwortete Julia. Es wurde Zeit, dass sie sich auf den eigentlichen Grund, warum sie hier war, konzentrierte. Doch zuerst musste sie noch etwas loswerden. »Ich möchte Ihnen noch einmal danken, dass Sie das für mich tun. Ich weiß es wirklich sehr zu schätzen, auch wenn …«

Er beendete ihren Gedanken. »Auch wenn Sie es als Ehrenschuld betrachten?«

Sie nickte. »Ehrlich gesagt habe ich damit gerechnet, dass Sie einen Rückzieher machen, wenn Sie erst einmal Zeit hatten, darüber nachzudenken.«

»Wirklich? Das kann nur daran liegen, dass Sie mich gar nicht kennen. Ich halte immer mein Wort.« Er sah sie fragend an. »Und Sie?«

Sein Frage klang leicht verschwörerisch, als hätten sie ein Geheimnis miteinander. Was ja auch stimmte. Dieser Mann konnte wirklich ungemein charmant sein, wenn er wollte. Vielleicht war es gut, dass Frauen nicht Rechtsanwältinnen werden konnten. Wie viele sogar von den allervernünftigsten hätten einer solchen geballten Attraktivität widerstehen können?

»Ja, natürlich.« Sie griff nach den Papieren, die sie mitgebracht hatte. Je schneller sie sich an die Arbeit machten, desto besser. »Ich habe hier den lateinischen Teil des letztjährigen Vorbereitungsexamens für die Universität von London.«

»Wie sind Sie denn da drangekommen?« Er klang misstrauisch, als hätte sie einen Betrug begangen.

»Man kann ihn im Buchhandel kaufen, damit die Studenten sich vorbereiten können. Das machen viele.«

»Ah ja.« Er nahm das Papier und überflog es.

»Soll das heißen, dass Sie das nie gemacht haben?«

»Das war nicht nötig. Ich war zuversichtlich, mit dem, was ich wusste, allem gewachsen zu sein, was man mir in der Prüfung vorsetzen mochte.«

Es klang ein Hauch von Arroganz in seinen Worten mit, doch das konnte Julia ihm nachsehen. Man hatte ihr selbst oft Stolz vorgeworfen, wenn sie einfach nur eine ehrliche Einschätzung ihres Könnens abgegeben hatte.

Er las noch immer. »Wie ich sehe, besteht die Prüfung aus zwei Teilen, der Übersetzung eines kurzen lateinischen Textes und der Beantwortung von ein paar Grammatikfragen.« Er gab ihr die Unterlagen zurück. »Ich nehme an, Sie wissen nicht, welcher Text drankommen wird? Sie werden sich also einen möglichst großen Wortschatz aneignen müssen.«

»Ich weiß, aus welchem Werk er stammen wird; das wird immer im Voraus bekanntgegeben. Es ist Ciceros *De Oratore*. Leider habe ich in den Antiquariaten noch kein Exemplar auftreiben können.« Das Buch neu zu kaufen, lag außerhalb von Julias Möglichkeiten, doch das brauchte sie ihm nicht eigens zu sagen.

»Sie haben Glück«, meinte er fröhlich. »Ich besitze eine Ausgabe, ich habe sie bei mir zu Hause. Nächstes Mal bringe ich sie mit.«

»Wunderbar!«, rief Julia. »Damit ist schon mein erstes großes Problem gelöst.«

»Und was die Grammatikfragen betrifft: Sie sind klar formuliert, aber trotzdem nicht leicht, weil sie lange, detaillierte Antworten erfordern. Auch dafür werden Sie ein umfangreiches Vokabular brauchen. Und Sie müssen die Stammformen der Verben kennen und werden auch viele Substantive und Adjektive deklinieren müssen.«

Vor allem die Deklination – die Flexion eines Wortes nach Genus, Zahl und Kasus – war eine einschüchternde Aufgabe. Julia wurde etwas mulmig zumute, weil sie wusste, dass sie erst einmal zugeben musste, was sie alles nicht wusste, um die Hilfe zu erlangen, die sie brauchte.

»Ich nehme an, Sie haben bereits versucht, die hier gestellten Fragen zu beantworten?«, fragte ihr Mentor.

»Ja.« Julia zog ein weiteres Papier aus ihrer Tasche. »Ich habe sogar schon alle beantwortet – mithilfe des Wörterbuchs«, gestand sie verlegen.

Sie gab ihm die Blätter und wartete nervös, während er sie las. Er legte die zwei Seiten auf den Tisch und verglich Satz für Satz mit dem lateinischen Text.

Sie beobachtete ihn, während er arbeitete. Er hatte ein schönes Profil, mit einer geraden Nase und einem wohlproportionierten Kinn. Da sie nicht dabei erwischt werden wollte, wie sie ihn anstarrte, wandte sie den Blick jedoch rasch wieder ab. Dabei fiel ihr das exotische Schachspiel ins Auge und sie dachte an ihr großes Lebensziel. »Stammt das Schachspiel wirklich aus Afrika?«

»Bitte?« Er blickte angesichts des unlogischen Einwurfs überrascht auf.

»In dem Vitrinenschränkchen steht ein Schachspiel mit afrikanischen Figuren. Mr und Mrs Barker waren doch wohl kaum wirklich in Afrika?« Wenn doch, würden sie sehr in Julias Achtung steigen und außerdem konnte sie ihnen dann ein paar Fragen stellen.

Doch Michael schüttelte den Kopf. »Mein Schwager investiert in ein paar Gesellschaften, die weltweit Handel treiben. Ich glaube, das Spiel war ein Geschenk eines seiner Kunden.«

»Ich will nämlich nach Afrika gehen.«

»Ach, wirklich?«

Sie war nicht erfreut über seinen ungläubigen Ton, doch sie kannte diese Reaktion bereits. »Sobald ich mein Medizinstudium abgeschlossen habe, gehe ich. Ich möchte Ärztin und Missionarin werden.«

»Warum würden Sie so etwas tun wollen?«

»Weil Gott mich dazu berufen hat. Und wenn Gott einen zu etwas beruft, ist es unklug, dagegen anzukämpfen.«

Er runzelte die Stirn. »Glauben Sie wirklich, dass die Berufung von Gott kommt? Wie können Sie sich dessen so sicher sein?«

»Zweifeln Sie an der Existenz Gottes oder an meiner Fähigkeit zu erkennen, was für ein Leben er mir bestimmt hat?«

»Ich kenne Sie beide nicht gut genug, um diese Frage zu beantworten.« Seine Antwort war spöttisch und zugleich ausweichend.

»Fragen Sie sich denn nie, was Gott über Sie denkt?«

»Ich beschäftige mich nicht viel mit Gott.« Seine Stimme klang plötzlich hart. »Aber darüber brauchen wir wirklich nicht zu diskutieren. Ich habe mich bereit erklärt, Sie in Ihren Zielen zu unterstützen, und Sie waren bereit, sich den meinen nicht in den Weg zu stellen. So war es abgemacht, oder?«

Julia gingen so viele Einwände durch den Kopf, so vieles, was sie gern gesagt hätte. Michael und seine Schwester schienen in erster Linie an materiellen Dingen und gesellschaftlichem Status interessiert zu sein. Dieses Wohnzimmer hier war vollgestopft mit Gegenständen, doch nicht ein einziger davon deutete auch nur entfernt auf spirituelle Interessen hin. Die beiden taten ihr leid, trotz der zahllosen Insignien ihres Erfolgs. Was war das alles wert ohne Gott?

Wie sah es in seiner Seele aus? Das war doch die eigentliche Frage.

Im Moment blickte Michael sie aufmerksam an, als erwartete er eine Antwort auf seine Frage. *So war es abgemacht, oder?*

Ja, so war es abgemacht. Und Julia hatte keine Lust, diese Abmachung aufs Spiel zu setzen. Doch auf jeden Fall hatte sie hier einen Nerv getroffen, ob es nun um Gott oder um die Schule oder um etwas anderes ging.

»Ich wollte niemandem zu nahetreten«, sagte sie deshalb. »Ich dachte nur, Afrika könnte ein gemeinsames Interessensgebiet von uns sein. Ich habe ganz vergessen, dass Sie ja nicht hier wohnen.«

Er entspannte sich sichtlich. »Latein ist unser gemeinsames Interessensgebiet, meinen Sie nicht?«

Julia konnte nur nicken.

Er deutete auf die Blätter, auf die sie ihre Antworten auf die Prüfungsfragen geschrieben hatte. »Ihre Übersetzung könnte besser sein.« Er legte ihr ein leeres Blatt Papier und einen Stift hin. »Ich sage Ihnen, wie ich es gemacht hätte. Da meine Schreibhand noch nicht wieder einsatzfähig ist, müssen Sie es selbst aufschreiben.«

Trotz des beunruhigenden Intermezzos wurde Julia sehr schnell klar, dass es richtig gewesen war, ihn um Hilfe zu bitten. Michael besaß viel Verständnis für die lateinische Sprache und konnte ihr Wesen sehr gut erklären. Er las den Text mit ihr zusammen und erklärte ihr einige der rhetorischen Kunstgriffe, deren der Verfasser sich bediente, dann ging er auf die grammatischen Fragen ein. Dabei korrigierte er unnachsichtig ihre Fehler, ohne jedoch sie als Person schlechtzumachen. So hatte sie es sich gewünscht: dass er sie einfach als Schülerin sah, die etwas lernen wollte, und nicht als eine Frau, die ein lächerliches Ziel verfolgte.

Es war schwer zu glauben, dass sie hier mit einem Mann arbeitete, der mit allen Mitteln versuchte, die Ausbildungsstätte, die sie besuchen wollte, schließen zu lassen. Vielleicht war dieser Widerspruch einfach zu groß für ihren Verstand. Oder konnte es sein, dass seine Arbeit nichts mit seinen persönlichen Überzeugungen zu tun hatte? Er hatte sich zwar über ihren Plan, Missionarin zu werden, lustig gemacht, nicht aber über ihren Wunsch, Medizin zu studieren. Wie mochte es sein, wenn man als Anwalt einen Mandanten verteidigen musste, mit dessen Ansichten man nicht im Geringsten übereinstimmte?

Sie überlegte gerade, ob sie dieses Thema ansprechen oder lieber noch verschieben sollte, als die Großvateruhr mit einem zarten Glockenspiel vier Uhr schlug.

Michael schloss das Lateinbuch. »Das war's für heute. Ich muss noch ins Parlament.«

»Ins Parlament?« Das weckte ihr Interesse. »Sie sind politisch engagiert?« Sie selbst hatte nie viel über Politik nachgedacht, bevor sie nach London gekommen war, abgesehen davon, dass sie die Debatte verfolgte, ob Frauen Ärztinnen werden durften. Viele ihrer Kommilitoninnen und Lehrerinnen lasen sorgfältig die Zeitungen, um auf dem Laufenden zu bleiben.

»Als Anwalt muss ich im Auge behalten, was unsere Gesetzgeber tun.«

Er erhob sich und half Julia beim Aufstehen. Dabei standen sie einen Moment lang sehr dicht nebeneinander.

In diesem Augenblick betrat Corinna das Zimmer. Sie war offenbar gerade nach Hause gekommen, denn sie trug noch Mantel und Handschuhe.

»Entschuldigung, wenn ich störe«, sagte sie. »Ich dachte, ihr seid schon fertig.«

Sie warf ihnen einen unfreundlichen Blick zu. Michael wirkte angespannt. »Wir haben gerade Schluss gemacht.«

Die Wärme, die den Raum erfüllt hatte, schien in Gegenwart von Mrs Barker auf einmal verschwunden. Der konsternierte Blick, mit dem sie den mit Büchern und Papieren bedeckten Tisch bedachte, verriet Julia, dass Michael seine Schwester offenbar nicht gefragt hatte, bevor er die anderen Sachen abgeräumt hatte.

Entschlossen, sich von dieser Frau nicht ihre gute Laune verderben zu lassen, sagte Julia fröhlich: »Vielen Dank, dass wir Ihr Wohnzimmer für den Unterricht nutzen dürfen, Mrs Barker.«

»Kein Problem.«

Doch ihr Blick verhieß durchaus Probleme. Julia dachte sofort, dass sie sich nicht nur darüber ärgerte, den Tisch wieder in seinen früheren Zustand versetzen zu müssen.

Sie wandte sich an Michael und sagte: »Der Unterricht hat mir sehr geholfen. Jetzt bin ich sehr viel zuversichtlicher.« Sie streckte ihm die Hand hin, doch dann fiel ihr ein, dass er die Geste nicht erwidern konnte.

»Die nächste Stunde wird um vierzehn Uhr am Mittwoch sein. Ich bringe meine Cicero-Ausgabe mit, dann können wir den Text zusammen durchgehen.«

Julia meinte einen gewissen trotzigen Unterton aus seiner Stimme herauszuhören, der offenbar seiner Schwester galt. Auch wenn er selbst durchaus Vorbehalte dagegen hatte, einer künftigen Studentin des umstrittenen Instituts Nachhilfeunterricht zu geben, schien er entschlossen, sein Wort zu halten.

Was auch immer seine Gründe sein mochten, Julia war froh darüber.

Sie steckte ihr Buch und ihre Papiere ein, verabschiedete sich und ließ sich von einem Diener zur Tür bringen. Eigentlich hatte sie noch kurz mit Michael sprechen wollen, doch er blieb im Wohnzimmer bei seiner Schwester.

Auf dem Heimweg dachte Julia über die letzte Stunde nach. Durch Michael erhielt sie ausgezeichnete Hilfe bei ihrem Latein. Vielleicht war das ein Zeichen, dass die Schule überleben würde, denn warum sollte Gott ihr helfen, das Immatrikulationsexamen zu bestehen, wenn sie dann doch nicht Medizin studieren konnte? Sie hatte noch nicht richtig mit Michael über den Prozess reden können, doch es war ja erst die erste Stunde gewesen. Sie konnte warten.

Vor allem aber war sie fasziniert von ihrem Lehrer. Er hatte sich schlicht geweigert, mit ihr über religiöse Fragen zu sprechen; dabei war ihm anzumerken gewesen, dass das Thema ihm unangenehm war. Gab es irgendeine Möglichkeit für sie, ihn für Gott zu gewinnen? Eine Seele zu gewinnen, war wichtiger als alles andere, was sie in der Welt bewirken konnte. Es mochte die größere Herausforderung sein, doch sie nahm sie gerne an.

Michael drängelte sich auf der Besuchergalerie im House of Lords nach vorne durch und hielt Ausschau nach einem Platz. Es war sehr viel voller als sonst, weil viele die Rede des Grafen von Westbridge gegen die Aufhebung der Gesetze über ansteckende Krankheiten als Präventivmaßnahme hören wollten. Gerüchten zufolge sollte dem House of Commons noch in dieser Woche ein Gesetzentwurf zur Aufhebung der Gesetze vorgelegt werden.

Michael bemerkte John Kelso, einen Journalisten und Parlamentsberichterstatter, und schlängelte sich zu ihm durch. Kelso nickte ihm grüßend zu und rutschte ein wenig auf der Bank beiseite, um ihm Platz zu machen. »Es überrascht mich nicht, Sie auch hier zu sehen, Mr Stephenson. Versuchen Sie, mit Ihrem Mandanten Schritt zu halten?«

»Wenn Sie so wollen. Mich überrascht aber die Anwesenheit vieler anderer hier«, erwiderte Michael, als sie abermals gezwungen wurden, ein Stückchen zur Seite zu rücken, weil ein weiterer Mann Anspruch auf einen Sitzplatz erhob.

»Seine Lordschaft erlangt leider traurige Berühmtheit mit seiner Verleumdungsklage«, meinte Kelso. »Obwohl es ihm ja gerade daran eigentlich nicht mangelt, ebenso wenig wie dem Gesetz selbst. Man sollte es umbenennen in *Gesetz über ansteckende Streitigkeiten.*«

Kelso kicherte noch über seinen Scherz, als der Justizminister seinen Platz einnahm und die Sitzung eröffnete. Michael ließ den Blick über das House of Lords schweifen. Inzwischen hatten sich alle auf ihren Plätzen eingefunden. Die ledergepolsterten Sitzbänke waren fast bis auf den letzten Platz besetzt – ein Zeichen dafür, wie groß das Interesse der englischen Peers an dem heutigen Tagesordnungspunkt war. Der Rede sollte eine Debatte folgen, doch Michael glaubte nicht, dass viel dabei herauskommen würde.

Die nächste Stunde wurde ihnen ziemlich lang, da zunächst noch andere Themen besprochen wurden, an denen Michael kein spezielles Interesse hatte, bei denen sich Kelso, der schließlich zum Arbeiten hergekommen war, jedoch eifrig Notizen machte.

Dann endlich erhielt Lord Westbridge vom Justizminister die Erlaubnis zu sprechen. Der Graf tappte etwas unsicher zum Rednerpult. Er war fast siebzig, hatte schneeweißes Haar und trug eine Nickelbrille und einen Anzug, der, obwohl er durchaus modern geschnitten war, irgendwie an die Jahrhundertmitte denken ließ. Er schwieg einen Moment, rückte seine Brille zurecht und begann.

Seine Rede war letztlich ein Plädoyer für die Beibehaltung des Gesetzes, wobei er eine lange Liste von Argumenten anführte, die Michael alle schon gehört hatte: »Das Gesetz schützt die Soldaten, die wiederum unser Volk schützen. Warum wollen wir unsere Sicherheit gefährden, indem wir zulassen, dass kranke Frauen unsere ehrenhaften Soldaten anstecken? Es geht um nicht weniger als die Existenz des Empires!«

Seine Lordschaft nahm sich sogar die Zeit, darauf hinzuweisen, inwiefern auch die Frauen von diesem Gesetz profitierten. Ihre

Krankheiten wurden erkannt und geheilt, was auch ihr Leben leichter und sie zu glücklicheren Menschen machte. Kein Wort darüber, dass Syphilis nie wirklich geheilt werden konnte oder dass mit diesem Gesetz stillschweigend geduldet wurde, dass es immer Prostituierte geben würde und kein Grund bestand, das zu ändern, solange man nur dafür sorgte, dass diese Frauen »sauber« waren.

Seinen Sohn oder die Verleumdungsklage erwähnte er mit keinem Wort – ein kluger Schachzug, zu dem Tamblin ihm geraten hatte. Sämtliche Zuhörer und auch die meisten Menschen, die morgen Kelsos Reportage lesen würden, kannten den Fall ohnehin in allen Einzelheiten.

Michael wurde von Minute zu Minute verärgerter. Warum war er überhaupt gekommen? War es nicht pure Zeitverschwendung, diesen Gesetzesentwurf wieder und wieder durchzukauen, wo er doch später im House of Commons ganz sicher abgelehnt werden würde? Ein paar Mitglieder hatten sich zwar bereits für die Aufhebung des Gesetzes ausgesprochen, doch sie waren noch in der Minderheit.

Kelso neben ihm kritzelte eifrig. »Wunderbare Nachrichten«, murmelte er, »die Leute werden sich darauf stürzen!«

Der Graf beendete seine Rede unter dankbarem Applaus, vereinzelt vernahm man Rufe: »Sehr richtig!«

Dann folgte die Debatte, die im Grunde jedoch nur eine Wiederholung dessen war, was der Graf soeben gesagt hatte.

Michael war heilfroh, als es vorbei war, und stand auf. Er hatte heute nichts Neues erfahren. In gebückter Haltung, damit er den anderen nicht den Blick versperrte, winkte er Kelso zum Abschied zu und verließ die Galerie.

Der Abend war recht mild für März, deshalb ging Michael an der Reihe der Droschken vorbei und machte sich zu Fuß auf den Heimweg. Dabei sann er über vieles nach. Der Graf hatte zwar immer wieder hervorgehoben, dass er das Gesetz beibehalten wolle, weil es viel Gutes bewirke, doch Michael wusste, dass das reine Show war. Seine Lordschaft benutzte das Gesetz schlicht und einfach, um einen Gegner zu vernichten, der überhaupt nichts damit zu tun hatte. Der alte Mann war zornig, weil seine ihm entfremdete Tochter Medizin studieren wollte, statt das Leben zu führen, in das sie hineingeboren war. Dabei weigerte er sich, der traurigen Wahrheit ins Auge zu sehen, dass er die Zuneigung seiner Tochter auf diese Weise niemals wiedergewinnen konnte, ob er den Prozess nun gewann oder verlor.

Nicht überraschend war, dass Michael die ganze Zeit an Julia Bernay denken musste. Die Verleumdungsklage war ein Angriff gegen Frauen wie sie, die um das Recht kämpften, Ärztinnen zu werden. Wenn die Schule für schuldig befunden wurde, würde der Schadenersatz, den der Graf forderte, eine Katastrophe für sie sein. Doch selbst wenn sie den Prozess gewann, verlor sie möglicherweise die Erlaubnis, ihre Studentinnen zur klinischen Ausbildung an das Royal Free Hospital schicken zu dürfen – und ohne diese Möglichkeit konnte sie ebenfalls ihre Pforten schließen.

Und trotz all dem war Julia felsenfest davon überzeugt, dass sie zur Ärztin und Missionarin berufen war.

Er erinnerte sich noch ganz genau an ihre Worte: *Wenn Gott einen zu etwas beruft, ist es unklug, dagegen anzukämpfen.* Allem an ihr sah man eine unerschütterliche Entschlossenheit an, von der Art und Weise, wie sie ihn zu einer weiteren Untersuchung seiner Verletzung überredet hatte, bis hin zu der Energie, mit der sie sich ihrem Studium widmete. Sie machte den Eindruck einer Naturgewalt, so sehr, dass er sich beinahe Sorgen machte, den Prozess möglicherweise zu verlieren. Immerhin: Wenn letztlich Gott selbst ein Interesse daran hatte, dass die Schule gewann, wer oder was konnte sich ihm dann in den Weg stellen?

Er schüttelte den Kopf, um diesen törichten Gedanken loszuwerden. Er glaubte nicht, dass der Allmächtige sich in den politischen Auseinandersetzungen der Menschen auf eine bestimmte Seite schlug. Dass Julia so fest an ihren Erfolg glaubte, war kein Argument; hier waren Zusammenhänge zu berücksichtigen, die sie nicht durchschaute.

Michael wollte seinen Prozess nicht verlieren. Er hatte zu hart gearbeitet, um an den Punkt zu kommen, an dem er jetzt stand. Aber allmählich dämmerte ihm, dass er das Schicksal der Schule bedauern würde, wenn er gewinnen und seine Karriere den geplanten Fortgang nehmen würde. Doch damit würde er leben müssen. Er würde sich jetzt trotz allem mit aller Kraft auf den Sieg konzentrieren und nicht darüber nachgrübeln, was danach kam.

10

Edith nahm Julia wie versprochen mit zu ihrem nächsten Besuch in die Klinik in Bethnal Green, einem der ärmeren Viertel Londons. Dabei erzählte sie ihr, dass man ihr anfangs nur zögernd erlaubt hätte, hier zu arbeiten, dass sie ihre Kollegen jedoch nach und nach – und mit den Empfehlungen von Dr. Anderson und anderer Lehrer der Schule – von ihrem Können überzeugt hätte. Sie durfte zwar nur die einfacheren Fälle und auch nur Frauen und Kinder behandeln, doch es war immerhin ein Anfang.

Julia war aufgeregt. Nach Monaten akademischen Studiums konnte sie es kaum erwarten, wieder in die medizinische Praxis zurückzukehren. Außerdem hatte sie dadurch Gelegenheit, mehr Zeit mit Edith zu verbringen, die sie mit ihren Fähigkeiten und ihrem Engagement tief beeindruckte.

Auf der Fahrt im Hansom zum Krankenhaus sagte Julia: »Darf ich Sie etwas fragen? Sagen Sie einfach, wenn es Ihnen zu persönlich ist, dann werde ich es nicht mehr erwähnen.«

»Gern«, antwortete Edith, seufzte jedoch leise dabei. »Es wird nichts sein, was man mich nicht schon tausendmal gefragt hat.«

»Es geht um die Verleumdungsklage. Um das, was Dr. Tierney über Ihren Bruder gesagt hat.«

Edith nickte knapp. »Ich war nicht auf der Demonstration. Damals war mein Verhältnis zu meinem Vater schon ziemlich angespannt, und ich wollte es nicht noch schlimmer machen, indem ich die Abschaffung des Gesetzes öffentlich unterstützte, auch wenn ich privat natürlich dafür war. Trotzdem wünschte ich, Dr. Tierney hätte diese Dinge nicht gesagt, vor allem, wenn ich mir ansehe, was daraus geworden ist.«

»Ich hatte eigentlich angenommen, dass Sie gekränkt oder verärgert seien, so wie Seine Lordschaft. Er bestreitet, dass Ihr Bruder an Syphilis starb.«

»Sie fragen mich, ob Dr. Tierney die Wahrheit gesagt hat.« Edith sah Julia mit kühlen blauen Augen an. »Ehrlich gesagt, ich weiß es nicht. Ich war auf einer Schule in Frankreich, als er starb. Mein Bruder war sehr viel älter als ich und bereits mit der Armee im Ausland, als ich noch nicht einmal sprechen gelernt hatte. Ich habe ihn eigentlich kaum je zu Gesicht bekommen. Vermutlich war er ein schneidiger Offizier, doch auf mich wirkte er immer eitel und selbstzufrieden und nicht wie ein Mann von Ehre. Ich glaube, die Gerüchte über die Syphilis sind ebenso glaubhaft wie die Version, die mein Vater vertritt, zumal mein Vater immer völlig blind für die Fehler meines Bruders war.«

Sie blickte durch das Fenster auf die Straße hinaus. »Ich habe beschlossen, in dieser Sache so neutral wie möglich zu bleiben. Die Schule hat mich bis jetzt immer unterstützt. Mein Vater glaubt, ich würde meine Einstellung ändern, wenn er die Schule schließt, und würde als pflichtbewusste Tochter wieder nach Hause kommen. Das ist auch einer seiner blinden Flecken. Ich werde mich jedenfalls von nichts auf der Welt abhalten lassen, Ärztin zu werden und als Ärztin zu praktizieren.« Sie deutete hinaus. »Und *das* ist mein Beweggrund.«

Die Droschke befand sich inzwischen in einer der ärmlichsten Gegenden von Bethnal Green und hielt nun vor einem Krankenhaus. Vor der Tür wartete eine lange Schlange schäbig gekleideter Menschen. Manche wirkten völlig verzweifelt, andere hatten sich auf eine lange Wartezeit eingestellt und lehnten in dumpfer Ergebenheit an der Hauswand. Als Julia und Edith aus der Droschke ausstiegen, blickten die meisten ihnen voller Neugier entgegen.

Die beiden jungen Frauen betraten die Klinik. Jetzt sah Julia auch den Grund für die lange Warteschlange. Der Wartebereich platzte bereits aus allen Nähten. Auf schlichten Holzbänken saß ein bunter Querschnitt der ärmeren Bevölkerung Londons und wartete darauf, zu einem Arzt vorgelassen zu werden. Jung und Alt, manche, die womöglich kleine Krämerläden besaßen, und andere, die wie Bettler aussahen. Julia sah auf den ersten Blick, dass auch ihre Leiden die gesamte Bandbreite von behandlungsbedürftigen Krankheiten repräsentierten, von gebrochenen Gliedmaßen und infizierten Wunden bis zu Erkältungen, Husten und schwersten Erkrankungen. Sie sah schwangere Frauen und Frauen mit schreienden Säuglingen im Arm, die vergeblich versuchten, ihre Kinder zu beruhigen.

Die folgenden Stunden gehörten zu den intensivsten und erhellendsten in Julias ganzem bisherigen Leben. Nichts, was sie in ihrer bisherigen Arbeit in Bristol oder bei ihren gelegentlichen Einblicken in den Alltag der Londoner Krankenhäuser gesehen hatte, kam dem gleich, womit sie hier konfrontiert wurde. Ein restlos überarbeiteter Arzt und ein paar Mitarbeiter taten, was sie konnten, doch die Not war eindeutig viel zu groß, um sie je in den Griff zu bekommen.

»Ich verstehe gar nicht, warum es so schwer war, die Ärzte zu überreden, Sie mitarbeiten zu lassen«, sagte Julia zu Edith, als sie sich die Hände wuschen, nachdem sie eine Frau mit einem schlimmen Schnitt im Bein behandelt hatten. »Arbeit gibt es hier doch wahrlich genug.«

»Ja, und die Not ist auch groß genug«, stimmte Edith ihr zu. »Ich bin froh, dass Sie heute mitgekommen sind. Es gelingt mir kaum einmal, eine Kommilitonin dazu zu überreden, obwohl man wertvolle Erfahrungen sammeln kann.«

»Ist es, weil sie zu viel zu tun haben?«

»Zum Teil schon, ja. Aber oft haben sie einfach gar kein Interesse, den Armen zu helfen. Die meisten wollen sich eine lukrative Praxis aufbauen und Frauen und Kinder aus den besser gestellten Bevölkerungsschichten behandeln. Und vielleicht haben sie auch ein bisschen Angst hierherzukommen.«

Dafür hatte Julia durchaus Verständnis. In dieser Gegend herrschte ein rauer Ton und die Leute waren erbärmlich arm. Ganz zu schweigen davon, dass man sehr viel stärker allen möglichen ansteckenden und potenziell tödlichen Krankheiten ausgesetzt war.

»Ich habe keine Angst«, erklärte Julia. »Ich glaube fest, dass Gott mich beschützt. Ich will als Missionarin nach Afrika gehen, sobald ich die ärztliche Approbation habe.«

Diese Ankündigung trug ihr ein Stirnrunzeln und einen strengen Blick von Edith ein. »Warum wollen Sie Ihre Begabung derart verschwenden, wo es hier in England so viel zu tun gibt?«

Die Frage überrumpelte Julia völlig. Darüber hatte sie noch gar nicht nachgedacht. Doch sie hatte keine Zeit, sich eine Antwort zu überlegen; im Wartebereich war es zu einem Aufruhr gekommen.

Edith lief aus dem kleinen Zimmer, in dem sie die Patienten behandelten. Julia folgte ihr.

Eine Frau beschwor den abgehetzten Angestellten, der die Daten der Leute aufnahm, die hereinkamen: »Meine Schwester ist zu krank, um herzukommen!« Sie sprach mit einem Akzent, der deutsch oder slawisch klang. »Sie ist schwanger, im siebten Monat, und hat Fieber, schon seit drei Tagen. Sie müssen mir sagen, was ich tun kann!«

»Wir machen hier keine Hausbesuche«, antwortete der Angestellte ungerührt. »Sie werden Sie schon herbringen müssen.«

Julia blickte zum Wartebereich hinüber. Dort saß etwa ein Dutzend Menschen, doch niemand schien ein lebensbedrohliches Problem zu haben. »Vielleicht könnten wir beide gehen?«, schlug sie Edith vor.

»Das wollen Sie tun? In die Klinik mitzukommen, ist eine Sache, aber tiefer in die Slums hineinzugehen, ist etwas völlig anderes.«

»Das macht mir nichts aus.«

Edith sah ebenfalls zu den wartenden Patienten hinüber. Dann war sie offenbar zu demselben Schluss gekommen wie Julia, denn sie drehte sich zu der Frau um und fragte: »Wie weit ist es bis zu Ihrer Schwester?«

»Zehn Minuten! Nur zehn Minuten«, war die Antwort. »Bitte, kommen Sie mit!«

»Sie finden dort wahrscheinlich nur noch mehr Leute mit Problemen, mehr, als Sie versorgen können«, warnte sie der Angestellte.

Doch Edith antwortete nur: »Irgendwo müssen wir anfangen.«

Sie holten ihre Mäntel und die Arzttasche, die Edith mit in die

Klinik gebracht hatte, und dann gingen sie auch schon hinter der verzweifelten Frau her durch die engen Gassen.

Michael saß in Tamblins Büro. Die beiden Männer warteten, während Lord Westbridge die Aussage des Arztes der Privatklinik las. Der alte Mann murmelte beim Lesen vor sich hin, doch sein Tonfall verriet eher Befriedigung als Missfallen. Tamblin lehnte sich zurück, legte die Fingerspitzen aneinander und sah ebenfalls zufrieden aus, während er wartete, dass sein Mandant fertig gelesen hatte.

Der Graf warf das Schriftstück auf den Tisch. »Das ist sehr gut. Ich wüsste nicht, wie eine Jury Zweifel an der Wahrheit dieser Aussage haben könnte.«

»Da haben Sie recht«, antwortete Tamblin. »Falls wir sie benutzen, wird diese Aussage zum Eckstein unserer Argumentation werden.«

»*Falls* wir sie benutzen?«, wiederholte Michael. »Ganz bestimmt wird sie doch zum Eckstein unserer Argumentation werden!«

Tamblin beugte sich vor und deutete auf das Papier. »Wir selbst zweifeln natürlich keine Sekunde an der Wahrheit dieser Aussage, aber wir dürfen uns nicht darauf verlassen, dass die Jury zu demselben Schluss kommt wie wir. Und das kommt sie gewiss nicht, wenn die Verteidigung versucht, den Schatten des Zweifels auf die Ereignisse zu werfen, die zum Tod des Sohnes Seiner Lordschaft führten.«

Der Graf rutschte unbehaglich auf seinem Stuhl herum und stieß einen leisen Schmerzlaut aus. Das konnte eine Reaktion auf die Erwähnung seines toten Sohnes oder aber auf ein körperliches Leiden zurückzuführen sein. Er klagte häufig über Arthritis. »Bitte erklären Sie uns genauer, was Sie damit meinen, Mr Tamblin.«

Tamblin sagte ruhig: »Wenn wir sicher sein wollen, dass wir den Prozess gewinnen, dürfen wir uns nicht darauf verlassen, dass eine Seite zu beweisen versucht, ob Dr. Tierneys Aussage richtig oder falsch war. Wir müssen im Gegenteil alles tun, um zu vermeiden, dass die Verteidigung diese Strategie anwendet. Wir dürfen unsere

Argumente einzig und allein darauf stützen, ob der gute Name Seiner Lordschaft und sein Ruf durch Dr. Tierneys Rücksichtslosigkeit, mit der sie eine solche Aussage vor einem öffentlichen Publikum machte, beschädigt wurden.«

Der Graf nickte zustimmend, doch Michael fand Tamblins Worte beunruhigend. »Es besteht kein Zweifel, dass der Ruf Seiner Lordschaft beschädigt wurde, aber …«

»Genau«, sagte Tamblin mit erhobener Stimme. »Daran kann nicht der leiseste Zweifel bestehen. Stephenson, wenn Sie lernen möchten, wie Sie Ihre Fälle gewinnen, dann achten Sie genau darauf, was wir hier tun. Die Verteidigung darf nicht die Möglichkeit bekommen, ihre Argumentation auf bloße Tatsachen zu stützen, die auf den Sohn seiner Lordschaft zutreffen könnten oder auch nicht.«

»Das ist brillant«, rief der Graf begeistert aus. »Mr Stephenson, Sie hätten keinen besseren Mentor finden können.«

Tamblin lächelte bescheiden. »Ich fühle mich geehrt von Ihrer hohen Meinung von mir, Sir, und werde mein Bestes tun, um sie zu verdienen.«

Tamblins Unterwürfigkeit schmeichelte der Eitelkeit des Grafen, doch er schien nicht ganz zufrieden zu sein. »Wir haben alles, was wir brauchen, einschließlich eines perfekten Angriffsplans. Bleibt nur die Frage: Warum wurde noch kein Gerichtstermin anberaumt?«

»Die Räder der Justiz mahlen langsam«, antwortete Tamblin. »Bedenken Sie, dass die zunehmende öffentliche Aufmerksamkeit im Laufe der Monate unsere Position nur stärken wird.«

Der Graf schnaubte, diesmal ganz offensichtlich aus Ungeduld. »Wie auch immer, ich will, dass wir tätig werden, und zwar bald. Die Räder der Justiz pflegen sich sehr viel schneller zu drehen, wenn der Richter den richtigen Ansporn erhält.« Er erhob sich unsicher und stützte sich dabei schwer auf seinen Holzstock. »Was mich angeht, haben wir mehr, als wir brauchen. Jetzt will ich Gerechtigkeit haben. Ich erwarte in der nächsten Woche einen Bericht von Ihnen, in dem Sie mir unsere Fortschritte in dieser Hinsicht darlegen.«

»Sie können sich auf mich verlassen, Mylord«, antwortete Tamblin.

Dann begleitete er den Grafen hinaus zu seiner wartenden Kutsche.

Michael ging in sein Büro und setzte sich, tief in Gedanken versunken. In den zwei Jahren, die er nun in diesen Räumen arbeitete, waren seine Gesetzeskenntnisse und seine Fähigkeiten im Gerichtssaal exponentiell gewachsen. Er war sich immer bewusst gewesen, welches Glück er hatte, dass Tamblin ihn unter seine Fittiche genommen hatte. Die Anleitung durch einen so hervorragenden Anwalt, ganz zu schweigen von den wichtigen Kontakten, die er in dieser Zeit hatte knüpfen können und die seine Karriere weiter befördern würden, war unschätzbar.

Für all das war Michael sehr dankbar. Auch wenn sie manchmal Fälle annahmen, bei denen Michael insgeheim dachte, die Gegenpartei hätte die besseren Argumente, so wusste er doch, dass das zum Leben eines Anwaltes dazugehörte. Wer auch immer die Mandanten sein mochten, man verteidigte sie mit allen einem zur Verfügung stehenden Mitteln. Doch heute hatte Michael zum allerersten Mal ernste Zweifel an Tamblins Ansatz.

Er rieb sich die Augen, während er noch immer versuchte, die Auswirkungen dieses Treffens zu begreifen. Die Vorgehensweise, die Tamblin empfohlen hatte – sich auf die Beschädigung des Rufs seiner Lordschaft zu beschränken, mochte dem Grafen eingeleuchtet haben, doch war sie auch richtig? Sie war mit Sicherheit legal – Tamblin agierte geradezu pedantisch ausschließlich im Rahmen des Gesetzes –, doch Tamblin würde ganz bestimmt seine ganze Finesse im Gerichtssaal brauchen, damit der Richter und die Jury ihm folgten. Wenn man jemanden wegen Verleumdung verklagte, dann sollte der Fokus darauf liegen, die Falschheit seiner Behauptungen zu beweisen – und nicht einfach nur ihre Bösartigkeit. Und genau darüber musste Michael gründlich nachdenken. Er wollte von diesem Plan überzeugt sein, wenn er ihm zum Erfolg verhelfen sollte.

Vor allem missfiel ihm der Gedanke, dass er Tage damit verbracht hatte, in die Privatklinik zu fahren, den Arzt zu befragen und dann den Bericht auszuarbeiten, nur um ihn dann beiseitezulegen. Vor allem, da er in dieser Zeit mit Arbeit geradezu überhäuft gewesen war, hatte er doch als Devil für Tamblin gearbeitet und sich daneben noch um seine eigenen Mandanten gekümmert. Die Justiz mochte langsam arbeiten, doch das bedeutete nicht, dass die Anwälte faul waren. Ständig gab es Vorladungen, Verhandlungen und Berge an Schriftverkehr zu erledigen. Durch die Zeit, die Michael verloren hatte, als er sich von dem Unglück erholt hatte, lag er mit seiner Arbeit weit zurück. Im Moment hatte er drei Mandate auf seinem Schreibtisch liegen, um die er sich kümmern musste, und heute Nachmittag musste er noch zu einer Gerichtsverhandlung.

Er schob seine Sorgen um die Verleumdungsklage für den Moment beiseite und beschäftigte sich in der folgenden Stunde mit der Durchsicht seiner neuesten Mandate und mit dem Versuch, einen Arbeitsplan für die nächste Woche aufzustellen. Doch er konnte sich nicht auf die Arbeit konzentrieren. Sein Kopf schmerzte und die Narben in seinem Nacken hatten den ganzen Tag furchtbar gejuckt. Das Jucken war ein Zeichen, dass die Schnittwunden heilten, doch das machte es auch nicht angenehmer.

Frustriert warf Michael seinen Stift auf den Tisch, stand auf, trat zum Fenster und blickte auf *The Walks* hinaus, das parkähnliche Gelände, das das Gray's Inn umgab. Zarte neue Blätter raschelten an den Bäumen, während der stürmische Märzwind die braunen Überreste des letzten Jahres auf den Wegen herumwirbelte. Wieder zerrte Michael an seinem Kragen. Dabei fiel ihm Julias Empfehlung des Apothekers in der Gray's Inn Road ein, der eine Narbensalbe verkaufte. Er beschloss, auf dem Heimweg vom Gericht dort vorbeizugehen. Es schien ironisch, dass er sich an diesen Rat erinnerte, nachdem er den ganzen Vormittag damit verbracht hatte, eine Strategie für die Schließung der Ausbildungsstätte zu entwerfen, die Julia eines Tages hoffte besuchen zu dürfen.

Er nahm die Dokumente, die er für die Gerichtsverhandlung brauchte, und war dankbar, auf dem Weg zum königlichen Gerichtshof ein wenig frische Luft schnappen zu können. Hoffentlich klärte das auch seinen Kopf, in dem momentan eine leichte Verwirrung herrschte, da er über so viele widersprüchlichen Dinge nachdenken musste.

Solvitur ambulando – Es wird beim Gehen gelöst.

Vielleicht würde er bei der nächsten Unterrichtsstunde mit Julia über dieses lateinische Sprichwort reden.

Julia und Edith folgten der Frau namens Hettie durch die holprigen Straßen von Bethnal Green. Im Gehen erzählte Hettie ihnen etwas über die Frau, die sie besuchen wollten. Die Schwestern waren vor zwei Jahren aus Polen gekommen. Der Mann ihrer Schwester war vor sechs Monaten bei einem Unfall auf den Werften gestorben. Hettie selbst war nicht verheiratet; sie verdiente ihren Lebensunterhalt mit Akkordarbeit, dem Nähen von Hemden aus zuvor zurechtgeschnittenem Stoff für einen Bekleidungshersteller. Daneben half sie ihrer Schwester mit deren beiden Kindern.

Alle drei waren dankbar, etwas Schutz vor dem lebhaften Wind zu finden, als sie in eine schmale, krumme Gasse einbogen. Julia konnte sich dabei leicht den gegenteiligen Effekt im Sommer vorstellen: Dann würde die Hitze hier geradezu erstickend sein. Edith hatte Julia ein parfümiertes Taschentuch gegeben, das sie benutzen sollte, wenn sie durch die übel riechenderen Gegenden kamen, und jetzt zogen sie beide ihre Taschentücher heraus, um den Gestank nach verrottenden Lebensmitteln, toten Ratten und Urin abzuwehren. Hettie schien die Gerüche dagegen kaum zu bemerken.

Sie blieben vor einem Haus stehen, das kaum mehr als eine bröckelnde Anhäufung von Ziegeln war. Hettie öffnete eine schmale, schlecht schließende Tür und sie traten ein. In dem Dämmerlicht, in dem es keine Lampen gab, folgten sie Hettie eine gefährlich baufällige Stiege hinauf in den zweiten Stock.

Das einzige Licht auf dem Flur stammte von einem winzigen Fenster hoch oben in der Wand. Auf beiden Seiten des Flurs ging eine Tür ab, die wahrscheinlich zu den Räumen der Mieter führte.

Hettie öffnete eine der Türen und rief etwas auf Polnisch. Dann winkte sie Julia und Edith herein.

Es war ein jämmerlicher Anblick. Die Wohnung bestand aus einem einzigen Raum. Durch das einzige Fenster – oder was davon übrig war – drang kaum Licht. Die Hälfte des Fensterglases war zerbrochen und durch schlecht passende Holzbretter ersetzt, die das Licht aussperrten, den Wind jedoch ungehindert durchzulassen schienen. Die Wände waren nackt bis auf ein grob geschnitztes Holzkreuz neben der Tür.

In einem durchgelegenen Bett an der Wand lag eine Frau. Außerdem waren zwei Kinder im Raum: Ein kleiner Junge stand neben dem Bett und betrachtete ängstlich seine Mutter, und ein kleines, vielleicht zweijähriges Mädchen saß am Fußende des Bettes und spielte mit einem zusammengerollten Stück Stoff, als sei es eine Puppe.

Die kranke Frau sah Edith und Julia mit glänzenden Augen entgegen. »Meine Schwester sagt, sie hätte zwei Ärzte mitgebracht?« Es klang wie eine Frage, als hätte sie sich verhört.

»Wir sind hier, um Ihnen zu helfen«, sagte Edith. Sie stellte ihre Tasche auf einen ramponierten Tisch am Bett und öffnete sie.

Der Junge ging sofort zum Tisch und versuchte, in die Tasche hineinzuspähen. »Was ist da drin?«

»Dinge, die deiner Mutter helfen«, antwortete Edith und nahm ein Stethoskop heraus. »Aber du darfst nichts anfassen. Wir wollen doch nicht etwas kaputt machen, das ihr helfen könnte, nicht wahr?«

Der Junge zog seine Hand, die sich schon fast in der Tasche befand, schnell wieder zurück. »Nein, Ma'am.«

»Komm her, Sam, sei ein guter Junge«, sagte Hettie und setzte sich auf einen der beiden Stühle, die die einzigen Sitzmöbel im Raum bildeten. Sam kam zu ihr und sie legte einen Arm um ihn.

»Wie heißen Sie?«, fragte Edith die Frau im Bett.

»Sybil.« Das Wort drang kaum durch die trockenen, gesprungenen Lippen.

»Gut, Sybil, wir werden Sie jetzt untersuchen. Sie haben doch nichts dagegen, oder?«

Sybil sagte nichts, doch die Angst in ihren Augen, als sie Edith anschaute, war unübersehbar.

»Ich hatte vor ein paar Jahren die Pocken«, sagte Edith. »Aber ich kann niemanden mehr anstecken.«

Das schien Sybils Ängste zu beschwichtigen. Sie protestierte nicht, als Edith vorsichtig die dünne, abgenutzte Decke zurückschlug, um sie mit dem Stethoskop abzuhorchen.

Edith untersuchte sie sorgfältig, auch den Leib der Frau, der stark hervortrat, da sie sich bereits im siebten Schwangerschaftsmonat befand.

Julia machte hin und wieder einen Vorschlag, beruhend auf ihrer früheren Arbeit als Krankenschwester. Außerdem sorgte sie dafür, dass das kleine Mädchen, das Jemmie hieß, Edith nicht in den Weg kam, damit sie ungehindert ihre Arbeit tun konnte.

Als sie fertig war, beriet sie sich mit Julia.

»Sie hat Fieber«, sagte Edith, »aber ich glaube nicht, dass es die Grippe ist. Und auch nicht die Cholera, Gott sei Dank. Ihre Blässe und noch einiges andere deutet eher auf ein schwaches Fieber.«

»Das ist auch meine Ansicht«, stimmte Julia zu.

Das war eine gute Nachricht. Eine ernste Krankheit konnte dem Kind nicht wiedergutzumachenden Schaden zufügen.

Edith mischte aus ein paar Dingen, die sie mitgebracht hatte, einen Arzneitrunk, dann halfen sie und Julia Sybil beim Aufsetzen, damit sie ihn trinken konnte.

Die Frau, die inzwischen keine Angst mehr vor ihnen hatte, sah sie interessiert an. »Sind Sie wirklich Ärztinnen?«, fragte sie.

»Wir werden es sein«, antwortete Edith. »Wir sind noch in der Ausbildung.«

»Ich habe noch nie von weiblichen Ärzten gehört.«

»Aber Sie glauben uns doch, dass wir Ihnen heute geholfen haben, oder nicht?«, fragte Edith und stellte das Glas beiseite.

»O ja!« Sybil griff nach Ediths Hand. »Kommen Sie wieder, wenn mein Baby kommt?«

»Ganz in der Nähe ist eine Geburtsklinik«, sagte Edith. »Sie ist dem Arbeitshaus angeschlossen, nimmt aber auch andere Patientinnen auf. Sie werden Ihnen helfen, wenn es so weit ist.«

»Nein«, rief Sybil und klammerte sich an Ediths Hand. »Die Frauen, die dort hingehen, sterben alle. Sie bekommen ein tödliches Fieber.«

Julia verzog das Gesicht. Sybil meinte das Kindbettfieber, den Fluch der Entbindungsstationen.

»Ich habe keine Angst um mich, Gott im Himmel wird mich aufnehmen und dann werde ich meinen geliebten Johann wiedersehen. Aber ich will meine Kinder nicht als Waisen zurücklassen! Ich kann es nicht!«

Ihre Angst war offensichtlich. Jemmie spürte sie und begann zu weinen. Sam schwieg, doch auch ihm liefen Tränen über das Gesicht.

Sybil streckte die Hände aus und Hettie nahm Jemmie und legte sie ihrer Mutter in die Arme. Sybil summte ihr leise ins Ohr und beruhigte sie. Sam trat ebenfalls ans Bett und beugte sich vor, um etwas von der Zärtlichkeit seiner Mutter abzubekommen.

»Es ist schrecklich, wie nachlässig sie mit dem Leben der Menschen umgehen«, murmelte Edith. »Ich muss Dr. Anderson bitten, mit ihnen zu reden; von mir werden sie sich nichts sagen lassen.«

Julia wusste, dass sie von dem Hospital des Arbeitshauses sprach. Trotz sich mehrender Hinweise darauf, dass das Kindbettfieber an der Ausbreitung gehindert werden konnte, wenn die Ärzte und das andere medizinische Personal sich zwischen der Behandlung der einzelnen Patientinnen die Hände wuschen, hatten viele Häuser dieses Verfahren noch nicht eingeführt.

Während sie ihre Kinder getröstet hatte, hatte Sybil sich selbst beruhigt, doch jetzt drehte sie sich wieder um und sah Edith und Julia bittend an. »Sie kommen doch, nicht wahr?«

Die Geburt würde erst in zwei Monaten sein und bei ihrer vielen Arbeit konnten sie nur schwer sagen, ob sie Zeit haben würden, wenn es so weit war. Julia konnte sehen, dass Edith das Gleiche dachte. Doch Sybils flehendem Blick konnten sie nichts entgegensetzen.

Fast gleichzeitig sagten sie: »Natürlich kommen wir.«

11

Michael wartete im Wohnzimmer der Barkers auf Julia. Dabei fiel ihm auf, dass Corinna das übliche Sortiment von Gegenständen bereits von ihrem Arbeitstisch abgeräumt hatte. Vielleicht wollte sie nicht, dass jemand anders sich an ihren Sachen zu schaffen machte. Er verstand nicht, warum sie so viele dekorative Dinge brauchte, aber vielleicht fanden Frauen diese Dinge ja einfach nur schön.

Er trat an das Vitrinenschränkchen und betrachtete das afrikanische Schachspiel, das Julias Aufmerksamkeit geweckt hatte. Dabei versuchte er, sich vorzustellen, wie sie eine Arztpraxis in Afrika betrieb. Wie genau würde das aussehen? Würde sie in einer Stadt bleiben oder sich in die Wildnis hinauswagen? Wie er sie kannte, hatte sie auch vor Letzterem keine Angst. Aber waren ihr die Gefahren, die sie dort erwarteten, wirklich bewusst?

Die Türglocke läutete, und er drehte sich um, weil er annahm, dass der Butler Julia ins Zimmer führen würde. Doch zu seinem Erstaunen begleitete Corinna sie herein. Julia wirkte ebenfalls überrascht, doch Michael sah, dass ihre Lippen zuckten. Er fing ihren Blick auf und erwiderte ihr Lächeln unwillkürlich. Ein unerwartetes, seltsames Gefühl von Glück stieg in ihm auf, als er sie sah.

»Ich muss gehen«, sagte Corinna, »aber die Diener sind da, falls ihr etwas braucht.«

Es sollte hilfsbereit wirken, doch da sie mitbekommen hatte, wie Michael und Julia sich angelächelt hatten, war Michael sicher, dass sie ihm auf diese Weise lediglich zu verstehen geben wollte, dass sie nicht wirklich allein sein würden. Der Abschiedsblick, den sie ihrem Bruder zuwarf – eine eindeutige Mahnung, den Anstand zu wahren –, bestätigte seine Annahme.

Der kleine Zwischenfall war eine weitere Erinnerung daran, dass Corinna ganz und gar nicht erfreut über die Situation war. Michael war froh, dass die Wintersaison der gesellschaftlichen Verpflichtungen dieses Jahr so außergewöhnlich lebhaft ausfiel. Seine Schwester hatte ständig etwas außer Haus zu erledigen, was sie auch zur Genüge ausnützte. Ihr Baby sollte im Juli kommen; einen oder zwei Monate davor würde sie wahrscheinlich nicht mehr ausgehen – was bedeutete, dass sie einen Großteil der Sommersaison verpassen würde.

»Wie geht es der Wunde?«, fragte Julia ihn.

»Heilt gut«, versicherte er ihr. »Die Salbe, die Sie mir empfohlen haben, hilft. Sie ist sehr wohltuend.«

»Sehr schön.« Dennoch ließ sie den Blick nicht von seinem Nacken und schien gerade im Begriff zu fragen, ob sie sich selbst davon überzeugen dürfe.

Genau dem allerdings wollte Michael sich nicht noch einmal aussetzen. Er erinnerte sich noch allzu gut an ihre früheren Untersuchungen. Das Gefühl ihrer kühlen, geübten Berührungen. Als sie den Schnitt auf seiner Stirn untersucht hatte und ihr Gesicht dabei dem seinen ganz nahe kam, hatte er nicht damit gerechnet, dass es wehtun würde, doch ihre Nähe war ihm schlicht unbehaglich gewesen.

Lag es daran, dass sie eine Frau war? Auch wenn Frauen jetzt die Approbation als Ärztinnen erwerben durften, behandelten sie in der Regel doch nur Frauen und Kinder – und das schien Michael auch völlig richtig so. Im Gegensatz zu seiner Schwester und vielen anderen Mitgliedern der Gesellschaft hatte er keine große Angst, die Grenzen der Schicklichkeit zu verletzen, doch auch er musste zugeben, dass es nicht ratsam war, einer Frau in professionellem Kontext so nahe zu kommen. Vor allem, wenn er an seine Reaktion dachte, als sie ihm vorsichtig über die Stirn und durch das Haar gestrichen hatte – und daran, wie er dabei seine Fassung verloren hatte.

Rasch ging er zum Tisch und griff nach dem Buch, das er dort hingelegt hatte. »Ich habe Ihnen etwas mitgebracht. Es ist der Band von Cicero, über den wir beim letzten Mal gesprochen haben.«

Sie murmelte etwas Erfreutes, als Michael ihr das Buch hinstreckte, und nahm es ehrfürchtig in die Hand.

»Keine Sorge, es ist kein kostbarer Kunstgegenstand. Im Gegenteil, sehr benutzt und vollgekritzelt mit Randnotizen.«

»Trotzdem. Ich verspreche, gut darauf aufzupassen.« Sie blätterte es flüchtig durch. »Ich sehe, was Sie mit den Randnotizen meinen. Bestimmt werden sie mir sehr nützlich sein.«

»Kritzeleien eines Schuljungen, der damals nicht mehr Latein konnte als Sie heute. Aber wenn Sie ihnen irgendwelche Weisheiten entnehmen können …« Sonderbarerweise empfand er fast etwas wie Dankbarkeit, als sie über seinen Scherz lächelte.

Sie setzten sich an den Tisch und er sagte: »Haben Sie an der Liste mit Konjugationen gearbeitet, die wir letztes Mal erstellt haben?«

»Ja, hier ist sie.« Sie nahm ein Blatt Papier aus dem Buch, das sie mitgebracht hatte. »Zwanzig Verben im Imperativ und Konjunktiv Perfekt.«

Michael nahm das Papier und fing an zu lesen, doch dann runzelte er die Stirn und schüttelte den Kopf. »Eine Sache vorweg: Sie sollten unbedingt noch an Ihrer Handschrift feilen.«

»Zugegeben, das ist nicht meine Stärke.« Sie schien nicht allzu zerknirscht. »Aber ich habe mir Mühe gegeben. Können Sie sie nicht lesen?«

Sie beugte sich zu ihm hinüber, damit sie den Text mit ihm zusammen durchgehen konnte. Wieder fiel Michael auf, dass sie von keinerlei blumigem Duft umgeben war. Sie roch frisch und sauber. Völlig natürlich.

Er zwang sich, sich wieder auf die lateinischen Verben zu konzentrieren. »Sie ist interessant. Klar und irgendwie – *kraftvoll.*«

Sie lachte. »Meine Handschrift hat bisher noch nie jemand analysiert. Waren Sie wirklich nie Lehrer? Ich glaube, Sie wären ganz gut gewesen.«

Er stellte fest, dass er von ihren lachenden Augen und den Sommersprossen auf ihrer Nase abgelenkt war. Es war wirklich ärgerlich, wie es ihr mühelos gelang, seine Konzentration zu stören. »Ich behalte das im Hinterkopf, falls ich irgendwann keine Mandanten mehr bekomme.«

»Gut. Im Moment haben Sie wahrscheinlich viel zu tun?«

»Ja.« Michaels Antwort klang ein wenig gezwungen, weil Julia sich bei der Frage vorbeugte und ihn aufmerksam ansah.

»Mussten Sie schon jemals einen Mandanten vertreten, mit dessen Einstellung Sie überhaupt nicht einverstanden waren?«

Oh, nein. Er sah, wohin das unausweichlich führen würde. »Schon oft.«

Seine direkte, ehrliche Antwort schien ihr etwas den Wind aus den Segeln zu nehmen.

»Und das macht Ihnen überhaupt nichts aus?«

Er bereute, sie durch seinen Scherz daran erinnert zu haben, dass sein Beruf sie zu Gegnern machte, doch gleichzeitig ärgerte er sich über ihre Unterstellung, er oder sein Beruf seien irgendwie unethisch. »Es ist nicht meine Aufgabe als Anwalt, moralische Urteile zu fällen. Das überlasse ich der Kirche.«

Die unverblümte Antwort hätte sie eigentlich zum Schweigen bringen sollen, doch sie fuhr unerschrocken fort: »Ging es Ihnen auch mit neueren Fällen so?«

Dabei sah sie ihn neugierig an, als erwartete sie tatsächlich, dass er diese Frage beantwortete. Er spürte, wie sein Ärger sich teilweise legte; schließlich konnte er ihr keinen Vorwurf daraus machen, dass sie jede Möglichkeit nutzte, ihn zu beeinflussen. Dennoch musste das aufhören.

»Miss Bernay«, sagte er in mahnendem Ton. »Wenn wir in einem Gerichtssaal wären, würde ich sagen, dass Sie den Zeugen beeinflussen. Sie wissen doch, dass wir darüber nicht reden dürfen.«

Sie war ein ganz klein wenig eingeschüchtert. »Ich verstehe.« Dann tat sie so, als wollte sie sich wieder der Arbeit zuwenden, hielt aber doch noch einmal inne. »Darf ich noch eines sagen? Es betrifft nicht den Prozess.«

Er sah sie misstrauisch an. »Ja?«

»Der Kirche geht es um mehr, als darum, die Menschen zu verurteilen.« Sie sprach ganz ruhig. Und ernst. »Es geht ihr darum, dass die Menschen den Frieden finden, den Christus schenkt. Es geht um die

Ruhe, die die Seele in dem Wissen findet, dass es einen liebenden Gott gibt.«

Mehrere Herzschläge lang wusste Michael nicht, was er sagen sollte. Ihr felsenfester Glaube an diesen liebenden Gott war unverrückbar, doch er konnte ihn nicht teilen. Er räusperte sich. »Können wir uns jetzt wieder Cicero zuwenden?«

Es war ein Angebot zum Waffenstillstand, das sie mit einem Nicken akzeptierte. »Was lernen wir heute?«

Ihr fröhlicher Eifer war unwiderstehlich. Michael deutete auf das Buch. »Ich habe auf Seite vierundfünfzig ein Lesezeichen hineingelegt. Der zweite Abschnitt eignet sich gut, um das Übersetzen zu üben. Versuchen Sie es doch, während ich die Liste durchgehe, die Sie erstellt haben.«

»Gut.« Julia beugte sich über das Buch und fing an zu lesen. Michael konnte fast körperlich spüren, wie die Atmosphäre im Raum sich normalisierte.

Während sie über dem lateinischen Text brütete, prüfte Michael ihre Liste mit den Konjugationen. Es war eine erfrischende geistige Übung, in die komplizierten Mechanismen der Sprache einzutauchen. Die lateinischen Wendungen, die er in seinem Beruf als Anwalt tagtäglich gebrauchte, waren trocken und zur bloßen Routine verkommen. Das Lesen philosophischer und literarischer Texte mit ihren vielfältigen Nuancen gab seinem Verstand neue Nahrung. Julia begann unterdessen mit der Übersetzung. Sie schlug das lateinische Wörterbuch auf, um ein Wort nachzuschlagen, das sie nicht kannte, und Michael merkte plötzlich, wie sehr er sich darauf freute, wieder ein bisschen Zeit mit den Klassikern zu verbringen.

Sie blickte auf. »An dieser Stelle bin ich mir unsicher.« Sie deutete auf den Text. »Wenn ich es richtig verstehe, steht das Verb auf einmal im Präsens, und das kommt mir seltsam vor.«

»Gut, dass Sie es bemerkt haben. Das war einer der Gründe, warum ich diesen Abschnitt ausgesucht habe. Es handelt sich hier um das sogenannte ›Präsens historicum‹. In einem Text, der in der Vergangenheit steht, gebrauchen die lateinischen Schriftsteller häufig das

Präsens, um dem Ganzen einen lebendigeren Anstrich zu geben. Und wie Sie hier sehen, können sie sogar in ein und demselben Satz von der Vergangenheitsform ins Präsens historicum wechseln.«

»Ah, ich verstehe«, sagte Julia, nachdem sie den Satz noch einmal gelesen hatte.

»Dann sagen Sie mir, wie Sie ihn übersetzen würden.«

Sie blickte mehrmals zwischen ihren Aufzeichnungen und dem Text hin und her. »›Nachdem dem General … berichtet worden war, dass sie versuchten, durch unsere Provinz zu marschieren, beeilte er sich‹ – hier steht wörtlich ›beeilt er sich‹ – ›aus der Stadt aufzubrechen.‹« Er nickte und sie lächelte triumphierend. »So fühlt es sich viel unmittelbarer an, nicht wahr? Man spürt richtig, wie er eilends aufbrach.«

»Genau.« Er nahm den Band und blätterte ihn durch auf der Suche nach einem anderen Beispiel. »Versuchen Sie mal diesen Abschnitt. Hier begegnen Sie auch wieder dem Präsens historicum.«

Den Rest der Stunde lasen sie noch mehrere andere Textstellen, wobei sie jedoch häufig innehalten und das Wörterbuch zurate ziehen mussten. Michael hätte ihr die Wörter leicht übersetzen können, doch Julia meinte, sie könnte sie sich besser merken, wenn sie die Begriffe selbst nachschlug. Dabei besprachen sie dann jeweils auch gleich die entsprechenden Grammatikfragen.

Michael war richtig enttäuscht, als die Uhr die Stunde schlug. Es hatte ihm trotz des holprigen Anfangs Spaß gemacht. Doch jetzt wartete wieder die Arbeit auf ihn. »Zeit, für heute Schluss zu machen.«

Julia schlug die Bücher zu; offenbar empfand sie das gleiche Widerstreben, die Stunde zu beenden, wie Michael.

Er half ihr aufzustehen und ging dann zur Tür, doch Julia blieb, wo sie war. Er drehte sich um und sah sie erwartungsvoll an.

Sie sagte: »Ich nehme an, Miss Maynard wurde bei dem U-Bahn-Unglück nicht verletzt?«

Verwundert antwortete er: »Nein, es geht ihr gut. Warum fragen Sie?«

Sie zuckte die Achseln. »Manchmal manifestiert sich der Schock, den ein Mensch erlitten hat, erst später. Zum Zeitpunkt des Unglücks schien Miss Maynard körperlich unverletzt zu sein, doch sie war sehr verstört. Extrem verstört.«

Michael verzog das Gesicht; ihm fiel ihre drastische Schilderung bei der Abendeinladung ein. »Ja, ich weiß.«

»Ich hatte den Eindruck, dass sie Sie sehr mag. Sie wollen doch sicher heiraten? Vielleicht sogar schon bald?«

Er blinzelte. Offenbar hatte sie seit ihrer letzten Stunde ihre Hausaufgaben gemacht – nicht nur in Latein. »Machen Sie es sich jetzt zur Gewohnheit, unverschämte Fragen zu stellen?«

»Ich glaube, meine ärztliche Ausbildung lässt mich manchmal direkter sein, als ich es eigentlich dürfte.«

Trotz des beinahe entschuldigenden Tons spürte Michael, dass sie noch immer eine Antwort von ihm erwartete. »Haben *Sie* irgendwelche Heiratspläne?«, fragte er.

»Ich habe Ihnen doch schon gesagt, dass ich Ärztin und Missionarin werden will. Ich habe keine Zeit zum Heiraten.« Sie sprach in völlig gleichgültigem Ton über ein so wichtiges Lebensthema. »Aber ich gehe davon aus, dass Sie Miss Maynard heiraten wollen.«

Michael wunderte sich über die Dreistigkeit, mit der sie fragte. Er hatte keine Ahnung, was sie im Sinn hatte. Vielleicht war sie ja auch nur neugierig. Doch er war ihr keine Antwort schuldig. Das wollte er ihr gerade sagen, als ihr Blick an ihm vorbeiging.

Er drehte sich um und sah Corinna in der Tür stehen. Wie viel von ihrem Gespräch hatte sie mitangehört? Aus ihrem Stirnrunzeln zu schließen, hatte sie alles gehört. Oder vielleicht auch gar nichts und sie sah einfach nur so verärgert aus.

Sie blieb frostig, auch als Julia gegangen war.

»Auf ein Wort«, sagte sie, als Michael in die Halle ging und seinen Mantel vom Haken nehmen wollte.

»Corinna, ich habe keine Zeit. Ich habe heute Nachmittag noch eine Vorladung und ein Treffen mit einem neuen Mandanten.«

»Ich möchte nur wissen, warum du keine direkte Frage nach Laura beantworten kannst – auch wenn es eine Dreistigkeit war, sie zu stellen.«

»Eben deshalb – weil sie mit solcher Dreistigkeit gestellt wurde«, antwortete Michael und schlug damit seine Schwester mit ihren eigenen Waffen. »Da Miss Bernay in das Schicksal der Schule involviert ist, besteht immer die Möglichkeit, dass sie persönliche Informationen gegen mich verwenden könnte.«

»So persönlich ist diese Information aber gar nicht. Jedenfalls nicht mehr, wenn eure Verlobungsanzeige in der *Times* erscheint.«

»So weit ist es aber noch nicht«, erinnerte er sie. »Lord Delaford bat mich, noch zu warten, und den Gefallen werde ich ihm tun.«

Damit zog er seine Handschuhe an und ging zur Tür.

»Wartest du wirklich nur deshalb?«, rief Corinna ihm nach. »Oder gibt es noch einen anderen Grund?«

Er blieb abrupt stehen und drehte sich um. »Hör auf, mich zu bedrängen! Es ist alles auf einem guten Weg. Wenn du aber meinst, mich über die Wünsche des Viscounts hinwegzusetzen, sei die richtige Methode, um Lauras Hand anzuhalten – dann mache ich das gern!«

Corinna fuhr förmlich zurück bei dieser aggressiven Entgegnung, doch ihre Erwiderung fiel kaum weniger heftig aus: »Pass einfach nur auf, dass nichts – und niemand – unsere Pläne durchkreuzt.«

Unsere Pläne.

Sie sorgte dafür, dass er nie vergaß, wie wichtig ihr diese Verbindung war. Es tat Michael in der Seele weh zu sehen, wie unsicher sie war, obwohl sie beide doch schon so viel erreicht hatten. Ihr Leben war nicht mehr auf Sand gebaut, auch wenn Corinna das zu denken schien.

»Diese Diskussion hatten wir schon mehrmals, nicht wahr?« Die Worte klangen vorwurfsvoll, doch sein Ton war sanfter geworden. »Miss Bernay hat mir das Leben gerettet und ich erweise ihr dafür einen äußerst geringen Dienst. Das ist alles.«

»Ich bin ihr natürlich auch dankbar, aber ich mache mir trotzdem

Sorgen. Was wissen wir schon über diese Frau? Wo kommt sie her? Was ist mit ihrer Familie?«

In diesem Punkt hatte Corinna recht. Michael holte tief Luft und sagte: »Ich weiß es wirklich nicht.« Er hatte Julias Auskünfte einfach hingenommen und nicht weiter nachgefragt. »Ich frage sie in unserer nächsten Stunde. Bis dahin mach dir keine Sorgen. Noch ein paar Wochen, dann ist Ostern. Wenn die Saison danach richtig in Gang ist, wird es mit Miss Maynard ganz schnell gehen.«

Als Michael ging, war Corinna zwar besänftigt, doch jetzt machte Michael sich Sorgen.

Es stimmte, er wusste wirklich praktisch gar nichts über Julias Hintergrund. Doch das ließ sich ja ändern. Interessanterweise hatte sie ihrerseits keinerlei Skrupel gehabt, ihm sehr persönliche Fragen zu stellen.

Corinna hatte angedeutet, dass Julia ein Auge auf ihn geworfen hätte, doch das konnte Michael kaum glauben. Zwischen ihnen beiden entwickelte sich zwar eine wachsende Vertrautheit – solange sie ihn nicht mit Gott und dem Verleumdungsprozess piesackte. Oder, wie heute, mit seinen Heiratsplänen. Doch gleichzeitig betonte sie immer wieder, dass sie nach Afrika gehen und sowieso überhaupt nicht heiraten wollte. Und Michael hielt sie für ehrgeizig genug, in diesem Punkt die Wahrheit zu sagen. Gleichzeitig kam er nicht umhin zu denken, dass es eine Schande war, wenn eine Frau wie Julia ledig blieb. Eine so schöne, kluge Frau wäre eine gute Partie für den richtigen Mann. Für einen, der sich von ihrem Freimut und ihrer Unabhängigkeit nicht einschüchtern ließ. Jemand wie …

Er blieb abrupt stehen, als könnte ihm das helfen, seine Gedanken zu zügeln. Trotz Corinnas Warnungen glaubte er nicht, dass Julia ihn absichtlich immer wieder so ablenkte. Doch ob Absicht oder nicht, er konnte nicht zulassen, dass sie solche Macht über sein Leben gewann. Julia schien ein offenes Buch zu sein, doch es konnte nicht schaden, wenn er ein wenig tiefer grub.

»Ich kann kaum fassen, dass wir wirklich hier sind«, sagte Lisette zu Julia, als sie am Abend der *conversazione* vor Dr. Andersons Haus standen. »Das ist so etwas wie der inoffizielle Beginn unserer medizinischen Ausbildung, findest du nicht?«

Julia konnte ihr nur zustimmen. Ein Diener führte sie und Lisette nach oben. Julia war voller Vorfreude auf den Abend.

Dr. Anderson kam ihnen an der Tür zum Salon entgegen. »Ich heiße Sie beide herzlich willkommen.«

»Es ist mir eine große Ehre«, sagte Julia.

»Ja!«, rief Lisette, »hier eingeladen zu sein, wo wir doch noch nicht einmal Studentinnen an Ihrer Schule sind, ist wirklich ein Privileg!«

»Vielleicht motiviert es Sie ja, fleißig für das Immatrikulationsexamen zu lernen«, antwortete Dr. Anderson lächelnd. »Ich hoffe, Sie profitieren von diesem Abend.«

Ein halbes Dutzend Damen saß bereits im Salon, unter ihnen auch Edith Morton. Sie stellte Julia den anderen vor, während Dr. Anderson ging und ein paar weitere Gäste begrüßte, die gerade gekommen waren.

Nach einer Weile forderte Dr. Anderson die Anwesenden auf, sich zu setzen. Julia sah, dass ein paar Stühle übrig blieben.

»Ich glaube, Sie werden die heutige Diskussion sehr aufschlussreich finden«, begann Dr. Anderson.

Weiter kam sie jedoch nicht, denn plötzlich kam ein kleiner Junge ins Zimmer gelaufen, begleitet von einem rothaarigen Mann, der amüsiert lächelte.

»Mama!«, rief der Junge und warf sich in Dr. Andersons Arme.

Sie lachte und hob den Jungen auf ihren Schoß, sagte jedoch mit mahnender Stimme: »Alan, wieso bist du noch auf?«

Der Mann war in der Tür stehen geblieben. »Entschuldige, meine Liebe, aber er wollte dir Gute Nacht sagen, bevor er ins Bett geht. Und er war fest entschlossen. Ich habe keine Ahnung, von wem er diese Dickköpfigkeit hat.«

Er sprach mit schottischem Akzent. Julia hatte schon viel und nur Gutes von Jamie Anderson gehört. Er war Mitbesitzer einer großen, florierenden Schifffahrtsgesellschaft und gleichzeitig Vorstandsmitglied mehrerer wichtiger Organisationen in London – ein erfolgreicher Selfmademan. Dennoch war ihm die Berühmtheit seiner Frau nie ein Dorn im Auge gewesen, obwohl sie in der Öffentlichkeit wesentlich bekannter war als er; im Gegenteil, er ermutigte und unterstützte sie in ihrer Arbeit.

Julia dachte, dass es wohl nicht viele solcher Männer gab. Und nun zeigte sich, dass er auch noch ein hingebungsvoller Vater war.

Dr. Anderson warf ihm über den Kopf ihres Sohnes einen Blick zu und lächelte ihn verschmitzt an. »Ich nehme an, die Dickköpfigkeit hat er von demselben, von dem er das rote Haar hat.«

Ihr Mann lachte.

Lisette sprang auf und nahm Mr Andersons Arm. »Sie leisten uns doch heute Abend Gesellschaft, nicht wahr?«

Es schien eine etwas unverfrorene Geste zu sein, doch Julia wusste, dass das einfach Lisettes Natur war. Sie besaß nicht die englische Zurückhaltung, was Körperkontakt betraf.

Mr Anderson blieb ganz gelassen. »Ich bleibe ganz bestimmt nicht, wenn Sie über Vivisektionen und andere Schrecken reden«, konterte er, doch man sah, dass er nur scherzte. Er ließ sich von Lisette in die Mitte des Zimmers führen.

Der kleine Junge zappelte. »Was ist Wiwie … Wibie …«

Dr. Anderson strich ihm übers Haar. »Das spielt jetzt keine Rolle. Zeit für dich, ins Bett zu gehen. Du bekommst noch deine Umarmung und deinen Kuss.« Sie gab ihm beides mit der überschwänglichen Zärtlichkeit einer Mutter. »Mein süßes Baby«, murmelte sie leise und umarmte ihn fest. »Jetzt geh mit Papa, er bringt dich ins Bett.«

Der Junge warf seine Arme um ihren Hals und küsste sie ein letztes Mal auf die Wange, dann sprang er von ihrem Schoß, lief zu seinem Vater und nahm dessen Hand.

»Wir sprechen nicht über Vivisektion«, rief Dr. Anderson ihrem Mann noch nach, als er und das Kind schon beinahe an der Tür waren. »Ich habe Millie und Henry gebeten, heute zu kommen.«

»Wirklich? Das klingt verlockend. Ich bin in zehn Minuten da.«

»Erstaunlich«, murmelte eine der Studentinnen, als Vater und Sohn den Raum verlassen hatten.

»Was ist erstaunlich?«, fragte Dr. Anderson lächelnd. »Dass unser Sohn seinen Eltern gehorcht?«

»Nein, dass Sie einen Ehemann haben, der Ihnen erlaubt, Ihre Karriere voranzutreiben.«

»Es gibt schon ein paar solcher Männer.«

»Aber nur sehr wenige«, erklärte Lisette fest. »Die meisten Männer möchten, dass die Frauen ›an ihrem Platz‹ bleiben, und verhindern mit aller Kraft das Gute, das sie in der Gesellschaft tun könnten. Ich werde auf jeden Fall ledig bleiben, damit ich selbst über mein Leben entscheiden kann.«

Es war nicht das erste Mal, dass Lisette ihre Ansicht darüber mitteilte. Julia konnte sie gut verstehen. Manchmal hatte man einfach den Eindruck, als würden den Frauen, wo es nur ging, Steine in den Weg gelegt werden. Mehrere andere Studentinnen stimmten Lisette zu.

Dr. Anderson hob eine Hand, um sie zum Schweigen zu bringen. »Viele Leute – größtenteils Frauen – waren sehr erstaunt, ja sogar verärgert, als ich mich verlobte. Ich hatte gerade erst die Approbation erlangt, und die Unkenrufer sagten voraus, dass meine Karriere vorüber sei, bevor sie überhaupt begonnen hatte. Und doch ist meine Praxis in den zehn Jahren, die ich nun verheiratet bin, gewachsen, ich konnte Kliniken eröffnen und die erste medizinische Ausbildungsstätte für Frauen in England gründen.«

»Aber es war sicherlich ein schwerer Kampf, oder?«, meinte Lisette.

»Das leugne ich gar nicht; ich musste viele Hindernisse überwinden. Manchmal war es unendlich frustrierend. Ich brauchte übermenschliche Geduld und großes Durchhaltevermögen. Andere haben versucht, sich den Weg in diesen Beruf durch schiere Kriegsführung zu erzwingen, doch ich habe festgestellt, dass ich sehr viel mehr erreichte, wenn ich meine Entschlossenheit mit professioneller Höflichkeit und Charme verband. Inzwischen betrachten mich viele

Ärzte nicht als Feindin, sondern als Kollegin. Ich möchte Sie durchaus ermutigen, es auf dieselbe Weise zu versuchen.«

»Sie sind ein solches Vorbild für uns«, platzte eine der Studentinnen heraus. »Ich arbeite hart dafür, Ärztin zu werden, aber ich hätte so gern eines Tages auch eine Familie.«

»Dann wünsche ich Ihnen viel Glück bei dem Versuch, einen Mann zu finden, der Ihnen das erlaubt«, höhnte Lisette. »Nach den englischen Gesetzen sind Sie und alles, was Sie besitzen, sein Eigentum, mit dem er nach Belieben verfahren kann.«

Von der Tür her sagte eine fröhliche Stimme: »Ich hoffe, wir kommen nicht zu spät.«

Julia drehte sich um und sah, dass die Bemerkung von einer kleinen, zierlichen Frau gekommen war, die sich bei einem Mann mit einer dunklen Brille eingehakt hatte.

Dr. Anderson ging zu ihr und begrüßte sie mit einer Umarmung. »Du kommst genau richtig, Millie. Miss Blanco hat soeben die Frage nach verheirateten Frauen und Besitz aufgeworfen – eine Frage, über die zu reden ihr beide ja besonders qualifiziert seid.«

Da Julia und ein paar andere die Neuankömmlinge nicht kannten, stellte Dr. Anderson Millicent und Henry Fawcett, ihre Schwester und ihren Schwager, vor. Mr Fawcett war blind, schien jedoch ein hervorragendes Gespür dafür zu haben, wo im Raum die Leute saßen. Er bestand darauf, jeder der Anwesenden die Hand zu schütteln.

Jamie Anderson kehrte zurück und begrüßte hocherfreut seinen Schwager.

»Mr Fawcett ist Mitglied des Parlaments und ein Kämpfer für die Frauenrechte«, flüsterte Lisette Julia zu.

Die Fawcetts setzten sich und Dr. Anderson sagte: »Mr Fawcett ist ein Befürworter des Married Women's Property Act. Wenn das Gesetz durchkommt, erlaubt es den Frauen die Verfügungsgewalt über ihren Besitz und ihre Einkünfte.«

»Ich würde sofort für das Gesetz stimmen, wenn ich Parlamentsmitglied wäre«, erklärte Edith.

»Ich auch«, rief eine andere Studentin.

»Das Frauenwahlrecht – noch etwas, das diesem Land traurigerweise fehlt!« Lisette sprach mit solchem Nachdruck, dass sie vom Stuhl aufsprang. »Aber wie können wir das ändern? Solange Männer die Regierung bilden, werden sie sich nie überzeugen lassen, ihre Macht mit den Frauen zu teilen.«

»Mir gefällt die Vorstellung nicht, dass Männer und Frauen grundsätzlich Feinde sein müssen«, sagte Millicent Fawcett. »Warum ist es so schwer vorstellbar, dass wir alle zusammen für das Gleiche arbeiten?«

»Wie Sie und Mr Fawcett?«, fragte Julia. Ihre Bewunderung für dieses Paar wuchs ins Unermessliche.

»Das wäre ein Weg«, antwortete Mrs Fawcett. »Wir müssen akzeptieren und zulassen, dass Männer und Frauen manchmal verheiratet sind und trotzdem völlig unterschiedlichen Berufen nachgehen.« Sie deutete auf die Andersons. »Oder dass ihre Arbeit ineinandergreift, wie bei mir und meinem Mann. Andere Frauen entscheiden sich vielleicht, ledig zu bleiben und ganz für ihren Beruf zu leben, und noch andere heiraten und konzentrieren sich auf das Haus und die Familie. Können wir wirklich einer dieser Entscheidungen den Vorzug vor den anderen geben? Wir sollten ganz einfach für das Recht der Frauen eintreten, selbst entscheiden zu dürfen, was sie für das Beste für ihr Leben halten.«

»Gut gesprochen, meine Liebe«, sagte Mr Fawcett und tätschelte anerkennend die Hand seiner Frau. »Sie sehen, warum Sie meine Redenschreiberin ist.«

Mr Anderson kratzte sich das Kinn in einer übertrieben nachdenklichen Geste. »Es geht heute Abend also um Frauen und die Gesetzgebung?«

Dr. Anderson sagte: »Eigentlich habe ich Henry gebeten, heute zu kommen, damit er uns die Einzelheiten der neuen Hygienevorschriften erläutert, die letzte Woche vorgestellt wurden. Ich dachte, wir könnten über den Zeitpunkt ihrer Einführung und ihre Auswirkung auf das Gesundheitswesen reden.« Lächelnd fügte sie hinzu: »Doch jetzt haben wir auf jeden Fall eine sehr viel lebhaftere Diskussion.«

Das Gespräch wandte sich nun den Hygienevorschriften zu, doch später, als Julia und Lisette nach Hause gingen, war es wieder das Thema Ehe, das Julias Gedanken beschäftigte.

Nicht dass sie Heiratspläne hatte, doch das lag allein daran, dass sie ihre Missionarstätigkeit für unvereinbar mit dem Leben einer Ehefrau hielt, und nicht daran, dass sie glaubte, Männer seien grundsätzlich dagegen, dass ihre Frau einen Beruf hätte. Das beste Beispiel dafür war ihre Schwester Rosalyn. Rosalyn und Nate tourten durch Nordengland mit einer Produktion von Gilbert und Sullivans Operette *H.M.S. Pinafore*. Rosalyn war Mitglied des Chors, Nate arbeitete hinter den Kulissen. Die beiden waren glücklich miteinander und liebten ihr gemeinsames Leben. Bis jetzt hatte Julia ihre Ehe für eine Ausnahme gehalten, doch heute Abend hatte sie gesehen, dass es noch mehr Menschen gab, die neue Wege gingen.

Als sie über all diese Dinge nachdachte, fiel ihr Michaels eventuelle Ehe mit Laura Maynard ein. Was sie wohl für eine Ehefrau sein würde? Wahrscheinlich eine wie Corinna, die sich gesellschaftlichen Verpflichtungen hingab. Julia glaubte nicht, dass Michael in einer solchen Ehe glücklich werden konnte, auch wenn er sie anzustreben schien. Er brauchte jemanden, der auch in intellektueller Hinsicht zu ihm passte.

Leider hatten beide, Michael und seine Schwester, höchst konsterniert reagiert, als sie sie zu diesem Thema befragt hatte. Glaubte Corinna vielleicht, Julia wollte sich in Michaels Heiratspläne einmischen? Das war nicht ihre Absicht. Sie war ganz einfach neugierig und hätte gern gewusst, warum er diese Wahl getroffen hatte – doch sie hatten es als Einmischung in ihre persönlichen Angelegenheiten betrachtet.

Vielleicht konnte Julia Dr. Andersons Ratschlag für Erfolg in ihrem Umgang mit Michael und Corinna anwenden. Vielleicht war sie gegen eine Wand gerannt, weil ihre Fragen zu unverblümt gewesen waren. *Geduld ist eine Tugend* – das hatte sie im Laufe ihres Heimlebens wieder und wieder gehört. Als Kind hatte sie diesen Satz gehasst, weil sie glaubte, Geduld bedeute Nichtstun und Warten. Doch als Erwachsene hatte sie gelernt, dass es oft bedeutete, dem Zeitgefühl Gottes und nicht ihrem eigenen zu vertrauen. Sie würde deswegen nicht aufhören, ihre Ziele zu verfolgen, doch was ihren Umgang mit anderen Menschen betraf, war es vielleicht besser, ein wenig zurückhaltender zu sein.

12

»Ich dachte, heute könnten wir einmal etwas anderes probieren«, sagte Michael. Nach mehreren Wochen Unterricht war Julia seiner Ansicht nach bereit für eine neue Herausforderung.

Julia sah ihn neugierig an. »Sie meinen, wir machen etwas anderes als Deklinationen, Konjugationen und Vokabeln zu lernen?«

»Genau. Sie haben eine schnelle Auffassungsgabe und sind geschickt darin, sich Dinge einfach einzuprägen.«

Julia freute sich über sein Kompliment. Sie war die erste Frau, die Michael kannte, der ihr Wissen wichtiger war als ihre Eitelkeit. Es war nichts Extravagantes an ihrem Kleidungsstil oder an der Art, wie sie ihr Haar zu einem schlichten Knoten im Nacken gedreht hatte. Und doch war sie attraktiv, auch ohne jeden Schmuck. Viel zu oft hatten ihn die Sommersprossen auf der schmalen Nase so sehr abgelenkt, dass er den Faden verloren und sich mitten im Satz unterbrochen hatte.

Wie auch jetzt wieder.

Michael beschloss, die einzige Sache, in der sie eitel war, zur Sprache zu bringen – nur um sein eigenes klopfendes Herz wieder zur Ruhe zu bringen. Er sagte in seiner besten Schulmeistermanier: »Sie können nicht erwarten, das Examen mit purem Auswendiglernen zu bestehen, und schon gar nicht werden Sie später, wenn Sie das Lateinische wirklich brauchen, damit durchkommen. Die eigentliche Frage ist doch: Wie gut können Sie Ihr Wissen auf eine echte Satzkonstruktion anwenden?«

Sie richtete sich ein wenig auf und straffte die schmalen Schultern. »Wie arbeiten wir daran?«

Auch das war etwas, das ihm während ihrer gemeinsamen Arbeit aufgefallen war. Sie benutzte häufig das Wort *wir*, als seien diese Unterrichtsstunden einem Ziel gewidmet, das sie gemeinsam verfolgten, wie ein Team – und nicht als Schülerin und Lehrer, wie es ja der Fall war.

Michael nahm ein Blatt Papier zur Hand. »*Wir* wissen, dass Sie einen Text aus dem Lateinischen ins Englische werden übersetzen müssen. Mit den Texten, die ich Ihnen gegeben habe, ist Ihnen das auch recht gut gelungen. Der beste Weg, die Sprache wirklich zu beherrschen, ist in meinen Augen jedoch, Übersetzungen aus dem Englischen ins Lateinische zu üben.« Er legte das Blatt vor sie hin. Drei kurze Abschnitte standen darauf. »Sagen Sie mir, wie Sie das übersetzen würden.«

Sie blickte auf das Papier und griff geistesabwesend nach dem Lateinwörterbuch, während sie zu lesen begann.

Er legte die Hand auf ihre. »Ohne Wörterbuch.«

Seine Hand – inzwischen ohne Schiene und Verband – ruhte kurz auf ihrer. Ihre Haut fühlte sich kühl an und war weich und zart, und doch wusste er aus Erfahrung, dass ihre Hände stark und zupackend sein konnten. So leicht die Berührung war, so rief sie ihm trotzdem sofort in Erinnerung, mit welch geübter Sorgfalt sie ihn untersucht hatte. Er war völlig unvorbereitet auf das Wonnegefühl, das sich in ihm ausbereitete.

Julias Augenlider flatterten ganz leicht, als hätte auch sie eine unerwartete Empfindung verspürt.

Er kämpfte gegen das Bedürfnis an, ihr mit dem Finger über die weiche Haut zu streichen, und zog seine Hand hastig zurück. »Diesen Text hat mein Lehrer in Harrow uns zur Übung gegeben. Die Sätze sollen den Übersetzer vor allem im Gebrauch der Verben und rhetorischen Stilmittel, aber auch im Vokabular sattelfest machen.«

»Und Sie haben ihn die ganze Zeit aufgehoben?«

»Ich fand ihn, als ich ein paar alte, staubige Bücher aus meiner Schulzeit durchblätterte, von denen ich mich nie hatte trennen können.«

Er sprach beiläufig, weil er nicht zugeben wollte, dass er die Bücher um nichts auf der Welt weggegeben hätte. Sie waren greifbare Erinnerungen an eine glücklichere Zeit, eine Zeit, in der sein Leben sehr viel einfacher gewesen war.

Der Text enthielt zugleich auch eine sehr hübsche kleine Geschichte, in der beschrieben wurde, wie zwei Gruppen von Reisenden, die im Frühjahr in entgegengesetzten Richtungen unterwegs sind, sich auf einer Landstraße begegnen. Sie bleiben stehen, begrüßen einander und unterhalten sich kurz, bevor sie ihren jeweiligen Weg fortsetzen. Da sie didaktischen Zwecken diente, wirkte die Syntax des Textes ein wenig umständlich, doch die Geschichte enthielt einen Satz, den Michael immer faszinierend gefunden hatte, im Lateinischen wie im Englischen.

Julia war anscheinend von dem gleichen Satz in den Bann gezogen worden und las leise vor: »Jetzt setzten sie ihren Weg fort, doch der junge Mann in dem Gefährt blickte sich noch einmal nach den Männern um, die weiter nach Westen zogen. Als sie ins Tal kamen, verschwand ihre Kutsche zwischen den wilden Feldblumen, deren Farbe ihr künftiges Leben widerspiegelte, und der junge Mann fragte sich, ob er nicht lieber ebenfalls diesen Weg hätte einschlagen sollen.« Julia blickte zu Michael hoch. »Das ist ein schönes Bild, nicht wahr?«

»Ja.« Er kämpfte mit seinen Gedanken. Vielleicht war es dumm von ihm gewesen, ausgerechnet diesen Text mitzubringen. Er hatte vergessen, wie tief diese kleine Passage ihn berührt hatte, als er sie zum ersten Mal in der Schule gelesen hatte. Er hatte sich vorgestellt, dass der junge Mann in der Geschichte ein wunderschönes Mädchen in der Kutsche hatte sitzen sehen und sich deshalb wünschte, den anderen Weg genommen zu haben. Es war der typische Tagtraum eines Vierzehnjährigen, doch als er jetzt daran dachte, fiel ihm ein, dass er sich dieses Mädchen immer als Brünette mit lachenden Augen und entschlossenem Kinn vorgestellt hatte. Und vielleicht sogar mit ein paar Sommersprossen.

Er blickte um sich auf der Suche nach einer Ablenkung von seinen Tagträumen. »Haben Sie Hunger?«

»Ich sterbe vor Hunger«, meinte Julia begeistert. Als sie seinen

Blick sah, sagte sie: »Ich hatte diese Tage kaum Zeit, mich hinzusetzen und etwas zu essen.«

Er stand auf. »Ich schaue mal, ob ich uns Tee besorgen kann. In der Zwischenzeit können Sie sich ja an der Übersetzung versuchen.« In der Tür blieb er stehen. »Aber vergessen Sie nicht: kein Wörterbuch!«

Sie nickte. Anscheinend fand sie nichts Ungewöhnliches an seinem plötzlichen Verschwinden, sondern tauchte sofort in den Text ein.

Obwohl er vorgab, nach einem Diener zu suchen, war er froh, in der Halle erst einmal keinen zu entdecken. Er brauchte einen Moment, um tief durchzuatmen und seine Fassung wiederzugewinnen. Wie konnte diese Frau nur eine solche Wirkung auf ihn haben?

»Kann ich Ihnen helfen, Sir?«

Michael machte vor Schreck beinahe einen Luftsprung, als der Diener so plötzlich vor ihm auftauchte. »Ja – könnten Sie uns etwas Tee bringen? Und ein paar Kekse, wenn Sie welche haben.«

»Gern, Sir.«

Der Diener ging, doch Michael brauchte noch ein paar Minuten, bis er bereit war, ins Wohnzimmer zurückzukehren.

Als er eintrat, saß Julia noch über ihrer Aufgabe. Ihren Stift hielt sie über dem Papier, mit der anderen Hand stützte sie ihr Gesicht und tippte sich mit einem Finger gegen die Wange.

Es ist nur eine ganz einfache Geste, ermahnte er sich. *Das machen viele Menschen*. Doch seine Aufmerksamkeit war noch nie durch solch eine Geste so sehr auf einen verlockenden Mund gelenkt worden.

Er setzte sich neben sie. »Wie läuft es?«

Sie schob ihm das Blatt hin. »Ich glaube, weiter komme ich nicht. Mir fällt einfach kein Wort für *Weinfass* und *Wildblume* ein.« Sie lachte. »Sieht nach einer seltsamen Nebeneinanderstellung aus, nicht wahr?«

»Ja«, antwortete er lächelnd. Jetzt, wo er sich gefangen hatte, wollte er den Text mit ihr durchsprechen, ohne sich wieder in Erinnerungen zu verlieren. Er las durch, was sie geschrieben hatte, und war beeindruckt, wie weit sie gekommen war. Vielleicht war sie in ein paar Monaten tatsächlich in der Lage, das Examen zu bestehen. Doch im Moment gab es noch etliche Lücken. »Sie haben das Gerundium benutzt, wo Sie eigentlich das Plusquamperfekt hätten nehmen sollen.«

Er ließ sie die korrekte Verbform hinschreiben und korrigierte dann noch ein paar weitere kleine Fehler. Außerdem besprachen sie zwei rhetorische Stilfiguren in dem Text.

»Aufs Ganze gesehen war das nicht schlecht«, schloss er, als das Hausmädchen mit dem Tee ins Zimmer kam.

Das war zwar nicht gerade ein überschwängliches Lob, doch Julia lächelte trotzdem stolz. »Darf ich noch die beiden Wörter nachschlagen?« Sie deutete auf das geschlossene Wörterbuch, das auf dem Tisch lag.

»Ja, das ist eine gute Idee.«

Das Hausmädchen stellte das Tablett auf dem nebenstehenden Tisch ab. Sie hatte Kekse und auch Sandwiches gebracht, wie Michael dankbar bemerkte. Corinnas Dienerschaft war bestens geschult und daher daran gewöhnt, jede Bitte augenblicklich zu erfüllen – und inzwischen wussten sie schon, dass er Sandwiches mit kaltem Fleisch liebte.

Der Tee war mit Orange aromatisiert, Michaels Lieblingsgeschmack. Er sah, wie Julia tief einatmete, als der Duft zu ihr herüberdrang, doch sie blickte nicht auf, ehe sie die Wörter gefunden und notiert hatte.

»Sie sind sehr diszipliniert«, bemerkte er.

»Jahrelange Übung. Im Krankenhaus musste mein Essen oft warten, bis wichtigere Tätigkeiten beendet waren.« Sie schlug das Buch zu und stand auf.

Das Hausmädchen stand noch immer neben dem Tisch, auf dem sie das Tablett abgesetzt hatte. »Darf ich Ihnen einschenken, Sir?«, bot sie an.

Michael war plötzlich verlegen. Er wusste nicht mit Sicherheit, wie man sich in dieser Situation verhielt. Er hatte zwar schon im Klub Tee getrunken und natürlich in Dutzenden vornehmer Häuser, doch dort war er immer als Gast bedient worden. Er sah zu Julia hinüber. Sie wirkte ebenfalls unsicher.

»Danke, wir kommen allein zurecht«, sagte er zu dem Hausmädchen.

Sie nickte und verließ den Raum, doch ihr Gesichtsausdruck ließ ihn vermuten, dass er sich danebenbenommen hatte.

»Ich war noch nie in der Situation, einer Dame Tee einschenken zu müssen«, gestand er. Dass er seiner Schwester schon unzählige Male eine Tasse Tee gereicht hatte, zählte nicht.

»Es ist mir eine Ehre, die erste zu sein.« Julia warf einen sehnsüchtigen Blick auf die Sandwiches. »Aber ich glaube, wir sollten nicht zu viele Gedanken auf die Etikette verschwenden, nicht? Schließlich sind wir doch beide Gäste hier.«

»Das ist ein ausgezeichnetes Argument.«

Sie setzten sich an den Teetisch.

»Könnten wir vor dem Essen beten?«, fragte Julia.

Beten? Michael konnte sich nicht erinnern, wann er das letzte Mal ein Tischgebet gehört hatte; wahrscheinlich bevor seine Mutter gestorben war. Ihm war unwohl bei dem Gedanken, doch er konnte ihre Bitte schließlich nicht abschlagen.

Julia neigte den Kopf. Michael tat es ihr nach, doch statt die Augen zu schließen, beobachtete er sie beim Beten.

»Lieber Gott, wir danken dir für diese Speise und für deine Freigiebigkeit. Möge deine Hand uns und dieses Haus segnen. Amen.«

Das Gebet, das zwar kurz, aber aufrichtig war, rührte ihn. Vielleicht lag es aber auch an Julias Gesichtsausdruck, während sie betete. Er war friedvoll. Wie stolz sie auch auf ihre persönlichen Leistungen sein mochte, vor ihrem Gott schien sie wahre Demut zu empfinden. Zugleich bewies ihre Wortwahl jedoch wahre Großzügigkeit. *Möge deine Hand uns und dieses Haus segnen.* Julia musste aufgefallen sein, dass seine Schwester ihnen ihr Haus nur ungern für den Unterricht zur Verfügung gestellt hatte – jedenfalls hatte Corinna, wenn sie Julia hier begegnet war, niemals den leisesten Zweifel daran aufkommen lassen. Dennoch hatte Julia auch für sie gebetet.

Sie schenkte Tee ein und dann bedienten sich beide an den Sandwiches. Beim Essen fiel Michael ein, dass dies ein guter Zeitpunkt war, Julia ein paar Fragen nach ihrer Herkunft zu stellen. Er hatte es Corinna schon vor mehreren Wochen versprochen, doch irgendwie hatte sich nie eine Gelegenheit ergeben. Außerdem hatte er keinerlei Zweifel an ihren Motiven mehr, seit er gesehen hatte, wie fest entschlossen sie war, Latein zu lernen. Sie hatte ihre Hausaufgaben vor jeder Stunde mit größter Gewissenhaftigkeit gemacht und genauso konzentrierte sie sich jedes Mal hoch motiviert auf den Unterricht.

Was er jetzt über sie wissen wollte, entsprang keinem Verdacht, sondern echtem Interesse. »Darf ich Ihnen eine Frage stellen?«

Julia schluckte das Stückchen Sandwich, an dem sie kaute, hinunter. »Natürlich.«

»Woher stammen Sie? Wie kommt es, dass Sie zum Studium nach London kommen konnten? Bei unserer ersten Begegnung erwähnten Sie, dass Sie einen großzügigen Gönner haben, doch einen Lateintutor können Sie sich offenbar nicht leisten.«

Julia wischte sich mit der Serviette einen Krümel vom Mund, doch Michael hatte den Eindruck, dass sie mit dieser Handlung nur ein Lächeln verbergen wollte. »Grammatik, Mr Stephenson«, rügte sie. »Ich glaube, das waren drei Fragen, wenn wir den letzten Aussagesatz ebenfalls als Frage ansehen.«

»Finden Sie mich dreist? Aber Sie verstehen sicher, warum ich neugierig bin.«

»Aber nein, ich finde Sie gar nicht neugierig, ich antworte Ihnen gern. Leider habe ich meinen Wohltäter nur wenige Tage vor dem U-Bahn-Unglück verloren.«

»Wer war er?«

»Es war eine Dame. Vielleicht sollte ich ein wenig ausholen.« Sie trank einen Schluck Tee, dann fuhr sie fort. »Meine beiden Schwestern und ich wuchsen in einem Waisenhaus in Bristol auf. Genau genommen etwas nördlich von Bristol, in Ashley Down.«

Michael konnte es kaum glauben. Sie besaß eine Haltung und

Selbstsicherheit, die er von jemandem mit einem solchen Hintergrund nie erwartet hätte. Sie hatte immer gewirkt, als hätte sie eine recht gute Erziehung genossen, auch wenn sie manchmal etwas zu direkt war.

»Sie wirken überrascht.«

»Ja, nun, wenn man bedenkt, was Sie erreicht haben – Sie sind Studentin am Queen's College und haben vor, Medizin zu studieren …«

Sie nickte. »Stimmt schon, meine Geschichte ist ein wenig ungewöhnlich. Ich habe – mit Gottes Hilfe – einen langen Weg zurückgelegt.« Sie hatte ihr Sandwich aufgegessen und trank noch einen Schluck von dem Orangentee. »Zuerst einmal sollte ich Ihnen wohl sagen, dass das Waisenhaus ausschließlich durch Gebete unterstützt wird. Mr Müller, der Gründer, bittet niemals um Schenkungen oder Geld. Er richtet seine Bitten nur an Gott.«

»Das scheint mir ein etwas riskanter Weg, eine solche Einrichtung zu betreiben.«

»Aber die Gebete wurden immer erhört! Geld, Kleidung, Essen.« Sie nahm sich einen Teekuchen. »Sogar Möbel und solche Sachen. Sie schienen immer genau dann zu kommen, wenn sie gebraucht wurden.«

Wenn das stimmte, war es eine Erklärung für Julias festen Glauben. Michael nickte unverbindlich und biss in sein eigenes Sandwich, während er wartete, dass sie fortfuhr. Was sie auch tat – nachdem sie den Teekuchen aufgegessen hatte.

»In dem Waisenhaus werden die Jungen im Alter von vierzehn Jahren in eine Lehre gegeben. Die Mädchen bleiben, bis sie siebzehn sind, aber in den letzten Jahren hat es sich eingebürgert, dass sie bestimmte Aufgaben im Waisenhaus übernehmen, darunter auch die Aufsicht über die jüngeren Mädchen. Dafür erhalten sie sogar einen geringen Lohn. Ich wurde der Krankenstation zugewiesen. Damals wurde mir klar, dass ich eine Begabung für die Arbeit als Krankenschwester habe.«

»Gibt es viele Krankheiten im Waisenhaus?« Michael stellte sich die Einrichtung als seelenlosen, unhygienischen Ort vor, quasi als Brutstätte für Typhus und dergleichen.

Sie hob eine Hand. »Bitte machen Sie sich kein falsches Bild! Die Gebäude sind sehr sauber und ordentlich. Aber bei zweitausend Kindern gibt es immer welche, die krank sind. Ganz zu schweigen von den üblichen Kratzern und Verstauchungen bei den wilden Spielen ...«

»Sagten Sie *zweitausend*?«

»Ja, genau.«

»Finanziert nur von Gebeten.«

Sie hörte den Unglauben in seiner Stimme. »Das muss sehr überraschend sein für jemanden, der es nie versucht hat. Aber es funktioniert.«

Michael wollte ihr nicht widersprechen. Außerdem fuhr sie schon fort, ohne seine Antwort abzuwarten.

»In Bristol gab es einen Arzt, der unsere kleine Krankenstation manchmal besuchte. Ich bin ihm jedes Mal mit nicht enden wollenden Fragen auf die Nerven gegangen.«

»Das kann man sich kaum vorstellen.«

Sie grinste. »Er war beeindruckt von meinen Fähigkeiten und sorgte deshalb dafür, dass ich eine Ausbildung zur Krankenschwester machen konnte, nachdem ich das Waisenhaus verlassen hatte. Ich hatte damals noch nicht das vorgeschriebene Alter, doch sie machten eine Ausnahme für mich, weil der Arzt sich so für mich einsetzte und weil ich schon mit Frauen und Kindern gearbeitet hatte. Je mehr Erfahrung ich gewann, desto größer wurde mein Interesse an der Medizin. Vor ein paar Jahren, als die Gesetze geändert wurden und es Frauen erlaubt wurde, Ärztinnen zu werden, wusste ich dann, was ich mit meinem Leben anfangen wollte. Und letztes Jahr bot Mrs Staunton, die immer eine großzügige Unterstützerin des Waisenhauses gewesen war, an, mir das Medizinstudium zu finanzieren. Das war ebenfalls ein Beispiel für eine Gebetserhörung, denn ich hatte sie nicht um Geld gebeten – sie bot es einfach an. Ich hatte ihren kleinen

Jungen während einer schweren Grippe gepflegt und sie war mir sehr dankbar.«

»Aber Sie sagten, sie sei nicht mehr Ihre Wohltäterin?«

»Das stimmt«, antwortete sie traurig. »Leider hat die Bank ihres Mannes Bankrott gemacht und sie haben kein Vermögen mehr.« Doch sie fügte fröhlich hinzu: »Aber ich habe noch genügend, jedenfalls für eine Weile.«

»Für wie lange?«

Sie zuckte die Achseln. »Es reicht für den Moment. Wenn ich mehr brauche, wird Gott es mir geben.«

Diese Antwort klang ebenso gewagt wie die Vorstellung von einem Waisenhaus, das sich allein auf Gebete verließ. Was Michael noch mehr zu schaffen machte, war jedoch, was sie über ihre Wohltäterin erzählt hatte. »Irgendwie scheint es mir nicht zusammenzupassen, dass die Stauntons in finanzielle Schwierigkeiten gerieten, nachdem sie doch ein Gebet erhörten, indem sie Ihnen Geld gaben.«

»Wollen Sie damit sagen, dass Gott versagt hat, indem er den Bankrott zuließ? Nein!« Sie machte eine lebhafte Handbewegung, um ihre Ansicht zu unterstreichen. »Manchmal geschehen schlimme Dinge in dieser Welt. Aber wir dürfen uns immer darauf verlassen, dass Gott uns aus einer Notlage heraushilft. Es war ein schwerer Schlag für sie, ganz sicher. Ich bete jeden Tag, dass sie sich davon erholen. Und ich weiß, dass Gott ihnen helfen wird. In der Bibel heißt es, wir sollen niemals aufhören zu beten, und daran halte ich mich.«

Michael schwieg kurz und dachte nach. Es war viele Jahre her, seit er so viel über das Beten nachgedacht oder gar gesprochen hatte. Seine Mutter hatte mit ihm und Corinna jeden Abend gebetet, bevor sie sie ins Bett brachte. Doch es war stets nur um vage, allgemeine Dinge gegangen, nicht die konkreten Bitten, von denen Julia gesprochen hatte. Er spielte mit der Teetasse in seiner Hand und dachte dabei an das Gebet, das sie vor dem Essen gesprochen hatte.

»Als Sie für dieses Haus gebetet haben, haben Sie alle eingeschlossen, die darin wohnen, nicht wahr?«

»Natürlich. Ich bin sehr dankbar, dass Ihre Schwester erlaubt, dass wir uns hier treffen.«

»Auch wenn sie es nur unwillig und nur mir zuliebe tut?«

»Gerade dann. Es zeigt mir, wie sehr sie Sie liebt. Dafür achte ich sie. Meine beiden Schwestern und ich würden fast alles füreinander tun. Ich glaube, es gibt wenig im Leben, das wichtiger ist als die Familie – meinen Sie nicht?«

Das stimmte. Die Familie war so wichtig, dass sie jeden einzelnen Aspekt von Michaels Leben zutiefst beeinflusste. Selbst die Bereiche, in denen er sich mehr Freiraum wünschen würde.

Da er nicht gleich antwortete, fuhr Julia fort: »Das war nur eine rhetorische Frage. Sie brauchen nicht zu antworten, wenn Sie nicht wollen.«

»Nein, Sie haben völlig recht, Familie ist sehr wichtig. Corinna hat all die Jahre sehr viel für mich getan, mehr, als die meisten Menschen wissen. Wenn sie nicht wäre, würde ich Ihnen keinen Lateinunterricht geben. Nicht weil wir keinen Ort hätten, wo wir uns treffen können, sondern weil ich nie die Universität besucht hätte.«

Michael sah in Julias Augen all die Fragen, die sie ihm gern gestellt hätte. Vielleicht zögerte sie, weil er sie gebeten hatte, ihn nicht zu bedrängen. Wahrscheinlich wäre es gut, wenn er es ihr erzählte. Ostern stand vor der Tür und danach begann sogleich die Saison der gesellschaftlichen Verpflichtungen. Corinna erwartete viel von Michael – Dinge, die er tun musste, wie er wusste. Julia war nachsichtig mit seiner Schwester gewesen, die sehr rücksichtslos sein konnte. Doch Michael wollte, dass Julia Corinnas gute Gründe für ihr Verhalten verstand.

»Corinna ist alles, was ich noch an Familie habe. Da Sie in einem Waisenhaus aufwuchsen, wissen Sie wahrscheinlich, was es bedeutet, schon als kleines Kind die Eltern zu verlieren?«

»Ja.«

»Dann haben wir das gemein. Meine Mutter starb, als ich neun Jahr alt war, und mein Vater starb sieben Jahre später.«

Julia murmelte etwas.

»Mein Vater hat viele Schulden hinterlassen. Wir mussten alles verkaufen, was wir besaßen, um unsere Gläubiger zufriedenstellen zu können. Corinna war damals erst neunzehn, doch sie hatte nach dem Tod unserer Mutter das Haus geführt. Das verschwenderische Leben unseres Vaters hatte uns in eine heikle finanzielle Lage gebracht, und obwohl sie versuchte, unsere Ausgaben zu kürzen, wo es ging, reicht es am Ende nicht. Wir standen praktisch mittellos da.«

»Wie schrecklich!« Julia starrte ihn mit großen Augen an. »Was haben Sie dann gemacht?«

»Ich war in Harrow, als er starb, und musste natürlich sofort nach Hause kommen. Es dauerte beinahe ein Jahr, bis die Angelegenheiten meines Vaters geordnet waren und wir wussten, wie viele Schulden genau wir hatten. Ich war bereit, mir – auf welche Weise auch immer – meinen Lebensunterhalt zu verdienen. Ich war lange genug zur Schule gegangen, um irgendwo als Büroangestellter zu arbeiten, vielleicht in einer Bank oder in einem Anwaltsbüro. Doch Corinna war entschlossen, mich auf die Universität zu schicken.«

»Wie hat sie das geschafft?«

»Indem sie David Barker geheiratet hat.«

Julia trank ihren Tee aus, doch Michael war sicher, dass ihr Gesichtsausdruck nichts mit dem Getränk zu tun hatte.

»Ich habe es ein wenig rücksichtslos formuliert. Ich möchte Corinna nicht herabsetzen. Viele würden ihre Ehe als Vernunftehe bezeichnen, doch in Wirklichkeit hat David sie schon immer geliebt, lange bevor sie einverstanden war, ihn zu heiraten. Sie hatten sich ungefähr ein Jahr vor dem Tod meines Vaters kennengelernt und David war ihr von Anfang an mit Haut und Haaren verfallen. Und jetzt sind sie ganz glücklich miteinander, glaube ich.«

»Es war also Mr Barker, der Ihre Ausbildung bezahlt hat.«

»Ja, das wäre wohl zutreffender. Von dem Moment an, an dem sie sich verlobten, hat er mich wie einen Bruder geliebt und immer sehr großzügig finanziell unterstützt. Ihm lag ebenso viel daran wie Corinna, dass ich die Universität besuchte. Er selbst hatte diese Möglichkeit nie gehabt. Er hat sich ganz allein hochgearbeitet. Er war der

Sohn eines Kurzwarenhändlers und hat viel Geld mit Versicherungen und Investitionen im Ausland gemacht. Manche Menschen haben einfach ein Talent für Geschäfte.«

Julia neigte den Kopf und sah Michael an. »Was glauben Sie, wie Ihr Leben als Anwaltsgehilfe gewesen wäre?«

Es war eine Frage, die Michael sich selbst schon oft gestellt hatte. »Das wäre gewesen, wie vor einer Festtafel zu stehen und sich nicht setzen und mitessen zu dürfen. Ich habe das Gesetz immer geliebt; es war schon immer mein größter Wunsch, Anwalt zu werden. Vielleicht bringe ich es irgendwann sogar zum Richter. Ich erzähle Ihnen das, damit Sie verstehen, warum ich mich nicht gegen die Bitten und Erwartungen meiner Schwester sträube – jedenfalls nicht sehr.«

»Ja, ich verstehe Sie und bin Ihrer Ansicht, dass sie sehr zu loben ist für das, was sie für Sie getan hat. Aber glauben Sie wirklich, dass sie in wohlhabende Verhältnisse einheiraten musste, um das zu tun? Ich bin Waise, aber Gott hat mir immer so viel Geld gegeben, wie ich gebraucht habe. Er findet immer einen Weg.«

»Vielleicht war Corinna der Weg, den er für mich gewählt hat«, entgegnete Michael. »So wie die Stauntons für Sie.«

»Haben Sie sich je an Gott gewandt? Zu ihm gebetet?«

Michael brauchte nicht zu antworten, sie las die Antwort in seinem Gesicht.

»Zu schade. Vielleicht hätte er eine bessere Lösung für Sie gehabt.«

»Wir haben uns selbst aus dem Schlamassel gezogen. Wir haben mit dem gearbeitet, was wir hatten. Ich werde unser Handeln ganz bestimmt nicht im Nachhinein in Zweifel ziehen.«

Er musste ganz einfach glauben, dass die Opfer, die Corinna für ihn gebracht hatte, nicht ganz eigennützig gewesen waren. Die Hingabe seiner Schwester musste einen spirituellen Aspekt haben. Doch er hatte sich nie qualifiziert gefühlt, sich mit diesen Fragen zu befassen, trotz der ausgezeichneten Ausbildung, die Corinna und David ihm hatten zuteilwerden lassen.

»Sie haben Schwestern«, fuhr er fort. »Und Sie sagten ja ebenfalls, Sie und Ihre Schwestern würden alles füreinander tun.«

»Fast alles.« Da war wieder diese Einschränkung, die er schon vorhin nicht verstanden hatte.

»Fast alles?«

»Wenn eine Bitte im Widerspruch zu dem steht, was ich als richtig erkannt habe, muss ich meinem Gewissen treu bleiben, auch wenn das undankbar wirken mag. Ich glaube, dass das letztlich für alle das Beste ist.«

»›Vor allem dies: Sei dir selbst treu‹?«

Sie sah ihn verdutzt an, und er merkte, dass sie die Anspielung nicht verstand. Vielleicht hatten sie in ihrer Schule nicht viel Shakespeare durchgenommen.

»Das ist aus *Hamlet*. ›Vor allem aber dies: Sei dir selbst treu, dann folgt daraus zwangsläufig, wie Nacht dem Tag, dass du keinem anderen Menschen untreu sein kannst.‹«

»Oh, ich verstehe. Das ist sehr schön.«

Sie sah ihn mit einem Ausdruck an, den er nur als Bewunderung deuten konnte, so wie sie es immer im Unterricht tat, wenn er ihr zu einer Erkenntnis verholfen hatte.

Er hatte getan, was er Corinna versprochen hatte. Er kannte jetzt Julias Geschichte. Nun hatte sich herausgestellt, dass sie tatsächlich gefährlich war. Nicht weil sie ihm absichtlich Böses wollte – ein solcher Angriff wäre leicht zu parieren gewesen. Nein, das Problem war sehr viel komplexer. Er hätte lieber nicht fragen sollen, hätte sichere, unwissende Distanz wahren sollen. Von ihren großen, ernsten Augen bis zu der Art und Weise, wie sie mit den Fingern einen Krümel von ihrem Rock wischte – alles an ihrem Wesen zog ihn viel zu sehr zu ihr hin. Es war ein verstohlenes Vordringen in sein Herz. Er musste sich unbedingt zurückziehen, bevor es zu spät war.

Er stellte seinen Teller ab. »Wollen wir weiterarbeiten?«

13

Julia entdeckte die Morans sofort, als sie die Kings Cross Station betrat. Fast alle waren da – Nates Mutter, seine Schwester Mary, sein Bruder Patrick und Patricks Frau Hannah. Alle standen dicht beieinander und blickten zu der Tafel hinauf, auf der die Bahnsteige der einfahrenden Züge bekannt gegeben wurden. Genauer gesagt, *fast* alle standen beieinander. Hannah hatte das Energiebündel Tommy an der Hand und der Kleine zerrte sie immer wieder von der Tafel fort. Er wäre weggelaufen, um den Bahnhof zu erkunden, wenn sie ihn nicht energisch festgehalten hätte.

»Julia«, Mary lief auf sie zu. »Ich bin so froh, dich wiederzusehen! Es ist Ewigkeiten her!«, rief sie aus.

Mary war achtzehn. Bisher hatte sie der Familie geholfen, indem sie für wohlhabende Haushalte die Wäsche machte, doch ihr Ziel war es, eine, wie sie es nannte, »richtige Anstellung« in einem Büro oder vielleicht auch als Verkäuferin in einem der großen Kaufhäuser zu finden.

»Was macht die Arbeitssuche?«, fragte Julia, während sie zu den anderen gingen.

»Läuft«, flüsterte Mary.

»Da ist ja unsere Fremde«, sagte Mrs Moran mit ihrem ausgeprägten irischen Akzent und schloss Julia in die Arme. »Wir haben dich seit Weihnachten nicht mehr gesehen!« Der Vorwurf in ihrer Stimme war unüberhörbar. »Hast du auch richtig gegessen?« Sie hielt Julia auf Armeslänge von sich fort und betrachtete sie. »Sie lassen dich doch nicht zu schwer arbeiten, oder?«

»Es ist eine Schule, Ma, keine Eisenmine«, rügte Mary und klang dabei amüsanterweise genau wie ihre Mutter – wenn auch sicherlich unbeabsichtigt.

»Ich hatte viel für die Schule zu tun«, murmelte Julia, obwohl sie sich eigentlich gar nicht verteidigen wollte. Mrs Moran war eine liebevolle Frau, doch sie hatte sehr altmodische Ansichten. Julias Missionspläne waren ihr ein Dorn im Auge, was das Verhältnis der beiden Frauen manchmal etwas trübte. Bevor sie nach London gegangen war, hatte Julia ursprünglich geplant, mit Rosalyn im Haus der Morans zu wohnen und dort die Schule zu beenden. Doch dann hatten Rosalyn und Nate geheiratet, und Julia hatte es für besser gehalten, ins Wohnheim des Colleges zu ziehen. Rosalyn genoss es, Teil dieser großen, lauten Familie zu sein – etwas, das die beiden Schwestern nie gekannt hatten. Doch Julia war ihre Unabhängigkeit wichtiger.

Heute jedoch hatten sie alle das gleiche Ziel: Sie waren gekommen, um Rosalyn und Nate in London willkommen zu heißen. Das Paar war mit der Operette *H.M.S. Pinafore* auf Tournee durch die East Midlands gewesen, doch jetzt hatten sie frei, weil die Theater in der Osterwoche geschlossen blieben. Nates Schwester Martha war die Einzige, die fehlte. Sie arbeitete bei einer Schneiderin und hatte nicht freibekommen, weil sie jetzt vor Ostern besonders viele Bestellungen hatten, die alle noch fertig werden mussten.

»Der Zug kommt auf Bahnsteig drei an«, sagte Mary zu Julia. »Wir wollten gerade hingehen.«

Patrick hob seinen unberechenbaren Sohn auf und setzte ihn sich auf die Schultern; dann machten sie sich auf den Weg zum Bahnsteig.

Julia sagte: »Ich habe gehört, dass bald eine neue Show beginnen soll.«

Patrick arbeitete als Beleuchter für die Opera Comique, wo gerade die Spielzeit der *Piraten von Penzance* ausgelaufen war. Er nickte begeistert, sodass sein Sohn, der sich an seinem Haar festklammerte, kicherte. »Wir hatten mit dem Aufbau und den Proben unglaublich viel zu tun. Die neue Show heißt *Patience* und wird bestimmt ein voller Erfolg. Sie ist sehr lustig – aber etwas anderes war von Mr Gilbert ja auch nicht zu erwarten.«

»Worum geht es?«

Patrick deutete auf den Bahnsteig; der Zug lief gerade ein. »Ich erzähle es dir später.«

Julia freute sich, ihre Schwester wiederzusehen, obwohl sie wusste, dass Rosalyn die ganze Zeit versuchen würde, sie von ihrem Plan abzubringen, Missionarin zu werden. In ihrem Vorhaben, Ärztin zu werden, unterstützte sie sie hingegen von ganzem Herzen; nur die Vorstellung, dass Julia außer Landes ging, machte ihr Sorgen. Ihre größte Angst war, dass sie Julia durch ein Schiffsunglück verlieren könnte, so wie es ihnen mit ihrem Vater ergangen war. Julia wusste nicht, wie sie ihr diese Angst nehmen sollte – sie konnte nur beten, dass ihre Schwestern sich mit ihrem Plan abfinden und Frieden damit schließen würden, bis sie ging.

Ihr fiel der Satz ein, den Michael bei ihrer letzten Unterrichtsstunde zitiert hatte: *Dir selbst treu zu sein.*

Sie hatte lange darüber nachgedacht. Genau genommen hatte sie über vieles, was in der letzten Stunde geschehen war, nachgedacht. Seltsamerweise fühlte sie sich irgendwie überfordert. Sechs Unterrichtsstunden hatte sie jetzt hinter sich und mit jeder hatte sich ihre Vorfreude noch gesteigert.

Michaels unglückliche Familiengeschichte hatte sie tief bewegt. Nicht nur wegen der Härten, die Corinna und er erduldet hatten, sondern weil er seiner Schwester für ihre Liebe und Hilfe so dankbar und treu ergeben war. Julia glaubte nicht, dass irgendjemand oder irgendetwas sie selbst bewegen konnte, ihre Träume aufzugeben, auch ganz direkte Bitten ihrer Schwestern nicht.

Gab Michael etwas für seine Schwester auf? Oder verfolgten sie beide im Grunde die gleichen Ziele? Diese Frage konnte Julia nicht beantworten.

Das Shakespeare-Zitat war faszinierend. Doch je länger sie darüber nachdachte, desto sicherer war sie, dass es nicht ganz zutreffend war. Ein Mensch musste in erster Linie Gott treu sein, nur so konnte er sich selbst finden. Sie würde mit Michael darüber sprechen, doch sein Hunger nach geistlicher Nahrung schien nicht besonders ausgeprägt zu sein – und das war vielleicht das Enttäuschendste an ihm. Manchmal glaubte sie, diesen Hunger hervorblitzen zu sehen, doch dann war dieser Eindruck auch schon wieder vorüber.

Der Zug war eingefahren, Menschenmassen quollen aus den geöffneten Türen. Die Morans hielten Ausschau nach Rosalyn und Nate. Als das Paar endlich auftauchte, fand Julia, ihre Schwester sei nie schöner gewesen. Im letzten Jahr hatte sie Rosalyn nur ein paarmal gesehen und war jedes Mal von ihrer zunehmenden Kühnheit und Selbstsicherheit beeindruckt gewesen. Eine glückliche Ehe und eine befriedigende Bühnenkarriere hatten sie sehr viel aufgeschlossener und kontaktfreudiger gemacht. Sie wirkte fröhlich, fast sorglos, trotz ihrer nicht ganz ernst gemeinten Klagen über den hektischen und anstrengenden Tourneeplan.

Die ganze Familie lief los, um die Ankömmlinge in die Arme zu schließen, und es entstand fast ein kleines Handgemenge, während Nate und Rosalyn unter viel Gelächter versuchten, jede einzelne Umarmung zu erwidern.

Rosalyn umarmte Julia ein paar Sekunden länger als die anderen. »Ich freue mich so, dich zu sehen. Du siehst gut aus.«

»Sag das Mrs Moran«, flüsterte Julia. »Sie glaubt, ich esse nicht genug.«

Nate entwand sich seiner Mutter und streckte Julia die Arme entgegen. »Wie Sie sehen, Dr. Bernay, heilt meine Narbe gut.«

Das war eine Anspielung auf den Tag, an dem sie sich zum ersten Mal begegnet waren. Julia war fasziniert gewesen von der langen Narbe, die von seiner Hand bis fast hinauf zum Ellbogen verlief, eine Verletzung, die er sich beim Militär zugezogen hatte und die damals noch nicht ganz abgeheilt war. Jetzt war sie verblasst, und Nate ballte die Faust, um Julia zu zeigen, dass er seine Beweglichkeit fast völlig wiedererlangt hatte. Julia musste unwillkürlich wieder an Michael denken, daran, wie verlegen er ausgesehen hatte, als er ihr bei der Begrüßung seine geschiente Hand hatte reichen wollen.

»Julia hat heute keine Bereitschaft«, informierte Patrick ihn.

Nate sah seinen Bruder verblüfft an. »Woher willst du das wissen?«

»Sie hat mich noch nicht nach meinem gebrochenen Bein gefragt.« Er tat so, als humpelte er, und verzog stöhnend das Gesicht. Tommy musste lachen.

Hannah gab ihrem Mann einen Schubs. »Vielleicht hat sie nicht gefragt, weil du seit einem Jahr völlig gesund bist.«

»Gott sei Dank«, meinte Nate mit einem dramatischen Seufzer der Erleichterung. »Ich dachte, du hättest es tatsächlich geschafft, noch mal von der Leiter zu fallen.«

»Nate hat es sehr vermisst, Patrick ärgern zu können«, meinte Rosalyn.

»In der Zeit, die ihr fort wart, hätte Patrick sich das Bein brechen *und* wieder gesund werden können«, warf Mrs Moran ein, doch ihre Neckerei enthielt einen ernst gemeinten Vorwurf. Sie war sehr unglücklich gewesen, als Nate und Rosalyn an Weihnachten nicht hatten nach Hause kommen können; ihre Tournee hatte sie bis hoch in den Norden, fast bis nach Schottland, geführt. Da die Truppe nur an den Weihnachtstagen selbst nicht auftrat, hatten sie keine Zeit gehabt, nach London zu kommen.

»Jetzt sind wir erst einmal eine ganze Woche hier«, erinnerte Nate sie. »Wie versprochen.«

»Dann wollen wir mal nicht die Hälfte davon auf dem Bahnhof verbringen«, schlug Patrick vor. »Ich weiß, dass Liza in diesem Moment letzte Hand an ein wundervolles Abendessen legt. Wo ist euer Gepäck?«

Die Brüder gingen, um Nates und Rosalyns Koffer aus dem Stapel herauszufischen, der gerade aus dem Gepäckwagen geladen wurde.

»Eine ganze Woche ohne Arbeit«, sagte Rosalyn, seufzte glücklich auf und hakte sich bei Julia ein. »Sosehr ich das Theater auch liebe, ich fühle mich wie im Himmel. Hoffentlich können wir viel Zeit miteinander verbringen. Ich muss dir so viel erzählen; es gibt so viele Neuigkeiten.«

Julia musste eigentlich lernen, auch wenn am Queen's College über Ostern Ferien waren. In zwei Monaten fand die Hochschulaufnahmeprüfung statt, deshalb war sie jeden Tag voll ausgelastet. Michael hatte ihr zudem noch eine schwierige Lateinaufgabe gestellt. Trotzdem wollte sie so viel Zeit wie möglich mit ihrer Schwester verbringen; sie hatten wirklich viel zu besprechen. Julia musste ihr erzählen, dass sie ihre Gönnerin verloren hatte, und fragen, was sie davon hielt, wenn sie zu den Morans zog. Sie war auch schon beinahe entschlossen, ihr von ihren Stunden bei Michael zu erzählen, obwohl sie versprochen hatte, es niemandem zu sagen – doch im Moment rang sie noch mit ihrem Gewissen.

Plötzlich fiel ihr auf, dass Rosalyn das Wort *Neuigkeiten* so sehr betont hatte. Ihre Schwester strahlte.

»Hat sich eine Änderung ergeben? Ich dachte, eure Tournee dauert bis August.«

Rosalyn warf Mrs Moran und Mary, deren Interesse ebenfalls geweckt war, einen Seitenblick zu. »Nein, die Tournee verläuft wie geplant. Ich meinte nur, dass du mir unbedingt von deinen Studien erzählen musst. Und natürlich von dem Unglück in der U-Bahn! In deinem Brief hast du ja fast nichts darüber geschrieben.«

Doch Julia ließ sich nicht täuschen; sie war fast sicher, dass ihre Schwester noch etwas anderes gemeint hatte.

Nate und Patrick kehrten mit den Koffern in der Hand lebhaft plaudernd zurück und Julia hatte plötzlich ein Bild vor Augen: Michael, wie er neben ihnen ging und fröhlich mit ihnen scherzte. Er würde die beiden mögen, da war sie ganz sicher. Doch die Welt der beiden Brüder war eine völlig andere als seine und die drei Männer würden sich höchstwahrscheinlich niemals begegnen.

Normalerweise verteilte Julia lieber Ratschläge, als sich welche anzuhören, doch jetzt sehnte sie sich danach, mit Rosalyn zu sprechen. Sie wusste vieles über den Körper und das Organ in der Brust, das das Blut durch ihn hindurchpumpte, doch sie wusste nur sehr wenig über Herzensangelegenheiten.

Später, nach einem lebhaft verlaufenen Mahl im Haus der Morans, hatten Julia und Rosalyn endlich ein paar Minuten für sich. Als Rosalyn hörte, dass Julia sich bei dem Unglück ihr bestes Kleid ruiniert hatte, bestand sie darauf, ihr eines von ihren eigenen zu geben. Sie meinte, sie besäße ohnehin sehr viel mehr, als sie im Moment brauchte, da sie ihr Gepäck auf der Tournee auf ein Minimum reduzieren musste.

»Hier ist eines, das Jessie mir letztes Jahr gegeben hat«, sagte sie und nahm ein dunkelgrünes Kleid aus dem großen Eichenholzschrank in ihrem Schlafzimmer. »Ich glaube, die Farbe steht dir.«

Julia hielt das Kleid an ihren Körper, schaute in den hohen Spiegel neben dem Frisiertisch und versuchte, die Wirkung zu beurteilen. Es sah sehr hübsch aus. »Aber das ist fast zu elegant«, meinte sie zweifelnd.

»Unsinn. Es ist absolut passend für den Ostergottesdienst. Und im Theater kannst du es auch tragen.«

»Dafür habe ich weder Zeit noch Geld – leider.«

»Ich hoffe, du nimmst dir die Zeit. Nate und ich haben vier Karten für *Patience* und eine davon ist für dich. Aber sag den anderen nichts, es soll eine Überraschung sein. Wir schenken sie Martha morgen zum Geburtstag. Sie wünscht sich schon ewig, einmal in die Oper zu gehen.«

»Wie herrlich!«, rief Julia aus. »Aber noch schöner wäre es, wenn du dort singen würdest!«

»Ich würde gerne in London auftreten«, gab Rosalyn zu. »Vielleicht klappt es ja irgendwann einmal. Diese Tourneen waren ein großartiges Training für meine Stimme, und mein Singen hat eine Qualität erreicht, die ich vor ein paar Jahren nicht für möglich gehalten hätte. Doch bis dahin …« Sie deutete auf das grüne Kleid. »Probier es mal an. Wir müssen gucken, ob man es ändern muss.«

Julia schlüpfte aus ihren Kleidern und sagte dabei: »Die Karten – ist das die Neuigkeit, die du vorhin gemeint hast?«

Rosalyn trat hinter Julia, um das Kleid zuzuknöpfen. »Zum Teil. Aber es gibt noch mehr. Nate und ich wollen es seiner Familie nur noch nicht sagen, bis es sicher ist.«

Julia sah Rosalyn im Spiegel an und bemerkte, dass ihre Augen vor Aufregung funkelten. »Ich sage es niemandem«, versprach sie und drehte sich zu ihr um. »Was ist es?«

»Nate bewirbt sich um eine Anstellung im Savoy.«

Das war in der Tat eine interessante Neuigkeit. Patrick hatte ihnen beim Essen erzählt, dass *Patience* im Oktober von der Opera Comique ins Savoy umziehen würde, ein nagelneues Theater, das eigens für die Opern von Mr Gilbert und Mr Sullivan erbaut worden war. Es besaß die modernste Ausstattung, sogar elektrisches Licht – als erstes Theater überhaupt, doch Patrick hatte gemeint, die Hauptdarsteller würden weiterhin mit Kalklicht angestrahlt werden. Die Beleuchtung war Patricks Fachgebiet und auch Nate war sehr gut darin. Julia konnte gut verstehen, dass er im Savoy arbeiten wollte.

»Heißt das, dass du auch ans Savoy gehen wirst?« Das wäre in der Tat eine aufregende Neuigkeit gewesen.

Rosalyn lächelte, zuckte dann aber nur die Achseln. »Das ist eher unwahrscheinlich. Einen Platz *auf* der Bühne zu bekommen, ist sehr viel schwerer. Ich könnte natürlich wieder als Garderobiere arbeiten. Apropos …« Sie trat einen Schritt zurück und betrachtete Julia prüfend. »Es steht dir sehr gut. Perfekt.«

Sie fing an, an dem Kleid herumzuzupfen, und steckte ein paar Nadeln ins Mieder an den Stellen, an denen es ein wenig eingenäht werden musste. Julia war nicht sicher, ob das wirklich nötig war, doch in diesen Dingen vertraute sie Rosalyn. Sie freute sich über das schöne Kleid.

»Aber du willst doch nicht wirklich wieder als Garderobiere arbeiten, oder?«, fragte sie, nachdem Rosalyn ihr geholfen hatte, wieder ihre anderen Kleidungsstücke anzuziehen.

»Nein, ich habe nur Spaß gemacht. Aber trotzdem, nachdem wir jetzt anderthalb Jahre auf Tournee waren, wäre ich gern mal etwas länger an einem Ort – und dann ist es mir auch egal, was ich arbeite. Ehrlich gesagt möchten Nate und ich eine Familie gründen.«

Julias blickte unwillkürlich auf Rosalyns Bauch. »Bist du …?«

»Nein! Jedenfalls – ich bin nicht sicher. Es gab ein paar Anzeichen. Aber wenn, dann bin ich höchstens im zweiten Monat. Zeit genug also, die Tournee zu beenden.«

»Aber wenn du Kinder hast – willst du das Singen dann aufgeben? Du hast so viel erreicht und hast doch gerade gesagt, dass du gern in London auftreten würdest!«

»Wir wissen doch noch gar nicht, was wird. Wir wissen ja noch nicht einmal, ob Nate im Savoy angenommen wird. Wir hatten einfach nur das Gefühl, es sei Zeit, nach London zurückzukommen.«

»Ein weitreichender Entschluss, so ganz ohne klaren Plan.«

»Vielleicht. Aber wenn man tut, was man für sich als richtig erkannt hat, dann ergeben sich die nächsten Schritte wie von selbst.« Sie nahm Julias Hand. »Haben wir beide diese Erfahrung denn nicht immer wieder gemacht? Unser Weg mag nicht immer klar vor uns liegen, aber mit Gott ist er immer sicher, was auch kommt.«

»Da hast du recht.« Julia wurde mit einem Mal entgegen ihrer sonstigen Art sentimental und umarmte Rosalyn innig.

Es klopfte. »Ich bin's«, rief Nate. »Ma möchte, dass ich etwas vorspiele, und meine Geige ist zusammen mit den anderen Sachen in deinem Zimmer gelandet.«

»Jetzt geht es gerade nicht«, antwortete Rosalyn. »Aber wir sind gleich so weit.« Sie drehte sich zu Julia um und sagte leise: »Vergiss nicht, unsere Pläne sollen vorerst geheim bleiben.«

Julia nickte und dann öffnete Rosalyn die Tür.

Julia beschloss, ihren Plan, eventuell hier zu wohnen, erst einmal nicht zu erwähnen. Rosalyn würde außer sich vor Freude sein, alle unter einem Dach zu haben, doch Julia wusste nicht, ob es wirklich das Richtige für sie war, und sie wollte ihrer Schwester keine falschen Hoffnungen machen. Sie hatte noch ein wenig Geld für die nächsten Monate, es eilte also nicht. Wie Rosalyn gesagt hatte, würde sich schon zeigen, was das Beste war.

Dieser Gedanke tröstete Julia noch in anderer Hinsicht. Sie war beunruhigt, weil sie sich so stark zu Michael Stephenson hingezogen fühlte, und die Tatsache, dass sie so viel Zeit mit ihm verbrachte, trug nicht zur Klärung ihrer Gefühle bei. Das Gespräch mit ihrer Schwester hatte sie jedoch darin bestätigt, sich keine Sorgen zu machen – und mehr brauchte sie vielleicht auch gar nicht. Hinzu kam, dass sie nicht mit Rosalyn über Michael sprechen konnte, ohne ihr Versprechen zu brechen. Und nicht zuletzt war ihre Schwester so strahlend glücklich, dass Julia befürchtete, sie würde sie zu überreden versuchen, in England zu bleiben, weil sie romantische Möglichkeiten vor

Augen hatte, die ganz bestimmt niemals Wirklichkeit werden konnten.

Als sie nach unten gingen, fiel Julias Blick auf Nates Hand, die auf Rosalyns Rücken ruhte. Es war eine liebevolle, beschützende Geste. Ein Gedanke ging ihr durch den Kopf – gab es irgendwo einen Mann, der sie in dem Leben, das sie plante, unterstützen würde? Jemanden, der vielleicht ebenfalls Missionar werden wollte?

Nein. Sie war ganz sicher, dass das der falsche Weg war. Es war ihr Schicksal, ledig zu bleiben, und sie war immer zufrieden mit diesem Schicksal gewesen.

Sie wünschte nur, das Glück, das sie mit ihrer Schwester mitempfand, würde nicht auch eine tiefe Sehnsucht in sich bergen.

Die Kirche von All Saints erstrahlte in ihrem schönsten Osterglanz, der in den goldenen Gefäßen auf dem Altar bis hin zum Duft der Lilien in den Vasen entlang der Wände sichtbar wurde. Eigentlich war die Kirche mit ihren kunstvollen Fresken, den Marmorverzierungen und den glatt polierten Granitsäulen mit ihren geschnitzten Alabasterkapitellen immer beeindruckend. Hierher kamen normalerweise die wohlhabenderen Leute, doch in den letzten Jahren war Michael aufgefallen, dass die Kirche zunehmend auch von angesehenen Angehörigen der Arbeiterklasse besucht wurde. Die Plätze waren frei wählbar, es gab keine reservierten Kirchenbänke. Ebendiese Vielseitigkeit war der Grund, warum David so gern hierherkam. Das elegante Ambiente und der anglokatholische Gottesdienst wiederum waren ganz nach Corinnas Geschmack, sodass die Kirche beiden gefiel.

Die Gemeindemitglieder trugen heute ihre allerbesten Kleider. Michael achtete sonst nicht auf diese Dinge, doch sogar ihm fiel auf, dass der Hut, den Corinna trug, ihr besonders gut stand. Wahrscheinlich hatte sie ihn gewählt, um von ihrem nicht der letzten Mode folgenden Kleid abzulenken, das eher weit geschnitten war und die zunehmende Rundung ihres Bauchs kaschierte. Jetzt, da sie im sechsten Schwangerschaftsmonat war, war ihr Zustand nicht mehr zu übersehen.

Eigentlich hätte Corinna dieses Jahr wohl dafür plädiert, den Ostergottesdienst in der St.-Pauls-Kathedrale zu besuchen, in der Hoffnung, dort Miss Maynard und ihrem Bruder, dem Viscount Delaford, zu begegnen. Doch da Laura und der Viscount die Osterwoche auf ihrem Familiensitz auf dem Land verbrachten, hatte sie sich Davids Wunsch gefügt und ihn hierherbegleitet.

Michael war froh, heute keine andere Kirche besuchen zu müssen. Die Gottesdienstordnung war ihm vertraut, und er brauchte sich keine Sorgen zu machen, wo er sich hinsetzen und mit wem er plaudern sollte. So konnte er seine Gedanken schweifen lassen, sogar während er Pfarrer Comptons Predigt lauschte.

»Wenn wir wirklich mit Christus auferstanden sind, ist Ostern ein Weckruf für uns zu suchen, ›was droben ist‹ ...«

Ostern war der vielleicht heiligste Tag des Kirchenjahres und Michael war, wie immer, nur aus Pflichtgefühl hier. Es wurde erwartet. Es schickte sich. Das galt zwar auch für jeden anderen Sonntag, doch heute hatte Michael noch einen anderen, schwerwiegenderen Grund. Er musste immer wieder daran denken, wie freimütig Julia von Gott gesprochen hatte – als hätte sie ein besonders inniges, vertrautes Verhältnis zu ihm. Nicht wichtigtuerisch, als hätte sie es irgendwie verdient oder als stünde es ihr zu. Sie sah in Gott ihren Vater, der für sie sorgte und sie leitete.

Wenn dem so war – bedeutete das, dass Gott sie am Tag des Unglücks bewusst in Michaels U-Bahn-Wagen gelenkt hatte? Warum sollte das für Julias Leben wichtig sein – auch wenn es für seines natürlich ganz entscheidend gewesen war? Und warum wurde Michael so bevorzugt? Ein allwissender Gott wusste doch, dass Michael kaum einmal und wenn, dann nicht immer wohlwollend an ihn dachte, jedenfalls seit seine Mutter gestorben war. Schon das allein war schrecklich gewesen für ein Kind, doch seine Bedrängnis war durch die Nöte und Schwierigkeiten, die auf ihren Tod folgten, noch größer geworden.

Und doch saß Michael nun hier und betete scheinbar zu seinem Schöpfer, während er in Wirklichkeit nach einer Erklärung für das suchte, was in den letzten Monaten passiert war. Es irritierte ihn zutiefst, dass das, was Julia gesagt hatte, seine Gedanken zu diesem Thema so sehr beeinflusste. Viel einfacher war es, ihre Anwesenheit in der U-Bahn einfach als glücklichen Zufall zu betrachten. Er würde jedenfalls bestimmt kein religiöser Eiferer werden, der ständig in allem göttliche Zeichen erkannte. Wenn er in diesem Zufall einen tieferen Sinn sähe, wäre das nur eine weitere Schuld, die er begleichen musste. Und er trug bereits zu viele solcher Schulden.

Pfarrer Compton ließ lächelnd den Blick über seine Gemeinde schweifen und schloss mit den Worten: »Ostern ist der Beginn eines neuen Lebens. Deshalb wollen wir versuchen, das auferstandene Leben zu führen und nach höheren, besseren Zielen zu streben, nach der Vollkommenheit Jesu, unseres auferstandenen Herrn, nach dem, ›was droben ist‹. Damit unsere Herzen bald dort sind, wo unser Schatz ist.«

Die Gemeinde erhob sich. Michael blickte sich verstohlen um. Vielleicht konnte er zwischen all den selbstzufriedenen Gesichtern ja eins entdecken, auf dem einfach nur Freude lag. Dann überlegte er, was die anderen wohl auf seinem Gesicht lesen mochten. Er fühlte sich eher verwirrt als freudig. Wo lagen seine Neigungen, sein Schatz, sein Herz? Er wusste die Antwort, doch er war alles andere als sicher, ob sie ihm gefiel.

14

Das Theater war bis auf den letzten Platz besetzt. *Patience* lief erst seit einer Woche, doch schon jetzt zeigte sich, dass das Stück genauso beliebt war wie die früheren Shows von Gilbert und Sullivan. Es machte sich über die Eitelkeit und Anmaßung der ästhetischen Bewegung und ihrer Anhänger lustig. Diese gaben sich der Kunst um der Kunst willen hin und glaubten, Kunst müsse auf jegliche moralische oder gesellschaftliche Aussage verzichten.

Gerade war der erste Akt vorüber, und das Theater war erfüllt vom Stimmengewirr der Besucher, die sich für die Pause von ihren Sitzen erhoben.

Michael, Corinna und David waren von Viscount Delaford und seinen Schwestern in deren Privatloge eingeladen worden.

»Gefällt es dir?«, fragte Michael Laura. In dem Stück ging es zwar um Dichter und Kunst, doch er kannte viele Wichtigtuer in anderen Bereichen, die ebenso unerträglich wie die Gestalt des Reginald Bunthorne waren.

Laura, die die Leute in den Logen auf der gegenüberliegenden Seite beobachtet hatte, wandte sich um. Sie hatte den Besuchern mindestens ebenso große Aufmerksamkeit geschenkt wie dem Stück selbst. »Es ist eine köstliche Satire. Ich finde diese Leute einfach nur lächerlich.«

»Ich verstehe nicht viel von der ästhetischen Bewegung«, warf David ein, »aber mir haben die Dragoner gefallen.«

»Das liegt daran, dass die Dragoner ebenfalls nicht viel von Kunst verstehen«, meinte Corinna und verdrehte vielsagend die Augen.

»Hältst du diese Leute wirklich für dumm, Laura?«, fragte der Viscount Delaford. »Ich dachte, dir gefallen die lockeren, wallenden Kostüme der Damen; sie sind doch viel bequemer als Tournüren und Korsetts.«

Laura wedelte mit ihrem Fächer und tat so, als sei sie schockiert. »Du sollest in unserer gemischten Gesellschaft nicht über solche Dinge reden, lieber Bruder.« Doch der Seitenblick, den sie Michael dabei zuwarf, wirkte mehr als kokett auf ihn.

»Wie wär's mit einer Erfrischung?«, schlug er vor.

Jetzt, da die Saison so richtig begonnen hatte, war auch Laura mit ihren Koketterien auf ihrem Höhepunkt. Michael war nicht der einzige Mann, der von ihr damit beehrt wurde, doch er stand ganz eindeutig sehr weit oben auf ihrer Liste – und er musste dafür sorgen, dass es auch so blieb. Anscheinend war es Zeit, seine Ansprüche anzumelden. Er hatte es seit Monaten vorgehabt, doch damals hatte er nicht geahnt, dass sein Herz so sehr von seiner Bahn abgebracht werden würde.

Wenn es eines gab, das er mit dem aufgeblasenen Bunthorne gemein hatte, dann war das die Anziehungskraft, die ein Mädchen auf ihn ausübte, das so ganz anders war als die anderen. Julia war kein Mauerblümchen wie die Hauptperson in der Show, aber sie war ebenfalls schlicht und ungekünstelt – und das wirkte ganz eindeutig anziehend auf ihn.

Doch daran durfte er jetzt nicht denken. Er zog Lauras seidenbehandschuhten Arm unter seinen und ging mit ihr die Treppe hinunter in die Halle.

Vielleicht dachte er überhaupt zu viel über Julia nach. Unten auf der Treppe fiel ihm eine Frau auf der anderen Seite der Halle auf – es hätte Julia sein können, wenn sie nicht ein so elegantes Kleid getragen hätte.

Als er wieder hinsah, wäre er auf der letzten Treppenstufe beinahe ausgerutscht. Es war tatsächlich Julia. Sie plauderte mit drei jungen Frauen und wirkte glücklich und schöner, als er sie je gesehen hatte.

»Ist alles in Ordnung?«, fragte Laura. Sie hatte ihn am Arm festgehalten, als er gestolpert war.

»Entschuldigung«, murmelte er.

Sie blieben stehen und warteten auf die anderen. »Ziemlich voll hier«, bemerkte David und ließ seinen Blick durch die Halle schweifen. »Ich glaube nicht, dass wir uns zum Erfrischungsraum durchschlagen können.«

»Ich gehe an die frische Luft; ich brauche eine Zigarette«, meinte Delaford. »Wir sehen uns später.«

Michael und die anderen diskutierten noch, was sie jetzt tun wollten, doch er konnte nicht widerstehen und hielt abermals Ausschau nach Julia. Seit der Vorosterwoche hatte er sie nicht mehr gesehen. Ihre nächste Stunde war auf übermorgen angesetzt. Er hatte zwar viel an sie gedacht, doch er merkte erst jetzt, wie sehr er sie vermisst hatte. Oder hatte er sich einfach nicht gestattet, es sich einzugestehen?

»Vielleicht könnten die Gentlemen uns etwas zu trinken holen?«, schlug Laura vor. »Ich verdurste nämlich.«

David orientierte sich kurz. »Wir sollten rechts herum gehen, an den Säulen dort außen vorbei«, schlug er vor und klang dabei selbst wie einer der Dragoner. »Dann schaffen wir es vielleicht bis zum …« Er unterbrach sich. »Oh, seht mal, da hinten ist Jamie Anderson. Ausgezeichnet. Ich wollte ihn schon lange etwas fragen.«

Er wollte gehen, doch Corinna hielt ihn am Arm fest. »Was soll das?«, zischte sie. »Du kannst jetzt nicht mit ihm reden.«

David war völlig verblüfft. »Warum nicht?«

»Warum nicht?«, wiederholte sie sarkastisch. »Weil, wie du zweifelsohne bemerkt hast, seine Frau, Dr. Anderson, bei ihm ist. Es wäre ganz und gar nicht gut, in der Öffentlichkeit mit Leuten gesehen zu werden, die Michaels Gegner in dem Verleumdungsprozess sind. Das müsste eigentlich sogar dir klar sein.«

Wenn sie allein waren, sprach Corinna häufig in diesem abwertenden Ton mit David, doch in der Öffentlichkeit geschah es nur sehr selten. Michael glaubte, dass die körperlichen Veränderungen, die sie erlebte, auch ihre emotionale Verfassung beeinflussten. Sogar Laura, die sie inzwischen recht gut kannte, wirkte erschrocken.

Doch David hatte nach jahrelanger Ehe offenbar eine so dicke Haut, dass er die Kränkung nicht zu empfinden schien. Er sagte nur: »Anderson und ich arbeiten seit fast fünf Jahren im Vorstand der Working Men's Educational Union zusammen. Ich werde ihn in der

Öffentlichkeit nicht ignorieren, nur wegen eines Prozesses, mit dem wir beide nichts zu tun haben.«

»Was ist die Working Men's Educational Union?«, fragte Laura.

»Eine Wohltätigkeitsorganisation, die Vorträge und Informationsabende über wissenschaftliche und andere Themen für Arbeiter veranstaltet«, antwortete Michael. »Die Veranstaltungen sind oft ihre einzige Chance, etwas zu lernen, das über das Grundwissen, das sie als Kinder in der Schule erworben haben, hinausgeht.«

»Ich schlage mich mit einem heiklen Problem im Zusammenhang mit einem Vortrag herum, bei dem ich Andersons Rat brauche, und jetzt ist eine gute Gelegenheit, ihn zu fragen«, sagte David. »Außerdem hat Anderson keinen Zweifel daran gelassen, dass er sich nicht in die Angelegenheiten seiner Frau einmischt.«

»Vielleicht nicht direkt«, widersprach Corinna, »aber du musst doch verstehen, was dieser Fall für Michael bedeutet. Für seine Karriere.«

»London ist manchmal gar keine so große Stadt. Ich wage zu behaupten, dass Michael mit fast allen hier Anwesenden einmal zu tun haben wird, je länger er praktiziert – entweder als Mandanten oder als Gegner. Wenn du dich weiter an mich klammerst, wirst du mich begleiten müssen.«

Normalerweise war David seiner Frau gegenüber grenzenlos nachsichtig, doch diesmal konnte man sehen, dass er nicht nachgeben würde.

»David hat recht«, sagte Michael. »Ich selbst rede lieber nicht mit ihnen, um keinen Zweifel an der Integrität des Prozesses aufkommen zu lassen, aber ich sehe keinen Grund, warum er nicht hingehen sollte.«

Er wusste, dass das das Letzte war, was Corinna jetzt hören wollte. Sie ärgerte sich immer maßlos, wenn man ihr widersprach. Michael verstand ihre Sorge durchaus, doch seiner Ansicht nach überschätzte sie die Gefahr. Außerdem fühlte er sich hin und wieder gedrängt, Partei für seinen Schwager zu ergreifen.

David lächelte. »Ich verspreche, nicht über den Prozess zu reden.

Sie werden wahrscheinlich selbst froh sein, wenn ich das Thema nicht anschneide. Immerhin ist dies hier ein gesellschaftlicher Anlass.« Er drückte Corinnas Arm. »Komm, Corinna.«

»Noch eins«, sagte Michael, bevor sie gingen. »Du weißt von bestimmten anderen Dingen, die unbedingt vertraulich behandelt werden müssen.«

Im Moment standen Julia und die Andersons auf gegenüberliegenden Seiten der überfüllten Halle. Er glaubte nicht, dass sie sich schon gesehen hatten, ja, er wusste nicht einmal sicher, ob Julia Dr. Anderson überhaupt persönlich kannte, da sie ja noch nicht an der Schule eingeschrieben war. Dennoch wollte er David warnen, dass Julia wahrscheinlich mit ihnen reden würde, falls sie sie kannte und entdeckte.

»Verstanden«, antwortete David.

Laura richtete ihr Opernglas kurz auf die Andersons, um sie besser zu sehen. »Das ist also die berühmte Dr. Anderson. Ich habe sie noch nie gesehen. Sie ist sehr hübsch angezogen – und scheint sogar selbst ganz hübsch zu sein.«

Michael fand, dass sie überrascht klang. »Was hast du erwartet? Dass sie wegen ihres Berufs schäbig gekleidet und hässlich ist?«

»Du musst zugeben, dass solche Frauen meistens – sagen wir mal – nicht wirklich feminin sind.«

Michael sah wieder zu Julia hinüber. Diesmal fing sie seinen Blick auf. Ihr Mund öffnete sich ein wenig vor Überraschung. Ihr war sicher klar, dass sie in der Öffentlichkeit nicht verraten durften, dass sie einander kannten; da machte er sich keine Sorgen – das war nicht der Grund, warum er plötzlich heftiges Herzklopfen hatte. Es war, weil sie genau das Gegenteil dessen war, wie Laura eine Frau wie sie gerade beschrieben hatte. Selbst wenn sie ihre gewöhnliche praktische Kleidung getragen hätte, wäre Julia ohne jeden Zweifel die hübscheste Ärztin gewesen, die je ein Krankenhaus geziert hatte.

Er wandte den Blick ab, damit Laura nicht merkte, was ihn so faszinierte. Bis jetzt hatte sie Julia noch nicht bemerkt, und er hoffte, dass es so blieb.

Laura fuhr fort: »Ich habe Dr. Anderson einmal sagen hören: ›Das Erste, was eine Studentin lernen muss, ist, sich wie ein Gentleman zu verhalten.‹«

Michael hätte beinahe gelacht. »Ich nehme an, das braucht man, wenn man in einer Männerwelt Erfolg haben will.«

»Warum sollten sie das wollen?« Laura schien förmlich angewidert von dieser Vorstellung. »Weißt du denn nicht, dass die Königin es überhaupt nicht gutheißt, wenn Frauen als Ärztinnen arbeiten – jedenfalls in England?«

»Sie hat ein Recht auf ihre eigene Meinung.«

Er sah, dass Laura diese Antwort ganz und gar nicht gut aufnahm, und beschloss, das Thema zu wechseln. David befand sich inzwischen in lebhaftem Gespräch mit Mr Anderson; er deutete auf ihn und Laura und sprach ganz offensichtlich über sie. Es war wahrscheinlich etwas völlig Harmloses, vielleicht, dass sie in die Loge des Viscounts eingeladen waren, doch es verursachte ihm Unbehagen. »Vielleicht können wir dir doch noch etwas zu trinken besorgen, wenn wir andersherum gehen«, schlug er vor.

Sie bahnten sich ihren Weg durch die Menge. Michael versuchte, sowohl den Andersons als auch Julia aus dem Weg zu gehen, doch anscheinend dachte Laura noch immer über die Andersons nach.

»Glaubst du, dass Mr Anderson sich wirklich aus den Angelegenheiten seiner Frau heraushält? Ich könnte mir vorstellen, dass er an der Berühmtheit, die sie genießt, teilhaben will.«

»Vielleicht denkt er, dass sie selbst in der Lage ist, ihre Probleme zu lösen.«

»Aber sie ganz allein zu lassen, wo sie doch verheiratet sind, kommt mir nicht richtig vor.«

»Ich vermute, dass du keinen Beruf ergreifen willst?«

»Du lieber Himmel, nein! Ich glaube, dass eine Frau – vor allem wenn sie Ehefrau und Mutter ist – genügend andere Dinge hat, die ihr Leben erfüllt und lohnenswert machen.«

»Vielleicht möchte Dr. Anderson ja einfach nur den Menschen helfen.«

»Es gibt viele Arten, wie man das tun kann; mit ehrenamtlicher Arbeit und Spenden zum Beispiel.«

Diese Dinge waren löblich, doch Michael konnte verstehen, warum jemand sich wünschte, mehr bewirken zu können. Er nahm an, dass Dr. Anderson auch ganz gut verdiente. Nicht jeder konnte es sich leisten, umsonst zu arbeiten. Viel wichtiger war jedoch, dass er gut nachvollziehen konnte, warum jemand der Welt etwas Bleibendes hinterlassen wollte. Wollte er das denn nicht auch? Er hatte nie darüber nachgedacht, ob Frauen diesen Wunsch ebenfalls verspürten, doch ganz bestimmt war es so. Das war ein interessanter Gesichtspunkt, der ihm vor seinem Prozess noch gar nicht in den Sinn gekommen war.

Sie hörten eine Männerstimme rufen: »Miss Maynard?« und drehten sich um.

Ein Paar kam auf sie zu. Michael meinte den Mann zu kennen, doch er konnte ihn im Moment nicht einordnen.

»Miss Maynard«, sagte der Mann und nahm ihre Hand. »Wie schön, Sie zu sehen!«

»Was für ein Zufall!«, rief Laura entzückt.

»Vielleicht gar kein so großer. Louise hat mir gesagt, dass Sie heute Abend da sein würden, und wir dachten, wir gehen auch mal hin und schauen, warum so ein Wirbel um diese Show gemacht wird. Wir hatten dann tatsächlich das Glück, noch Karten zu ergattern; allerdings mussten wir ein wenig tiefer als normal dafür in die Tasche greifen.« Er wirkte beinahe stolz darauf, dass er zu viel bezahlt – oder vielleicht sogar einen Angestellten bestochen hatte? Dann wandte er sich Michael zu. »Mr Stephenson, Sie erinnern sich vielleicht nicht an mich, aber ich war am Tag des U-Bahn-Unglücks in Ihrem Wagen.« Er streckte ihm die Hand hin. »Arthur Browne. Und das ist meine Schwester, Miss Louise Browne.«

»Sehr erfreut«, sagte Miss Browne begeistert. »Miss Maynard hat mir alles über den Unfall erzählt – was für eine schreckliche Geschichte! Es ist ein Wunder, dass Sie überlebt haben!«

»Kannten Sie sich schon vor dem Unfall?« Michael versuchte herauszubekommen, warum Laura so vertraut mit den beiden zu sein schien.

»Nein, gar nicht!«, antwortete Laura. »Aber Mr Browne war so freundlich, mich an diesem Tag nach Hause zu bringen. Er war sehr besorgt um mich, schließlich hatten wir alle Schreckliches durchgemacht. Er fragte, ob Miss Browne sich gelegentlich nach mir erkundigen dürfe, und natürlich sagte ich Ja.«

Etwas an der Art, wie die Brownes ihre außergewöhnlich schöne, teure Kleidung trugen, und an ihrem Benehmen, das in bestimmten winzigen Einzelheiten nicht ganz der Etikette entsprach, sagte Michael, dass die beiden neureich waren. Gesellschaftliche Aufsteiger, die jede Gelegenheit ergriffen, Freundschaft mit einem Mitglied des Adels zu schließen. Laura schien es nicht zu stören; sie genoss vielmehr ihre Aufmerksamkeiten.

»Sie sind Anwalt, habe ich gehört«, sagte Browne zu Michael. »Ich selbst bin an der Börse. Aber ich investiere auch in die Produktion. Es zahlt sich aus, mehrere Standbeine zu haben.«

»Ist die Show nicht wundervoll?«, schwärmte Miss Browne. »Mein Bruder und ich wollen nächste Woche in die Ausstellung in der Grosvenor Gallery gehen. Dort kann man die Werke dieser Maler sehen, wissen Sie? Ich muss bestimmt kichern, wenn ich jemanden sehe, der so seltsam gekleidet ist wie die Personen heute Abend auf der Bühne.«

Laura, die ihren Durst völlig vergessen zu haben schien, plauderte glücklich mit den Brownes über die Ausstellung und andere gesellschaftliche Ereignisse. Michael tat sein Bestes, interessiert zu wirken, doch er musste die ganze Zeit an Julia denken und fragte sich dabei, wie sie heute Abend hierher hatte kommen können.

Die Glocke erklang, gleich ging es weiter. Die Brownes verabschiedeten sich überschwänglich, doch vorher nahmen sie Laura noch das Versprechen ab, am darauffolgenden Tag eine Ausfahrt im Park mit ihnen zu machen.

Auf dem Weg nach oben schaute Michael sich noch einmal nach Julia um, doch er konnte sie nirgends entdecken. Er wusste, dass sie übermorgen zum Unterricht kommen würde, doch er hätte sie zu gern noch einmal in diesem Kleid gesehen.

15

Tief in Gedanken versunken, betrat Julia das Studentinnenwohnheim. Sie hatte gerade einen Brief an Rosalyn abgeschickt und den längeren Rückweg gewählt, um das herrliche Frühlingswetter noch ein wenig zu genießen. Sie konnte einfach besser denken, wenn sie sich bewegte.

Solvitur ambulando. Sie lächelte und dachte an das Sprichwort, das Michael erwähnt hatte. *Es lässt sich beim Gehen lösen.* Die pure Ironie, denn den größten Teil des Weges hatte sie über den Abend im Theater nachgegrübelt und keineswegs konkrete Probleme gelöst. Sie war überrascht gewesen, Michael dort zu sehen, weniger überrascht hatte sie dagegen, dass er in Gesellschaft von Miss Maynard gewesen war. Irgendwie konnte sie den Gedanken nicht abschütteln, dass er eine andere Art Frau verdiente. Oder urteilte sie zu hart über Miss Maynard? Schließlich kannte sie sie ja gar nicht. Da Michael tatsächlich die Absicht zu haben schien, um sie zu werben, sah er vielleicht etwas in ihr, das Julia nicht entdecken konnte.

Sie ging in den Salon, weil sie sich auf ihre nächste Lateinstunde vorbereiten wollte. Wieder war sie so tief in Gedanken versunken, dass sie die junge Dame, die am Kamin saß, zwar wahrnahm, aber ein paar Minuten brauchte, bis sie begriff, was ihre Augen sahen. Erst als Cara aufsprang und sie umarmte, wurde ihr klar, dass ihre kleine Schwester in London war.

Julias Herz schlug ein paar Purzelbäume, doch sie wusste nicht genau, ob aus Freude darüber, Cara zu sehen, oder aus Angst, dass ihre Schwester wieder einmal keine Arbeit hatte. Es war auf jeden Fall der zweite Grund, der sie ausrufen ließ: »Caroline Bernay, was machst du hier?«

Cara ließ sie los und sah sie mit ihren leuchtend blauen Augen an. Sie war die einzige der drei Schwestern, die die Augenfarbe ihrer

Mutter geerbt hatte. »Du brauchst nicht in diesem Ton mit mir zu sprechen, Schwesterherz. Ich bin mit den Needenhams in London und habe natürlich die Gelegenheit genutzt, dich zu besuchen.«

Die Erwähnung von Caras Arbeitgebern im Präsens beruhigte Julia. »Du arbeitest also noch als Kindermädchen?«

Ihre Schwester sah sie leicht gekränkt an, und Julia tat es denn auch sofort leid, dass sie ihre Frage so negativ formuliert hatte.

Doch Cara war nicht nachtragend, der gekränkte Blick war sogleich wieder verschwunden, und sie lächelte sie vergnügt an. »Ich würde doch niemals die Needenhams verlassen! Das würde sie in echte Schwierigkeiten stürzen! Nein, ich bin jetzt ganz offiziell ihre Nanny. Der kleine Robbie ist schon vier Jahre alt. Und so ein Schlingel! Aber er macht immer, was ich ihm sage.« Sie lächelte noch mehr. »Na ja, manchmal jedenfalls. Oder sagen wir mal, ich komme besser mit ihm zurecht als alle anderen.«

Bei diesen Worten hob sie leicht das Kinn – ein Zeichen des Stolzes, das Julia angesichts ihrer offensichtlich geschätzten Arbeit durchaus verständlich fand.

»Lady Needenham hat mehr als einmal zu mir gesagt, dass sie völlig verloren wäre ohne mich«, fuhr Cara fort.

»Und trotzdem bist du jetzt hier«, neckte Julia sie.

»Das war gar nicht so einfach. Wir sind nur für zwei Wochen in London. Miss Sarah Needenham – das ist Sir Johns Tochter aus erster Ehe – wird nächste Woche bei Hof vorgestellt! Sie sind früher gekommen, um noch das schönste Kleid für sie zu besorgen, das passend für einen solchen Anlass und natürlich der letzte Schrei sein soll.«

Cara klang, als läse sie aus einem der Modejournale vor, die sie förmlich verschlang. Julia hatte es schon vor langer Zeit aufgegeben, ihr ein wenig sinnvolleren Lesestoff nahezubringen.

»Leider reisen wir gleich danach wieder ab. Miss Needenham bleibt aber für den Rest der Saison hier. Sie wird bei ihrer Tante und ihrem Onkel wohnen. Ich selbst muss mit den Needenhams und dem kleinen Robbie zurückfahren. Sir John verabscheut London.«

Sir John Needenham, der Baronet war, zog es vor, sich auf seinem großen Anwesen in Exeter aufzuhalten. Julia hatte gedacht, dass das ein Vorteil für ihre Schwester war, als Cara die Stellung bei den Needenhams damals bekommen hatte. Sie hatte gehofft, das ruhige Landleben würde dafür sorgen, dass Cara sicher war und keine Schwierigkeiten bekam.

Cara war fasziniert von dem Leben in der großen Stadt, von der »Mode« und allem anderen, was mit Reichtum zu tun hatte – lauter Dinge, die völlig außer Reichweite für ihre kleine Schwester waren, wie Julia wusste.

»Und wie ist es dir gelungen, den Tag freizubekommen? Ich kann mir nicht vorstellen, dass Lady Needenham mit einem Kleinkind im Schlepptau einen Besuch bei der Schneiderin machen möchte.«

»Ich erzähle dir alles, aber wir haben nur diesen einen Tag für uns – können wir vielleicht einen kleinen Spaziergang machen? Ich bin zum ersten Mal in London und möchte so viel von der Stadt sehen, wie ich kann!«

Julia dachte an die vielen Dinge, die sie heute noch erledigen wollte. Sie hatte zu viel zu tun, um den ganzen Nachmittag mit ihrer Schwester durch die Stadt zu bummeln. Gleichzeitig freute sie sich von Herzen, sie zu sehen, was selten genug der Fall war. Cara war ganz zappelig vor Vorfreude, und Julia wusste, dass es unmenschlich gewesen wäre, ihr ihre Bitte abzuschlagen.

»Na gut. Aber ich muss zuerst noch ein paar Sachen erledigen. Es dauert nicht lange.«

Cara folgte Julia die Treppe hinauf und lobte überschwänglich ihr Zimmer. Es war zwar klein, besaß jedoch einen Schreibtisch und ein Fenster. Cara versicherte ihr, dass es hübscher sei als die »winzige Dachkammer«, die sie im Stadthaus der Needenhams bewohnte. Sie setzte sich aufs Bett, sprang aber gleich wieder auf, um aus dem Fenster auf die Straße hinunterzuschauen; dabei stellte sie Julia unablässig Fragen nach dem Leben in London. Julia versuchte, sie zu beantworten, während sie hastig ein paar knappe Nachrichten kritzelte. Die Impulsivität ihrer Schwester hatte schon mehr als einmal die Tagesplanung anderer Menschen über den Haufen geworfen; trotzdem war Julia glücklich, dass sie da war.

Als Julia die Briefe versiegelte, schaute Cara ihr über die Schulter. »Was ist das?«, fragte sie und nahm Michael Stephensons Visitenkarte in die Hand. Sie hatte auf dem Tisch neben Julias Lateinbuch gelegen. Mit angeekeltem Blick fragte Cara: »Ist das etwa *Blut?*«

»Das ist die Karte des Mannes, dem ich nach dem Unglück in der U-Bahn geholfen habe.«

Julia hatte Cara in einem Brief von dem Unglück erzählt, dabei jedoch die grausameren Details ausgelassen. Jetzt bekam sie allerdings trotzdem noch einen Eindruck davon.

Cara rümpfte die Nase. »Eine etwas seltsame Erinnerung.«

Julia nahm ihr die Karte weg und legte sie zurück auf den Tisch. »Wir sollten jetzt gehen, wenn du etwas von London sehen willst.«

Bald darauf waren sie unterwegs in Richtung Regent Street. Cara wollte natürlich vor jedem Schaufenster der eleganten Läden in der berühmten Einkaufsstraße stehen bleiben. Sie hatte so viel wie möglich von der Stadt sehen wollen, doch dafür ging sie viel zu langsam. Alles musste sie eingehend anschauen, von den eleganten Stadthäusern bis zur ganz gewöhnlichen Straßenlampe. An einer dieser Lampen blieb sie stehen und betrachtete die schmiedeeiserne Verzierung.

Sie seufzte. »Ich wünschte, wir könnten länger bleiben. Manche Familien verbringen die ganze Saison in London. Das wäre himmlisch!«

»Und ich dachte, du würdest das Landleben lieben lernen!«

»Oh, es hat seine angenehmen Seiten. Ich kann sogar meistens ein bisschen zeichnen, wenn ich mit Robbie draußen bin. Aber die Stadt ist so viel faszinierender! Wie herrlich, wenn ich hier zeichnen könnte!«

»Nicht alles in London ist schön oder malerisch«, sagte Julia und dachte daran, wie sie mit Edith zusammen in den Slums gewesen war.

»Es braucht nicht malerisch zu sein, nur interessant. Lebst du denn nicht gern hier?«

Aus Angst, diese Vorstellung könnte einen von Caras gefährlichen

Spontanentschlüssen hervorrufen – und sie zum Beispiel bewegen, ihre Stellung zu kündigen –, versuchte Julia, das Thema zu wechseln. »Wer passt eigentlich jetzt auf den kleinen Robbie auf? Oder ist er den ganzen Tag bei seiner Mutter?«

Caras Interesse an der Straßenlampe erlosch. Sie drehte sich um und die beiden setzten ihren Weg fort. »Ich konnte Aileen, das Stubenmädchen, dazu überreden, auf ihn aufzupassen. Sie hat eine Schwäche für ihn. Der Rest der Familie wurde für zwei Tage nach Kent in das Haus einer Marquise eingeladen. Ich glaube, es geht um die Heirat von Miss Needenham mit dem jüngeren Sohn der Marquise. Er ist ebenso attraktiv wie reich, und er und Miss Needenham wurden rasch Freunde, als ihre Familien sich letztes Jahr beim Derby kennenlernten.«

»Du klingst eher wie eine Vertraute der Familie als wie das Kindermädchen.«

»Miss Needenham spricht manchmal mit mir darüber. Wir sind fast gleich alt.« Cara seufzte. »Manchmal fühle ich mich wirklich wie Aschenputtel.«

»Wenigstens musst du nicht in einer Ecke in der Asche sitzen«, bemerkte Julia. »Hier ist die Regent Street, hier gibt es mehr als genug schöne Kleider und andere schöne Sachen zu sehen.«

Cara sah sich mit kindlicher Freude um. Auf dem Gehweg spazierten schön gekleidete Damen, manche hatten Diener im Schlepptau, die Pakete trugen. Andere saßen in Kutschen und warteten, dass Kaufleute ihnen Waren zur Begutachtung herausbrachten.

Julia betrachtete die Frauen und dachte, welch eine kolossale Zeitverschwendung es doch war, so viel Zeit und Mühe auf den Kauf eines Hutes oder eines Paars Handschuhe zu verwenden – selbst wenn man sich diese Dinge leisten konnte.

Doch Caras Gedanken gingen in eine völlig andere Richtung. Sie deutete auf einen Laden ein Stückchen weiter vorn und sagte: »Ist das ein Hutgeschäft? Da müssen wir als Erstes hin!«

Später – nachdem sie vor jedem einzelnen Geschäft in der Regent Street stehen geblieben waren – wanderten sie in Richtung Green Park. Unterwegs bewunderten sie den imposanten Buckingham Palast.

»Eines Tages werde ich da reingehen«, verkündete Cara.

Die Kühnheit dieser Aussage überraschte sogar Julia. »Du wirst in den Buckingham Palast gehen? Ihre Majestät braucht aber schon lange kein Kindermädchen mehr.«

»Ich gehe ja nicht als Dienerin! Ich gehe als Gast Ihrer Majestät. Vielleicht werde ich auch bei einem königlichen Empfang vorgestellt, so wie Miss Needenham.«

Dieser Gedanke war so haarsträubend, dass Julia nicht einmal versuchte, ihr zu widersprechen; sie meinte nur: »Wollen wir irgendwo eine Tasse Tee trinken?«

Sie suchten sich ein kleines Restaurant, in dem sie zu einem vernünftigen Preis eine Tasse Tee und ein paar Kekse bekamen. Julia hätte zwar etwas Nahrhafteres vorgezogen, doch das ließ ihr Budget nicht zu.

Cara besaß nicht einmal einen Shilling; sie hatte kein Bargeld dabei, weil dieser freie Tag so überraschend gekommen war.

»Wo gehen wir jetzt hin?«, fragte Cara, als sie ihren Tee getrunken hatten und wieder auf der Straße standen.

»Musst du nicht zurück zu deinem Arbeitgeber?«, fragte Julia.

»Noch nicht. Aileen wusste, dass das die einzige Gelegenheit für mich war, dich zu sehen, deshalb sagte sie, sie würde gern bis nach dem Abendessen auf Robbie aufpassen. Dann muss ich aber nach Hause und ihn ins Bett bringen, das schafft nämlich sonst niemand.«

»Die Needenhams werden nicht begeistert sein, wenn ihr Mädchen seine anderen Pflichten vernachlässigt.«

Cara winkte ab. »Sir John befasst sich nie mit häuslichen Dingen, und Lady Needenham hat viel zu viel mit Miss Needenhams Präsentation bei Hofe zu tun, um zu merken, wenn ihr Salon mal einen Tag nicht abgestaubt wurde. Sie ist ganz vernarrt in Sarah und behandelt sie, als sei sie ihr eigenes Kind. Aber das ist verständlich, sie ist bei ihnen, seit sie zehn ist.« Sie hakte sich bei Julia ein. »Ich würde so gern noch in die National Gallery gehen! Aber ich habe in einem Reiseführer gelesen, dass sie donnerstags und freitags geschlossen haben.«

»Hast du etwa eine Vorliebe für Kunst entwickelt?« Julia wusste, dass Cara großes Talent zum Zeichnen hatte, doch sie hatte sich nie klargemacht, dass das möglicherweise ein Interesse für die großen Maler nach sich ziehen könnte.

»O ja! Ich habe ab und zu ein Werk der großen Meister gesehen. Aber in eine Galerie zu gehen, wo sie alle versammelt sind, wäre himmlisch.«

»Ich weiß zufällig«, meinte Julia, »dass sich im Foundling Hospital auch eine Galerie befindet.«

»Wie wundervoll! Ich habe gehört, sie hätten dort Gemälde von Hogarth, Reynolds und Gainsborough.«

Julia kannte die Maler nicht, die Cara nannte, doch sie wollte schon lange einmal das Foundling Hospital besuchen. Da sie selbst in einem Waisenhaus aufgewachsen war, war sie neugierig, wie es dort aussah. »Es ist allerdings ein ganz schönes Stück. Wir müssen uns beeilen.«

Es wäre schneller gegangen, wenn sie einen Omnibus oder die U-Bahn genommen hätten, doch da sie die kostenfreie Version der Tour wählen mussten, mussten sie zu Fuß gehen. Sie schafften es jedoch in beachtlicher Zeit. Caras Begeisterung, die Galerie zu besichtigen, überwog offenbar alles andere.

Vor dem Foundling Hospital informierte der Portier eine der Direktorinnen, die eine kurze Führung mit ihnen machte. Sie erkannten bald, dass hier alles ganz anders war als in George Müllers Waisenhaus. Die Einrichtung umfasste drei große Gebäude, die von einer hohen Mauer umgeben waren. Julia verglich sie unwillkürlich mit den fünf Waisenhäusern, die Dr. Müller in Bristol errichtet hatte und die inmitten offener Felder standen. Ihre Führerin sagte, um hier aufgenommen zu werden, musste ein Kind unter einem Jahr alt und unehelich gezeugt worden sein oder aber sein Vater musste im Militärdienst ums Leben gekommen sein.

Mehrere bedeutende Maler hatten die Einrichtung unterstützt, deshalb hatte man die Galerie eingerichtet. Cara ging an den Gemälden entlang, an manchen schneller, vor anderen blieb sie stehen. »Die Porträts gefallen mir am besten«, sagte sie zu Julia, »vor allem die, die das Wesen des Dargestellten einfangen. Genau das möchte ich auch machen. Ich möchte jemanden so malen, dass der Betrachter sofort ein Gefühl dafür bekommt, was das für ein Mensch ist – ein guter oder ein schlechter, lebhaft oder träge.«

»Du hast offenbar viel darüber nachgedacht«, sagte Julia.

»Ja. So muss es auch sein. Wenn man etwas macht, sollte man es gut machen. Das gilt doch auch für deine Studien, oder nicht?«

Dagegen konnte Julia nichts sagen.

Nach einer Weile informierte ihre Führerin sie, dass die Galerie jetzt schließe. »Vielleicht können Sie irgendwann noch einmal kommen und den Chor der Kinder hören«, sagte sie. »Sie singen wie Engel.«

Auf dem Rückweg zum Haupttor passierten sie zwei lange Reihen von Kindern, die zum Abendessen in den Speisesaal gingen. Sie standen still in ihrer Reihe und schenkten Julia und Cara kaum einen Blick. Ein kleiner Junge wurde von einem größeren, der hinter ihm stand, schikaniert; er schubste ihn ständig und machte abfällige Bemerkungen über seine Größe.

»Glaubst du, die beiden gehören zu denen, die wie Engel singen?«, flüsterte Julia.

Es sollte ein Scherz sein, doch Cara sah sie beunruhigt an. »Wie schrecklich. Ich glaube nicht, dass die Kinder hier so glücklich sind, wie wir es waren.«

»Da magst du recht haben. Anscheinend dürfen sie bei den Mahlzeiten nicht reden. Kein einziges Wort, sonst werden sie bestraft. Du, meine liebe Schwester, hättest das keine Woche überlebt.«

Cara musste lächeln, doch Julia sah, dass sie noch immer verstört war.

Draußen sagte Cara: »Ich bin froh, dass wir hier waren – nicht nur wegen der Bilder. Als ich von den Gemälden hörte, die sie hier haben, war ich beinahe ein bisschen neidisch. Bei uns hing nichts an den Wänden, bis auf ein paar fromme Sprüche in Ashley Down, und trotzdem hätte ich nicht hier aufwachsen mögen. Um nichts in der Welt.«

Schweigend gingen sie ein Stück. Julia dachte, dass sie wahrscheinlich beide stille Dankgebete dafür sprachen, dass sie ein Heim gehabt hatten, das zumindest von Warmherzigkeit geprägt gewesen war – wenn auch ohne eigene Eltern, was natürlich das Schönste gewesen wäre.

Nach einer Weile standen sie vor dem bescheidenen Bau der London School of Medicine for Women. »Hier fange ich im Oktober an zu studieren«, sagte Julia. »Willst du kurz reinschauen?«

Cara ging langsamer. »Das hängt davon ab, was da für medizinische Sachen zu sehen sind.«

»Da stehen viele große Glasgefäße mit Körperteilen darin«, meinte Julia dramatisch und leicht makaber. »Herzen und Gehirne und Augäpfel.«

Cara gab ihr einen Schubs. »Hör auf, mir Angst zu machen!«

Julia lachte. »Komm schon.«

Doch im selben Moment hielt eine Droschke neben ihnen. Darin saß Edith Morton und neben ihr Sam, der kleine Junge aus Bethnal Green, dessen schmutziges Gesicht tränenverschmiert war.

»Julia, gut, dass ich dich sehe«, sagte Edith atemlos. »Sam sagt, Sybil hat schreckliche Schmerzen. Ich glaube, die Wehen haben früher eingesetzt als erwartet. Kommst du mit?«

»Ja, natürlich«, antwortete Julia. Sie drehte sich zu Cara um. »Das ist ein Notfall. Ich habe versprochen, der Frau bei der Entbindung zu helfen. Tut mir leid.«

»Ich komme mit«, bot Cara an.

»Liebste, das ist keine gute Idee. Wahrscheinlich wird es …« Julia unterbrach sich. Sie hatte *unangenehm* sagen wollen, doch ein schneller Blick auf Sam ließ sie verstummen. Sie wollte ihm keine Angst machen. »Wir werden sehr beschäftigt sein und es könnte länger dauern. Findest du zurück zum Haus der Needenhams?«

»Du weißt, dass ich nirgendwo allein hinfinde. Kann ich mitkommen und du bringst mich hinterher nach Hause?«

»Bitte, wir müssen uns beeilen«, bat Sam. »Mama hat geschrien, und keiner weiß, was er tun soll!«

»Wir haben keine Zeit mehr«, sagte Edith. »Wer ist das?«

»Das ist meine Schwester Cara. Sie hat mich heute Nachmittag besucht.«

»Ich komme mit«, sagte Cara entschlossen. Ihre Abenteuerlust hatte ihre Angst vor »medizinischen Sachen« in den Hintergrund treten lassen. »Vielleicht kann ich euch helfen.«

Julia war hin und her gerissen. Edith, die sah, wie unentschieden sie war, sagte: »Vielleicht kann sie mit uns fahren und dann gleich mit der Droschke zurückfahren. Ich bezahle auch die Fahrt, falls das ein Problem ist.«

Das schien das Beste zu sein. Julia gab trotz ihrer Bedenken nach. Sie stiegen in die Kutsche und fuhren nach Bethnal Green.

16

Die Droschke rumpelte durch die schmutzigen Straßen. Cara versuchte, den weinenden Jungen zu beruhigen. »Du brauchst keine Angst zu haben«, sagte sie, »meine Schwester bringt alles in Ordnung.«

Es gelang ihr tatsächlich, den Kleinen zu trösten. Dann brachte sie ihm ein kleines Spiel mit Handbewegungen bei.

Während die beiden in ihr Spiel vertieft waren, flüsterte Edith Julia zu: »Sie hat Talent, mit Kindern umzugehen.«

Julia nickte. Das hatte schon immer zu Caras Stärken gehört. Sie wusste, wie sie mit kleinen Kindern reden musste, damit sie ihr zuhörten und gehorchten.

Die Droschke hielt vor dem schäbigen Haus. Edith stieg als Erste aus und streckte Sam die Hand hin. »Komm.«

Doch Sam wandte sich an Cara: »Kommst du mit?«

Das klang so hoffnungsvoll, dass Cara nicht wusste, was sie tun sollte. Zweifelnd blickte sie von Sam auf die schmutzige Straße. Sie war so in das Spiel mit ihm vertieft gewesen, dass sie ihre schäbige Umgebung erst jetzt richtig wahrzunehmen schien. Es stank entsetzlich. Sie rümpfte die Nase. Irgendwo bellte ein Hund, ein Baby weinte. Zwei Männer, die in einer Toreinfahrt lungerten, äugten misstrauisch zu der Droschke herüber.

Sogar der Kutscher schien sich unbehaglich zu fühlen.

»Ich kann nicht«, sagte Cara zu Sam. »Weißt du, zu Hause wartet ein kleiner Junge auf mich …«

Sam klammerte sich verzweifelt an ihre Hand. »Bitte!«

Die Frauen sahen sich ratlos an. Plötzlich hörte man im Haus eine Frau schreien.

»Das ist Sybil«, sagte Edith. »Die Wehen müssen eingesetzt haben.«

Anscheinend fand sie, der Junge sei bei Cara gut aufgehoben, denn sie lief auf das Haus zu.

Julia, die noch mit ihrer Schwester in der Droschke saß, überlegte fieberhaft. Sie musste Edith helfen, doch sie konnte Cara nicht alleinlassen.

»Entscheiden Sie sich«, sagte der Kutscher barsch und warf einen besorgten Blick zu den beiden schmutzigen Männern hinüber. »Bleiben Sie sitzen oder steigen Sie aus, ich fahre jetzt jedenfalls los.«

Aus dem Haus kam ein Kind, ein kleines Mädchen, das noch kaum laufen konnte. Es wirkte verwirrt.

»Jemmie!«, rief Sam. Er zerrte an Cara und zog sie hinter sich her aus der Kutsche, hin zu dem Mädchen. »Jemmie, wein doch nicht.« Die Tatsache, dass er Cara bei sich hatte, schien ihm Kraft zu geben, seine Schwester zu trösten.

Cara wandte sich an Julia. »Wie du siehst, kann ich dir durchaus helfen.«

Ediths Kopf erschien im Fenster des zweiten Stocks. »Julia! Das Kind kommt, aber seine Lage gefällt mir überhaupt nicht!«

Es ging nicht anders, sie musste Cara erlauben zu bleiben. Julia sprang aus der Droschke.

»Ihr Bier, nicht meins«, hörte sie den Kutscher murmeln, dann fuhr er auch schon los.

Ob es ihr gefiel oder nicht, Julia brauchte Cara. Doch sie konnte sie auf keinen Fall hier auf der Straße stehen lassen. »Komm mit hoch«, befahl sie. »Du kannst oben auf die Kinder aufpassen.«

Cara nahm Jemmie auf den Arm und Sam an die Hand, so selbstverständlich, als sei sie ihre Mutter, und stieg hinter Julia die Treppe hinauf.

Julia und Edith beauftragen Hettie und Doreen, eine andere Freundin von Sybil, ein paar Sachen zu holen, die sie brauchten, Wasser aus dem Gemeindebrunnen hochzuschleppen und so viele saubere Tücher aufzutreiben, wie sie finden konnten. Der Raum war schmutzig, das Wasser kalt. Julia verstand zwar Sybils Angst, im Hospital an Kindbettfieber zu sterben, doch auch die Geburt hier in diesem Raum barg große Risiken. Immerhin hatte Edith Seife und ein paar andere Dinge mitgebracht. Das musste reichen.

Die Wehen wurden stärker und Edith wirkte immer hilfloser. In der Klinik hatte sie hauptsächlich in der Chirurgie gearbeitet, ihre Kenntnisse in Geburtshilfe waren minimal.

Julia hingegen, die jahrelang auf gynäkologischen Stationen gearbeitet hatte, wusste besser, was in dieser Situation zu tun war.

Sie hatte jedes Zeitgefühl verloren. Als sie das kleine Mädchen schließlich auf die Welt geholt hatten, seufzte sie befriedigt auf.

Edith trocknete sich die Stirn und lächelte Julia müde an. »Ich weiß gar nicht, was ich ohne dich gemacht hätte.«

»Du hättest es schon geschafft«, meinte Julia. »Du bist klug und weißt dir zu helfen – zwei Dinge, die für einen Arzt unerlässlich sind.«

Edith schüttelte den Kopf, sie ärgerte sich noch immer, weil sie so wenig gewusst hatte. »Ich hätte die Gelegenheit nutzen sollen, drei Monate in der Wochenbettklinik in Dublin zu arbeiten. Doch hier in England gab es Dinge, die dringender waren.«

»Gehst du nächstes Jahr hin?«, fragte Julia, als Edith nicht weitersprach.

»Vielleicht.« Doch es klang eher unbestimmt.

Sie legten Sybil das Baby an die Brust, und Julia sah erleichtert, dass die Mutter genügend Milch hatte, um das Kind zu stillen, obwohl sie völlig erschöpft und unterernährt war. Mithilfe der anderen Frauen wuschen sie Sybil und machten es ihr bequem.

Cara stand in der Tür. »Können Sam und Jemmie jetzt reinkommen? Sie würden gern ihre neue kleine Schwester sehen.«

Bevor Julia oder Edith antworten konnten, riss Sam die Tür auf und lief ans Bett seiner Mutter. Sybil war noch sehr schwach, doch sie umarmte ihn glücklich. Dann kam Cara mit Jemmie, die mehr schlafend als wach schien; ihr Kopf lag auf Caras Schulter. Cara legte die Kleine vorsichtig auf die Decke in der Zimmerecke, die als Kinderbett fungierte.

»O meine süße arme Jemmie«, sagte Sybil und sah zärtlich zu ihrer

Tochter hinüber »Sie wird die Milch ihrer Mutter sehr vermissen, aber ich fürchte, für beide habe ich nicht genug.«

Hettie und Doreen machten sich am Bett zu schaffen. Sie hatten Mühe, Sam fortzuhalten, der das Baby von allen Seiten inspizierte.

Cara blickte aus dem Fenster in die Dunkelheit hinaus und fragte ängstlich: »Wie spät ist es?«

Edith zog eine Uhr aus der Tasche. »Nach acht.«

»O nein!«, rief Cara aus. »Die Haushälterin bringt mich um, wenn ich nicht wie versprochen zurück bin.«

»Ja, wir müssen dich schnellstmöglich nach Hause bringen«, sagte Julia.

Hier oben im Zimmer waren sie von ständigen Geräuschen umgeben gewesen: Männer und Frauen, die sich unterhielten, stritten oder lachten; Kinder, die die Treppe hinauf- oder hinunterliefen; weinende Babys. Doch als Julia auf die Straße hinaussah, machte sie sich wirklich Sorgen. Der Aufenthalt dort draußen war schon im hellen Tageslicht nicht angenehm gewesen, doch jetzt wirkte die Gegend wirklich finster und gefährlich.

Auch Edith wirkte besorgt. »Ich wünschte, wir hätten den Kutscher gebeten, in ein paar Stunden wiederzukommen.«

»Ich glaube nicht, dass er das getan hätte«, meinte Julia. »Er schien nicht gerade gern hierherzufahren.«

Edith nickte. »Es kann einen aber auch wirklich ängstigen.«

Wie zur Bestätigung sahen sie einen Mann aus dem Haus gegenüber stolpern, gefolgt von einem heruntergekommenen Typ, der brüllte: »Wenn du noch mal hier auftauchst, kriegst du mehr als ein paar Ohrfeigen.«

Der unglückselige Mann rappelte sich auf und lief davon.

»Ich könnte euch bis zur Columbia Road bringen«, schlug Doreen vor. »Dort stehen alle paar Meter Constables und Droschken.«

»Doreen ist hier aufgewachsen«, erklärte Hettie. »Bei ihr seid ihr sicher.«

Die Frauen nahmen das Angebot dankbar an und gaben der frischgebackenen Mutter und Hettie noch ein paar Anweisungen.

»Kommst du morgen wieder?«, fragte Sam, als Cara ihn zum Abschied umarmte.

Cara wirkte bekümmert; sie wollte nicht lügen.

»Sam, komm und hilf mir«, rief Hettie. »Die Haare deiner Mama sind völlig verfilzt, wir müssen sie kämmen.«

Sam lief sofort zum Bett seiner Mutter. Die anderen nutzten die Gelegenheit, das Zimmer zu verlassen.

»Schreibst du mir und erzählst mir, wie es mit ihnen weitergeht?«, fragte Cara, als sie die Treppe hinuntergingen.

Julia versprach es.

Sie folgten Doreen durch die schmutzige Gasse und bogen dann in eine breitere Straße ein. Es gab kaum Straßenlampen und wenn, verbreiteten sie nur trübes Licht. Der Bürgersteig lag zum größten Teil im Schatten.

»Ich werde dich nicht verlassen und dich nicht im Stich lassen«, murmelte Julia vor sich hin.

Doreen wirkte völlig unbekümmert. »Das ist meine liebste Tageszeit«, meinte sie. »Dunkelheit spielt keine Rolle, wenn man weiß, wo man hinwill. Und was man meiden muss.«

Sie führte sie ohne Zögern an heruntergekommenen Häusern, anrüchigen Tavernen und Trödelläden vorüber. Die Straßen waren belebt, niemand schien auch nur Notiz von den vier Frauen zu nehmen und sogar Julia entspannte sich allmählich.

Der Ärger begann erst, als sie an einer besonders verwahrlosten Spelunke vorübergingen. Durch die offene Tür vernahm man die Geräusche eines lautstarken Streits und hinter den schmierigen Scheiben schien ein tumultartiger Aufruhr zu herrschen.

»Was ist denn los, Fred?«, fragte Doreen einen Mann, der sich aus der Tür drückte.

»Myrtle hetzt alle auf. Sagt, die Bobbys sind in Alarmbereitschaft, weil irgendso'n feiner Pinkel überfallen und ausgeraubt wurde. Jetzt wollen sie Blut sehen. Ich hab unsern Leuten geraten, sich zu verziehen, aber sie reden sich in Rage. Meiner Ansicht nach sollte man sich erst mal in Sicherheit bringen, bevor man rumstreitet.«

Er blickte sich nervös um und ging dann in die Richtung, aus der Julia und die anderen gerade gekommen waren.

Drinnen wurde es lauter. Einer der Männer stieß eine Frau so heftig zu Boden, dass ihre Knie bluteten. Sie stöhnte, krümmte sich zusammen und schlug die Hände vor das Gesicht; offenbar erwartete sie einen weiteren Schlag.

Doreen keuchte zornig auf und stürmte hinein.

Julia und die anderen folgten ihr, da sie sich auf der Straße auch nicht sicherer fühlten.

»Lass Myrtle in Ruhe!«, schrie Doreen den Mann an und zerrte ihn von ihr fort.

Julia bewunderte ihren Mut. Der Mann war so überrascht, dass er einfach nur dastand und sie anstarrte.

Julia und Edith gingen zu Myrtle und halfen ihr auf. Julia zog ihr vorsichtig die Hände vom Gesicht und untersuchte die Verletzung. Sie würde ein Veilchen bekommen, aber zumindest war die Haut nicht aufgeplatzt.

Myrtle, die noch von dem heftigen Schlag schwankte, versuchte zu sprechen. »Wir müssen hier raus! Ich sage euch …«

»Halt's Maul, Mädchen«, sagte der Mann. »Dir hört sowieso keiner zu. Wer ist das?«, fragte er dann und sah die Neuankömmlinge an.

»Das sind Ärztinnen, Bob«, antwortete Doreen. »Sie haben Sybil geholfen, ihr Baby zu kriegen.«

»Frauen als Ärzte? Davon hab ich ja noch nie gehört.«

»Es gibt eine Menge auf der Welt, wovon du nichts weißt«, entgegnete Doreen. »Lass sie ja in Ruhe! Ich bringe sie nach Hause.«

»Wozu die Eile? Wir sind nette Leute. Trinkt doch erst mal was.« Er trat neben Cara, die am Fenster stand. »Ich hab da ein Wehwehchen, vielleicht können Sie mir einen Rat geben.«

»Das haben wir alle«, brüllte ein anderer, und die übrigen Männer lachten schallend.

»Cara, komm her.«

Julia sprach mit ruhiger Autorität, in der Hoffnung, die Männer so im Zaum zu halten, doch es hatte nicht den gewünschten Erfolg. Als Cara zu ihr kommen wollte, packte ein anderer Mann sie am Ärmel, der zerriss, als sie versuchte, sich loszureißen. Der Mann wollte den Arm um ihre Taille legen.

Draußen hörte man Hufgetrappel, das die anderen Straßengeräusche übertönte.

»Gott sei Dank, es ist die Polizei«, rief Cara.

Ihre Worte lösten Panik in der Kneipe aus. Männer und Frauen stürmten zum Hinterausgang. Der Polizeiwagen hielt und ein halbes Dutzend Polizisten sprang heraus. »Sie versuchen, durch den Hinterausgang zu entkommen«, rief einer von ihnen, und zwei Bobbys liefen um das Haus herum auf die Rückseite.

Die anderen kamen herein und schwangen ihre Gummiknüppel. »Alle da rüber«, rief einer, dann versuchten sie, die Gäste, die noch da waren, in eine Ecke zu drängen.

Cara wollte sich durchdrängen zu dem Constable, der die Befehle gab. »Sir, vielen Dank, dass Sie gekommen sind! Wir waren gerade …«

Doch ein anderer Polizist packte sie am Arm. »Sei still und komm mit.«

Julia sah, wie Cara erschrak, als ihr klarwurde, was geschah. Sie wurden zusammengetrieben wie Prostituierte oder Diebe. Doch das war durchaus verständlich. Nicht nur, dass sie inmitten der Verdächtigen standen, nach den vielen Stunden, die sie in der schmutzigen Wohnung mit der schweißtreibenden Arbeit der Geburtshilfe verbracht hatten, sahen sie ebenso heruntergekommen aus wie die anderen.

Edith sagte: »Constable, das ist ein Missverständnis. Wir sind ehrbare Bürgerinnen …«

»Das können Sie dem Richter erzählen«, antwortete er und schob sie in die Ecke zu den anderen.

Einer der beiden Polizisten, die um das Haus herumgelaufen waren, kam durch die Hintertür herein. Er zerrte eine Frau hinter sich her. »Die anderen sind entwischt, aber die hier hab ich geschnappt«, berichtete er.

Die Frau fluchte und wehrte sich gegen seinen Griff. »Ihr könnt mich nicht festnehmen. Ich hab nichts getan. Ich lass mich nicht zu dieser widerlichen Untersuchung zwingen.«

Der Polizist schob sie nach vorn, doch das war ein Fehler. Schnell wie der Blitz zog sie ein Messer aus ihrem Stiefel und stach auf ihn ein. Er wehrte den Angriff mit dem Gummiknüppel ab, doch sie traf seine Hand. Julia sah, wie die Klinge ins Fleisch drang. Die Frau zog das Messer genauso schnell wieder zurück, wie sie zugestochen hatte. Der Polizist fluchte vor Schock und Schmerz.

Sie war eine gerissene Gegnerin. Bei dem Angriff war er instinktiv zurückgewichen. Jetzt konnte sie zur Tür laufen, was sie auch tat. Dabei fuchtelte sie wild mit dem Messer herum.

Keiner der Polizisten bewegte sich – was Julia überraschte. Hatten sie Angst? Sie beobachteten die Frau genau und achteten darauf, dass keine der anderen Frauen im Raum einen ähnlichen Versuch unternahm.

Die Frau mit dem Messer ging rückwärts in Richtung Tür, jeden Muskel angespannt, und wollte gerade mit einem Riesensatz hinausspringen, als der letzte Polizist hereinkam. Mit einem Blick erfasste er, was vorging, und schlug ihr mit voller Wucht seinen Gummiknüppel über den Rücken, sodass sie nach vorn stürzte. Julia konnte nicht sagen, ob er sie auch am Kopf getroffen hatte. Die Frau landete mit einem dumpfen, Übelkeit erregenden Laut auf dem Boden. Das Messer fiel ihr aus der Hand und lag nur wenige Zentimeter von ihrem Gesicht entfernt.

»Angriff mit einer tödlichen Waffe«, sagte der Constable und hob das Messer auf. »Sie hat Glück, wenn die ›widerliche Untersuchung‹ das Schlimmste ist, was ihr passieren wird.«

Der Polizist, den sie angegriffen hatte, stöhnte noch immer vor Schmerz und hielt sich die blutende Hand.

Julia wollte zu ihm, wurde jedoch festgehalten. »Ich kann ihm helfen«, beharrte sie.

»Bleib mir ja vom Leib«, warnte der Verletzte. Er zog eine Decke von einem der Tische und wickelte sie um seine Hand. Julia, die wusste, was Keime anrichten konnten, krümmte sich bei dem Gedanken an das schmutzige Tuch auf der offenen Wunde.

»Ab mit ihnen in den Wagen, bevor sie noch mehr Unheil anrichten«, befahl der Constable den anderen.

Sie führten die Frauen ab, immer zwei auf einmal. »Wo ist denn die kleine Blonde hin?«, fragte einer von ihnen.

Julia sah sich verwirrt um. Ihre Schwester war nirgends zu sehen.

»Cara!«, rief sie. Wie hatte sie nur weglaufen können? »Cara!«

»Das kleine Ding muss während des Messerangriffs abgehauen sein«, knurrte der Constable. »Ich lasse das Haus durchsuchen, falls sie sich irgendwo versteckt.«

Julia und Edith wurden gezwungen, zusammen mit den anderen Frauen in den Wagen zu steigen. »Ich kann nicht ohne meine Schwester gehen!«, protestierte Julia, als einer der Polizisten sie in den Wagen stieß.

»Keine Sorge; wenn wir sie finden, bringen wir sie später nach.« Er sprach hart und drohend. Julia hatte zum ersten Mal im Leben Angst vor einem Polizisten. Es war kein schönes Gefühl.

Sie konnte nichts tun als beten, während der Polizeiwagen auf die Wache fuhr – ohne Cara.

17

Die Frauen klammerten sich an die Holzbänke auf den beiden Längsseiten des Wagens, um nicht zu Boden geschleudert zu werden, wenn das Gefährt um eine Ecke bog.

Die Frau, die bewusstlos geschlagen worden war, hatten die Polizisten wie einen Sack Kartoffeln in das Fahrzeug geworfen. Doreen sagte, sie heiße Eliza.

Julia hielt sich fest und versuchte gleichzeitig zu verhindern, dass Eliza im Wagen herumrutschte.

Ihre Gedanken waren ebenso in Aufruhr wie ihr Körper. Wo war Cara? Julia wusste nicht, was schlimmer war – die Vorstellung, dass ihre Schwester von der Polizei verhaftet worden war und womöglich misshandelt wurde, oder die Angst, was ihr zustoßen könnte, wenn sie allein durch die finsteren Gassen stolperte.

»Das mit Ihrer Schwester tut mir leid«, sagte Doreen. »Ich hätte euch nicht in die Kneipe bringen sollen. Aber als ich sah, wie grob Bob Myrtle behandelt hat, musste ich ihn aufhalten.«

»Es war lieb von dir, dass du dich um meinetwillen in Gefahr gebracht hast«, sagte Myrtle. »Aber ich mache mir große Sorgen um Eliza. Sie hat am meisten abbekommen. Glaubst du, sie erholt sich wieder?«

Doreens Mitleid hielt sich in Grenzen. »Geschieht ihr recht, warum musste sie auch den Bobby angreifen. Sie hat es nicht anders verdient.«

»Nein, Doreen«, mahnte Edith. »Niemand verdient es, wie ein Hund niedergeknüppelt zu werden.«

Doreen schniefte. »Ich meine ja nur. Das Beste ist, sie machen zu lassen und zu beweisen, dass man sauber ist; dann kann man wieder gehen.«

Julia hätte im Traum nicht daran gedacht, selbst einmal von dem

Gesetz gegen ansteckende Krankheiten betroffen zu sein. »Ist dir das schon einmal passiert?«

»Zweimal.« Doreen verzog das Gesicht. »Ist nicht gerade angenehm. Aber es gibt Schlimmeres.«

»Aber du bist doch keine Prostituierte!«

»Nein. Ich war Dienstmädchen bei einer Edeldirne. Dabei bin ich dann irrtümlich mitgenommen worden.«

Durch die winzigen vergitterten Fenster des Wagens fiel schwach das Licht der Straßenlaternen. Julia konnte erkennen, dass Edith konzentriert die Stirn runzelte, als dächte sie angestrengt nach. Machte sie sich Sorgen, dass man sie untersuchen würde?

»Hab keine Angst«, sagte Julia. »Wenn wir dort sind, erkläre ich ihnen, wer wir sind. Wenn sie hören, dass du die Tochter eines Grafen bist, werden sie entsetzt sein und uns sofort gehen lassen.«

»Ich werde es ihnen nicht sagen.«

»Was?«

»Ich lasse nicht zu, dass meine Beziehungen über mein Schicksal entscheiden. Ich stehe – oder falle – für mich selbst, nicht wegen meiner Geburt.«

Doreen starrte sie an. »Sie sind die Tochter eines Grafen?« Sie sah aus, als wollte sie in dem beengten, überladenen Wagen einen Knicks machen.

»Du wirst mich deswegen nicht anders behandeln«, schnauzte Edith. Wahrscheinlich war ihr gar nicht bewusst, wie aristokratisch sie klang; Erziehung und Bildung ließen sich nicht so leicht verleugnen. »Es ist nicht meine Herkunft, die mich zu einem guten oder einem schlechten Menschen macht, sondern das, was ich aus meinem Leben und meinen Fähigkeiten mache.«

»Aber ... ein *Graf!*« Doreen konnte sich nicht beruhigen. »Heißt das, dass Sie in einem dieser riesigen, prächtigen Häuser gewohnt haben?«

»Ja. Aber jetzt habe ich eine einfache Wohnung in der Nähe der Schule. Dein Verhalten ist genau der Grund dafür, dass ich es dir nicht früher gesagt habe.«

Der Wagen hielt und schaukelte, als die Polizisten heruntersprangen. Dann hörte man Schritte und der Riegel vor der Tür wurde zurückgeschoben.

Sie wurden in eine Zelle gebracht – einen dunklen, feuchten Raum, etwa zwanzig Quadratmeter groß. Julia zog instinktiv ihr Taschentuch heraus und hielt es sich vor die Nase, bis sie sich an den Geruch ungewaschener Körper und den fauligen Gestank aus dem Eimer in der Ecke gewöhnt hatte.

In der Zelle saßen bereits zwei Personen. Die eine – eine große, schlanke Frau mit krausem grauem Haar – warf ihnen einen feindseligen, angriffslustigen Blick zu, wie um ihre Überlegenheit deutlich zu machen. Die andere – eine kleinere, jüngere Frau – hockte zusammengesackt in einer Ecke. Sie blickte auf, als sie hereinkamen, und sah Julia neugierig an, doch dann sank sie wieder in sich zusammen und starrte auf ihre abgetragenen Stiefel.

Zwei Polizisten trugen Eliza herein und legten sie auf eine Bank an der Wand.

»Warten Sie – können wir mit dem Revierleiter sprechen?«, fragte Julia, als die beiden Polizisten wieder gehen wollten.

Der eine starrte sie an, als hätte sie eine obszöne Frage gestellt. »Ihr kommt alle dran.« Dann deutete er auf Myrtle und sagte: »Du zuerst.«

Myrtle hob das Kinn in dem wenig erfolgreichen Versuch, ihre Würde zu wahren, und folgte ihm.

»Warum seid ihr hier?«, fragte die grauhaarige Frau Julia und die anderen, als die Zellentür sich wieder geschlossen hatte. Ihre Stimme klang rau.

»Weil wir ein Baby zur Welt gebracht haben«, antwortete Edith knapp.

Die Frau kniff die Augen zusammen, doch sie getraute sich offensichtlich nicht nachzufragen.

»Und ihr?«, ging Doreen sie an.

»Weil wir uns um unsere Geschäfte gekümmert haben. Leider standen wir dabei auf der Straße.« Sie musste zu dem Schluss gekommen sein, dass Ediths Antwort zweideutig war, und antwortete auf die gleiche Weise.

Julia fiel auf, dass sie »wir« sagte und dass die junge Frau in der Ecke noch stärker in sich zusammenzufallen schien. Anscheinend waren sie zusammen verhaftet worden, doch offenbar wollten sie lieber nichts miteinander zu tun haben.

Edith ging zu der bewusstlosen Eliza und fing an, sie zu untersuchen. Sie hob ihre Augenlider an, um ihre Pupillen zu prüfen, und tastete Kopf und Nacken nach Schädel- oder Halswirbelsäulenverletzungen ab.

Julia hockte sich neben sie auf die Bank, während Edith Elizas Nacken untersuchte.

»Der Puls ist schwach«, murmelte sie. »Kein Anzeichen von Bewusstsein. Ich mache mir Sorgen um sie.«

Die Tür ging quietschend auf und ein Polizist stieß Myrtle zurück in die Zelle. »Jetzt du«, sagte er zu Doreen.

Die grauhaarige Frau grinste, als Doreen hinausging. Julia sah, wie sie Ediths Kleid beäugte, das, obwohl schlicht und funktionell, doch eindeutig von erstklassiger Qualität war. »Das Beste heben sie sich wohl für zuletzt auf.«

»Was haben sie dich gefragt?«, fragte Julia Myrtle.

»Das Übliche.« Sie ballte die Fäuste und fing an, in der Zelle auf und ab zu gehen. »Wenn ich diesen Bob Logan zu fassen kriege! Den kaufe ich mir! Ich wollte ihn doch nur warnen – und das haben wir jetzt davon! Wenn ich überführt werde, halten sie mich bis zur Gerichtsverhandlung fest – und was dann?«

»Was meinst du mit ›überführt‹?«, fragte Edith.

Doch Myrtle antwortete nicht. Sie tigerte auf und ab, ganz in ihre Sorgen versunken.

Julia stellte sich ganz ähnliche Fragen. Wenn sie doch nur Michael um Rat bitten könnte; er würde wissen, was zu tun war.

Die grauhaarige Frau verschränkte die Arme und lächelte Edith herablassend an. »Du bist neu hier, oder? Ich will dich mal ein bisschen aufklären. Wenn der Friedensrichter zu dem Schluss kommt, dass genügend Beweise vorliegen, dich zu überführen, stecken sie dich bis zur Gerichtsverhandlung ins Gefängnis, es sei denn, du hast einen Bürgen, der eine Kaution für dich zahlt. Sonst schmorst du weiter hier drin.«

Die junge Frau in der Ecke krümmte sich erneut. Auch Julia fiel es schwer, eine gleichmütige Haltung zu wahren. Sie wusste nicht, wie hoch so eine Kaution war, aber sie hatte auf keinen Fall genügend Geld dafür.

»Ich verstehe«, sagte Edith geistesabwesend, als ginge sie das alles gar nichts an. Vielleicht machte sie sich keine Sorgen, weil sie genügend Geld besaß. Edith mochte sagen, dass sie keinen Gebrauch von ihren Vorrechten als Angehörige des Adels machen wollte, doch sie besaß ein Treuhandvermögen, von dem sie gut, wenn auch nicht ausschweifend, leben konnte. Und wahrscheinlich würde es auch für einen Notfall wie diesen ausreichen.

Doreen war nicht lange fort. Anders als Myrtle kehrte sie in stiller Resignation in die Zelle zurück.

Julia fragte den Polizisten: »Wurde heute Abend sonst noch jemand verhaftet?« Trotz ihrer persönlichen Schwierigkeiten musste sie die ganze Zeit an Cara denken.

»Wenn es so wäre, würdest du es wissen«, war seine schroffe Antwort. »Alle Frauen landen hier in dieser Zelle.«

Als Nächste war Edith an der Reihe.

Als sie weg waren, kam Doreen zu Julia und flüsterte ihr zu: »Wenn ich du wäre, würde ich keinem von deiner Schwester erzählen. Sie könnte große Probleme kriegen, weil sie sich der Verhaftung entzogen hat.«

»Niemals!«, protestierte Julia.

Doch Doreen nickte ernst. »Ich hab schon erlebt, wie Leute wegen sehr viel weniger zu sechs Monaten Gefängnis verurteilt wurden.«

Noch eine schreckliche Aussicht – und es war allein ihre, Julias, Schuld, weil sie zugelassen hatte, dass Cara sie in diese unsichere Gegend begleitete. Ihre Schwester war empfindsam und naiv, verträumt und fantasievoll – Eigenschaften, die Julia oft geärgert hatten, doch auf keinen Fall wollte sie, dass Cara mit der rauen Wirklichkeit konfrontiert wurde, indem man sie ins Gefängnis steckte. Sie würde zertreten werden wie eine Blume. Sie sagte ernst: »Danke für die Warnung.«

Dann ging sie zum Fenster, obwohl es zu weit oben war, um hinausschauen zu können. Sie hatte gebetet, dass die Polizei Cara fand und von der Straße holte, doch jetzt wusste sie nicht mehr, wofür sie beten sollte. Reflexartig faltete sie die Hände und murmelte: »Gott, du weißt, was das Beste ist. Bitte pass auf sie auf.«

Sie war so mit sich selbst beschäftigt gewesen, dass sie nicht bemerkt hatte, dass die ältere Frau sie die ganze Zeit aufmerksam beobachtet hatte.

»Oh, eine Fromme!«, sagte die Frau jetzt ironisch und hob spöttisch die Hände. »Das kannst du dir hier sparen. Gott achtet nicht auf die Gebete der Menschen in den Slums.«

Julia war erschrocken über diesen Ausbruch, antwortete jedoch: »Aber nein, Gott hört alle Gebete und behandelt alle gleich, Reiche und Arme.«

Der säuerliche Gesichtsausdruck der Frau zeigte, was sie von dieser Antwort hielt: »Es war auch ganz bestimmt eure Frömmigkeit, die euch hierhergebracht hat. Aber es wird vermutlich ihr Geld – und nicht dein Beten – sein, das euch herausholt.« Sie deutete mit einem knochigen Finger auf die Zellentür und meinte Edith, die gerade dem Revierleiter vorgeführt wurde: »Die hat bestimmt jemanden, der sie aushält, das ist mal sicher. Obwohl – Gott weiß, warum, bei dem Gesicht. Und was ist mit dir?«

»Das sind gute Frauen!«, mischte sich Doreen ein. »Keine Betrügerinnen oder Huren. Sei still!«

Die Frau ging drohend auf sie zu. »Versuch doch, mir das Maul zu stopfen!«

Doreen ließ sich nicht einschüchtern und spannte die Muskeln an, bereit zum Kampf, doch Julia zog sie fort, so weit wie möglich von der anderen Frau weg. Einen Streit konnten sie jetzt wirklich nicht brauchen.

»Reg dich nicht meinetwegen auf. Böse Worte ändern nichts an der Wahrheit.«

Doreen wirkte noch immer aufgebracht, doch sie blieb ruhig. Die grauhaarige Frau grinste selbstgefällig, als hätte sie diese Runde gewonnen.

Edith war nach kaum fünf Minuten wieder da, ebenso gelassen wie vorher.

Julia zog sie zur Seite und flüsterte, damit die Grauhaarige sie nicht hörte: »Wie war es?«

»Er hat mich nach meinem Namen und meinem Wohnort gefragt.«

»Und was hast du gesagt?«

»Ich sagte, ich heiße Edith Morton und wohne in der Boswell Street in Bloomsbury.«

»Und er kam nicht drauf, wer du bist?«

Edith zuckte die Achseln. »London ist eine große Stadt. Vermutliche gibt es viele Frauen mit dem Namen Edith Morton.«

Julia seufzte erbittert und flüsterte weiter: »Aber es gibt nicht viele, die die ehrenwerte Lady Edith Morton, Tochter des Grafen von Westbridge, sind.«

»Er hat nicht gefragt, ob ich einen Adelstitel habe, also habe ich es nicht gesagt.«

»Eine solche Frage war unter diesen Umständen auch nicht zu erwarten«, zischte Julia.

»Nun, es ist ihr Fehler, wenn sie nicht sorgfältig arbeiten, oder nicht?«, meinte Edith. Ihre Kritik an der Londoner Metropolitan Police verriet eine Geringschätzung, wie sie nur die Tochter eines Earls aufbringen konnte.

»Das war dumm«, sagte Julia. »Ein Wort, und du hättest uns alle hier herausholen können.«

»Du kannst ihnen ja sagen, was du willst, vielleicht lassen sie dich frei«, entgegnete Edith. »Mich interessiert einfach, wie sie mit Frauen wie diesen hier umgehen. Verstehst du denn nicht? Genau darum geht es doch in unserem Kampf. Jeder, ob von hoher oder niedriger Geburt, Mann oder Frau, sollte vor dem Gesetz gleich behandelt werden. Mein Vater glaubt, ich kann ohne den Schutz unserer gesellschaftlichen Stellung nicht überleben. Ich bin entschlossen, das Gegenteil zu beweisen.«

»Und wenn der Friedensrichter anordnet, dass du dich einer körperlichen Untersuchung unterziehen musst?«

Edith wurde blass, doch sie antwortete kühn: »Dann werden sie sehen, wie abgrundtief falsch und nutzlos diese Gesetze sind. Das wird unsere Position nur stärken.«

Julia dachte noch über Ediths Äußerungen nach, als sie zum Schreibtisch des Revierleiters geführt wurde. Sie verstand Ediths Wunsch, auf eigenen Füßen zu stehen, doch gleichzeitig hielt sie ihren Ansatz für falsch. Edith hatte ihnen nicht gesagt, dass sie Schülerin der London School of Medicine for Women war, doch das wäre besser gewesen, als gar nichts zu sagen, und dass sie kurz vor der Approbation stand, hatte sie ja auch ganz allein geschafft. Warum also hatte sie es nicht gesagt? Julia hatte den Verdacht, dass Edith so schlecht wie möglich behandelt werden wollte, um die Schrecken, von denen sie gehört hatte, am eigenen Leib zu erleben. Ein solches Verhalten zeugte von einer beinahe morbiden Faszination, die Julia nicht nachvollziehen konnte. Sie besaß keine adlige Abstammung, die ihr Privilegien verschaffte, aber wenn es so wäre, würde sie es nicht verschweigen.

Der Revierleiter wirkte gestresst und übernächtigt. Er schaute sie kaum an, als er sie mit dem Stift in der Hand fragte:

»Name und Wohnort?« Es klang eher wie ein Befehl als wie eine Frage.

»Julia Bernay. Harley Street, Nummer elf.«

Er riss den Kopf hoch und sah sie zum ersten Mal richtig an. »Sagten Sie Harley Street?«

»Ja. Ich bin Studentin am Queen's College und lebe im Wohnheim der Schule.«

Er legte den Stift hin. »Sie sind Studentin am Queen's College? Was hatten Sie nachts in Bethnal Green zu tun?«

»Ich habe geholfen, ein Kind zur Welt zu bringen.«

»Nun, das scheint heute Nacht auf viele zuzutreffen! Muss ja eine wahre Kinderflut gewesen sein.«

»Vielleicht, aber wir haben alle zusammen nur das eine zur Welt gebracht.«

Ihr Scherz blieb unbeachtet. Er sagte kühl: »Und warum sind Sie alle den weiten Weg nach Bethnal Green gegangen, um ein Kind zur Welt zu bringen?«

Julia erzählte ihm, dass sie Krankenschwester war und sich auf das Studium an der London School of Medicine for Women vorbereitete. Sie sagte ihm auch, dass Edith bereits Studentin an der Schule war, doch er stellte keinen Zusammenhang zwischen Edith und dem Verleumdungsprozess her. Vielleicht war der Fall nur für die Leute von Interesse, die direkt daran beteiligt waren.

»Sie sehen, wir haben nichts Unrechtes getan. Wir waren einfach nur zur falschen Zeit am falschen Ort.«

Er grunzte. »Leider ist das genügend Unrecht, um Sie hier festzuhalten. Sie waren in Gesellschaft einer Frau, die des Raubes verdächtig ist, und einer anderen, die einen Polizisten mit Mordabsicht angegriffen hat. Wir können Sie nicht freilassen, ehe Sie das alles dem Friedensrichter erzählt haben.«

»Wir müssen also heute Nacht hierbleiben?« Ihr Herz sank bei dieser Vorstellung.

»Morgen früh werden Sie alle dem Richter vorgeführt. Er entscheidet dann, ob Sie entlassen werden oder in Untersuchungshaft kommen.«

»Können Sie irgendetwas für Eliza tun, die Frau, die bewusstlos geschlagen wurde? Sie muss dringend ärztlich versorgt werden.«

Er zog die Augenbrauen hoch. »Warum können Sie das denn nicht übernehmen, wo Sie doch so qualifiziert sind?«

»Ich meinte, sie muss in ein Krankenhaus gebracht werden.«

»Sie ist eine Gefahr für andere. Wir werden sie nicht ins Krankenhaus bringen. Morgen früh kommt ein Arzt.«

Als sie zurück in der Zelle war, erzählte Julia Edith, was sie erlebt hatte.

»Genau das hat er mir auch gesagt«, meinte Edith.

Es war enttäuschend, aber wenigstens konnten sie und Edith nach Eliza schauen. Und sie wären da, falls Cara doch noch verhaftet wurde. Julia stellte sich auf eine lange, schlaflose Nacht ein.

Michael wurde von einem lauten Klopfen an der Haustür geweckt. Er tastete im Dunkeln nach einem Streichholz, um die Petroleumlampe anzuzünden, und überlegte dabei, was wohl geschehen sein mochte. Wer auch immer ihn mitten in der Nacht störte, brachte auf keinen Fall gute Nachrichten. Er dachte unwillkürlich an das Schlimmste: dass Corinna oder David etwas zugestoßen war.

Als er endlich zur Tür kam, war Rawlins bereits unten und schob den Riegel auf. Michael sah zu, wie sein Kammerdiener die Tür ein paar Zentimeter weit öffnete und in die Dunkelheit spähte. »Wer ist da?«

Zu Michaels Überraschung vernahm er eine Frauenstimme. »Bitte, Sir, ist Mr Michael Stephenson da? Ich muss sofort mit ihm sprechen!«

Rawlins drehte sich um und sah Michal fragend an. »Es ist eine Frau, Sir. Und ein Mann ist bei ihr.«

Bevor Michael antworten konnte, schob die Frau den Kopf in den offenen Türspalt. »Sind Sie Mr Stephenson?«

Michael zog den Gürtel seines Morgenmantels enger und fuhr sich mit der Hand durchs Haar – vergeblich, man konnte nicht gut aussehen, wenn man mitten in der Nacht geweckt wurde. »Das bin ich. Wer sind Sie? Kommen Sie von den Barkers?«

Doch noch während er fragte, wurde ihm klar, dass die Frage

dumm war: Warum sollten die Barkers zwei Diener schicken, um eine Nachricht zu überbringen? Und ganz bestimmt würden sie kein so junges Mädchen mitschicken; sie konnte nicht älter als zwanzig sein. Ihre Kleidung wirkte feucht – auch das konnte er sich nicht erklären, da den ganzen Tag und auch abends schönes, trockenes Wetter gewesen war.

Das Mädchen reagierte nicht auf seine Frage nach den Barkers, sondern drängte sich vollends zur Tür herein und sagte: »Gott sei Dank, hier sind wir richtig!«

Inzwischen hatte Rawlins die Tür auch für den Mann geöffnet. Es war ein grauhaariger älterer Gentleman mit schäbiger Kleidung; in der Hand hielt er einen zerdrückten Hut. Er blieb in der Tür stehen; Rawlins behielt ihn misstrauisch im Auge.

Michael betrachtete die Frau, noch immer völlig verwirrt. »Darf ich fragen, was Sie von mir wollen?«

Sie sah ihn mit großen, hoffnungsvollen Augen an und sagte atemlos: »Ich bin Caroline Bernay. Julia Bernay ist meine Schwester. Ich glaube, Sie kennen sie?«

Bei der Erwähnung von Julias Namen stiegen tausend Fragen in ihm auf, doch seine Sorge wurde nicht geringer. »Ich kenne sie. Aber warum …?«

Sie überschüttete ihn mit einer Flut hastiger Erklärungen. »Ich lebe nicht in London, ich bin nur für eine Woche hier. Ich bin Kindermädchen – aber das spielt jetzt keine Rolle. Ich habe den Nachmittag mit Julia verbracht, und wir sind an einen Ort namens Bethnal Green gefahren, um zu helfen, ein Baby zur Welt zu bringen, aber wir konnten uns erst spät auf den Heimweg machen und gerieten in einen Kampf und – jetzt ist sie verhaftet worden!«

18

»Sie haben sich in einem Waschkessel versteckt?«

Michael versuchte noch immer, die Kette von Ereignissen zu verstehen, die diese Frau in sein Haus geführt hatten. Inzwischen saßen sie am Kamin, zusammen mit Mrs Ames, der Leiterin des Reinigungspersonals für die Wohngebäude von Gray's Inn. Sie hatte eine kleine Wohnung ganz in der Nähe und war so nett gewesen herüberzukommen. Michael hatte Rawlins nach ihr geschickt, weil er es nicht für ratsam hielt, mitten in der Nacht eine Frau ohne die Anwesenheit einer Anstandsdame zu Besuch zu haben.

Nach Mrs Ames' Ankunft hatte Michael sich kurz entschuldigt, um sich anzukleiden. Zuvor hatte er Cara noch erklären müssen, dass er im Moment wirklich nichts für ihre Schwester tun konnte, und hatte sie dann überredet, eine Tasse Tee zu akzeptieren, sich ans Feuer zu setzen und ihre Kleidung zu trocknen, um ihm erst einmal genau zu erzählen, was geschehen war.

»Es war ein großer Kupferkessel. Er muss einer Wäscherin gehört haben. Ich bin froh, dass er nicht mit Wasser gefüllt war, doch der Rest auf dem Boden hat genügt, um mein Kleid zu ruinieren.« Sie betrachtete wehmütig ihren Rock.

Der Mann, der sie hergebracht hatte – er hatte sich schlicht als Harry vorgestellt – schien das Ganze eher amüsant als besorgniserregend zu finden. Er meinte lächelnd: »Wirklich gut, dass nicht mehr Wasser drin war, sonst hätten Sie wie ein ertrunkenes Kätzchen ausgesehen, statt wie jetzt nur einen feuchten Rocksaum zu haben.«

Die Wärme des Kaminfeuers hatte nun wenigstens Caras Rock getrocknet, doch er war schmutzig und zerknittert.

»Wie lange waren Sie in dem Kessel?«, fragte Michael.

»Furchtbar lange! Ich habe gewartet, bis ich draußen nichts mehr gehört habe.«

»Und nachdem Sie herausgeklettert waren, was haben Sie dann gemacht?«

»Ich wusste, dass ich in eine bessere Gegend gelangen musste, wo ich jemanden finden konnte, der mir hilft. Aber ich hatte keine Ahnung, in welche Richtung ich gehen musste. Ich habe mich vorsichtig durch eine Straße geschlichen und an der nächsten Kreuzung überlegt, welche Richtung vielversprechender aussah. Dann sah ich ganz am Ende der einen Straße einen Briefkasten. Das helle Rot wirkte so freundlich, und ich beschloss, in diese Richtung zu gehen. Danach bin ich dann einfach meiner Nase gefolgt.« Sie kicherte.

»Ihrer Nase?«, wiederholte Mrs Ames.

»Mein Sohn ist Bäcker«, sagte Harry. »Er hat für die Morgenkunden Brot gebacken.«

»Ich konnte es schon einen Straßenzug entfernt riechen.« Cara atmete tief auf und seufzte, offenbar dachte sie an den glücklichen Moment. »Ich wusste, dass ein Bäcker mir wahrscheinlich helfen würde.«

Michael schüttelte den Kopf. »Ich kann Ihrer Logik nicht folgen.«

Sie sah ihn an, als sei er ein wenig beschränkt. »Wer etwas herstellt, das so wunderbar duftet, kann kein schlechter Mensch sein!«

Er konnte kaum glauben, dass das Julias Schwester war. Sie waren die reinsten Gegensätze, ganz anders als er und Corinna, die vom völlig gleichen Schlag waren.

»Sie haben absolut recht«, meinte Harry. »Jedenfalls, was unsere Bäckerei betrifft. Wir backen gutes Brot, ganz ohne Alaun. Wir betrügen niemanden, wenn es nicht unbedingt sein muss.«

Michael rieb sich das Gesicht. Er konnte noch immer nicht fassen, dass er in den frühen Morgenstunden hier in seinem Wohnzimmer ein solches Gespräch führte. »Sie gingen also in die Bäckerei …«, fragte er weiter.

»Der Laden war noch geschlossen, aber ich ging hinten herum, und die Tür zur Backstube war offen. Dort fand ich Harry.«

»Ich helfe meinem Sohn, wenn ich kann, nur die schwere Arbeit kann ich nicht mehr so gut. Mein Rücken ist nicht mehr, was er mal war. Als sie mir erzählte, dass sie nach Gray's Inn muss, bot ich an, sie hinzubringen.«

»Und wie sind Sie auf mich gekommen?«

»Ich wusste, dass Julia Ihnen in der U-Bahn das Leben gerettet hat. Ich habe Ihre Visitenkarte auf Ihrem Schreibtisch liegen sehen und kannte also auch Ihre Adresse. Gray ist leicht zu merken, weil es eine Farbe ist, wenn auch eine recht traurige.«

»Meine Karte?« Michael hatte keine Ahnung, wie Julia an eine seiner Karten gelangt war.

»Sie stammte wahrscheinlich von dem Unglück. Es ist getrocknetes Blut darauf.«

»Oh.« Es war ein faszinierender Gedanke, dass Julia seine Karte im Wagen gefunden und behalten hatte.

»Da Sie Anwalt sind, können Sie sie doch sicher aus dem Gefängnis holen?«

»Ich fürchte, so einfach ist das nicht. Aber ich gehe morgen zum Gericht und schaue, was ich tun kann. Wahrscheinlich werden sie sie freilassen.«

»Glauben Sie wirklich?«, meinte Cara hoffnungsvoll. »Wenn Sie es sagen, glaube ich es; Sie kennen ja schließlich das Gesetz.«

Sie schien sehr vertrauensvoll zu sein – erst bei diesem Harry und jetzt bei ihm. Michael wurde zunehmend unbehaglich unter ihrem bewundernden Blick. Sie erwartete ein wenig viel von ihm.

»Julia kann ganz bestimmt ihre Unschuld beweisen. Tatsache ist …« Michael schnippte mit den Fingern, weil ihm einfiel, dass er etwas Wichtiges übersehen hatte. »Vielleicht hat man sie ja sogar schon gehen lassen. Sobald die Polizei erfahren hat, dass sie eine Angehörige des Adels verhaftet haben, haben sie sie bestimmt freigelassen.«

Cara wirkte verwirrt. »Sie können aber nicht Julia meinen.«

»Nein, ich spreche von Edith Morton – oder vielmehr Lady Edith Morton. Sie ist die Tochter des Grafen von Westbridge.«

Cara starrte ihn überrascht an. »Lady Edith?«

»Sie hat es Ihnen nicht gesagt?«

»Nein! Julia hat sie ›Edith‹ genannt und mit den Pockennarben im Gesicht … wer hätte gedacht, dass sie …«

»Blaues Blut machte einen Menschen nicht immun gegen Krankheiten.«

»Ich weiß, aber … ich meine, warum …?«

Michael sah, dass die Fragen so schnell in ihr aufstiegen, dass sie gar nicht nachkam, sie zu formulieren.

»Lady Edith möchte Ärztin werden und zwar aus eigener Kraft, nicht aufgrund ihrer Privilegien als Angehörige des Adels.«

Welche Ironie! Jetzt klang er, als stünde er auf ihrer Seite. Was – ehrlich gesagt – sogar stimmte. Oder jedenfalls würde er auf ihrer Seite stehen, wenn er die Wahl hätte. Doch sein Mandant war der Graf, und Michaels berufliche Ethik verlangte, dass er persönliche Überzeugungen hintanstellte und alles tat, um den Prozess für seinen Mandanten zu gewinnen – was ihn jedoch Tag für Tag größere Anstrengung kostete. Es würde eine Riesenerleichterung sein, wenn der Fall endlich abgeschlossen war.

»Heißt das, dass Julia vielleicht schon zu Hause ist?« Caras Stimme klang hoffnungsvoll.

»Möglich.«

»Dann müssen wir sofort hingehen!«

Jetzt bereute Michael, dass er Edith erwähnt hatte. Damit hatte er Cara nur auf völlig abwegige Gedanken gebracht. »Ich glaube, lieber sollten wir Sie nach Hause bringen. Das Wohnheim, in dem Julia untergebracht ist, wird geschlossen sein, und es wäre unklug, um diese Uhrzeit dort alle aufzuscheuchen.«

»Aber wenn sie dort ist?!«

»Wenn nicht, dann haben wir ein großes Problem mit der Schulleitung«, entgegnete Michael. »Ob sie nun dort oder im Gefängnis ist, heute Nacht ist sie erst einmal in Sicherheit. Andererseits, je später es wird, desto schwieriger wird es, Ihrem Arbeitgeber Ihre Abwesenheit zu erklären. Ich möchte auf keinen Fall, dass Sie ohne Zeugnis entlassen werden.«

»Das ist mir egal«, meinte sie.

Wieder musste Michael denken, wie ganz anders sie doch war als ihre Schwester. Cara ließ sich nur von ihren Gefühlen leiten, wohingegen Julia eine große Portion gesunden Menschenverstand besaß. Bei Cara brauchte man nur an ihre emotionale Seite zu appellieren – an den Teil in ihr, der Michael als Retter sah. »Sie sagten doch, dass Sie mir vertrauen, oder? Glauben Sie mir, dass ich Ihnen den besten Rat in dieser Situation gebe?«

Er glaubte zwar tatsächlich, dass es so erst einmal am besten war, doch es gab noch weitere Gründe für seinen Entschluss, erst einmal nichts zu unternehmen, die er allerdings nicht genauer ausführen wollte. Mitten in der Nacht in Julias Wohnheim aufzutauchen und nach ihr zu fragen, konnte – selbst wenn er in Begleitung ihrer Schwester war – einen Skandal heraufbeschwören, der seinem persönlichen und beruflichen Ansehen immensen Schaden zufügen würde. Wenn er wirklich geglaubt hätte, dass Julia in akuter Gefahr war, hätte er nicht gezögert, doch wie die Dinge lagen, konnte er es sich leisten, vorsichtig zu sein.

Er sagte sich, dass es für alle das Beste sei, wenn er Cara von seinem Plan überzeugte, und doch tat es beinahe weh zu sehen, wie leicht sie sich von ihm lenken ließ. Sie sah voller kindlichem Vertrauen zu ihm auf und sagte: »Ich glaube, wir sollten tun, was Sie für das Beste halten.«

Zum Schlafen blieb nur der Fußboden. Eliza lag noch immer bewusstlos auf der einen Bank, die andere beanspruchte die Grauhaarige für sich. »Ich war zuerst hier«, sagte sie in einem Ton, der keinen Widerspruch zuließ. Von dem Mädchen in der Ecke, das mit ihr zusammen eingeliefert worden war, war nicht die Rede.

Die junge Frau hatte die Knie hochgezogen, den Kopf daraufgelegt und die Arme schützend um die Beine geschlungen, als sei ihr kalt. Sie wirkte einsam und verängstigt. Vielleicht war sie zum ersten Mal im Gefängnis, auch wenn ihre Gefährtin mehr als genug Erfahrung in dieser Hinsicht zu haben schien.

Julia setzte sich neben sie. Das Mädchen hob überrascht und erschrocken den Kopf; anscheinend war sie es nicht gewohnt, Beachtung zu finden. Julia sprach sie nicht sogleich an, sondern nickte ihr erst einmal freundlich zu.

Bald darauf war die ältere Frau eingeschlafen; ihr Mund stand offen; gelegentlich vernahm man ein Schnarchen.

Der Boden war ungemütlich feucht, doch das lag vielleicht nur an der Kälte, die durch den Stein kroch und aufstieg. Die Tage waren bereits warm, nur nachts wurde es noch empfindlich kalt.

Myrtle und Doreen hockten dicht beisammen an die Wand gelehnt und wärmten sich gegenseitig; ihre Augen waren geschlossen.

Edith hielt Krankenwache neben Eliza.

Julia neigte den Kopf, dachte an Cara und sprach ein kurzes, leidenschaftliches Gebet gegen ihre Angst.

Als sie die Augen öffnete, sah sie, dass das Mädchen sie neugierig anschaute. Mit leiser Stimme, um die anderen nicht zu stören, sagte sie: »Ich heiße Julia. Wie heißt du?«

»Gwen.«

»Bist du mit ihr zusammen gekommen?« Julia deutete auf die Frau, die auf der Bank schlief.

Gwen nickte. »Das ist meine Tante Henrietta.«

»Ist sie wirklich deine Tante?« Julia erinnerte sich an die schreckliche Geschichte ihrer Schwester Rosalyn, die allein nach London gegangen war und bei ihrer Ankunft von einer Frau namens Tante Molly angesprochen wurde, die als Zuhälterin für ein Bordell arbeitete.

»Ich weiß, was Sie denken, aber so ist es nicht. Sie ist die Schwester meiner Mutter. Ich bin bei ihr, seit ich fünf bin, nachdem meine Eltern starben.«

Henrietta wirkte nicht wie eine liebevolle Tante, doch das würde Julia nicht zu dem Mädchen sagen. Stattdessen fragte sie freundlich: »Warum bist du hier?«

Gwen warf einen ängstlichen Blick zu der Bank hinüber, doch Henrietta schlief. Daraufhin sah sie Julia kurz an, konzentrierte sich jedoch gleich wieder auf ihre Schuhe. »Beim Stehlen erwischt. Meine Tante sagt, ich bin selbst schuld. Ich sollte mit dem Ladenbesitzer reden und ihn von meiner Tante ablenken, damit er nicht sehen konnte, wie sie eine kleine Uhr stahl.«

»Das klingt aber eher, als hätte deine Tante etwas Unrechtes getan. Stiehlt sie oft?«

»Wir müssen essen.«

Etwas an dieser Antwort brachte Julia auf den Gedanken, dass sie nur die Worte ihrer Tante wiederholte. Julias Herz flog dem Mädchen zu; sie hatte tiefes Mitleid mit ihr.

»Aber du willst eigentlich nicht stehlen, nicht wahr?«

»Nein.« Ein einziges Wort; es klang völlig hoffnungslos.

Gwen blickte zu Edith hinüber, die auf dem Boden neben der Bank saß, auf der Eliza lag. Ihre Schultern waren vornübergesunken; sie sah aus, als schliefe sie.

»Sie gehören wahrscheinlich auch zur besseren Gesellschaft, wie Ihre Freundin«, sagte Gwen.

»Überhaupt nicht. Ich bin in einem Waisenhaus in Bristol aufgewachsen.«

Gwen öffnete vor Überraschung den Mund, schloss ihn jedoch sogleich wieder und nickte traurig. »Armut kann die Menschen zu allem Möglichen treiben.«

»Das stimmt, aber deshalb bin ich nicht hier.«

Flüsternd erklärte sie Gwen, warum sie nach London gekommen war und was sie hier tat. Sie erzählte ihr von dem Waisenhaus und dass man sie von Anfang an Gottvertrauen gelehrt hatte – dass Gott ihr alles geben würde, was sie brauchte und worum sie im Gebet bat.

Gwen hörte aufmerksam zu. Anders als ihre Tante reagierte sie nicht mit Zorn, als Julia von Gott sprach. »Glauben Sie das wirklich?«

»Ja.«

Es hatte Julia gutgetan, dieses Ja laut auszusprechen. Gott würde Cara beschützen. Er war ein liebender Vater.

»Ich habe viel über Gott nachgedacht«, gestand Gwen. »Aber wir gehen nicht in die Kirche. Meine Tante schimpft oft auf Gott und sagt schlimme Dinge über ihn. Sie sagt, seit sie ein kleines Mädchen war, hätte man ihr gesagt, was für eine böse Sünderin sie sei.«

»Wenn Menschen in solcher Verachtung großgezogen werden, glauben sie manchmal, sie müssten der Meinung der anderen entsprechen.«

Gwen riss die Augen auf. »So habe ich es noch nie gesehen.«

»Er wird auch dir helfen, Gwen. Sollen wir zusammen beten?«

Gwen blickte wieder zu ihrer Tante hinüber. Ihre Antwort war kaum zu hören. »Ja, gern.«

Julia nahm Gwens Hände und rieb sie ein wenig, weil sie eiskalt waren. Dann neigten sie beiden die Köpfe. Julia betete für Gwen, dann beteten sie gemeinsam für alle anderen in der Zelle. Sie betete auch für Henrietta und spürte, wie Gwen sie überrascht ansah. Julia nahm sich Zeit beim Beten; sie spürte, wie Gwen sich zunehmend entspannte. Doch auch Julias eigenes Herz wurde ruhiger. Sie hatte getan, was sie konnte, den Rest würde sie Gott überlassen müssen.

Als sie fertig waren, flüsterte Gwen: »Danke.«

Sie seufzte tief auf und lehnte den Kopf an Julias Schulter. Dann schliefen sie beide ein und wärmten einander.

Irgendwie war es Rawlins gelungen, eine vierrädrige Droschke zu organisieren, was nicht schlecht war, da sie ein Gefährt brauchten, das groß genug für Michael, Cara, Mrs Ames und Harry war. Sie setzten Harry an der Bäckerei seines Sohnes ab und fuhren dann weiter nach Belgravia, ein wohlhabendes Viertel südlich vom Hyde Park. Die Droschke hielt in der Straße, in der Cara wohnte, wie sie sagte.

»Sind wir hier richtig?«, versicherte sich Michael. Cara hatte sich nicht mehr erinnern können, ob sie in Nr. 122 oder 124 wohnte, und Michael wollte auf keinen Fall zu dieser frühen Stunde die Falschen wecken.

»Das ist es!«, sagte Cara und deutete auf eines der Häuser. »Ich wusste, dass ich es wiedererkenne, an den hübschen Blumenkästen vor dem Erkerfenster.«

Im Schein der Straßenlaternen sah Michael die üppig mit roten und weißen Blumen bepflanzten Blumenkästen. Cara mochte keinen Kopf für Zahlen haben, aber sie hatte eindeutig ein Auge für visuelle Details.

»Dann wollen wir mal hineingehen, meine Liebe«, meinte Mrs Ames. Michael war dankbar, dass sie sich bereit erklärt hatte mitzukommen, denn das verlieh Caras verspäteter Rückkunft wenigstens einen Hauch von Schicklichkeit. Wenn Michael sie ohne Anstandsdame zur Tür gebracht hätte, hätte kein Mensch geglaubt, dass sie nicht eine unerlaubte Nacht mit einem Mann verbracht hatte. Mit Mrs Ames an ihrer Seite waren die Aussichten da schon sehr viel besser.

Cara schien es nicht eilig zu haben, die Kutsche zu verlassen. Sie sah Michael an und sagte: »Sie benachrichtigen mich doch so schnell wie möglich, nicht wahr? Ich mache mir solche Sorgen, bis ich weiß, was aus Julia geworden ist.«

Michael hatte ihr das schon mehr als ein Dutzend Mal zugesichert, doch er konnte ihre Besorgnis verstehen. »Ich werde es Sie so schnell wie möglich wissen lassen. Oder noch besser, ich komme selbst mit ihr vorbei.«

»Danke. Ich wusste sofort, als ich Sie gesehen habe, dass Sie ein guter Mensch sind.« Sie nahm seine ausgestreckte Hand. »Ich weiß, dass Sie mir meine Schwester gesund wiederbringen werden.«

Sie setzte viel zu viel Vertrauen in seine Fähigkeiten; wahrscheinlich glaubte sie, weil er Anwalt war, könnte er sämtliche gesetzlichen Hindernisse auf Julias Weg mit Leichtigkeit beseitigen. Doch Michael wusste, dass das beileibe nicht stimmte. Aber natürlich würde er alles in seiner Macht Stehende tun, um Julia zu helfen.

Mrs Ames und Cara stiegen aus. Michael blickte ihnen nach, als sie durch das schmiedeeiserne Tor traten und die Treppe zum Dienstboteneingang hinunterstiegen. Dann blieb Mrs Ames lange Zeit verschwunden; Michael kam es wie eine halbe Ewigkeit vor. Gab es ein Problem? Was, wenn sie Cara nicht wieder aufnahmen? Michael mochte sich gar nicht vorstellen, was er tun sollte, wenn er plötzlich die Verantwortung für eine alleinstehende junge Dame hatte. Wahrscheinlich musste er sich erst einmal auf Mrs Ames' Freundlichkeit verlassen.

Doch dann erschien Mrs Ames doch noch. Michael war sehr erleichtert, als sie allein die Treppe vom Dienstboteneingang heraufkam.

»Ist alles in Ordnung?«, fragte er, als der Kutscher ihr beim Einsteigen half.

»Sie waren natürlich sehr aufgebracht, aber wir haben der Haushälterin erklärt, was geschehen ist, und sie hat Cara wieder aufgenommen, allerdings nicht ohne ihr einen scharfen Verweis zu erteilen.«

»Sie haben ihnen wirklich alles erzählt?«

»Ich hielt es für das Beste, gegenüber den Dienstboten völlig ehrlich zu sein. Wenn Caras Arbeitgeber zu Hause gewesen wären, wäre es natürlich etwas anderes gewesen, aber Gott sei Dank kommen sie erst morgen zurück. Die Haushälterin sagte, Cara sei die Einzige, die mit dem kleinen Jungen zurechtkommt. Er betet sie an.«

Michael lehnte sich zurück. Ein Problem war gelöst, doch das Größere – was mit Julia war und was morgen aus ihr würde – war nicht so leicht zu beantworten. So müde er war, wusste er doch, dass er heute Nacht keinen Schlaf mehr bekommen würde.

19

Michael war schon mehrmals im Gerichtssaal des Friedensrichters gewesen, doch es deprimierte ihn jedes Mal aufs Neue. Es war die gedrückte, trübselige Atmosphäre, die mehr mit den Menschen als mit dem schäbigen, höhlenartigen Raum mit seiner von den Wänden abblätternden Farbe und den ramponierten Holzbänken zu tun hatte.

Auf den vorderen Bänken saßen die Männer und Frauen, die aus den unterschiedlichsten Gründen verhaftet worden waren; Frauen links und Männer rechts. Heute war wie gewöhnlich etwa ein Dutzend männliche Inhaftierte anwesend, ein zwielichtiger Haufen, alle mit säuerlichem, höhnischem Gesichtsausdruck.

Auf der Frauenseite saß Julia; Michael entdeckte sie sofort. Seine erste Reaktion war Sorge, weil man sie überhaupt vor Gericht zitiert hatte. Doch sie saß mit geradem Rücken hoch aufgerichtet da, kein bisschen eingeschüchtert von den Umständen und einer sicher alles andere als angenehmen Nacht. Sie saß in der Mitte der Reihe; links von ihr saß Lady Edith. Die beiden stachen, vor allem durch ihre Haltung, aus den anderen heraus. Lady Edith verfolgte interessiert die Verhandlungen, fast wie eine Zuschauerin in einem Theater. Wenn die beiden sich Sorgen machten, zeigten sie es jedenfalls nicht.

Da ihre Aufmerksamkeit ganz dem Richter und dem Fall galt, der gerade verhandelt wurde, bemerkten die beiden Frauen nicht, dass Michael sich ruhig hinsetzte.

Michael hatte gleich am Morgen den Büroangestellten des Richters aufgesucht und dort erfahren, dass Julia und Edith sich noch in Haft befanden. Aus der Position ihrer Namen auf der Prozessliste konnte er ersehen, dass es noch eine ganze Weile dauern würde, bis sie aufgerufen wurden.

Er beobachtete, wie mehrere der Männer wegen verschiedener Vergehen befragt wurden. Fast alle von ihnen mussten im Gefängnis bleiben, um auf ihre Verhandlung zu warten. Der Richter gehörte nicht zu den gnädigen seiner Zunft.

Eine Handvoll Journalisten befand sich ebenfalls im Raum. Für die meisten von ihnen waren Gerichtsreportagen ihre Hauptaufgabe. Michael hatte gewusst, dass sie hier waren, doch er wusste auch, dass das seine Aufgabe nicht leichter machte. Er würde sorgfältig darauf achten müssen klarzustellen, dass er die Frauen nur in diesem einen Fall vertrat. Der Vorfall hatte zwar nicht das Geringste mit dem Verleumdungsprozess zu tun, doch die Gerichtsreporter würden natürlich versuchen, einen Zusammenhang herzustellen, wenn sie herausfanden, dass eine der Beschuldigten die Tochter von Lord Westbridge war.

Zwei Frauen wurden aufgerufen und des Ladendiebstahls beschuldigt. Der Friedensrichter hörte sich die Aussage des Ladenbesitzers und der Polizei an und verfügte dann, dass die beiden im Gefängnis auf ihren Prozess warten mussten. Als sie hinausgeführt wurden, warf die Jüngere der beiden Julia einen Bick zu. Julia ihrerseits lächelte sie mitfühlend an und legte ihre Hand auf ihr Herz. War das ein Zeichen von Mitleid? Ein Hinweis, dass sie für sie beten würde? Was auch immer es war, die junge Frau wirkte, als hätte es ihr Mut gemacht, obwohl man ihr ihre Angst deutlich ansah. Sie tat Michael leid. Die Polizei hatte sie als »Komplizin« der älteren Frau bezeichnet, doch Michael vermutete, dass sie lediglich eine ahnungslose Mitläuferin gewesen war. Er kannte viele solcher Fälle. Es bestand die Möglichkeit, dass sie im Prozess freigesprochen wurde, doch bis dahin würde sie es nicht leicht haben.

Das Gericht rief den nächsten Fall auf: Julia und die anderen mit ihr verhafteten Frauen waren an der Reihe. Sie waren alle als Helfershelfer im Zusammenhang mit einem räuberischen Überfall und schwerer Körperverletzung beschuldigt. Ein Anwalt vertrat das Opfer, das wegen seiner Verletzungen nicht anwesend sein konnte. Nach Aussage des Staatsanwalts und des Constables waren die beiden Personen, die das Verbrechen höchstwahrscheinlich begangen hatten, gar nicht im Gerichtssaal anwesend: eine Frau, die lebensgefährlich verletzt worden war, als sie sich der Verhaftung widersetzt hatte, und ein Mann, der entkommen war. Dies schien auch die Aussage der Beschuldigten Myrtle Hodges zu bestätigen, die beide Hauptverdächtigen kannte.

Der Friedensrichter wandte sich als Erstes an Lady Edith. »Sie befanden sich in Gesellschaft der Beschuldigten, als die Polizei kurz nach dem Verbrechen die Verhaftungen vornahm. Können Sie uns erklären, was Sie zu dieser Zeit in der Spelunke machten?«

»Sehr gern, Euer Ehren«, sagte Edith. Sie gebrauchte die übliche und korrekte Bezeichnung für den Friedensrichter, doch Michael meinte einen Hauch von Ironie in ihrer Stimme herauszuhören. Das passte zu den Informationen, die er über diese Frau hatte: Soweit er wusste, genoss sie es, Autoritäten, egal, welcher Art, herauszufordern.

Ihre Darstellung der Ereignisse passte zu dem, was Cara Michael erzählt hatte, doch sie war präziser und übertrieb nicht, wozu Cara häufig neigte.

»Sie sehen also, wir waren unschuldige Zuschauer, nicht mehr«, schloss sie. Dann deutete sie auf Julia und eine Frau namens Doreen und fügte hinzu: »Wenn Euer Ehren auch diese beiden Frauen befragen wollen; sie werden meine Version der Ereignisse bestätigen.«

»Vielen Dank, ich kenne meine Aufgaben.« Der Friedensrichter sah kurz in die Papiere, die er vor sich auf dem Tisch liegen hatte, und ließ den Blick dann durch den Saal schweifen. »Hier heißt es, Mr Michael Stephenson, Rechtsanwalt, möchte die Beschuldigte Julia Bernay vertreten.«

Michael erhob sich. »Jawohl, Euer Ehren.

Ein Raunen ging durch den Gerichtssaal, als er nach vorn zu dem Tisch ging, der für die Anwälte reserviert war. Er spürte, wie ein Glücksgefühl in ihm aufstieg, als Julias schöner Mund sich in freudiger Überraschung öffnete.

Edith hingegen starrte ihn an, als sei sie sich nicht sicher, ob er Freund oder Feind war.

»Ja, ich bin wegen Miss Julia Bernay hier. Sie hat nicht das Geringste mit dem Überfall und dem Raub zu tun. Gestern Abend fuhr sie nach Bethnal Green, um bei einer schwierigen Geburt zu assistieren. Sie und diese beiden Frauen kamen auf ihrem Heimweg zufällig an der Kneipe vorbei und betraten sie in der Absicht, einer Frau, die sich in einer Notlage befand, beizustehen. Es war alles genau so, wie Lady Edith Morton es soeben beschrieben hat.«

Das kollektive Raunen, das durch den Gerichtssaal ging, als Michael Ediths Namen korrekt nannte, hatte er erwartet. Alle Anwesenden starrten sie mit schreckgeweiteten Augen an. Keiner rührte sich, man vernahm kein Geräusch, bis auf die Stifte der Zeitungsleute, die wie wild kritzelten, während sie gleichzeitig Edith anstarrten – was eine erstaunliche Fingerfertigkeit bewies.

Lady Edith ballte die Fäuste und warf Michael einen wütenden Blick zu. Warum hatte sie diese Information geheim halten wollen? Er konnte sich nicht vorstellten, dass sie unerkannt bleiben wollte, weil sie sich für ihre Handlungen schämte.

In den Augen des Friedensrichters hingegen dämmerte Verständnis auf. Wie alle Angehörigen der Londoner Gerichte wusste er von der Verleumdungsklage und kannte den berühmten Grafen von Westbridge. Jetzt stellte er natürlich die Verbindung mit Ediths Namen her.

»Der Titel, den Mr Stephenson verwendete, als er von Ihnen sprach – ist er korrekt?«, fragte der Richter.

»Es ist der Titel, der mir durch meine Geburt zusteht, Euer Ehren.«

Der Saal wurde von Stimmengewirr erfüllt, als die Anwesenden das vernahmen. Michael hörte eine Frau mit Cockney-Akzent zu ihrer Freundin sagen: »Was für eine Schande – so eine vornehme Herkunft und ihr Gesicht ist von den Pocken ruiniert!« Und jemand anderes sagte: »Die Tochter eines Grafen mischt sich unters gemeine Volk in Bethnal Green! Wie tief ist die Welt gesunken!«

»Amtsdiener! Hierher!«, bellte der Richter.

Ein Mann trat zu ihm; ihm schien in höchstem Maße unbehaglich zumute zu sein.

»Warum stehen in meinen Unterlagen nicht der volle Name und Titel dieser Frau?«

»Sie hat sie uns nicht gesagt, Euer Ehren! Woher hätten wir sie wissen sollen?« Er sah aus, als hätte er Edith gern einen wütenden Blick zugeworfen, weil sie ihn in diese Lage gebracht hatte, fürchtete sich jedoch vor den Konsequenzen.

»Ich bin die Tochter eines Grafen«, sagte Lady Edith, »aber macht das in den Augen des Gesetzes einen Unterschied?«

Der Richter schlug mit der Hand auf den Tisch. »Das macht einen großen Unterschied! Sie hätten sich eine Nacht im Gefängnis ersparen können!«

»Ich komme also ungeschoren davon, weil ich eine Angehörige des Adels bin?«

»Vorsichtig«, sagte Michael leise. »Dieser Richter duldet nicht die leiseste Provokation in seinem Gerichtssaal.«

»Ich werde daran denken«, flüsterte sie ironisch, doch sie wirkte nicht im Mindesten besorgt.

Der Richter starrte sie wütend an. »Dies ist ein Gericht. Wir reden hier nicht davon, dass jemand ›ungeschoren‹ bleibt. Wir beurteilen lediglich, ob ein Grund vorliegt, Sie vor Gericht zu stellen. Seien Sie versichert, dass wir unsere Pflicht tun, wie das Gesetz es verlangt. Mr Stephenson, haben Sie Ihrer Aussage noch etwas hinzuzufügen?«

»Nein, Euer Ehren.« Michael hatte getan, was er konnte. Jetzt hoffte er nur, dass der Richter die Frauen freilassen würde.

Der Friedensrichter rückte sorgfältig seine Brille zurecht und las noch einmal in aller Ruhe die offiziellen Dokumente und die Notizen durch, die er sich während der Zeugenbefragung gemacht hatte.

Das Murmeln im Gerichtssaal hielt an. Immer wieder schielten die Leute zu Edith hinüber. Sie stand da mit verschränkten Armen und trotzigem Gesichtsausdruck.

Michael hatte beinahe den Eindruck, dass sie es darauf anlegte, dass der Richter Anklage erhob. Julia hingegen hatte nur Augen für Michael und lächelte ihn so strahlend an, dass er kaum atmen konnte. Es war offensichtlich, dass sie ihm völlig vertraute. Er konnte nur hoffen, dass er ihr Vertrauen auch verdienen würde. Es gab zwar keinen Grund, warum Anklage gegen sie erhoben werden sollte, doch Ediths Verhalten war ihrer Sache nicht gerade förderlich.

Schließlich blickte der Richter auf und verkündete seinen Spruch. »Die Beschuldigten Julia Bernay, Doreen Collins und Edith Morton sind entlastet.«

Er gebrauchte nicht Ediths Titel – wahrscheinlich eine Reaktion auf ihre Weigerung, Anspruch darauf zu erheben.

Michael seufzte erleichtert auf und sah, dass die Frauen es ihm gleichtaten, obwohl sie alle sehr tapfer gewesen waren. Nur Doreen wirkte nicht ganz glücklich; sie warf Myrtle einen besorgten Blick zu.

Der Richter deutete auf Myrtle. »Sie bleiben hier. Ich muss Ihnen noch ein paar Fragen stellen.«

Julia sah Michael mit Tränen in den Augen an. »Danke! Woher wussten Sie, wo wir sind?«

Edith sagte kühl: »Weiß mein Vater Bescheid?«

»Nein«, antwortete Michael, doch ein Blick auf die eifrig schreibenden Journalisten bestätigte ihm, dass er es schon bald erfahren würde. »Ich erzähle es Ihnen draußen«, sagte er, als der Amtsdiener ihnen bedeutete, ihm zum Ausgang zu folgen.

»Wir können noch nicht gehen!«, zischte Edith. »Was wird aus Myrtle?«

Michael sagte: »Sie müssen zugeben, dass der Richter guten Grund hat, sie eingehender zu befragen. Sie kennen sie erst seit dem Streit gestern Abend, es mag Umstände geben, die Ihnen unbekannt sind.«

Edith schien sich gegen seinen Rat stur stellen zu wollen.

»Edith, bitte«, flehte Julia angesichts der wachsenden Befremdung des Richters und des Amtsdieners.

»Als freie Bürgerin können Sie mehr für sie tun als als Gefangene«, drängte Michael. Er musste die Frauen unbedingt aus dem Gerichtssaal herausbekommen.

Dieses Argument schien Edith zu überzeugen. Leise sagte sie zu Myrtle: »Wir werden dich nicht vergessen.«

Doreen nickte und fügte hinzu: »Sobald wir draußen sind, komme ich zurück auf die Galerie.« Myrtle sah sie alle dankbar an.

Der Amtsdiener führte sie durch eine Seitentür hinaus in den Gang. Sie hörte gerade noch, wie der Richter begann, Myrtle zu befragen, dann schloss der Diener die Tür.

Doreen nahm Michaels Hand und schüttelte sie kräftig. »Vielen Dank, Sir.« Dann nickte sie den anderen Frauen zu, versprach, sie über Myrtle auf dem Laufenden zu halten, und kehrte durch den Besuchereingang in den Gerichtssaal zurück.

Julia wandte sich neugierig an Michael. »Woher wussten Sie, dass wir hier waren?«

»Cara hat es mir erzählt.«

»Cara! Wann haben Sie sie gesehen? Was ist mir ihr? Geht es ihr gut?«

»Sie ist in Sicherheit und wohlauf. Sie hat Hilfe gesucht und ist zu mir gekommen. Jetzt ist sie wieder im Haus der Needenhams.«

»Gott sei Dank!« Julia strahlte vor Glück. »Er hat meine Gebete erhört.«

Michael hätte es vorgezogen, wenn Julia ihre Gebete zu Hause und nicht in einer Gefängniszelle gesprochen hätte.

»Bei allem Respekt, Lady Edith, was haben Sie sich dabei gedacht zuzulassen, dass man Sie die ganze Nacht dortbehielt? Mit einem oder zwei erklärenden Worten hätten Sie alle freikommen können.«

»Bitte nennen Sie mich Miss Morton«, sagte sie bissig. »Was meine Gründe betrifft, so fand ich die Erfahrung sehr aufschlussreich. Wie soll ich diesen Menschen helfen, wenn ich keine Ahnung habe, mit welchen Problemen sie in ihrem Alltag kämpfen?«

»Ich glaube, es gibt viele Arten, das zu tun; dafür brauchen Sie nicht zu riskieren, angeklagt und vor Gericht gestellt zu werden.«

»Sie dürfen glauben, was Sie wollen«, antwortete sie. »Ich streite mich nicht mit Ihnen. Sie haben uns geholfen, und das respektiere ich, auch wenn es mich angesichts Ihrer Verbindung zu Julia wahrscheinlich nicht überraschen sollte.«

Michael sah Julia erschrocken an. Hatte sie ihr Versprechen, niemandem von dem Unterricht zu erzählen, gebrochen?

Julia schüttelte kaum merklich den Kopf und sagte: »Sie meint, dass ich Ihnen am Tag des Unglücks geholfen habe.«

Edith blickte zwischen den beiden hin und her, als hätte sie das Gefühl, dass mehr zwischen ihnen war, als Julia zugab. »Ich muss jetzt gehen, Mr Stephenson. Sie verstehen sicher, dass ich so wenig Zeit wie möglich mit Ihnen verbringen möchte.«

»Natürlich, Miss Morton, das verstehe ich völlig.«

Sie gingen den langen Flur hinunter zum Haupteingang. Draußen schien hell die Sonne. Die Damen blinzelten, ihre Augen mussten sich nach der Zeit im Gefängnis und im Gerichtssaal erst wieder an das Licht gewöhnen.

»Wollen wir gehen?«, fragte Edith Julia und deutete zur Straßenecke, wo eine Reihe von Droschken wartete.

»Danke, aber ich muss ein paar Dinge erledigen«, antwortete Julia. »Ich möchte Cara besuchen und nachsehen, ob bei ihr alles in Ordnung ist.«

Edith nickte. »Ich fahre noch einmal auf die Wache. Ich möchte schauen, was aus Eliza geworden ist und ob sie die richtige Behandlung bekommt. Wie Mr Stephenson so richtig sagte, kann ich als freie Bürgerin vielleicht von einigem Nutzen sein.«

Es war eine spöttische Anspielung auf Michaels Worte. Obwohl er davon profitierte, dass Lord Westbridge sein Mandant war, bedauerte er doch sehr, dass die Tochter des Grafen ihn deshalb als Feind ansehen musste. Er konnte gut verstehen, warum Julia mit dieser eigenständig denkenden Frau befreundet war.

»Morgen besuchen wir Sybil, nicht wahr?«, fragte Julia Edith gerade.

Das war mutig, dachte Michael, abermals nach Bethnal Green zu gehen, nach allem, was sie durchgemacht hatten.

Lady Edith blickte abschätzend zwischen Julia und Michael hin und her; das Misstrauen, das sie ihm entgegenbrachte, war ihr deutlich ins Gesicht geschrieben. Der Gedanke, dass sie es eventuell auf

Julia übertragen könnte, gefiel ihm gar nicht, doch es ließ sich nicht von der Hand weisen.

»Bis morgen dann«, sagte sie zu Julia und ging zum Droschkenstand.

Julia wandte sich an Michael: »Hat Cara Ihnen ihre Adresse gegeben? Sie hat sie mir gestern leider nicht geben können.«

»Ja, ich kenne die Adresse. Soll ich Sie hinbringen?«

Sie zögerte. »Ich kann doch nicht verlangen, dass Sie mich durch ganz London kutschieren.«

Ihre braunen Augen sahen ihn an. Ihre glatten Wangen wirkten seidenweich, obwohl sie noch von der Nacht im Gefängnis schmutzig waren.

»Es macht keine Umstände.« Die Worte fielen ihm leicht, obwohl heute mehr als genug Arbeit auf ihn wartete. »Aber wollen Sie wirklich nicht erst einmal nach Hause und sich ein wenig ausruhen? Sie haben eine anstrengende Nacht hinter sich.«

»Nein, ich möchte als Allererstes zu Cara und sie beruhigen.« Sie betrachtete ihren schmutzigen Rock. »Ich weiß, dass ich nicht sehr repräsentativ aussehe, aber ich werde ohnehin den Dienstboteneingang benutzen müssen, da ich ja das Kindermädchen besuche. Oder wie sieht das korrekte Protokoll in diesem Fall aus? Wenn Cara und ich uns früher getroffen haben, dann immer an ihrem freien Tag und nie bei ihren Arbeitgebern.«

Er hatte sie so intensiv angesehen, dass er gar nicht gemerkt hatte, dass sie ihm eine Frage gestellt hatte. Jetzt dachte er fieberhaft nach. Was hatte sie noch mal gefragt? Richtig, Protokoll. Er räusperte sich. »Das finden wir dann heraus, wenn wir dort sind.«

Michael half ihr in eine Droschke und genoss ihre Nähe, als sie sich auf die schmale Bank setzten.

Als die Kutsche losfuhr, bat sie: »Bitte erzählen Sie mir, was heute Nacht vorgefallen ist. Ich kann mir gar nicht vorstellen, wie Cara Sie gefunden hat!«

Michael erzählte ihr alles, was er wusste, auch die Details über Caras Flucht und wie sie zu ihm gefunden hatte.

Julia schüttelte den Kopf. »Erstaunlich. Aber irgendwie hatte doch alles seinen Sinn und hat sich zum Guten gewendet.«

»Sogar Ihre Nacht im Gefängnis?«

Zu seiner Überraschung antwortete sie: »O ja. Es war eine lohnende Nacht. Ich konnte einer verlorenen Seele helfen, ihr neue Hoffnung geben und Mut machen, zu Gott zurückzukehren. Ich hoffe nur, dass sie diese Dinge in ihrem Herzen bewahren wird, auch in den Schwierigkeiten, die ihr bevorstehen.«

»Sie haben eine Nacht im Gefängnis verbracht, mit der Aussicht, für ein ernstes Verbrechen ins Gefängnis gesteckt zu werden, obwohl Sie unschuldig sind. Und alles, was Sie dazu sagen, ist, dass Sie glücklich sind, weil Sie mit jemandem über Gott sprechen konnten?«

Es klang scharf. Nach den vielen Stunden, in denen er sich große Sorgen gemacht hatte, ärgerte ihn ihre fröhliche Leichtigkeit.

Sie wurde ernst. »Natürlich war es keine angenehme Nacht. Ich musste immer wieder gegen meine Angst ankämpfen. Wenn Sie gesehen hätten, wie sie Eliza behandelt haben …« Bei der Erinnerung verzog sie schmerzlich das Gesicht. »Und vor allem hatte ich große Angst um Cara. Ich hätte es nicht verwunden, wenn ihr etwas zugestoßen wäre. Es wäre ganz allein meine Schuld gewesen, weil ich sie in diese Lage gebracht habe.«

Jetzt tat Michael seine scharfe Erwiderung leid. Er sah, dass sie trotz ihrer Fröhlichkeit tiefes Mitgefühl empfand.

»Um mich selbst mache ich mir keine Sorgen«, fuhr sie fort, »aber Cara war schon immer recht flatterhaft und unfähig, mit schwierigen Situationen zurechtzukommen.«

»Vielleicht ist sie stärker, als Sie glauben.«

»Letzte Nacht hat sie sich ganz gut zu helfen gewusst und es sogar geschafft, Sie zu finden. Mag sein, dass Sie recht haben.« Sie wischte sich eine Träne aus dem Augenwinkel. »Aber mit Gwen über Gottes Liebe und Gnade zu sprechen, war unglaublich schön. Ihm die Ehre zu geben. Wie sollte man sonst die schlimmsten Situationen im Leben überstehen?«

Michael wandte den Blick ab und betrachtete angelegentlich die vorüberziehenden Häuser, weil er nicht wollte, dass sie die Wahrheit über sein Leben herausfand. Seine Antwort auf schwere, bittere Zeiten war immer gewesen, eine Mauer um seine Gedanken zu ziehen, sein Herz zu verhärten, seine Gefühle abzuschotten. Er pflegte Katastrophen mit eisernem Stoizismus durchzustehen, sogar an Tagen, an denen es sich anfühlte, als würde er durch Eiswasser schwimmen oder durch Feuer laufen. Bisher hatte sich diese Strategie für ihn bewährt. Doch der harte Weg hatte ihm nie die Befriedigung geschenkt, die jetzt aus Julias Augen leuchtete.

»Gleich sind wir da«, sagte er in dem Versuch, das Thema zu wechseln.

Die Kutsche fuhr durch das offene Tor eines kleinen Parks, der von einer Backsteinmauer umgeben war.

Julia schrie auf. »Da ist sie ja! Im Park mit Robbie. Kutscher, können Sie bitte anhalten?«, rief sie und lehnte sich gefährlich weit hinaus.

Die Kutsche hielt. Ohne zu warten, dass Michael oder der Kutscher ihr half, sprang Julia hinaus und lief zum Tor zurück. Michael bezahlte den Kutscher und ging ihr dann rasch nach.

Am Tor sah er Cara und einen Jungen, die sich einen Ball zuwarfen. Julia rief Caras Namen; Cara drehte sich in dem Moment um, in dem der Junge den Ball warf. Er flog dicht an ihrem Kopf vorbei, während sie auf ihre Schwester zulief.

20

Julia umarmte ihre Schwester mit aller Kraft. Sie hatten als Kinder häufig gestritten und waren im Allgemeinen etwa so verträglich wie Feuer und Wasser, und doch war Julia noch nie so froh gewesen, einen Menschen zu sehen. »O meine liebste Cara, ich hatte solche Angst um dich!«

»Und ich um dich!«

Erst als Robbie ärgerlich rief: »Jetzt guckt, was ihr angestellt habt«, wachten sie aus ihrem Nebel des Glücks auf.

Sie ließen sich los, wischten sich die Tränen aus den Augen und schauten den Jungen an. Er deutete auf eine Reihe Büsche. »Der Ball liegt da drin!«

»Ich helfe dir«, bot Michael an. Er kniete sich hin und schaute unter das Gebüsch. »Ich glaube, ich komme dran.«

Er kroch näher heran, streckte den Arm unter den Busch und gab dabei ein recht unelegantes Bild ab. Julia war amüsiert und gleichzeitig fasziniert, wie völlig selbstverständlich er mit dem Kind umging.

»Ich wusste, dass Mr Stephenson dich aus dem Gefängnis holen würde«, sagte Cara strahlend. »Und jetzt befreit er auch noch Robbies Ball!«

Ihre Augen leuchteten vor Bewunderung – oder vielleicht schimmerten sie auch nur so, weil noch Glückstränen darin standen. Julia sah jedenfalls, dass ihre Schwester völlig hingerissen von Michael war. Doch Julia konnte ihr kaum einen Vorwurf daraus machen. Nach den Ereignissen der letzten Nacht und von heute war er auch in ihrem Ansehen noch einmal gestiegen.

Michael stand auf und streckte dem Jungen den Ball hin: »Bitte schön, Master Needenham.«

Der Junge war erst vier, doch irgendjemand hatte ihm Manieren beigebracht – konnte das wirklich ihre flatterhafte Schwester Cara gewesen sein? »Vielen Dank, Sir«, sagte er mit vollendeter Höflichkeit, ja, er verbeugte sich sogar leicht vor Michael, was einfach entzückend wirkte.

»Robbie, sieh nur, Master Reese ist mit seinem Hund gekommen«, sagte Cara. »Möchtest du nicht mit ihm spielen?«

Sie deutete auf eine große, starke Dogge, die einen Jungen in den Park zog. Der Kleine rief dem Hund Kommandos zu, denen dieser jedoch nicht die geringste Beachtung schenkte. Auch die Kinderfrau, die hinter ihnen herlief, konnte nichts ausrichten. Sie schien Angst um den Jungen zu haben, doch ihre Angst vor dem Hund war offenbar noch größer.

»Napoleon!«, rief Robbie aufgeregt und rannte dem Grüppchen entgegen – Julia nahm an, dass Napoleon der Name des Hundes war.

»Er liebt Hunde«, erklärte Cara Michael und Julia. »Armer kleiner Kerl. Er wünscht sich so sehr ein Haustier, aber Sir John sagt, Hunde sollten nur für die Jagd gehalten werden und hätten im Haus nichts zu suchen.«

Als sie sah, dass der Kleine sich glücklich mit seinem Freund unterhielt, hakte sie sich bei Julia ein. »Du glaubst gar nicht, welche Sorgen ich mir letzte Nacht um dich gemacht habe! Du musst mir alles ganz genau erzählen! War es schlimm im Gefängnis? Haben sie dich misshandelt? Ich habe so schreckliche Geschichten über diese Orte gehört!«

Julia konnte sehen, dass ihre Schwester sich alle möglichen unzutreffenden Vorstellungen machte, und wusste, dass es einige Zeit dauern würde, ihre alles zu erzählen. Sie sah Michael an. »Sie sollten lieber gehen. Ich weiß, dass Sie viel zu tun haben. Wir haben Ihnen schon genug Umstände gemacht, weil wir Sie um Hilfe gebeten haben.«

»Was hätte ich sonst tun sollen, um dich aus dem Gefängnis zu holen«, protestierte Cara. »Du weißt ja gar nicht, was ich mir für Sorgen gemacht habe!«

»Sie haben genau das Richtige getan«, versicherte ihr Michael. Und zu Julia gewandt, sagte er: »Ehrlich gesagt würde ich lieber hierbleiben und mir auch Ihre Geschichte anhören. Nachdem Cara mir gesagt hat, dass Sie verhaftet wurden, hatte ich auch eine recht anstrengende Nacht.«

Es klang wie ein Geständnis und Julia registrierte überrascht eine ungewohnte Verletzlichkeit in seinen Augen. Erst jetzt wurde ihr bewusst, dass er sich große Sorgen um sie gemacht hatte. Diese Erkenntnis und die Art, wie er sie gerade ansah, verursachte ein merkwürdiges Gefühl in ihrer Herzgegend. Etwas atemlos antwortete sie: »Ich freue mich, dass Sie bleiben wollen.«

»Wunderbar!«, rief Cara und zog sie auf eine nahe stehende Bank.

Michael blieb stehen. Er sah aus, als wollte er ein Auge auf Robbie haben. Cara schien den Jungen völlig vergessen zu haben. Während Julia ihren beiden Zuhörern genauestens Bericht erstattete, warf sie ebenfalls hin und wieder einen Blick zu dem Jungen hinüber, doch er schien glücklich zu sein mit seinem Freund und dem Hund.

»Was für ein Abenteuer wir beide erlebt haben!«, rief Cara, als Julia fertig war. »Anscheinend haben sie euch ganz schnell laufen lassen, nachdem sie erfahren hatten, wer Edith ist. Lady Edith, meine ich. Man stelle sich vor! Wenn ich die Tochter eines Grafen wäre, würde ich es bestimmt jedem unter die Nase reiben!«

»Sie hat ihre Gründe«, meinte Julia und sah Michael an. Sie überlegte, ob sie mehr erzählen sollte.

Er schien nicht geneigt, das Thema des Prozesses anzusprechen, sondern sagte nur: »Lady Edith möchte sich von ihrem Vater distanzieren. Sie will ihren Weg in der Welt aus eigener Kraft machen.«

»Mag sie ihren Vater nicht?« Cara schnalzte mit der Zunge. »Schlimm, wenn man einen Vater hat und nicht mit ihm auskommt. Ich wäre dankbar, wenn ich einen Vater hätte, sei er Graf oder Bürgerlicher. Unser Vater war Kapitän, aber er ist vor ein paar Jahren verschwunden. Wir wissen nicht, wo er ist. Aber das hat Julia Ihnen sicher schon erzählt.«

Die schnelle, atemlose Art zu sprechen war normal für Cara und auch das, was sie sagte, wie Julia bedauernd dachte. Ihre kleine Schwester klammerte sich schon jahrelang an den Glauben, dass ihr

Vater noch am Leben war, und auch jetzt deutete nichts darauf hin, dass sie endlich erwachsen wurde und akzeptierte, dass er tot war.

»Leben Ihre Eltern noch?«, fragte Cara und sah Michael interessiert an.

»Nein«, antwortete er mit einem traurigen Lächeln.

»Das tut mir leid. Waren Sie sehr jung, als sie sie verloren haben?«

»Nicht so sehr. Aber ich ging noch zur Schule.«

»Und haben Sie Geschwister?«

»Eine Schwester.«

Julia dachte daran, wie sie Michael die gleichen Fragen gestellt hatte. Er antwortete Cara sehr viel direkter und versuchte viel weniger, seine Gefühle zu verbergen, wie sie fand. War es Caras Natürlichkeit, die es leichter machte, seine Schutzmauern einzureißen? Oder hatte sich etwas verändert?

Cara sagte wie zu einem guten Freund: »Dann verstehen Sie sicher, warum Familien zusammenhalten müssen, so wie Julia und ich.«

Das war auch Julias Gedanke gewesen, als sie Edith kennengelernt hatte. Nicht so klar wie jetzt, als Cara es aussprach, aber sie hatte ein vages Gefühl der Sorge empfunden, das Cara jetzt ausgesprochen hatte.

»Solche Feindschaften zerstören mehr als nur einen selbst«, fuhr Cara fort. »Überlegen Sie doch nur – wenn sie gesagt hätte, wer ihr Vater ist, wären vielleicht alle sofort freigelassen worden! Oder Lord Westbridge wäre selbst gekommen und hätte seine Tochter aus dem Gefängnis geholt.«

»Nein, Seine Lordschaft wäre sicherlich nicht an einen solchen Ort gegangen«, sagte Julia; sie wollte nicht, dass Cara sich in unrealistischen Szenarien verlor. »Außerdem gibt es viele Wege, ein Problem zu lösen, ohne dass dein Vater dir zu Hilfe kommen muss.«

Ihr Tadel entsprang der tiefen Frustration über die ständigen Tagträume ihrer Schwester über ihren lange verschwundenen Vater. Beinahe tat es ihr leid, als sie Caras verletzten Gesichtsausdruck sah, doch sie würde sich nicht dafür entschuldigen, die Wahrheit gesagt zu haben. »Ich sage allerdings nicht, dass Edith recht getan hat, ihren Rang zu verschweigen. Wenn wir gestern Nacht freigekommen wären, hätte ich mich gleich um dich kümmern können.«

»Sagen Sie das nicht«, warf Michael scharf ein. »Es wäre das Gefährlichste überhaupt gewesen, nachts allein durch diese Straßen zu wandern.«

»Aber sie wäre nicht allein gewesen!«, meinte Cara entschieden. »Sie wäre ja zuerst zu Ihnen gegangen, so wie ich, oder?«

»Ich hätte nichts dergleichen getan«, protestierte Julia und wurde rot. »Das wäre allzu dreist gewesen.«

»Aber seid ihr denn nicht Freunde? Er hat letzte Nacht so bereitwillig geholfen, dass ich annahm …« Sie blickte auffordernd zwischen den beiden hin und her.

Julia wusste nicht, was sie auf diese Frage antworten sollte. Es gab offenbar kein Wort, das ihr Verhältnis korrekt beschrieben hätte. Sie waren keine Freunde, aber auch nicht nur Bekannte – nicht nach der vielen Zeit, die sie in den letzten Wochen miteinander verbracht hatten. Doch das konnte sie Cara nicht erklären. Sie warf Michael einen verlegenen Blick zu und war besorgt, dass er glauben könnte, sie hätte Cara von dem Lateinunterricht erzählt, obwohl sie ihr Wort gehalten und keinem etwas gesagt hatte, nicht einmal ihren Schwestern.

Michael wandte den Blick ab, als wüsste auch er nicht, was er antworten sollte. Plötzlich weckte etwas seine Aufmerksamkeit. »Robbie scheint Probleme zu haben«, sagte er.

Der Junge lag auf dem Boden, der Hund stand über ihm und wühlte mit der Nase in seiner Manteltasche. Robbie schrie laut, doch es war schwer zu sagen, ob vor Entzücken oder vor Angst.

Cara sprang auf, lief zu ihm hin und rief: »Robbie, was machst du da? Du meine Güte!«

Julia rannte Cara nach.

Michael folgte langsamer, heilfroh, um eine Antwort herumgekommen zu sein. Das Gespräch war auf gefährliches Terrain geraten, doch gleichzeitig, so dachte er, war dies ein Bereich, den er durchaus gern näher erkundet hätte. Doch er musste zuerst mit Julia allein sprechen. Ihr Ausdruck, als Cara gefragt hatte, ob sie denn nicht Freunde seien, war sehr interessant gewesen. Sie war errötet, das hatte er genau gesehen. Er musste unbedingt herausfinden, ob sie genauso empfand wie er.

Als er die kleine Gruppe erreichte, hatte Cara sich zwischen den Jungen und den Hund geworfen und versuchte, das Tier fortzuschieben. Michael packte den Hund am Halsband und zog ihn von dem Jungen herunter.

Cara stellte Robbie auf die Beine. »Was um Himmels willen ist denn passiert?«

Jetzt wurde deutlich, dass der Kleine lachte. »Ich habe … Napoleon … geneckt, mit ein paar Süßigkeiten«, kicherte er atemlos. »Und als ich sie in die Tasche gesteckt habe, hat er versucht dranzukommen.«

Der Hund wedelte noch immer aufgeregt mit dem Schwanz. Um ihn zu beruhigen, brachte Michael ihn zurück zu seinem Besitzer. Die Kinderfrau dankte ihm erleichtert, nahm ihren Schutzbefohlenen und den Hund und verließ mit den beiden den Park, unter lautstarken Erklärungen, dass es Zeit sei, nach Hause zu gehen.

Cara ging vor Robbie in die Hocke und klopfte den Staub aus seiner Kleidung. »Sieh nur, wie schmutzig du dich gemacht hast«, schalt sie dabei. »Und deinen Mantel hast du auch zerrissen! Wir werden was zu hören bekommen, wenn deine Mutter das sieht!«

Den Jungen schien das wenig zu beeindrucken. »Ist Teezeit?«, fragte er. »Ich habe Hunger.«

Cara befeuchtete ihren Daumen und wischte ihm eine Schmutzspur aus dem Gesicht. »Du wärst nicht so hungrig, wenn du die Süßigkeit gegessen hättest, statt den Hund damit zu ärgern!«

Sie klang wie eine strenge Mutter. In der kurzen Zeit, die Michael sie nun kannte, hatte er eine seltsame Mischung aus Flatterhaftigkeit und Einfallsreichtum an ihr kennengelernt; jetzt konnte er der Liste eine weitere Eigenschaft hinzufügen: Den Aufgaben einer Mutter war sie voll und ganz gewachsen.

Cara hatte Robbie einigermaßen wiederhergestellt. Sie stand auf, ohne die Hand des Jungen loszulassen. »Wie spät ist es?«, fragte sie Michael.

Er sah auf seine Taschenuhr. »Fast drei.«

»Wir müssen gehen«, sagte Cara, halb traurig, halb ängstlich. »Ich muss ihm saubere Kleider anziehen und dafür sorgen, dass er etwas isst, bevor die Needenhams zurückkommen. Sie werden wütend sein, wenn sie ihn so sehen. Robbie, wo ist dein Ball?«

Der Junge deutete auf den Ball, der ein paar Meter entfernt lag.

»Lauf und hol ihn!«

Robbie lief los und Cara drehte sich um und umarmte Julia. »Wahrscheinlich sehen wir uns nicht mehr, bevor wir wieder abreisen. Miss Needenham wird morgen bei Hofe vorgestellt und übermorgen fahren wir dann mit dem Zug nach Exeter. Du schreibst mir doch, nicht wahr, und erzählst mir, wie es weitergeht? Und sag Sybil ganz liebe Grüße und vor allem auch dem kleinen Sam und Jemmie!«

Julia versprach alles. Cara zog sie zu sich und flüsterte ihr etwas ins Ohr. Julia wirkte erschrocken und flüsterte ebenfalls etwas. Michael schlenderte ein Stückchen weiter, damit die Schwestern ungestört waren. Er ging zu der kleinen Quelle mitten im Park und tat so, als hätte er großes Interesse an dem sprudelnden Wasser.

Er drehte sich erst wieder um, als Robbie sagte: »Hier ist der Ball! Gehen wir jetzt?«

»*Können* wir jetzt gehen«, verbesserte ihn Cara. Sie nahm Michaels Hand und drückte sie. »Ich bin Ihnen so dankbar! Ich würde ja sagen, dass meine Schwester mir auch mal etwas schuldet, aber ich weiß genau, dass wir beide tief in *Ihrer* Schuld stehen.«

»Sie schulden mir gar nichts. Es war mir ein Vergnügen, einer Dame in Not zu helfen.«

Er meinte es ganz ernst. Die bizarren Ereignisse der letzten Nacht waren keine Last oder Zumutung für ihn gewesen, wie Julia befürchtet hatte, sondern im Gegenteil eine erfrischende Abwechslung von seinem Alltag strenger Pflichterfüllung. Im Grunde hatten sie ihm die Augen für die Wahrheit geöffnet, dass sein Leben sich radikal verändert hatte, seit er Julia kannte.

Sie war ihm ganz langsam ans Herz gewachsen und hatte einen immer größeren Teil seiner Gedanken eingenommen. Seit Jahren hatte er sich keine emotionale Bindung an einen Menschen mehr gestattet, ausgenommen Corinna und vielleicht noch David. Doch nach der Angst, die er gestern Nacht empfunden hatte, als er von der gefährlichen Lage Julias erfahren hatte, konnte er nicht mehr leugnen, wie viel sie ihm bedeutete.

Er war sich schmerzlich bewusst, dass er sich in Julia verliebt hatte und dass das endlose und vielleicht unüberwindbare Schwierigkeiten für sie beide bedeutete. Doch im Moment kümmerten ihn die Schwierigkeiten nicht. Nicht, wenn er herausfand, dass sie ihn ebenfalls liebte.

21

Der kleine Park war nun menschenleer. Seit sie sich kannten, waren Michael und Julia zum ersten Mal wirklich allein.

Er hätte gern gewusst, was die Schwestern zu flüstern gehabt hatten, doch was immer es war, Julia wirkte seither unruhig. Sie konnte ihm nicht mehr in die Augen sehen.

Jetzt machte sie eine Bewegung, als würde sie ihre Hände von Staub befreien, und murmelte: »Ich sollte auch gehen. Sie müssen wieder an die Arbeit, und ich muss mir überlegen, wie ich der Hausdame erkläre, warum ich letzte Nacht nicht nach Hause gekommen bin, ganz zu schweigen davon, dass ich mich bei Dr. Chase entschuldigen muss, weil ich die Naturgeschichteklausur heute Morgen verpasst habe …«

»Warten Sie.« Michael trat näher an sie heran. Er hatte sie noch nie so aufgewühlt gesehen. Vielleicht hatten die Anstrengungen der letzten Nacht und die Müdigkeit, die sie doch sicher empfinden musste, ihre sonst so unerschütterliche Ruhe untergraben. Es war ein kurzer Blick hinter ihre selbstsichere Fassade, der ihm hier vergönnt war. »All das kann doch bestimmt noch ein wenig warten. Es ist so schön hier, genießen wir es doch einfach noch ein paar Minuten.«

Jetzt endlich sah sie ihn an und versuchte dabei vergeblich, eine Haarsträhne wieder festzustecken, die sich gelockert hatte. »Nach der Nacht im Gefängnis bin ich schrecklich schmutzig.«

Julia Bernay machte sich Sorgen über ihr Aussehen! Jetzt war Michael sicher, dass irgendetwas sie völlig aus der Fassung gebracht hatte.

Er schob ihr die lose Haarsträhne hinter das Ohr. »Ich habe noch nie jemanden gesehen, der so schmutzig und gleichzeitig so hübsch aussehen kann.«

Ihre Augen weiteten sich. »Sie sind sehr freundlich.«

Mit einer gewissen Genugtuung bemerkte er, dass sie ein wenig atemlos klang. Als sie einander in diesem Augenblick ansahen, hätte Michael ihre Aufregung liebend gern einem anderen Grund als den Unannehmlichkeiten der letzten vierundzwanzig Stunden zugeschrieben. Sie standen so dicht beieinander, dass er sehen konnte, wie ihre Lippen leicht bebten, als sie lächelte. Das Sonnenlicht, das durch die dicht belaubten Bäume strahlte, tanzte über ihr Gesicht.

»Bitte bleiben Sie«, bat er sie.

Nach einem winzigen Zögern nickte sie. Doch die Art und Weise, wie sie zuerst seinen Bick suchte und sich dann in fast synchroner Bewegung gleichzeitig mit ihm auf die Bank setzte, sagte ihm, dass soeben etwas Wichtiges geschehen war.

Sie saßen einfach da, ohne zu reden, und betrachteten den gepflegten kleinen Park. Eine sanfte Brise rauschte durch die Bäume und strich über die Blumenbeete. Die kleine Quelle plätscherte fröhlich vor sich hin, zwitschernde Vögel badeten darin. Die kleine Oase schenkte den beiden Menschen das Gefühl, ganz für sich zu sein, abgetrennt vom Rest der Welt.

Julia saß nur ein paar Zentimeter von Michael entfernt und er genoss diese Nähe. Ihre Hände bewegten sich unruhig in ihrem Schoß, und er wünschte sich nichts mehr, als sie in seine zu nehmen. Doch er würde ganz bestimmt kein Risiko eingehen, indem er etwas übereilte und das stille Band, das sich gerade zwischen ihnen zu bilden begann, möglicherweise zerriss.

Michael war froh, dass er sich beherrscht hatte, denn jetzt seufzte sie auf, ihre Schultern entspannten sich und ihre Hände wurden ruhig; der Friede des Parks tat seine Wirkung und griff auf sie über. »Es ist so schön hier. Ich habe das Gefühl, als seien alle Sorgen und aller Kummer zumindest für den Moment ganz weit weg.«

»Genau dasselbe habe ich auch gerade gedacht.«

»Es gibt überhaupt keine Worte für das, was Sie für mich – und vor allem für Cara – getan haben ... Meine Schwestern und ich haben in der schweren Zeit unserer Kindheit immer fest zusammengehalten. Jetzt, wo wir erwachsen sind, ändert sich alles, doch unser Verhältnis zueinander und unsere Sorge füreinander wird sich nie ändern. Aber ich weiß, dass Sie das verstehen.«

»Ja, das tue ich.« Julias indirekte Anspielung auf Corinna bereitete ihm Schmerzen, weil er wusste, wie sehr seine Schwester sich dem, was er gerade tat, widersetzen würde. »Ich muss bekennen, dass ich Sie nie nach Ihren Eltern gefragte habe. Cara sagte, ihr Vater sei verschwunden?«

Julias Hände wurden wieder unruhig. »Sie will nicht akzeptieren, dass er tot ist.«

»Vielleicht hätte ich nicht fragen sollen.«

»Ich habe nichts dagegen, darüber zu reden.« Sie wandte ihm ihr Gesicht zu. »Ich rege mich nur manchmal über Cara auf. Die Frage, was unserem Vater zugestoßen ist, ist seit Jahren ein Streitpunkt zwischen uns. Er war Kapitän eines Handelsschiffs, das vor allem nach Südamerika und in die Karibik fuhr. Manchmal legten sie auch in Amerika an, allerdings nur bis 1861, als der amerikanische Bürgerkrieg begann. Etwa ein Jahr später verschwand das Schiff.«

»Glauben Sie, dass es gesunken ist?«

»Das sagen die Eigentümer der Schifffahrtsgesellschaft. Sie kamen zu dem Schluss, dass es in einem Hurrikan verloren ging. Wir waren noch so klein, als es geschah, alle drei noch keine zehn Jahre alt, also mussten wir die Geschichte, die die Erwachsenen uns erzählten, akzeptieren. Doch später begann ich, an ihrer Wahrheit zu zweifeln. Der Hurrikan tobte sehr viel weiter südlich von der Stelle, an der sich das Schiff zu dem fraglichen Zeitpunkt befunden haben müsste. Ich fing an zu befürchten, dass mein Vater nicht umgekommen war, sondern uns verlassen hatte.«

Michael schloss kurz die Augen, so stark war seine innere Reaktion auf ihre Worte. Er kannte den Schmerz, einen Vater zu verlieren. Er kannte die irrationalen Schuldgefühle eines Kindes, das zurückblieb. »Warum glauben Sie, dass er Sie verlassen hat?«

»Das ist eine lange Geschichte. Möchten Sie sie wirklich hören?«

Sie meinte die Frage ganz ernst; vielleicht erinnerte sie sich, dass er bis jetzt immer versucht hatte, jegliches Gespräch über persönliche

Dinge abzublocken. Doch dabei lag eine solche Traurigkeit auf ihrem Gesicht, dass Michael sich mehr als alles wünschte, sie fortwischen zu können.

Er sagte sanft: »Ja, das will ich.«

»Das, was ich Ihnen jetzt sage, habe ich … habe ich noch nie jemandem erzählt.«

Michael hatte das Gefühl, als legte sie ihr Herz in seine Hände. »Ich fühle mich geehrt«, war alles, was er sagen konnte.

»Also gut. Am Tag, bevor unser Vater zu seiner letzten Reise aufbrach, war er im Pub neben unserem Haus und trank ein Bier mit seinen Freunden. Meine Mutter schickte mich, ihn zu holen, um ihm zu sagen, dass das Abendessen fertig war. Ich liebte das, weil es mir ein paar kostbare Momente des Alleinseins mit meinem Vater schenkte. Er war so häufig fort, dass wir Kinder ständig um seine Aufmerksamkeit buhlten, wenn er zu Hause war. Doch bei seinen letzten Besuchen zu Hause war er zunehmend mürrisch gewesen. Ungeduldig. Früher war er immer fröhlich und unbeschwert gewesen, doch das war nun fast ganz verschwunden. Kinder nehmen solche Stimmungen auf, ohne sie zu verstehen. Wie viele andere Kinder in einer ähnlichen Situation dachte auch ich, meine Schwestern und ich seien der Grund dafür. Ich bekam sogar Zweifel, ob er uns noch liebte.«

Michael kannte diese Gefühle gut. Er hatte selbst sehr unter dem befremdlichen Verhalten seines Vaters gelitten, das dieser nach dem Tod seiner Mutter entwickelt hatte. Er und Corinna hatten sich oft gefragt, ob sie wohl irgendwie ihren Tod verursacht hatten. Und ob sie auch dafür verantwortlich waren, dass er ihnen zunehmend fremder wurde.

»Vor dem Pub blieb ich kurz stehen. Ich hatte einen Stein im Schuh und setzte mich auf einen Trog, um ihn herauszuholen. In dem Moment trat mein Vater aus der Tür. Bei ihm war ein Mann, den ich nicht kannte. Sie sahen mich nicht gleich; zwischen mir und der Tür standen ein paar Kistenstapel. Doch mein Vater war sichtlich aufgebracht. ›Das war der größte Fehler meines Lebens‹, hörte ich ihn sagen. ›Ich wünschte, ich könnte sie alle mit einem Schlag loswerden. Ich hatte so große Pläne, wissen Sie; ganz andere Pläne.‹«

Julia sah ihn nicht an, während sie sprach; ihre Augen waren auf die sprudelnde Quelle gerichtet, doch Michael hatte den Eindruck, dass sie den letzten Tag mit ihrem Vater genau vor Augen hatte. »Ich glaube, er sprach über uns – seine Familie. Er und meine Mutter hatten Streit wegen des Geldes. Sie konnte einfach nicht haushalten; es gelang ihr nie, mit dem Geld auszukommen, das er ihr gab.«

Michael schüttelte den Kopf. »Aber er könnte über alles Mögliche gesprochen haben; es muss nicht Ihre Familie gewesen sein.«

»Vielleicht. Aber dann hat der Mann gesagt: ›Gut, aber jetzt haben Sie keine Wahl mehr. Tun Sie es; dann werden Sie endlich frei sein.‹ Und mein Vater antwortete: ›Aber werde ich je wirklich frei sein? Und das Leid, das daraus entstehen wird …‹ Und dann stand ich auf, und mein Vater sah mich. ›Was machst du hier?‹, schrie er mich an. Er packte mich am Arm und schüttelte mich; sein Gesicht war ganz rot vor Zorn. ›Wie lange hörst du schon zu?‹«

Julia sprach mit der gleichen rauen Strenge, mit der ihr Vater gesprochen haben musste. Michael litt mit ihr; er wusste, wie sehr die scharfen Worte eines Elternteils eine Kinderseele verletzen konnten, und war nicht überrascht, als sie sagte: »Es war das erste Mal, dass ich Angst vor meinem Vater hatte. Ich versicherte ihm, dass ich nichts gehört hätte, vor lauter Angst, was er mir antun würde. Der andere Mann ging fort, doch vorher sagte er noch: ›Ziehen Sie die Sache durch, Bernay.‹«

»Und dann?«

»Wir gingen nach Hause. Mein Vater sprach den ganzen Weg kein Wort und war auch den ganzen Abend lang sehr kurz angebunden mit uns. Morgens war er fort, sein Schiff lief mit der Flut um vier Uhr morgens aus.« Sie rieb sich mit Daumen und Zeigefinger die Augen, vielleicht wischte sie sich die Tränen fort. »Wir haben ihn nie wiedergesehen.«

»Es tut mir so leid«, sagte Michael und war sich dabei bewusst, wie unzulänglich seine Worte waren.

»Cara war immer überzeugt, dass er noch am Leben ist und zu uns zurückkommen will und dass ihm das jedoch aus irgendeinem Grund nicht möglich ist. Für mich war sein Verschwinden der Beweis, dass er uns verlassen hat – dass er uns los sein wollte, obwohl er wusste, wie sehr er uns damit wehtun würde.«

»Glauben Sie das immer noch?«

»Ich weiß nicht so recht, was ich glauben soll. Zu meiner Schande muss ich zugeben, dass ich mich manchmal denselben törichten Hoffnungen hingebe wie Cara. Doch dann reiße ich mich zusammen und sage mir, dass das unmöglich ist. Im besten Fall wollte er tatsächlich zurückkommen, doch sein Schiff ist gesunken, wie man uns gesagt hat. Und warum sollten wir das auch bezweifeln? Das Schiff und die gesamte Mannschaft sind nie wieder aufgetaucht. Wenn wir doch nur wüssten, was wirklich geschehen ist …«

Michael meinte sinnend: »Wie sich unsere Geschichten gleichen! Es besteht zwar kein Zweifel, dass mein Vater tot ist, doch auch sein Tod ist von Geheimnissen umgeben. Aber würde es unseren Schmerz wirklich lindern, wenn wir alles wüssten? Ich glaube nicht. Die Verbitterung würde bleiben; es wäre alles ganz genauso schlimm.«

Seine Worte kamen aus tiefstem Herzen, doch es war nicht der Trost, den er ihr gern gespendet hätte. »Ich bin Ihnen keine Hilfe«, sagte er entschuldigend.

»Aber es geht mir besser, nachdem ich es jemandem erzählt habe.« Julia griff nach seiner Hand. Es war eine besonders liebevolle Geste, ein Ausdruck der Wärme und Zuneigung. »Erzählen Sie mir von Ihren Eltern? Wie kommt es, dass Sie und Corinna es so schwer hatten?«

Er blickte auf ihre beiden Hände hinunter. »Ich glaube, damit Sie das verstehen, muss ich etwas weiter ausholen.«

»Ich möchte alles hören.«

»Nun gut.« Er holte tief Luft – so wie er es immer tat, bevor er in tiefes Wasser sprang. Doch dann begann er mit den einfachen Tatsachen, als watete er langsam hinein. »Mein Vater war der Sohn eines

Bankangestellten, doch er hatte ein gutes Gespür für Geschäfte und verdiente schon bald viel Geld mit Investitionen – hauptsächlich in Eisenbahnen. Er hatte keine gesellschaftlichen Verbindungen, doch meine Mutter durfte ihn heiraten, weil er reich war. Sie waren sehr glücklich zusammen. Sie zog Corinna und mich mit aller Zärtlichkeit groß, die ein Kind sich nur wünschen kann; doch sie starb, als ich neun Jahre alt war. Corinna war damals gerade zwölf geworden und von da an praktisch die Herrin im Haus.«

Julia murmelte etwas; Michael, der jetzt eine Vorstellung von ihrem Leben hatte, spürte ihr tiefes Verständnis.

Er wollte ihr alles erzählen. Er wollte die Last, die er trug, mit ihr teilen. Er und Corinna hatten diese schwierigen Zeiten zusammen durchgestanden, doch sie hatten die Last nicht gemeinsam getragen. Sie hatten nie darüber gesprochen, was jeder von ihnen tief im Innern empfand, nur darüber, was als Nächstes zu tun war, um zu überleben. Sie hatten einander geholfen, aber nicht gegenseitig getröstet.

»In gewisser Weise könnte man sagen, dass ich damals auch meinen Vater verloren habe. Er entfremdete sich uns immer mehr, ließ uns oft monatelang allein und wenn er zu Hause war, sprach er kaum mit uns. Er traf schlechte Geschäftsentscheidungen und machte unkluge Investitionen. Als Corinna älter wurde und immer mehr Pflichten im Haus übernahm, erkannte sie allmählich, wie groß unsere finanziellen Schwierigkeiten waren. Sie versuchte, sie vor mir zu verbergen, und tat ihr Bestes, um die Gläubiger immer wieder hinzuhalten. Ich war sechzehn und im Internat, als unser Vater starb. Er stürzte bei einem nächtlichen schnellen Ritt über ein Feld vom Pferd. Aus den Spuren in dem tiefen Boden konnte man schließen, dass er das Pferd über mehrere Zäune und Hecken hatte springen lassen. Das war ungewöhnlich, da er nur ein mittelmäßiger Reiter war und eigentlich nie so etwas getan hatte. Manche sagen deshalb, dass er sich mit Absicht umgebracht hätte.«

Er warf Julia einen Seitenblick zu und versuchte herauszufinden, was sie dachte. Oft genügte es, den Selbstmord seines Vaters zu erwähnen, um zu spüren, wie seine Zuhörer auf Abstand gingen. Geisteskrankheiten galten als erblich. Doch Julia sah ihn mitleidig, ja fast zärtlich an.

»Jetzt verstehe ich, warum Sie nie mit mir über Ihre Familie sprechen wollten«, sagte sie. »Es tut mir so leid, dass Sie so viel durchmachen mussten. Was haben Sie gemacht, als er tot war?«

»Es zeigte sich ziemlich schnell, dass wir alles, was wir besaßen, verkaufen mussten, doch nicht einmal dann konnten wir die Schulden meines Vaters tilgen. Der Skandal seines Todes, der Klatsch über eine mögliche Geisteskrankheit und einen Selbstmord machten uns – zusammen mit dem Verlust unseres Vermögens – zu Außenseitern der Gesellschaft. Das war das Schwerste für Corinna. Meine Mutter war durch eine Cousine mit der Aristokratie verwandt. Das und der Reichtum meines Vaters hätte ausgereicht, Corinna eine Einladung zur Vorstellung bei Hofe zu verschaffen. Doch jetzt war daran natürlich nicht mehr zu denken. Das hat sie bis heute nicht verwunden.«

Julia nickte nachdenklich. »Das erklärt vieles.«

»Warum Corinna ist, wie sie ist? Ja, wohl schon.«

»Aber sie hat offenbar ziemlich viel getan, um ihre Lage zu verbessern.«

»Ein Jahr nach dem Tod meines Vaters hat sie David geheiratet. Er war wie mein Vater ein Selfmademan ohne gesellschaftliche Kontakte. Ich war natürlich bereit, die Schule zu verlassen und meinen Lebensunterhalt zu verdienen, doch David bestand darauf, meinen Aufenthalt in Harrow und auch den Besuch der Universität zu bezahlen. Er wusste, wie viel das Corinna und mir bedeutete. Er betet sie an. Der Himmel weiß, warum.«

»Manche Männer fühlen sich zu so resoluten Frauen hingezogen.«

Er hörte den neckenden Unterton in ihrer Stimme. Wie er es liebte, dass ihre Mundwinkel sich erst kurz nach unten zogen, bevor sie sich zu einem Lächeln kräuselten! »Ja, da haben Sie wohl recht.«

Nachdem er ihr diese schrecklichen Geschichten erzählt hatte, tat ihm der kleine Scherz unglaublich gut – ein Zeichen, dass die Last, auch wenn sie nicht ganz gewichen war, zumindest ein wenig leichter geworden war.

Die Sonne verschwand, die Schatten wurden länger. Julia sah ihn lächelnd an und Michaels Gedanken gingen plötzlich in eine völlig andere Richtung. Er wünschte sich plötzlich nichts sehnlicher, als die geringe Entfernung zwischen ihnen zu überbrücken und sie zu küssen. Bei dem Gedanken fing sein Herz an zu rasen und er bekam kaum noch Luft. Wie sie wohl reagieren würde? Würde es diesen Augenblick innigen Verständnisses zwischen ihnen zerstören oder das Band besiegeln?

Er würde es herausfinden.

Michael legte seinen rechten Arm um die Bank hinter ihrem Rücken, zunächst, ohne sie zu berühren, und wartete, wie sie reagieren würde. Damit hatte er seine Absicht mehr als deutlich gemacht. Sie öffnete überrascht den Mund. Er strich ihr mit dem Finger über die Wange und fuhr sanft über die niedlichen Sommersprossen. Sie schauderte bei seiner Berührung, doch er wusste, dass es ein angenehmer Schauder war. Er sah es daran, wie sie seinen Blick erwiderte.

Doch er rührte sich nicht. Noch nicht. Die Erwartung war unerträglich, doch er ließ sich Zeit, dieses Gefühl zu genießen und sich in den Anblick dieser vollen Lippen zu verlieren. Er wusste, welche Bedeutung dieser unwiderrufliche Schritt haben würde. Er kannte die Konsequenzen. Doch er zog es vor, nur auf sein Herz zu hören, das ihm sagte, dass er das Richtige tat.

Wie nervös Julia auch sein mochte – sie ging damit auf Julia-typische Weise um – indem sie sich kopfüber hineinstürzte. Sie beugte sich vor und schloss auf diese Weise selbst die Lücke zwischen ihnen. Dann griff sie in seine Mantelaufschläge, zog ihn zu sich herunter und drückte ihre Lippen auf seine.

O ja, er liebte diese Frau. Dessen war er sich völlig sicher. Er spürte, dass sie noch nie geküsst worden war, und doch war sie so kühn, als erhebe sie Anspruch auf seinen Kuss. Als erhebe sie Anspruch auf ihn. Er spürte, wie sie sich ihm ganz hingab, und reagierte auf die gleiche Weise. Er schlang seine Arme um sie, zog sie an sich und genoss das Hochgefühl, das ihn durchströmte.

Wie viel Zeit vergangen war, als sie sich endlich atemlos voneinander lösten, konnte Michael nicht sagen. Er wollte nicht aufhören, doch er fand sogleich Trost in dem Entzücken, sie ansehen zu dürfen. Sie sah ihn ebenfalls staunend an; in ihren Augen spiegelte sich die gleiche überwältigende Freude, die er empfand.

»Julia.« Er wusste nicht, was er sagen sollte. Er wusste nur, dass er den Klang ihres Namens liebte. Dass er es liebte, ihn laut auszusprechen.

Er war nicht darauf gefasst, dass sie fragte: »Michael, was … was bedeutet das?«

Er zog die Augenbrauen hoch. »Ich glaube, es ist ziemlich klar, was das bedeutet.« Seine Augen waren grau und ernst, doch um seinen Mund spielte ein Lächeln. »Ich glaube, du weißt es; schließlich hast du mich zuerst geküsst.«

Es stimmte. Sie hatte ihn geküsst. Nicht nur eingeladen, sondern selbst gehandelt, ohne Rücksicht und in aller Öffentlichkeit. Gott sei Dank waren die Vögel und Eichhörnchen die Einzigen, die es beobachtet hatten. Sie blickte sich rasch um – sie waren tatsächlich ganz allein.

»Nicht dass ich etwas dagegen hatte«, fuhr Michael fort und nahm ihre Hände. »Ich stelle gerade fest, dass ich kühne Frauen mag.«

Bei diesem Kompliment sank sie noch mehr in sich zusammen. Wie hatte sie das nur tun können? Sie wusste natürlich, dass es nicht allein ihre Idee gewesen war, er hatte sie küssen wollen. Doch sie hatte törichterweise mitgemacht, hatte so unbedingt wissen sollen, wie es wäre, ihn zu küssen. Jetzt wusste sie es: Es war so hinreißend, so wundervoll, dass man es nicht beschreiben konnte. Und das war ein großes Problem.

Denn es passte ganz entschieden nicht in ihre Pläne, die ihr doch so wichtig waren. Und auch Michael hatte Pläne, die er mit derselben Energie verfolgte. Träume, die unvereinbar mit den ihren waren.

Er begann, ihre Hände zu streicheln, sie abzulenken, ihre Sinne zu verwirren, wo sie doch nichts so dringend brauchte wie einen klaren Kopf! Warum konnte sie ihm ihre Hände nicht entziehen? Ihr Körper widersetzte sich allen Befehlen ihres Kopfes. »Das war falsch von mir«, sagte sie.

»Warum?«, wollte er wissen. »Warum war es falsch?«

»Weil du Laura Maynard heiraten wirst.«

»Nein«, widersprach er heftig. »Ich streite nicht ab, dass es so geplant war. Aber es wurden keine Versprechungen gemacht. Irgendwie wusste ich ganz tief in mir, dass es nicht richtig war.«

Sie schüttelte den Kopf, wünschte sich, es gäbe einen Weg, ihr wild klopfendes Herz beruhigen zu können. »Aber deine Pläne – deine Karriere und meine. Sie sind nicht vereinbar.«

Er legte ihr sanft eine Hand in den Nacken und zog sie an sich. »So können wir sie versöhnen.«

Dieses Mal küsste er sie. Sie hätte es unterbinden können, doch sie brachte es nicht über sich. Das Bedürfnis, ihn zu küssen, war unwiderstehlich; der Genuss, den es ihr bereitete, war zu groß.

Als sie wieder voneinander ließen, zog er sie in die Arme. Sie legte den Kopf an seine Schulter und spürte seine Wärme, während sie schweigend dasaßen. Doch nicht lange und die Sorgen verdrängten das Glück.

»Eines Tages wirst du das bereuen«, sagte sie.

»Niemals. Wir sind füreinander bestimmt, Julia, ganz gleich, was du oder ich oder irgendjemand sonst denkt.«

Sie entzog sich ihm. »Dann werde ich es bereuen. Ich kann nicht einfach alles, wozu Gott mich berufen hat, aufgeben.«

Er sah sie verwirrt an. »Ich gebe mir wirklich Mühe, deinen Glauben, deinen Gott zu verstehen. Wenn er so gut ist, wie du sagst, wie kann er dann so ein Monster sein und zwei Menschen, die sich lieben, ihr Glück versagen?«

Die sich lieben.

Sie musste die Worte laut wiederholt haben, oder vielleicht zeigte auch nur ihr Gesichtsausdruck, wie sehr sie erschüttert hatte, was er gerade gesagt hatte, denn er antwortete ihr darauf.

»Ja, Julia, ich liebe dich«, erklärte er. »Sag mir, dass du mich auch liebst. Ich weiß, dass du es tust.«

Julia konnte nicht sprechen. Sie kämpfte darum zu begreifen, wie genau sie auf einmal in diese Situation gekommen war. Sie hatte sich ihm mit Absicht genähert, weil sie von seinem Lateinunterricht profitierte und glaubte, dass er ihr auch später in der Ausbildung würde helfen können. Oder dass sie ihm würde helfen können. Doch sie hätte sich nie träumen lassen, dass er sich so tief in ihrem Herzen einnisten würde.

Das Schweigen hielt an und plötzlich lag der Schatten eines Zweifels in seinen Augen. Doch ihre Ehrlichkeit siegte; Julia konnte ihn nicht belügen. Sie sagte tiefernst: »Ja, ich liebe dich.«

Er stand auf, zog sie mit sich hoch und küsste sie fröhlich auf die Wange. »Meine Liebste, es ist üblich, in einer solchen Situation zu lächeln.«

»Aber das ändert nichts an unserer Situation«, protestierte sie.

»Im Gegenteil, es ändert sehr vieles. Und was sich noch nicht geändert hat, wird sich ändern.«

Er versuchte, sie abermals zu küssen, doch diesmal trat sie zurück. Widerwillig – alles in ihr zog sie zu ihm hin, doch so schwer es auch war, einer von ihnen musste einen klaren Kopf behalten. »Michael, es kann nicht gut gehen. Wir sind für eine kurze Zeit zusammengeführt worden, doch es wird keinen Bestand haben. Unser Leben verläuft in unterschiedlichen Bahnen.«

»Du brauchst nicht nach Afrika zu gehen, um als Ärztin zu arbeiten.«

»Ich tue es, um Missionarin zu werden. Ich kann nicht gegen meine Berufung handeln.«

Er wandte den Blick ab, seine Augenbrauen zogen sich zusammen. Trotz seiner Worte konnte er ihre Hingabe an ein Leben des Glaubens nicht verstehen. Und sie verstand – oder akzeptierte – kein Leben, dessen Mittelpunkt nicht Gott war.

»Das Wichtigste ist, Gott zu vertrauen und an ihm festzuhalten. Wenn wir das nicht tun, werden wir nie die richtige Antwort finden.«

Michael rieb sich die Augen; er war frustriert. »Was sollen wir also tun?«

»Wir können nicht nur auf unsere Gefühle vertrauen. Ich habe einmal ein Sprichwort gehört: ›Entscheidungen, die in der Hitze der Nacht getroffen werden, verkümmern im kalten Licht des Morgens.‹«

Es schien zu passen, dass die Dämmerung hereinbrach.

»Meine Liebe zu dir wird nicht verkümmern«, sagte er. »Das verspreche ich dir.«

»Da du dir dessen so sicher bist, wirst du nichts dagegen haben, wenn ich vorschlage, dass wir erst einmal ein paar Tage darüber nachdenken – getrennt voneinander.«

Er starrte sie ungläubig an. »Um zu versuchen, es uns aus dem Kopf zu schlagen? Das wird nicht geschehen.«

»Dann kommt es auf ein paar Tage nicht an«, beharrte sie. Sie würde nicht lockerlassen. »Und ich will nicht nur nachdenken, ich möchte beten.«

Er fuhr bei diesem Wort zusammen, ganz unmerklich nur, doch Julia sah es.

»Wenn du mich verstehen willst, versuch selbst zu beten. Gott sagt: ›Suchet und ihr werdet finden; klopfet an und euch wird aufgetan.‹ Er meinte damit spirituelle Erkenntnis.«

Es war nur ein Bruchteil all der Dinge, die sie so gern mit ihm besprechen wollte, doch es war ein Anfang. Sie fasste Mut, als sie sah, dass er sich Zeit nahm, über ihre Worte nachzudenken, und sie nicht gleich von der Hand wies.

»Nun gut. Ich werde beten. Und ich werde gründlich nachdenken.« Er sprach mit einem Ernst, der Julia überzeugte, dass er die Wahrheit sagte. Nicht so sicher war sie, ob er glaubte, dass es helfen konnte. Sie sah etwas wie Trotz in seinen Augen.

Er trat zu ihr und legte ihr die Hände an die Taille. »Und du wirst auch beten und nachdenken?«

Das würde sie, doch sie musste dazu allein sein. Wenn er ihr so nahe war, kannte ihr Herz nur eine einzige Antwort – und die war alles andere als vernünftig.

Trotz ihrer Bedenken hob sie ihm das Gesicht entgegen und ließ sich wieder küssen. Es war ein süßer, zärtlicher Kuss, der in ihr den Wunsch aufkommen ließ, für immer diese innige Nähe zu spüren. Den Wunsch, dass er recht hatte. Doch sie konnte es sich nicht vorstellen.

22

Michael verließ die Schreibstube in der Nähe des Gerichts. Er hatte den kurzen Botengang übernommen, weil er es in seinem Büro nicht mehr aushielt und an diesem sonnigen Tag gern einen kleinen Spaziergang machen wollte. Außerdem konnte er so besser über Julia nachdenken. Es war nun zwei Tage her, dass er sie gesehen hatte, doch sie war ihm keinen Augenblick aus dem Kopf gegangen.

Corinna hatte überrascht gewirkt, dass der Lateinunterricht diese Woche ausfiel, hatte sich jedoch keine Mühe gegeben, ihre Befriedigung darüber zu verbergen.

Michael hatte ihr noch nicht gestanden, dass diese Freude nur von kurzer Dauer sein würde. Er hatte nur gesagt, dass er diese Woche zu viel Arbeit hätte – was auch stimmte. Er hatte sich Hals über Kopf in die Arbeit gestürzt, auch wenn er nicht immer ganz bei der Sache war.

Julia und er hatten ausgemacht, sich morgen Nachmittag wieder in dem kleinen Park zu treffen. In den letzten Tagen hatte er unablässig über ihrer beider Zukunft nachgedacht.

Julia verdiente die Möglichkeit, sich zur Ärztin ausbilden zu lassen. Doch was, wenn die Schule hier in London geschlossen wurde? Würde sie dann auf den Kontinent oder sogar nach Amerika gehen? Ein paar Trennungsjahre würde er verkraften, doch liebte sie ihn genug, um ihren Traum aufzugeben, Missionarin zu werden? Und durfte er das überhaupt von ihr verlangen?

Er hatte sich wirklich bemüht zu beten, nicht nur, weil er es Julia versprochen hatte; er wünschte sich von ganzem Herzen eine Lösung, mit der sie beide leben konnten. Seiner Ansicht nach konnte Gott zwei Menschen, die einander liebten, nicht trennen. Oder waren ihre Wünsche im Licht der größeren Ziele des Allmächtigen irrelevant? Das war ein Gedanke, der ihn einfach nur verwirrte und ärgerte. Wahrscheinlich war sein Verständnis für spirituelle Dinge bestenfalls dürftig und ganz sicher nicht ausreichend, um solche Fragen zu beantworten.

Er war so intensiv damit beschäftigt, diesen Knoten von Unwägbarkeiten zu entwirren, dass er fast gereizt reagierte, als er plötzlich Tamblin erblickte, der auf ihn zukam.

Doch auch Tamblin wirkte alles andere als glücklich. »Ich muss mit Ihnen sprechen, Stephenson.«

»Ich muss diese Schriftstücke zu Chancery bringen«, sagte Michael, in der Hoffnung, ihn loszuwerden.

»Das kann warten. Es gibt Dringenderes zu besprechen. Was halten Sie von einem Spaziergang zum Embankment? Ich möchte nicht riskieren, dass unser Gespräch von irgendjemandem in Gray's Inn belauscht wird.«

Michael hatte eine leise Ahnung, worum es in diesem Gespräch gehen würde. Sie schritten zügig aus und sprachen zunächst nur über allgemeine Dinge, bis sie zum Fluss gelangten.

Dann spazierten sie am Embankment entlang, beobachteten den lebhaften Bootsverkehr auf der Themse, und Tamblin eröffnete ihm, was ihn zu diesem Gespräch veranlasste. »Ich habe etwas erfahren, das sich für uns als äußerst unangenehm herausstellen könnte – und auch für Lord Westbridge, der einer unserer wichtigsten Mandanten ist, wie ich Sie bitte, sich zu erinnern.«

»Vermutlich sprechen Sie von meinem Auftreten vor dem Friedensrichter?« Michael hoffte inständig, dass er nichts von dem wusste, was danach geschehen war.

»Warum haben Sie mir nicht gesagt, dass Sie Lady Edith verteidigt haben? War Ihnen der Interessenkonflikt denn nicht bewusst? Ich hätte Sie für einen besseren Anwalt gehalten.«

»Ich war nicht wegen Lady Edith dort, sondern aus einem anderen Grund.«

»Und der war?« Tamblin sah ihn ärgerlich an.

»Zwei andere Frauen, die zusammen mit Lady Edith verhaftet worden waren – Miss Julia Bernay und eine Frau aus Bethnal Green.«

Er berichtete, wie es gekommen war, dass die beiden Frauen dem Friedensrichter vorgeführt worden waren, doch Tamblin unterbrach ihn. »Das weiß ich alles schon«, sagte er ungeduldig. »Aber warum waren Sie da?«

»Miss Bernay ist eine Bekannte von mir«, antwortete Michael und war sich dabei zutiefst bewusst, dass das Wort *Bekannte* eine etwas irreführende Bezeichnung war. »Ihre Schwester war zu mir gekommen und hatte mir gesagt, was passiert war, und ich ging zum Gericht, um zu sehen, ob ich ihr helfen konnte.«

»Aber Sie wussten, dass Lady Edith auch dort war, oder?«

»Ja. Doch das war kein Grund, unschuldige Frauen ins Gefängnis gehen zu lassen.«

Tamblins Gesichtsausdruck zeigte deutlich, dass er völlig anderer Ansicht war. »Glauben Sie nicht, der Friedensrichter hätte sie ohnehin freigelassen, auf Lady Ediths Aussage hin?«

»Weil sie sich auf die Privilegien des Adels berufen würde? Offenbar wissen Sie nicht, dass Lady Edith dem Gericht gegenüber zu erwähnen vergaß, dass sie die Tochter eines Lords ist. Es wäre wohl nie herausgekommen, wenn ich vor dem Friedensrichter nicht selbst darauf hingewiesen hätte.«

»Das ist doch absurd«, rief Tamblin aus.

»Was glauben Sie, warum es überhaupt so weit kam? Lady Edith hat kein Wort gesagt. Ich glaube, sie hatte es darauf angelegt, die Nacht im Gefängnis zu verbringen. Wenn es tatsächlich so war, hätte sie es ein wenig zu weit damit getrieben, dem neuesten Wahn der Oberschicht zu folgen, sich unter das gemeine Volk zu mischen, finden Sie nicht?«

»Darum geht es nicht«, fauchte Tamblin. »Es geht darum, dass Sie in einer öffentlichen Anhörung auftraten, obwohl Sie wussten, welchen Schaden es unserem Fall – und im Übrigen auch unserem Ruf – zufügen würde. Außerdem wüsste ich gern, warum Sie mir nie von dieser Julia Bernay erzählt haben. Offenbar hat Ihre ›Bekanntschaft‹ mit ihr Auswirkungen auf unseren Fall. Dass sie sich zum Beispiel unter anderem auf den Besuch der Medizinischen Schule vorbereitet.«

»Woher wissen Sie das?«

»Das hat sie bei der Polizei erklärt! Es steht in dem Vernehmungsprotokoll.«

»Sie möchte ein Studium aufnehmen, aber so weit ist es noch nicht; wie könnte darin also ein Interessenkonflikt bestehen?«

»Wie haben Sie diese Frau kennengelernt? Sind Sie ihr in der U-Bahn begegnet?« Tamblin deutete auf Michaels Nacken. »Die Krankenschwester, die Ihnen das Leben gerettet hat, das war doch Julia Bernay, oder nicht?«

Michael holte tief Luft. Er hätte wissen müssen, dass Tamblin als einer der fähigsten Anwälte Englands diese verschiedenen Informationen mit Leichtigkeit zusammensetzen würde.

Ein Obstverkäufer mit einem Korb Äpfeln trat zu ihnen. Michael kaufte ihm einen Apfel ab und kramte umständlich nach der richtigen Münze. Es war ein Versuch, Zeit zu schinden, doch Tamblin ließ sich nicht täuschen.

»Glauben Sie nicht, dass man zu Recht denken muss, dass Sie Miss Bernay gegenüber verpflichtet sind, nach dem, was sie für Sie getan hat?«, fragte er Michael, nachdem der Obstverkäufer weitergegangen war.

»Sie hat das Ganze ja schließlich nicht geplant.«

»Weichen Sie nicht aus. Es geht darum, ob sie seither Einfluss auf Sie hat.«

Das hatte sie. Natürlich hatte sie das. Doch nicht so, wie Tamblin dachte. Oder vielleicht doch, denn durch das Zusammensein mit ihr sah er manches anders, auch die Verleumdungsklage. Er hatte ihre Bitte um Lateinunterricht – die fast eine Drohung gewesen war – akzeptiert, weil er selbst das Bedürfnis hatte, mehr Zeit mit ihr zu verbringen. Er hatte geglaubt, diese Begegnungen aus den anderen Bereichen seines Lebens heraushalten zu können. Er hatte sich geirrt.

»Soll ich den Fall abgeben?«

Tamblin schlug zornig mit der flachen Hand auf die niedrige Mauerbrüstung. »Die bloße Tatsache, dass Sie mir diese Frage stellen, zeigt, wie weit das Ganze schon gegangen ist. Aber meine Antwort ist: Nein, Sie werden den Fall nicht abgeben. Sie werden stattdessen jeglichen weiteren Kontakt zu Miss Bernay abbrechen. Jeden! Endgültig!«

»Nein, Sir«, fuhr Michael auf. »Das ist zu viel verlangt. Das tue ich nicht.«

»Sie haben keine Wahl, Herr Rechtsanwalt.« Tamblin sprach jetzt ganz leise, fast drohend. »Diese Anweisung kommt nicht von mir, sie kommt von Lord Westbridge.«

»Und was lässt ihn glauben, sich so rücksichtslos in mein Leben einmischen zu dürfen?«

»Er hat von dem Zwischenfall vor dem Friedensrichter erfahren und wollte wissen, wer diese Frau ist und warum Sie solche Mühe auf sich nehmen, ihr zu helfen.«

»Nun, dann weiß er es jetzt. Und warum darf ich den Fall nicht abgeben?«

»Nach all der Arbeit, die Sie investiert haben, und nach allem, was Sie über unsere Strategie wissen? Niemals. Er möchte sich Ihrer Loyalität sicher sein.«

»Sie hat mir das Leben gerettet, Tamblin.«

»Sie haben ja keine Ahnung, wozu er fähig ist. Sämtliche Detektive hier in London tanzen nach seiner Pfeife. Er hat auch in Ihrem Leben ein paar Nachforschungen anstellen lassen. Heute Morgen hat er mich aufgesucht und war außer sich vor Wut über die Sache vor dem Friedensrichter. Aber mehr noch, er hat ein paar sehr beunruhigende Informationen über Ihre Familie herausgefunden.«

»Wenn Sie von meinem Vater sprechen – das ist schon seit Jahren öffentliches Wissen, einschließlich sämtlicher absurder Gerüchte, die nach seinem Tod verbreitet wurden.«

»Es geht nicht um Ihren Vater. Es geht um David Barker.«

Michael starrte ihn an. »Der Graf nimmt Anstoß an einem Mann, der durch harte, ehrliche Arbeit reich geworden ist? Sogar Seine

Lordschaft sollte akzeptieren, dass es heutzutage solche Menschen in England gibt.«

Tamblin zog die Augenbrauen hoch. Michael hielt es für eine Reaktion auf seinen Sarkasmus, bis Tamblin sagte: »Sie wissen es also wirklich nicht?«

Er hörte einen Hauch von Mitleid aus seiner Stimme heraus, was zusammen mit seiner Forderung die Sorge vor einer neuen Bedrohung in ihm aufsteigen ließ.

»Was weiß ich nicht?«

»Es ist ernst, Stephenson. Aber ich will nicht der sein, der es Ihnen sagt. Reden Sie mit Barker. Heute noch. Und dann sagen Sie mir, was Sie zu tun gedenken.«

Michael stand vor der Börse und wartete auf David. Nach seinem Gespräch mit Tamblin hatte er sich sofort auf den Weg gemacht. Was auch immer hier vorging, was auch immer der Graf und Tamblin wussten, Michael war sicher, dass Corinna keine Ahnung davon hatte. Seit dem Tod ihres Vaters hatten sie keinerlei Geheimnisse voreinander gehabt. Deshalb hatte Michael es für das Beste gehalten, gleich seinen Schwager selbst zu fragen.

Davids Angestellter hatte ihm gesagt, dass David an der Börse sei, wo er sich mit einem neuen Kunden treffen wollte. Michael wartete nun seit etwa einer Viertelstunde; jetzt kam David durch den Haupteingang. Er war in Begleitung eines anderen Mannes, eines Bankiers, den Michael aus seinem Klub kannte. Sie blieben stehen und reichten sich die Hände, dann ging der Bankier fort. Wenn das Davids neuer Kunde war, konnte er sich in der Tat gratulieren.

David setzte sich schwungvoll den Hut auf und blickte sich mit seiner gewohnten Freundlichkeit um. Michael konnte sich beim besten Willen nicht vorstellen, dass dieser Mann ein schreckliches, dunkles Geheimnis hütete. So etwas lag ganz einfach nicht in seiner Natur. Doch er war entschlossen, die Sache aufzuklären.

Er rief Davids Namen und ging auf ihn zu.

»Welch eine angenehme Überraschung«, empfing David ihn lächelnd. »Erzähl mir nicht, dass deine Geschäfte dich herführen. Keiner meiner Kunden hat momentan einen Prozess am Hals, und ich hoffe, dass es so bleibt.«

»Es geht nicht um Geschäfte. Ich muss mit dir über etwas anderes reden.«

»Ich wollte nach Hause gehen. Komm doch mit! Ich habe gerade eine Lieferung exzellenter Zigarren aus Kuba erhalten, du musst sie unbedingt probieren.«

Michael schüttelte den Kopf. »Es muss unter uns bleiben. Ich muss dir eine sehr persönliche Frage stellen – und das würde ich nicht tun, wenn es nicht für uns alle sehr wichtig wäre. Gibt es irgendetwas, dich oder deine Herkunft betreffend, das du mir nicht gesagt hast?«

Davids Lächeln erlosch. Er sah sich hastig um, ob jemand in der Nähe stand – ein Zeichen für Nervosität, das Michaels Ängste nur noch steigerte. Die Gegend war sehr belebt. Geschäftsleute kamen aus der Börse heraus oder betraten sie, Botenjungen liefen mit wichtigen Schreiben, die sie im Finanzdistrikt überbringen mussten, im Eilschritt an ihnen vorüber. Gerade hielt ein Omnibus und spuckte eine Ladung Passagiere aus.

»Lass uns in den Park fahren«, schlug David vor.

In der Droschke fragte er: »Wer hat dir von meiner Vergangenheit erzählt? Was weiß der Betreffende?«

Michael erzählte von seinem Gespräch mit Tamblin. »Ich war so ehrlich wie möglich mit dir«, schloss er. »Und ich erwarte dasselbe von dir.«

David blickte auf seine Hände hinunter, die er im Schoß verschränkt hatte. Dann sagte er schwer atmend: »Ich werde dir alles erzählen.«

Sie stiegen an der Ecke Hyde Park aus und gingen in den Park. Auch hier war es heute sehr belebt; die Menschen genossen das schöne Wetter, doch sie verteilten sich auf den Wegen und den weiten

Grünflächen des riesigen Parkareals. Michael und David hatten Raum genug, ungestört miteinander zu reden.

»Komm, setzen wir uns.« David deutete auf eine Bank, von der sich soeben eine Frau und ein Mann erhoben hatten.

Das Paar entfernte sich Arm in Arm, mit einer Unbeschwertheit, um die Michael die beiden beneidete. Eine Vorahnung sagte ihm, dass alles, wofür er die letzten Jahre geschuftet hatte, auf dem Spiel stand. Schlimmer noch, auch die Liebe, die er seit wenigen kostbaren Tagen kannte, war in Gefahr.

»Warm heute, nicht?« David zog ein Taschentuch heraus und presste es an die Stirn, doch das Zittern seiner Hand verriet, dass ihm weit mehr zu schaffen machte als die Nachmittagssonne. »Es tut mir leid, dass es so weit kommen musste. Es gibt Dinge, die ich dir und Corinna hätte sagen müssen, doch ich tat es nicht. Ich redete mir ein, es spiele keine Rolle mehr, ich sagte mir, dass ich meine Schuld gesühnt hätte und das Ganze erledigt sei. Doch das war ein Irrtum.«

Schuld gesühnt? »Was hast du uns nicht erzählt?«

»Ich wurde in einem Arbeitshaus geboren. Ich habe keine Ahnung, wer mein Vater war.«

Diese Eröffnung ließ Michael verstehen, warum David ihnen nichts über seine Vergangenheit erzählt hatte. Das Stigma des Arbeitshauses ließ sich nie ganz auslöschen – jedenfalls nicht in der feinen Gesellschaft. Und wenn er unehelich zur Welt gekommen war, war es gänzlich unmöglich.

David sah ihn mit einer Mischung aus Schuld und Angst an, als erwartete er, dass Michael ihn vor Zorn und Abscheu schlagen könnte. Und die Befürchtung war tatsächlich nicht ganz abwegig, denn eins stand fest: Damit war Corinnas Traum von Achtbarkeit ein für alle Mal ausgeträumt. Doch es hatte keinen Sinn, David zusammenzuschlagen. Michael musste einen kühlen Kopf behalten und die Situation so logisch wie möglich angehen. David war sein Schwager; diese Tatsache ließ sich nicht mehr ändern. Jetzt mussten sie sich etwas einfallen lassen.

Michael fragte ruhig: »Wie kam deine Mutter dorthin?«

David sah ihn an, dankbar für sein Mitgefühl. »Sie tauchte kurz vor der Entbindung im Arbeitshaus auf und erzählte, ihr Mann sei gestorben und sie hätte keinen Ort, wo sie hingehen könne. Ich wollte diese Geschichte natürlich glauben, auch wenn es vielleicht eine Lüge war, mit der sie sich einen letzten Rest von Würde bewahren wollte. Ein paar Jahre später ist sie gestorben.«

Er hielt inne und putzte sich die Nase. »Allergien«, murmelte er dabei.

Michael schwieg; er gestattete David einen Moment der Ruhe. Es konnte ihm nicht leichtgefallen sein, von diesen Erinnerungen zu erzählen – oder sie auch nur zuzugeben.

»Es war ein grausamer, herzloser Ort, wie du dir vielleicht vorstellen kannst. Als ich elf war, lief ich fort. Ich schlug mich nach Manchester durch. Dort geriet ich in schlechte Gesellschaft. Die anderen dort lehrten mich Taschendiebstahl, Einbrüche und vor allem die Freuden des Alkohols. Trinken machte mich glücklich, doch es besänftigte nicht meinen Zorn. Man kann seine Sorgen nie wirklich ertränken, ganz gleich, was die Leute sagen.«

Michael nickte. Er konnte sich die Wut eines jungen Mannes angesichts eines solchen Schicksals gut vorstellen.

»Eines Abends, es war schon sehr spät, mischten sich drei von uns unter die Besucher eines örtlichen Rummels. Zwei Jungen lenkten die Leute ab, der Dritte betätigte sich als Taschendieb. Es müssen Hunderte von Leuten dort gewesen sein und die meisten hatten schon ordentlich getrunken. Ich hatte ebenfalls getrunken, obwohl ich es hätte besser wissen müssen. Normalerweise wartete ich bis nach der Arbeit, doch diesmal nicht. Inzwischen benötigte ich regelmäßigen Nachschub an Alkohol. So kam es, dass ich unvorsichtig war. Mein Opfer merkte, dass es bestohlen wurde, und schlug Alarm. Ein paar Polizisten, die in der Nähe waren, verfolgten uns. Ich rannte in eine Seitenstraße und stieß dabei rücksichtslos die Leute zur Seite, die mir im Weg standen, darunter auch einen Mann. Ich versetzte ihm einen harten Stoß und er stürzte direkt vor eine heranfahrende Droschke.«

Diese schreckliche Geschichte – aus dem Munde Davids – war fast nicht zu glauben. David hielt inne; er beugte sich vor und blickte zu Boden; so hatte Michael Zeit, das Ganze überhaupt zu begreifen und sich zu fassen, denn es ließ auch in ihm Erinnerungen aufsteigen, die er lieber begraben gelassen hätte.

»Es war ein Unfall, doch das änderte natürlich nichts an den Auswirkungen der Wagenräder. Ich wurde wegen Totschlags angeklagt und zu zwölf Monaten Arbeitslager verurteilt. Doch ich war bereits ein anderer, als ich dorthin kam. Ich war vor dem Prozess wochenlang im Gefängnis – Wochen, in denen ich den Entzug durchmachte, Wochen, die mich beinahe umgebracht hätten. Das Zittern, das Fieber. Ich fand, dass es ein angemessener Tod für mich war. Doch ich starb nicht. Ich wurde vor Gericht gestellt und verurteilt und arbeitete zwölf Monate lang im Gefängnis. Und nicht einen einzigen Tag vergaß ich den Anblick des zerschmetterten Körpers des Mannes.

Ich war fünfzehn, als ich entlassen wurde, verbittert, hart geworden, aber reumütig. Ich bat Gott, mir zu vergeben. Der Gefängnisgeistliche hatte erkannt, dass meine Reue echt war. Er verschaffte mir eine Anstellung bei einem Kurzwarenhändler. Ich hätte nicht erwartet, dass gute Menschen überhaupt noch jemals etwas mit mir zu tun haben wollten, doch dieser Mann und seine Frau gaben mir eine Chance. Tagsüber erlernte ich ihren Beruf, nachts lehrten sie mich Lesen und Mathematik. Ich verbesserte meine Ausdrucksweise und meine Umgangsformen. Mit der Zeit betrachtete ich das Ehepaar als meine Eltern, und sie hatten auch nichts dagegen, dass ich sie so anredete.«

David lehnte sich zurück und fuhr sich erneut mit dem Taschentuch über die Stirn. »Jetzt kennst du meine Geschichte. Ich hoffe, du kannst mir irgendwie verzeihen, dass ich sie verschwiegen habe.«

»Warum hast du es uns nicht erzählt?«

»Michael, ich liebe deine Schwester. Ich nehme an, als ihr Bruder wunderst du dich, wie man sie lieben kann.« Er lächelte ironisch. »Corinna bedeutet mir mehr als alles auf der Welt. Als dein Vater starb und ich sah, dass ihr in einer schwierigen Lage wart, wusste ich, dass das meine Chance war, und wie jeder entschlossene Verehrer ergriff ich sie.«

Michael dachte an die Zeit, als David Corinna den Hof gemacht hatte. Alles, was er gesagt hatte, stimmte. Michael hatte genau gewusst, warum Corinna ihn heiratete. Doch sie war entschlossen gewesen, es zu tun, und alle fanden, dass es das Beste war.

»Ich wollte sie einfach nur für mich gewinnen und euch helfen«, fuhr David fort. »Aber ich hatte Angst, dass sie mich nicht heiraten würde, wenn sie meine Geschichte kannte. Sie hätte sich Sorgen machen können, dass ich wieder dem Alkohol verfallen würde. Um ehrlich zu sein, habe ich selbst Angst davor. Deshalb bin ich Abstinenzler und genieße stattdessen lieber eine gute Zigarre.«

»Ich habe mich manchmal darüber gewundert«, gab Michael zu. Er hatte angenommen, es hätte etwas mit Davids Wohltätigkeitsarbeit zu tun, denn die Vereine, die er unterstützte, traten alle für Abstinenz in der Arbeiterklasse ein.

»Aber«, fuhr David fort, »meine größte Sorge war Corinnas glühender Wunsch, ihre Stellung in der Gesellschaft wiederzugewinnen. Eine solche Frau würde mich mit Sicherheit nicht heiraten. Wenn meine Geschichte bekannt wurde, wer würde uns dann noch in den besten Kreisen aufnehmen? Ich selbst lege keinen Wert auf diese Dinge, aber für Corinna sind sie wichtig, und ihre Wünsche sind auch meine.«

Michael dachte an den Mann, den er vorhin in Davids Gesellschaft gesehen hatte. Sein neuester Kunde war ein höchst achtbares Mitglied der feinen Gesellschaft. »Es würde auch deinem Geschäft schaden.«

»Das stimmt«, gab David zu. »Und wie sollte ich dann für Corinna sorgen können, so wie sie es sich wünscht und verdient?«

Das war der Punkt, um den sich jetzt alles drehte.

»Michael, was können wir tun, damit das alles nicht bekannt wird?«, fragte David ruhig.

»Tamblin hat mir gesagt, die Information wird so lange vertraulich bleiben, wie ich weiter bei dem Verleumdungsprozess mitarbeite – und jeden Kontakt mit Julia Bernay abbreche.«

David runzelte die Stirn. »Das scheint mir ein wenig übertrieben. Warum stellt er eine solche Bedingung?«

»Ich glaube, der Lord will die Schule ruinieren und mit ihr jeden, der auch nur die geringste Verbindung zu ihr hat. Er lässt nicht zu, dass ich meine Zeit mit jemandem verbringe, der seiner Ansicht nach gemeinsame Sache mit seiner Tochter macht.«

»Warum schmeißt er dich nicht einfach raus?«

»Er fürchtet, ich könnte die Seiten wechseln und der Verteidigung helfen. Das wäre natürlich eine bodenlose Gewissenlosigkeit von mir und eine Missachtung jeglicher Ethik, aber Seine Lordschaft vertraut niemandem. Und mir schon gar nicht mehr, jetzt, nachdem diese Information über mich und Julia ans Licht gekommen ist.«

»Nun, ich vertraue dir bedingungslos«, erklärte David. »Ich weiß, dass du ein guter Mensch bist und nichts tun würdest, das deiner Familie schadet. Ich bitte dich, Corinna nichts von all dem zu erzählen, zumal jetzt nicht in ihrem Zustand. Sie wäre am Boden zerstört, und wer weiß, welche Auswirkungen das für sie und das Kind hätte.«

»Da bin ich deiner Ansicht«, sagte Michael grimmig. »Das werden wir für uns behalten.«

»Es tut mir leid, dass du Miss Bernay nicht mehr sehen kannst. Ich weiß, dass du dich ihr verpflichtet fühlst, nach allem, was sie für dich getan hat. Vielleicht kannst du einen anderen Lehrer für sie finden.«

Wenn Corinna den Verdacht hatte, dass Michael sich zu Julia hingezogen fühlte, hatte sie ihrem Mann jedenfalls nichts davon erzählt. David ging offensichtlich davon aus, dass Michaels Verhältnis zu Julia sich allein auf den Unterricht beschränkte.

Eine dumpfe Benommenheit legte sich auf ihn, als er über die Entscheidung nachdachte, die er treffen musste. Im Grunde hatte er keine Wahl. Nach den vielen Opfern, die Corinna für ihn gebracht, und allem, was David für sie beide getan hatte, durfte er auf keinen Fall etwas tun, das die beiden in Gefahr brachte.

Doch was ihn das kosten würde, daran wagte er nicht einmal zu denken.

23

Julia ging in dem kleinen Park auf und ab und wartete auf Michael. In den letzten Tagen war sie in fortwährendem inneren Aufruhr gewesen, sosehr sie sich auch bemüht hatte, vernünftig nachzudenken. Ihre Gebete hatten sie ein wenig getröstet, doch sie hatte keine Antwort gefunden, die sich richtig anfühlte.

Sie dachte an Dr. Anderson, die für sie der Beweis war, dass eine Frau verheiratet sein und trotzdem Karriere als Ärztin machen konnte – und sogar eine ganz außergewöhnliche Karriere. Julias Arbeit als Missionarin würde sie weit von England fortführen, doch nun war ihr Traum zu einer Last geworden, die ihr das Herz schwermachte. Wenn sie ihn aufgab – hieß das, einen Mann über ihren Glauben zu stellen? Sie schwankte unaufhörlich zwischen den beiden Möglichkeiten, die sich ihr boten, entschied sich für die eine, um gleich darauf ebenso entschieden der anderen zuzuneigen.

Heute waren noch andere Besucher im Park. Eine Kinderfrau schob einen Kinderwagen vor sich her; neben ihr lief ein kleines Mädchen. Auf einer Bank etwas weiter entfernt saß ein älterer Gentleman, der aussah, als döse er in der Sonne. Was auch immer heute zwischen Julia und Michael geschehen würde, Küsse unter den Bäumen würden nicht dazugehören. Sie sagte sich, dass das nur gut sei und dass es ihr helfen würde, stark zu bleiben. Sie musste sicher sein können, dass ihre Entscheidung auf dem Willen Gottes basierte und nicht auf unzuverlässigen Gefühlen.

Sie behielt die ganze Zeit den Eingang des Parks im Blick, doch Michael war nirgends zu sehen. Seltsam. Vielleicht verspätete er sich wegen seiner Arbeit. Sie konnte sich nicht vorstellen, dass er zu spät zu ihrer Verabredung kam, nicht nach seinen leidenschaftlichen Erklärungen, mit denen sie sich vor ein paar Tagen getrennt hatten.

Doch jede Minute, die verstrich, schien zu bestätigen, dass er wohl doch einen Sinneswandel durchgemacht hatte. Bei dem Gedanken stieg eine tiefe Traurigkeit in ihr auf. Andererseits – hatte sie nicht genau deswegen eine Trennung vorgeschlagen? War es nicht besser, es jetzt herauszufinden, bevor sie unumstößliche Entscheidungen getroffen hatten? Damit war sie wieder bei ihrer Überzeugung, dass sie sich nicht von ihren lang gehegten Träumen abbringen lassen durfte, auch wenn diese ihr einen völlig anderen Weg vorschrieben.

Doch was, wenn er doch noch kam und sie abermals leidenschaftlich zu überzeugen versuchen würde? Würde sie ihm widerstehen können?

Julia schritt schneller aus, holte tief Luft und zwang sich, die verrückten Tagträume mit Vernunft zu bekämpfen. So lange sie sich zurückerinnern konnte, hatte sie wichtige Ziele in ihrem Leben verfolgt, die nicht das Geringste mit romantischer Liebe zu tun hatten. Sie würde nicht den törichten Vorstellungen erliegen, für die ihr Geschlecht so anfällig war – vor allem ihre Schwester Cara. Als Cara ihr – genau hier, in diesem Park – ins Ohr geflüstert hatte, wie froh sie sei, dass Julia sich endlich verliebt hatte, hätte Julia die Gefahr erkennen müssen und nicht zulassen dürfen, dass Michael die Sache so weit trieb. Doch sie hatte nicht auf die Warnung gehört und jetzt musste sie eine unmögliche Wahl treffen.

Am Ende des Parks angelangt, drehte sie sich um und sah Michael am Tor stehen und nach ihr Ausschau halten. Er entdeckte sie ebenfalls und kam mit einer ernsten Entschlossenheit auf sie zu, die Julia schon aus der Entfernung alles sagte.

Sie atmete tief ein, schluckte, ballte die Fäuste und spannte sämtliche Muskeln an, als könne sie sich auf diese Weise stählen und ihre Gefühle im Zaum halten. Sie wollte nicht schwach sein. Schwäche lag nicht in ihrer Natur und sie würde jetzt nicht damit anfangen. Wenn doch nur ihre Beine auf diese Botschaft hören würden, die so entsetzlich zitterig waren, als sie Michael jetzt entgegenging!

Beide blieben ein paar Schritte voneinander entfernt stehen.

Michaels Gesichtsausdruck war distanziert und kühl. Doch in seinen Augen lag etwas Unsicheres. Vielleicht hielt er sich zurück, wollte zuerst sehen, wie sie reagierte? Damit hatte sie nicht gerechnet, nicht nach seinem Verhalten beim letzten Mal.

»Ich dachte, du kommst gar nicht mehr«, sagte sie.

»Natürlich bin ich gekommen. Ich musste kommen.« Er sagte es so bedrückt, dass es klang wie eine unangenehme Aufgabe. »Ich muss dir sagen, dass wir uns nicht mehr sehen können.«

Julia keuchte auf. Seine Worte bestätigten, was sie in dem Moment, in dem sie seiner ansichtig wurde, in seinem Verhalten wahrgenommen hatte, doch als er es jetzt aussprach, war sie fassungslos.

»Ich … ich verstehe.« Sie hob das Kinn und straffte die Schultern; jetzt blieb ihr nur noch, sich den Anschein ruhiger Distanziertheit zu geben. »Ehrlich gesagt halte ich das ebenfalls für das Beste. Ich bin dir sehr dankbar für alles, was du für mich getan hast, doch wir verfolgen so unterschiedliche Ziele im Leben, dass wir nicht erwarten können, dass zwischen uns etwas sein kann, außer vielleicht gegenseitige Bewunderung …«

»Julia.« Ein einziges Wort und sie verstummte.

Sie verschränkte die Arme und wandte den Blick ab, voller Angst, dass er die dummen Tränen sehen könnte, die ihr in die Augen gestiegen waren, oder das lächerliche Beben ihrer Unterlippe. Sie biss sich auf die Lippen, um ihre Schwäche zu verbergen. Sie wollte nicht weinen. Vielleicht sollte sie wütend sein, weil er so kühl alles zurücknahm, was er bei ihrer letzten Begegnung gesagt und getan hatte, doch sie fand keinen Zorn in sich.

Michael überbrückte mit einem schnellen Schritt den Abstand zwischen ihnen. Er nahm sie nicht in die Arme, obwohl sie dachte, dass er aussah, als wünsche er es sich – was für törichte Gedanken! Jetzt stand er nur wenige Zentimeter von ihr entfernt und sprach sanft und doch eindringlich auf sie ein. »Ich muss *dir* dankbar sein! Ich kann nicht in dem Wissen gehen, dass du denken musst, mir liegt nichts an dir, oder dass meine Gefühle für dich sich in irgendeiner Weise geändert hätten. Ich dachte, ich könnte es, und vielleicht wäre es besser für uns beide gewesen. Aber es ist unmöglich.« Er sah sie beschwörend an. »Darf ich es dir erklären?«

Ein Gefühl in der Magengrube sagte Julia, dass weitere Erklärungen es nicht besser machen würden, doch ihre Beine waren noch immer nicht zuverlässig, deshalb unternahm sie gar nicht erst den Versuch fortzulaufen.

Sie sank auf eine nahe stehende Bank. Michael setzte sich neben sie, allerdings mit gehörigem Abstand. Julia hatte den Eindruck, dass er sich nervös umgesehen hatte, bevor er sich setzte. »Stimmt etwas nicht?«, fragte sie. »Ich meine, außer …«

Sie konnte den Satz nicht beenden.

Er antwortete nicht. Er sah aus, als versuche er zu entscheiden, wo er anfangen sollte.

»Sag es einfach, wie es ist.«

Wenn ihre Stimme sarkastisch klang, dann nur, weil ihre Nerven zum Zerreißen gespannt waren. Sie bereute ihren Ton sofort, als sie sah, wie er zusammenzuckte.

Doch er begann: »Julia, es gibt Umstände, die ich nicht erklären kann, die jedoch erfordern, dass wir uns nicht mehr sehen.«

»Du brauchst sie mir nicht zu erklären.«

Er drehte sich zu ihr. »Ich liebe dich, Julia. Bitte glaube mir, das Ganze hat nichts mit meinen Gefühlen für dich zu tun. Damit, wie sehr ich dich will …«

Seine Stimme verklang, als Julia die Augen schloss, um ihre Tränen zurückzuhalten.

»Es steht Wichtiges auf dem Spiel, was das Wohlergehen meiner Familie betrifft. Ich kann es nicht ignorieren. Du wirst die Gründe für mein Verhalten nicht verstehen, aber ich weiß, dass du die Motivation dahinter verstehst. Wir haben schon über die Bedeutung von Familie gesprochen.«

Julia verstand ihn vollkommen. Er würde Laura Maynard heiraten. Er brauchte eine Adlige zur Frau. Vielleicht fehlte nur das, um Corinna die Rückkehr in die Gesellschaft zu ermöglichen. Michael hatte keinen Zweifel daran gelassen, was er seiner Schwester schuldig war.

»Es gibt nichts Wichtigeres als die Familie«, stimmte sie zu, doch es klang sogar in ihren eigenen Ohren hohl. Vielleicht wäre es besser gewesen zu glauben, dass er einfach zur Vernunft gekommen war, gemerkt hatte, dass er seine Karriere und seine gesellschaftlichen Ambitionen über eine vorübergehende Neigung zu einer Frau stellen musste, die nicht in seinen Lebensplan passte. Hören zu müssen, dass er sie noch immer liebte, aber die Pflicht über sein Herz stellte, war sehr viel schlimmer, denn es war ein stiller Vorwurf für sie, weil sie so nahe daran gewesen war, das Gegenteil zu tun.

Wenn sie jetzt ging, hätte sie gerade noch genügend Kraft, um ein wenig Würde aufzubringen. Sie stand auf. »Ich muss gehen.«

Er erhob sich ebenfalls. »Warte! Ich muss dir noch eines sagen. Ich möchte dir weiter helfen – mit dem Unterricht, meine ich. Ich kann einen Lehrer für dich bezahlen.«

»Das möchte ich nicht. Du hast alles, was du mir möglicherweise schuldig warst, voll und ganz zurückgezahlt.«

Sie verlangsamte ihre Schritte nicht – bis seine behutsame Hand auf ihrem Arm sie aufhielt.

»Wie kann man seine Schuld gegenüber einem Menschen begleichen, dem man das Leben verdankt?«

Die zärtliche Aufrichtigkeit in seiner Stimme hätte sie beinahe um ihre Fassung gebracht. Sie sah ihm in die Augen, obwohl sie wusste, dass sie auf diese Weise ihr letztes bisschen Selbstbeherrschung aufs Spiel setzte. Sie wollte noch einmal in sein Gesicht sehen – die grauen Augen, die Narbe, die nur zum Teil vom Haaransatz verdeckt wurde. Den Mund, der sich in den seltenen Momenten, wenn ihn etwas amüsierte, zu einem Lächeln verzog. Alles, was sie so schrecklich vermissen würde.

»Es gibt viele Dinge im Leben, die man nicht ausgleichen kann«, sagte sie. »Wenn es so ist, können wir nur die Dankbarkeit in unseren Herzen bewahren und dürfen nie vergessen, dass jemand uns ein großes, unschätzbares Geschenk gemacht hat.«

Sie sprach auch von sich selbst, von dem, was er für sie und vor allem für Cara getan hatte. In seinen Augen sah sie, dass er sie verstand.

Es fiel ihr schwer zu gehen, aber sie ging. Irgendwie gelang es ihr, ihre Beine in Bewegung zu setzen. Sie musste mit ihrem Verstand glauben, dass der Entschluss das Beste für sie beide war, ganz gleich, wie es zu ihm gekommen war. Doch irgendwo, tief in ihrem Innern, weigerte sich ihr unvernünftiges Herz, sich zu fügen.

Julia gehen zu sehen, war das Schwerste, was Michael je hatte tun müssen. Diese Frau, die ihm so viel bedeutete, verließ nun sein Leben. Und er musste es zulassen.

Es wäre leichter gewesen, wenn sie zornig auf ihn gewesen wäre, wenn sie ihm Vorwürfe gemacht und ihm gesagt hätte, was für ein schrecklicher Mensch er sei. Vielleicht zeugte es von seiner Eitelkeit, aber er hatte sich sogar darauf gefasst gemacht, dass sie in Tränen ausbrechen könnte.

Ihre kühle Zustimmung war kaum zu ertragen. Sie hatte ihn nicht einmal nach Details gefragt. Er hielt es für absolut möglich, dass sie ihn, wenn er ihr heute einen Heiratsantrag gemacht hätte, abgewiesen hätte. Ihr Ziel, Missionarin zu werden, war ihr wichtiger als alles andere. Und wer war er, etwas dagegenzusagen? Vielleicht bestimmte der Allmächtige ja wirklich ihren Weg, vielleicht hatte Michael nur eine Rolle in Gottes Plan gespielt, um sicherzustellen, dass sie nicht vom Weg abkam?

Nein. Das konnte er nicht glauben. Diesen Entschluss hatten allein der Hass und die Verbitterung des alten Grafen erzwungen. Er blieb noch lange stehen, ließ Julia Zeit, den Park zu verlassen und sich weit genug zu entfernen, dass er nicht Gefahr lief, sie noch einmal zu sehen. Es war ein Gefühl, als sei sein Leben zu Ende.

Irgendwann erhob sich auch der alte Mann auf der ein wenig entfernt stehenden Bank und ging. Wahrscheinlich wohnte er ganz in der Nähe. Dennoch war Michael ein wenig nervös geworden, als er ihn gesehen hatte. Jetzt, da er wusste, dass der Graf von Westbridge ein Netz von Detektiven hatte, die für ihn arbeiteten, neigte er dazu, an jeder Straßenecke Verfolger zu entdecken.

Er versuchte, diese Gedanken abzuschütteln, und machte sich auf den langen Rückweg nach Gray's Inn. Er brauchte jetzt Bewegung, irgendetwas, das ihn abhielt, sich in Kummer und Selbstmitleid zu verlieren. Viel besser war es, sich dem Zorn und der Entrüstung, in eine solche Lage gebracht worden zu sein, hinzugeben. Er saß in der Falle, wegen der Bedürfnisse seiner Schwester, wegen der Geheimnisse seines Schwagers und vor allem wegen der Rachgier eines Mannes, der vor nichts zurückschreckte, um zu bekommen, was er wollte.

Als er Gray's Inn erreichte, war es spät genug, davon auszugehen, dass die Angestellten schon nach Hause gegangen waren. Tamblin jedenfalls war bestimmt nicht mehr da, er traf sich an den Donnerstagabenden immer mit einer kleinen Gruppe von Anwälten und Jurastudenten, um über die interessantesten Fälle der Woche zu sprechen. Gott sei Dank; Michael hatte nicht den geringsten Wunsch, Tamblin heute noch zu sehen.

Er wollte gerade die Stufen zu seiner Wohnung hinaufgehen, als einer seiner Angestellten, Bob Masters, aus der Bürotür kam.

»Da sind Sie ja, Sir«, sagte Masters. Michael meinte einen leichten Tadel aus seiner Stimme herauszuhören. »Hatten Sie vergessen, dass Sie heute Nachmittag einen Termin mit dem Anwalt für die Kupfermine hatten?«

Michael rieb sich frustriert die Stirn. »Ja, das habe ich!«

Jetzt konnte er der wachsenden Liste seiner Fehler auch noch Pflichtvergessenheit hinzufügen.

»Ich habe ihm gesagt, dass Sie wegen eines dringenden Falles abberufen wurden, und es so formuliert, dass er denken musste, es handle sich um den Verleumdungsprozess. Da hat er sich dann ein wenig beruhigt, weil er Seine Lordschaft sehr bewundert.«

»Sie sind ein ausgezeichneter Mitarbeiter, Masters. Sie können lügen, ohne zu lügen.«

Masters strahlte. »Gehört alles dazu, Sir. Allerdings dachte ich wirklich, dass Sie bei Seiner Lordschaft sind. Wegen der heutigen Neuigkeiten.«

»Welche Neuigkeiten?«

»Wissen Sie es denn noch nicht? Das Datum für die Anhörung in dem Verleumdungsprozess wurde festgesetzt. Auf den fünfundzwanzigsten Mai.«

»Nein, das wusste ich nicht.«

»Wir sind jedenfalls bereit, Sir«, meinte Masters fröhlich. »Es sieht bestens aus. Wir werden den Prozess gewinnen.«

»Ja«, antwortete Michael bedrückt, ohne Rücksicht darauf, was der Angestellte von seiner bekümmerten Stimmung denken mochte, »ja, das werden wir.«

24

Julia saß im Büro von Pfarrer Dr. MacKenzie, dem Leiter der Missionsgesellschaft, der Julia nach ihrer Approbation beitreten wollte.

Sie hatte die Gesellschaft, kurz nachdem sie nach London gekommen war, angeschrieben und um einen Termin bei Dr. MacKenzie gebeten. Die Tatsache, dass er ihr erst gestern geantwortet hatte, hielt sie für einen Zufall. Nun hoffte sie, dass das Gespräch ihre Lebensgeister neu entfachen würde. Mehr denn je musste sie ihren Kopf und ihr Herz auf die Zukunft ausrichten.

Fast eine Stunde lang beschrieb Dr. MacKenzie ihr die Missionsstationen in Südostafrika. Er zeigte ihr die große Karte von Afrika, die hinter ihm an der Wand hing; die Camps der Gesellschaft waren eingetragen und rot umkreist. Er erzählte ihr von den Schulen und den praktischen Fertigkeiten, die man die Einheimischen lehrte, von Nähen und Kochen für die Mädchen bis zu Bauen und Landwirtschaft für die Jungen.

»Das ist alles sehr interessant«, meinte Julia, »aber was können Sie mir über die Kliniken sagen?«

»Kliniken? O ja, es gibt in jedem Camp eine Klinik. Sie werden von zwei Ärzten betreut, die ständig zwischen ihnen hin und her reisen und sich um die schwersten Fälle kümmern.« Er schlug ein Kassenbuch auf, das auf seinem Schreibtisch lag. »Für welchen Beitrag darf ich Sie eintragen?«

»Ich möchte helfen, wo immer es nötig ist. Ich bin bereits ausgebildete Krankenschwester und beginne jetzt meine Ausbildung zur Ärztin. Sie wird drei Jahre dauern, aber ich dachte, ich sollte vielleicht schon jetzt mit der Korrespondenz mit Ihrem ärztlichen Personal beginnen. Ich wüsste gern, auf welche medizinischen Schwerpunkte ich mich in meinem Studium konzentrieren soll.«

»Dann muss ich Sie missverstanden haben.« Dr. MacKenzie griff nach einem Blatt Papier, das neben dem Buch lag. Julia erkannte den Brief, den sie ihm vor einigen Monaten geschrieben hatte. »Als Sie darum baten, mit mir darüber reden zu dürfen, auf welche Weise Sie unserer Mission helfen können, glaubte ich, Sie dachten an eine finanzielle Spende.«

»Ich entschuldige mich für dieses Missverständnis, aber ich bin leider nicht in der Lage, Geld zu spenden. Ich bin Studentin, meine Mittel sind sehr beschränkt.«

»Mit ›Beitrag‹ meinten Sie also …?«

»Ich meinte mich selbst und meine Fähigkeiten! Ich werde mich zur Ärztin ausbilden lassen, bevor ich der Missionsgesellschaft beitrete.« Sie lächelte ihn in der Hoffnung an, ein wenig Dankbarkeit oder doch wenigstens Interesse in seiner Miene zu sehen.

Doch Dr. MacKenzie schüttelte nur den Kopf und machte eine abwehrende Geste. »Nein, nein, nein; das ist unmöglich.« Er schlug das Buch mit einem Knall zu. »Wir schicken keine Ärztinnen nach Afrika.«

»Aber das haben Sie doch bereits – Dr. Jane Waters.«

Die Erwähnung von Dr. Waters schien den finsteren Ausdruck auf dem Gesicht des Mannes noch zu verstärken. »Dr. Waters arbeitet nicht mehr für uns. Sie hat die Mission verlassen, nicht ohne viel Ärger zu verursachen und unserer Arbeit großen Schaden zuzufügen.«

»Wie bitte?« Davon hatte Julia noch gar nichts gehört.

»Sie erhob völlig unbegründete Vorwürfe gegen unsere Leute; behauptete, sie seien fahrlässig in der Ausübung ihrer Pflichten. Dabei lief alles so gut. Doch sie war so vermessen zu glauben, sie könne als völliger Neuling auf dem Kontinent, gerade erst approbiert als Ärztin und ohne jede praktische Erfahrung, unseren bewährten Missionaren sagen, wie sie ihre Arbeit zu tun hätten.«

»Aber sie hatte doch sicher nur die allerbesten Absichten«, protestierte Julia. Sie kannte Jane Waters nicht, fühlte sich aber gedrängt, sie zu verteidigen. »Vielleicht verfügte sie über Informationen, etwa neuere Kenntnisse und Methoden, da sie frisch vom Studium kam …«

»Alles, worüber sie verfügte, waren Respektlosigkeit und ein unerhörter Mangel an Etikette!«

Das schien ihr eine sehr harte Beurteilung, doch Julia befand sich nicht in der Lage, sie anzufechten.

»Deshalb haben wir nach reiflicher Überlegung beschlossen, neue Richtlinien festzulegen. Unsere Missionarinnen haben nur noch zwei Aufgaben: Sie lehren die Kinder lesen und die älteren Mädchen die Fertigkeiten, die sie als Hausfrauen brauchen.«

Julia traute ihren Ohren nicht. »Die Fertigkeiten, die sie als Hausfrauen brauchen«, wiederholte sie tonlos.

»Und natürlich – vor allem anderen – das Evangelium. Wenn Sie den Wunsch haben, das Evangelium an den äußersten Enden der Erde zu verkündigen, wie unser Herr es geboten hat, sollte das dann nicht auch Ihre Priorität sein? Sie haben mir erzählt, dass Sie ein Jahr am Queen's College waren. Meiner Ansicht nach sind Sie dadurch mehr als qualifiziert für die Missionsarbeit. Warum noch drei Jahre warten, wenn Sie jetzt gleich gehen können? Sie brauchen nur noch das Ausbildungsprogramm zu absolvieren; dazu gehören Theologieunterricht und eine Einführung in die Funktionsweise einer Missionsstation sowie die Unterweisung in die Anforderungen an unsere Missionare. Das alles dauert nur wenige Monate.«

»Bei allem Respekt, Sir, warum soll ich nicht lieber eine ärztliche Ausbildung absolvieren, die in diesem Land von größtem Nutzen sein könnte?«

»Miss Bernay, ich bin jetzt seit fast dreißig Jahren Direktor der Missionsgesellschaft. Es gibt nur sehr wenig, was ich noch nicht gesehen und erlebt habe.« Er lächelte herablassend. »Sie dürfen mir glauben, wenn ich Ihnen sage, dass ich weiß, was das Beste ist. Es gibt keine Unordnung und keinen Streit, wenn jeder in den Grenzen seiner spezifischen Verantwortlichkeiten agiert.«

Julia stand auf. »Es tut mir leid, Sir, aber ich möchte Ärztin werden.«

»Das ist Ihre Entscheidung.« Er wirkte nicht sonderlich enttäuscht. Bevor sie ging, sagte er noch: »Nehmen Sie sich die Zeit, das, was ich gesagt habe, noch einmal im Gebet zu überdenken. Bestimmt werden Sie mich dann verstehen und mir zustimmen.«

Julia traf zusammen mit Lisette und Colleen im Chemielabor ein. Heute standen mehrere Übungen auf dem Plan. Das war normalerweise sehr interessant, doch Julia war immer noch völlig außer sich über Dr. MacKenzies Eröffnungen. Wütend knallte sie ihr Chemiebuch auf den Tisch.

»Vorsicht, die Glaskolben!«, mahnte Lisette. »Was ist denn los?«

»Ich hatte gerade einen Termin bei dem Direktor der Missionsgesellschaft.«

»Danach wäre ich auch gereizt«, witzelte Lisette.

Colleen war einfühlsamer: »Was ist passiert?«

Während sie das Experiment aufbauten, erzählte Julia ihnen von ihrer Unterredung mit MacKenzie.

»Kein Wunder, dass er ärgerlich wurde, als du Jane Waters erwähntest«, sagte Lisette. »Sie bekam Schwierigkeiten, weil sie die Misshandlung der Einheimischen im Lager anprangerte. Wenn sie ein Mann wäre, hätte man vielleicht auf sie gehört und sie einen Reformer genannt. Doch da sie eine Frau ist, bezeichneten sie sie als Aufwieglerin und Wichtigtuerin und haben sie praktisch rausgeworfen. Dr. Anderson hat erzählt, Jane sei dann nach Kapstadt gegangen und habe dort eine eigene Praxis eröffnet, die sehr gut zu laufen scheint. Sie wird ihre Revanche bekommen. Mit ihrer Arbeit wird sie Tausende von Menschen erreichen und darüber hinaus sehr gut verdienen, nehme ich jedenfalls an.«

»Ich freue mich, dass ihre Praxis floriert, aber es ist nicht vorrangig, Geld zu verdienen.«

»Natürlich ist es das! Wir leisten einen wichtigen Dienst. Verdienen wir nicht eine angemessene Entlohnung dafür?«

»Ich meinte nur, Jane Waters wollte mit ihrer Arbeit doch auch zur Verherrlichung Gottes beitragen.« Julia hatte ein paar Artikel gelesen, die Jane für eine christliche Zeitung verfasst hatte, bevor sie nach Afrika ging.

»Religion und Medizin haben nichts miteinander zu tun«, meinte Lisette. »Jedenfalls nicht richtige Medizin.«

»Das stimmt nicht«, protestierte Julia. »Was ist mit den vielen Krankenschwestern in Frankreich und Deutschland, die Nonnen sind?«

»Es ist immer noch ihr medizinisches Wissen, mit dem sie die Menschen heilen«, beharrte Lisette. »Der Rest ist unwichtig. Wenn man Arzt sein möchte, muss man allen religiösen Aberglauben ablegen. So etwas hat noch nie jemandem geholfen! Nur die Wissenschaft bringt echte Antworten.«

Julia wusste, dass Lisette nicht religiös war, doch sie hatte noch nie bemerkt, dass sie der Religion so feindlich gegenüberstand. »Da bin ich anderer Ansicht. Das Spirituelle hat sehr viel größere Auswirkungen auf das Körperliche, als wir uns im Moment noch vorstellen können. Es ist zu unserem eigenen Schaden, wenn wir es ignorieren. Ich war immer überzeugt, dass ich aus meinem Glauben heraus den Menschen helfen möchte und nicht, dass ich ihn erst einmal ablegen muss, um zu helfen.«

»Im Moment bildet sich eine Bewegung, die Ärztinnen nach Indien schicken will«, meinte Colleen. »Sie werden dort für die Hindufrauen gebraucht, die streng von den Männern getrennt leben und niemals einen Arzt aufsuchen würden. Vielleicht könntest du ja dort hingehen.«

Darüber hatte Julia noch nicht nachgedacht. Seit sie vor ein paar Jahren eine Flugschrift über Afrika gelesen hatte, war sie entschlossen, als Missionarin dorthin zu gehen. Und es war ihr schon immer ein Anliegen gewesen, sich sowohl um die spirituellen als auch um die körperlichen Bedürfnisse der Menschen kümmern. Wo konnte sie das besser als in Afrika, wo Millionen von Menschen noch nie vom Evangelium Christi gehört hatten? Andererseits, wenn die

Tür in Indien offenstand, sollte sie vielleicht einen Blick hineinwerfen.

»Man darf aber nicht versuchen, sie zu bekehren«, warnte Lisette, und damit war dieser neue Vorschlag für Julia erledigt. »Die haben da sehr strenge Regeln. Es sind hochstehende Damen der hinduistischen Gesellschaft und weder sie noch ihre Männer möchten etwas an ihrer Religion ändern.«

Sie machten sich an die Arbeit, doch Julia war noch immer aufgebracht. Es sah aus, als seien ihr beide Möglichkeiten, die sie heute erwogen hatte, gleichermaßen verschlossen: Entweder konnte sie als Missionarin arbeiten, aber nicht als Ärztin, oder sie arbeitete als Ärztin, aber nicht als Missionarin.

Sollte sie auf ihr Medizinstudium verzichten? Nein. Sie war sicher, dass das Gottes Wille für ihr Leben war, deshalb stand dieses Ziel auch an allererster Stelle. Rosalyn hatte ihr einen guten Rat gegeben: Halte dich an das, was du weißt; den Rest überlasse Gott.

Doch was, wenn die Schule geschlossen wurde? Julia dachte an die Verleumdungsklage und an die Enttäuschungen im Leben des Grafen, die ihn zu einem solchen Hass getrieben hatten. Es musste schlimm für ihn gewesen sein, seinen Sohn zu verlieren. Vermutlich würde er sein Erbe mit allen Mitteln zu bewahren versuchen.

»Mein Vater glaubt, ich würde meine Einstellung ändern, wenn er die Schule schließt, und würde wieder die pflichtbewusste Tochter werden und nach Hause zurückkommen«, hatte Edith gesagt. Doch wenn Seine Lordschaft seine Tochter wirklich zurückgewinnen wollte, hatte er den völlig falschen Weg eingeschlagen.

Vielleicht war auch Julia auf dem falschen Weg gewesen. Sie hatte geglaubt, durch ihren Umgang mit Michael den Ausgang des Prozesses beeinflussen zu können. Das war nicht nur ein Irrtum, sondern hatte sich als Katastrophe für ihr Herz herausgestellt. Michael erfüllte seine Pflicht und tat, was er als richtig erkannt hatte. Julia würde nicht zögern, ebenso zu handeln. Wenn sie überhaupt irgendetwas bewirken wollte, musste sie am richtigen Hebel ansetzen.

Sie würde mit dem Grafen sprechen.

Michael stand nach einer schlaflosen Nacht auf, erledigte seine Morgenroutine und verzehrte in bedrückter Stimmung sein Frühstück. Dann saß er in seinem stillen Zimmer und war unfähig, sich zu rühren. Und plötzlich, zum ersten Mal seit dem Tod seiner Mutter, betete er wirklich. Er sprach ein aufrichtiges Gebet und schüttete Gott vorbehaltlos sein Herz aus. Dieses Gebet glich nicht im Geringsten dem, was er an Ostern und auch später versucht hatte, als er auf Julias Bitte hin gebetet hatte. Nach allem, was geschehen war, und vor allem, nachdem er Julia verloren hatte, dachte er eigentlich, das Beten ein für alle Mal ad acta legen zu können, doch er war entschlossen, es noch ein Mal ernstlich zu versuchen.

Er hielt dieses Gebet nicht für gut, was die Worte oder Wendungen betraf, die ein Gebet enthalten sollte. Er sagte Gott einfach nur, was ihn bedrückte. Was sollte er für Julia tun? Was konnte er tun? Er musste etwas tun, auch wenn er sie nie wiedersehen würde – was sein Herz im Moment noch nicht akzeptieren konnte. Diese Aussicht war unerträglich. Auch das hatte er Gott gesagt, wo er schon einmal dabei war. Wenn er schon sein Herz ausschüttete, würde er auch alles sagen. Er sprach laut, als spräche er zu jemandem, der neben ihm saß.

»Amen.« Er wusste, dass man ein Gebet mit diesem Wort beendete.

Dann herrschte wieder Schweigen. Er wartete, doch die große Erkenntnis blieb aus. Er fühlte sich etwas besser, nachdem er seine Sorgen in Worte gefasst hatte, doch so etwas wie göttliche Führung spürte er nicht. Gott wusste offenbar, wenn ein Gebet von einem verzweifelten Ungläubigen kam. Michael konnte nur hoffen, dass wenigstens Julias Gebete, worum auch immer sie darin bat, erhört würden. Sie verdiente es.

Während er dasaß, war es, als würde sich die Frustration die wenigen Bereiche, die sie für kurze Zeit geräumt hatte, zurückerobern. Plötzlich fühlte er sich ruhelos, stand auf, ging zum Fenster und schaute hinaus. Der Tag war grau und trübe; er passte perfekt zu seiner Stimmung. Er nahm seinen Mantel und einen Schirm. Er musste ins Freie, einen Spaziergang machen. *Solvitur ambulando.*

Er ging über den Hof des Gray's Inn, vorbei an massiven Backsteinbauten und an dem altehrwürdigen Bau, in dem die Shakespeare-Gesellschaft einst *Die Komödie der Irrungen* aufgeführt hatte. Vorbei an all den Dingen, die für ihn Symbole des Erfolgs darstellten. Sie waren für ihn der Beweis, dass er die beschämende Vergangenheit seiner Familie hinter sich gelassen hatte und die Welt ihm endlich gab, was er sich von ihr wünschte. Er schritt durch das Tor, ohne zurückzublicken.

Auf der Gray's Inn Road wandte er sich nach links, einfach weil weniger Leute in diese Richtung zu gehen schienen. Michael war diese Straße schon unzählige Male gegangen. Er kannte alle Wege in die City und zum Gericht. Während er ausschritt, nahm er seine Umgebung kaum wahr, teils wegen des Regens, teils weil sie ihm so vertraut war; er war so tief in Gedanken versunken, dass er keinen Blick für sie hatte.

Über ihm donnerte es, doch das Donnern war kaum zu unterscheiden vom Rumpeln des Verkehrs auf den Pflastersteinen. Der Wind frischte auf. Michael stellte seinen Mantelkragen hoch, blieb jedoch nicht stehen. Als der Nieselregen stärker wurde, ging er schneller. Nicht, um dem Regen zu entkommen, sondern in dem verzweifelten Versuch, schneller zu sein als seine Ruhelosigkeit.

Er war noch immer so tief in Erinnerungen, Kummer und Selbstvorwürfen versunken, dass er ganz überrascht war, als er sah, dass er bereits die Leadenhall Street erreicht hatte, wo sich die wichtigsten Geschäftssitze Londons befanden. Er blieb stehen und versuchte zu entscheiden, ob er sich nach links oder nach rechts wenden sollte. Dann öffnete der Himmel seine Schleusen.

Jetzt wurde es sogar Michael zu viel. Er flüchtete sich in den Türeingang des nächststehenden Hauses, eines massiven Gebäudes mit leicht zurückversetztem Eingang unter einem Steinbogen. Hier wollte er den schlimmsten Guss abwarten; er wusste, dass ein solcher Wolkenbruch nicht lange andauern würde.

Er sah zu, wie die Regentropfen auf der Straße zerplatzten, und lauschte auf das Gurgeln in den Dachrinnen. Ein paar Leute eilten mit aufgespannten Regenschirmen in der Hand vorbei. Droschken und Fuhrwerke rollten die Straße entlang; die Pferde waren an den Regen gewöhnt.

Michael holte tief Luft; er fand diese Sintflut fast erfrischend. London war eine schmutzige, raucherfüllte Stadt, alles war mit Ruß bedeckt. Ein solcher Regenguss wusch den Staub aus der Luft, und das war gut, auch wenn der Preis dafür der Schlamm war.

Allmählich versiegte der Regen und plötzlich stach ihm ein Schild an einem Gebäude auf der anderen Straßenseite ins Auge. Hier war die Niederlassung der Peninsular and Oriental Steam Navigation Company, der Firma, deren Mitinhaber Jamie Anderson war.

Plötzlich kam Michael eine Idee.

Wäre er ein Mandant gewesen, hätte er als Anwalt unbedingt davon abgeraten, ausgerechnet Anderson aufzusuchen, da Andersons Frau in den Verleumdungsprozess verwickelt war. Und noch viel weniger ratsam war es, die Straße zu überqueren und das Büro der P&O zu betreten, zumal das Datum für die Verhandlung schon festgesetzt war. Doch Michael schlug all diese Überlegungen in den Wind. Was er vorhatte, hatte nichts mit dem Prozess zu tun. Es ging einzig und allein um Julia.

Über ihm hingen noch die grauen Wolken, doch in Michaels Kopf war die Sonne durchgebrochen.

Die Niederlassung der P&O war riesig, und es ging hektisch zu, doch Michael fand rasch einen Angestellten, der ihn zu Jamie Andersons privatem Büro führte. Alles in diesem Raum schien dem Besitzer einer erfolgreichen Schifffahrtsgesellschaft zu entsprechen. Neben dem großen Schreibtisch sah Michael einen Tisch, der mit Karten und Papieren übersät war, und sogar ein fast ein Meter langes Modell eines Dampfschiffs stand darauf. Eine Wand bedeckte ein Bücherregal mit Schiffsregistern und ähnlichen Büchern; an den anderen Wänden hingen Gemälde und Drucke von Schiffen.

Anderson begrüßte Michael höflich, doch sichtlich überrascht. Als die Tür hinter ihm geschlossen war und sie Platz genommen hatten, erklärte Michael, warum er gekommen war. Doch das war nicht leicht. Sein Plan war einfach genug, doch zu erklären, wie genau er sich alles vorstellte, ohne die Tiefe seiner Gefühle für Julia zu offenbaren, war eine Herausforderung. Nach zahllosen Stunden in Gerichtssälen war er imstande, in jeder Situation den passenden Gesichtsausdruck aufzusetzen. Doch was ihm beruflich so leichtfiel, erwies sich als sehr viel schwieriger, wenn es um eine so persönliche und ihm so sehr am Herzen liegende Sache ging.

Eigentlich hatte er den Eindruck erwecken wollen, dass er lediglich mit Julia befreundet war. Der nachdenkliche Blick, mit dem Anderson ihn betrachtete, sagte ihm allerdings, dass er damit keinen Erfolg gehabt hatte.

»Ich möchte sichergehen, dass ich Sie richtig verstanden habe«, sagte Anderson jetzt. »Sie möchten einen Weg finden, Miss Bernay anonym einen Tutor zu verschaffen, damit sie die Prüfungen bestehen kann, die ihr die Aufnahme des medizinischen Studiums ermöglichen.«

Michael wusste, was Anderson ihn eigentlich fragte. »Ich weiß, dass das aus meinem Munde etwas überraschend klingt. Aber ja, genau das möchte ich.«

»Darf ich davon ausgehen, dass Sie nicht der Ansicht sind, dass bestimmte anhängige Gerichtsverfahren gegen die London School of Medicine for Women eine Bedrohung für diese Institution darstellen?«

Michael präsentierte ihm das höfliche Anwaltslächeln, das er immer dann aufsetzte, wenn er eine Frage eines Mandanten abschlägig beantworten musste. »Sie verstehen sicherlich, warum ich diesen besonderen Fall nicht mit Ihnen erörtern darf. Ich möchte jedoch darauf hinweisen, dass Miss Bernay keine Verbindung zu dem Prozess und, jedenfalls im Moment, auch keine Verbindung zu der Schule hat. Ich möchte ihr einfach nur helfen, die Prüfung zu bestehen. Was sie mit dem dabei erworbenen Wissen hinterher anfängt, ist allein ihre Sache.«

Rein rechtlich war das alles unanfechtbar und ethisch durchaus begründet, doch selbst in Michaels Ohren klang er nach einem der Anwälte, die – meist vergeblich – ein Argument maßlos übertrieben, um einer fragwürdigen Rechtfertigung Glaubwürdigkeit zu verleihen.

»Und Sie helfen ihr einfach als Freund, nicht mehr?« Eine ganz leicht hochgezogene Augenbraue zeigte Michael, dass Anderson etwas anderes vermutete.

Die Frage traf ins Schwarze. Michael brauchte seine ganze Selbstbeherrschung, um nicht unbehaglich auf seinem Stuhl herumzurutschen oder durch eine andere Bewegung zu verraten, wie unwohl er sich fühlte. »So ist es.«

Doch Anderson hatte bereits die Informationen, die er brauchte. Er lehnte sich in seinem Stuhl zurück und sagte beiläufig: »Ich verstehe, dass Sie eine – sagen wir – persönliche Verbindung von dem größeren Zusammenhang gegenwärtiger Ereignisse getrennt wissen wollen. Ich selbst war in den letzten zehn Jahren häufig dazu gezwungen und habe durchaus Verständnis für Ihre Lage.«

Er hielt inne und Michael nickte.

»Meine Frau war bereits bekannt, als wir uns begegneten. Ich habe sie nie darum beneidet, und es hielt mich auch nicht davon ab, mich hoffnungslos in sie zu verlieben, obwohl mir viele Leute sagten, dass ich es bereuen würde.«

Noch eine Pause. Anderson sah ihn abermals forschend an. Michael wahrte einen neutralen, milde interessierten Gesichtsausdruck, als begreife er nicht, was Anderson von ihm wollte.

»Meine Frau und ich hatten von Anfang an einen Pakt«, fuhr Anderson fort. »Wir sind übereingekommen, unser jeweiliges Berufsleben völlig getrennt voneinander zu halten. Ich ließ keinen Zweifel daran, dass ich ein erfolgreicher Geschäftsmann bleiben und mich weder in ihre Angelegenheiten einmischen noch eine Einmischung von ihr dulden würde, ausgenommen natürlich die selbstverständlichen Gespräche und Ratschläge, die wir einander informell, als Mann und Frau, gaben. Und natürlich würden wir uns beide über die Erfolge des anderen freuen. Sie war einverstanden und wir halten uns bis heute an diese Regel. Hin und wieder versucht jemand, mich zu drängen, ein Ziel meiner Frau öffentlich zu unterstützen – oder sogar, mich einzumischen, je nachdem, um wen oder was es sich handelt. Dann erwidere ich stets, dass sie ihre Zeit verschwenden, wenn sie sich an mich wenden. Was Dr. Anderson in der Öffentlichkeit tut, ist ganz allein ihre Sache. Das Ergebnis ist, dass wir auch nach zehn Jahren noch unendlich glücklich zusammen sind.«

Ein einziges Foto im Raum hatte nichts mit Schiffen zu tun; es stand in einem Rahmen auf Andersons Schreibtisch. Er drehte es leicht, damit Michael es besser sehen konnte. Es zeigte die Andersons mit ihren beiden kleinen Kindern, einem Jungen und einem Mädchen; die Familie war ein Bild der Zufriedenheit. Michael spürte einen Stich von … von was? Selbstmitleid? Kummer? Neid? Lauter Gefühle, denen er nicht nachgeben wollte und durfte.

»Ich denke gern, dass wir der Beweis dafür sind, dass eine Ehe, die auf gegenseitiger Unterstützung bei ganz unterschiedlichen beruflichen Zielen beruht, glücklich sein kann«, fuhr Anderson fort. »Wir sind keinesfalls das erste Paar, das das versucht, doch es gibt immer noch sehr wenig Beispiele. Ich würde gerne mehr sehen, Sie nicht?«

Ein Leben mit Julia war etwas, das Michael mit unermesslicher Glückseligkeit gleichsetzte. Wenn es denn möglich wäre. Da das nicht der Fall war, musste er das Gespräch unbedingt wieder in neutrales Fahrwasser steuern. »Vielleicht werden in Zukunft mehr Männer so fortschrittlich in dieser Sache denken wie Sie.« Er schwieg lange genug, dass Anderson das Kompliment akzeptieren und mit einem leichten Kopfnicken bestätigen konnte. »Doch um wieder darauf zurückzukommen, wie man Miss Bernay das Geld zugänglich machen könnte …«

Anderson verfolgte sein Thema nicht weiter. Er nahm einen Stift zur Hand und holte ein Blatt Papier aus seinem Schreibtisch. »Ja, lassen Sie uns einen Plan entwerfen. Ich glaube nicht, dass es schwierig sein wird, einen plausiblen Vorwand zu finden, ihr das Geld zukommen zu lassen. Aber würde sie nicht ohnehin vermuten, dass es von Ihnen stammt?«

»Nicht unbedingt. Sie ist nicht überrascht, wenn ein Geschenk vom Himmel zu fallen scheint. Sie hat bereits viele solcher Zufälle in ihrem Leben dem Handeln Gottes zugeschrieben.« Er versuchte, ein wenig Ironie in seine Worte zu legen, um deutlich zu machen, dass er nicht an solche Dinge glaubte.

»Das macht Sie dann also zu einem Werkzeug Gottes?«

Michael starrte ihn verblüfft an. Er war schon vieles gewesen – Sohn, Bruder, Anwalt –, doch dies war eine Beschreibung, die er bestimmt nie für sich beansprucht hätte. »Es gibt bestimmt eine Unmenge Menschen, die eine völlig andere Meinung von mir haben.«

Anderson lachte. »Schade, dass ich ihnen diese Meinung nicht austreiben kann, aber Sie sind ja entschlossen, Ihre Rolle in dieser Angelegenheit vertraulich zu behandeln.«

Michael breitete in gespielter Niedergeschlagenheit die Hände aus. »Das ist eine Last, mit der ich leben muss.«

Anderson grinste und fing an, mit dem Stift auf das Papier zu tippen; er dachte nach. »Die Schule hat viele großzügige Mäzene. Ich werde mit ein paar von ihnen reden und sage Ihnen dann in ein oder zwei Tagen Bescheid. Wie kann ich Sie erreichen?«

»Das Beste ist wohl ein Brief an mich, unter meiner Adresse im Carlton Club.«

Anderson machte sich eine Notiz. »Sehr gut.«

Er stand auf, Michael ebenfalls.

Auf dem Weg zur Tür blieb Michael vor einem Schiffsmodell stehen.

»Das ist unser Neuestes«, sagte Anderson, strahlend vor Stolz. »Ich war erst letzte Woche in der Reederei in Glasgow und habe es besichtigt. Die Jungfernfahrt ist in zwei Monaten.«

Michaels Augen wanderten zu den vollen Bücherregalen. »Sieht aus, als machten Sie das schon geraume Zeit.«

»Über zwanzig Jahre. Mein Onkel hat die Gesellschaft gegründet, doch das heißt nicht, dass ich von Anfang an in dieser Position war. Ich habe als Lehrling angefangen und mich Schritt für Schritt hochgearbeitet.«

»Sie wissen vermutlich eine ganze Menge über Schifffahrt weltweit, nicht nur in den Orient?«

»Selbstverständlich. Das gehört dazu.« Er sah Michael an und sagte lächelnd: »Sie möchten nicht zufällig den Beruf wechseln?«

»Nein, aber …« Plötzlich fügten sich ein paar Puzzleteile in Michaels Kopf zusammen, und ihm wurde klar, dass er vielleicht noch einen weiteren Grund gehabt hatte, Anderson aufzusuchen. Es mochte ein fruchtloses Unterfangen sein, doch das wusste er erst, wenn er gefragt hatte. »Wenn Sie noch ein paar Minuten haben, würde ich Sie gern noch in einer anderen Sache um Rat fragen. Eine, die mit der Handelsschifffahrt zu tun hat.«

»Sehr gern«, antwortete Anderson freundlich. »Was möchten Sie wissen?«

25

Das Anwesen des Grafen lag etwa zwei Meilen vom Bahnhof entfernt. Julia beschloss, zu Fuß zu gehen, denn mehr als das Geld für die Bahnfahrkarte konnte sie nicht erübrigen. In London hatte es die ganze Woche geregnet, doch hier waren die Straßen einigermaßen trocken. Die grauen Wolken wirkten bedrohlich, doch es war ziemlich windig, und so bestand eine gute Chance, dass der Wind sie auseinandertrieb.

Sie fragte den Bahnhofsvorsteher nach dem Weg, und er wies ihr die Richtung zu der Straße, die aus dem Ort hinausführte. Dann drückte sie ihren Hut fester auf den Kopf und machte sich auf den Weg.

Julia war daran gewöhnt, zu Fuß zu gehen, und es war ja nicht weit. Als sie schließlich vor zwei Steinsäulen stand, die einen breiten Eingang zu einer privaten Auffahrt flankierten, wusste sie, dass sie richtig war. Das Haus selbst war kaum sichtbar; es lag ein ganzes Stück zurückgesetzt hinter mehreren großen Eichen. Überall – von den perfekt gestutzten Hecken bis zu der sorgfältig geharkten Einfahrt – sah man die Beweise für eine zahlreiche Dienerschaft, doch Julia konnte weit und breit niemanden erblicken. Das elegante schmiedeeiserne Gitter stand offen, deshalb ging sie hindurch und schritt zielbewusst die lange Einfahrt hinauf.

Trotz ihrer Entschlossenheit, mit dem Grafen persönlich zu sprechen, war Julia ein wenig eingeschüchtert, als sie schließlich vor dem Gebäude stand. Es war massiv und imposant, mit einer halbkreisförmigen Steintreppe, die zu einer hohen Eingangstür hinaufführte. Auf den Grünflächen um das Haus standen Statuen und Blumenschalen. Erstaunlich, dass Edith freiwillig auf einen solchen Luxus verzichtete.

Julia trat an die Tür. Dabei musste sie unwillkürlich an Frauen in kostbaren Roben denken, die mit sorgsam gerafften Röcken diese

Stufen heraufstiegen, begleitet von Gentlemen mit seidenen Zylindern. Das war ein Beleg dafür, wie sehr alles hier von Größe und Reichtum zeugte, denn sie neigte normalerweise nicht zu solchen Fantastereien. Sie streckte die Hand aus und da sie nicht wusste, was sie sonst hätte tun sollen, klopfte sie kräftig.

Der Wind fuhr durch die Bäume und wehte ihr ein paar Regentropfen ins Gesicht. Ein oder zwei lange Minuten vergingen; der Regen wurde zusehends heftiger. Julia wollte gerade ein zweites Mal klopfen, als die Tür sich endlich öffnete.

Der Butler war groß und äußerst würdevoll anzusehen in seinem schwarzen Frack und dem steifen weißen Kragen. Er blickte erst Julia an und dann an ihr vorbei, als suchte er nach einer Kutsche oder einem anderen Gefährt, das sie hergebracht haben könnte. Als er sah, dass sie allein war und eindeutig zu Fuß gekommen war, runzelte er misstrauisch die Stirn. »Kann ich Ihnen helfen, Madam?«

»Ist Lord Westbridge zu Hause?«

»Darf ich fragen, was Sie herführt?«, entgegnete er.

»Ich bin geschäftlich hier; es geht um Lady Edith.«

Der Name blieb nicht ohne Wirkung. Der Butler riss überrascht den Kopf zurück. »Soll das heißen, dass Sie sie persönlich kennen?«

»Ja, genau das soll es heißen.« Sie konnte nicht fassen, dass sie hier im Regen standen und dieses Gespräch führten. »Dürfte ich hereinkommen?«, schlug sie vor. »Es ist ziemlich nass hier draußen.«

Mit einem Gesichtsausdruck, als erfülle er ihr eine außerordentlich lästige Bitte, trat der Butler zurück und bedeutete Julia einzutreten. Dann schloss er die Tür und sagte: »Bitte warten Sie hier.«

Sie blickte ihm nach. Er durchquerte die Eingangshalle, wo seine Schritte auf dem Fliesenboden verhallten, und verschwand durch eine Tür auf der gegenüberliegenden Seite.

Die Zeit verstrich und Julia stellte sich das Gespräch zwischen dem Butler und dem Grafen vor. »Sie sagt, sie sei geschäftlich hier, Mylord«, würde der Butler sagen und ein wenig die Nase rümpfen. »Geschäftlich?«, würde der Graf antworten, woraufhin der Butler fast flüsternd den verbotenen Namen aussprechen würde: »Wegen Lady

Edith.« Der Graf würde ihn entgeistert anstarren. Oder vielleicht wurde er auch zornig. Oder, was am wahrscheinlichsten war, er blieb unerbittlich bei seiner Weigerung, mit ihr zu sprechen.

Bei diesem Gedanken zog Julia ihren Mantel aus. Sie legte ihn und ihren vom Regen völlig durchweichten Hut auf ein Beistelltischchen. Mit dieser Handlung demonstrierte sie, dass sie sich nicht von ihrem Vorhaben abbringen lassen würde. Sie war darauf eingestellt, sich den Weg ins Arbeitszimmer des Grafen zu erzwingen, wenn nötig, so wie früher die Ritter Schlossmauern bezwangen. Jetzt, da sie sozusagen innerhalb der Burgtore war, ließ sie sich nicht mehr aufhalten.

Doch am Ende waren extreme Maßnahmen unnötig. Der Butler kam zurück und verkündete: »Seine Lordschaft möchte Sie sehen.«

Sie folgte ihm durch die Halle in eine große Bibliothek. Zwei Stockwerke hohe Bücherregale beherbergten Hunderte ledergebundener Folianten. Um einen riesigen Steinkamin waren ein Sofa und mehrere Ledersessel höchst ansprechend gruppiert. Hohe Fenster blickten auf den weitläufigen Park hinaus. Julia dachte, wenn sie je gebeten würde, ihre Vorstellung vom Himmel zu beschreiben, dann würde diese genau so ausfallen.

Lediglich den Geruch nach Zigarrenrauch, der in der Luft hing, hätte sie fortgelassen. Vielleicht war es auch eine Pfeife. Eigentlich roch es gar nicht einmal unangenehm, sondern vermittelte nur einen Eindruck von Männlichkeit und dem Herrn des Hauses. Doch solche Dinge waren ihr fremd; sie kannte sie allenfalls von ihren seltenen Besuchen im Haus der Stantons in Clifton und auch im Haus der Barkers war ihr dieser Geruch ein- oder zweimal aufgefallen.

Und da war auch schon der Herr des Hauses selbst. Er stand neben einem Stuhl, in dem er gesessen haben musste, als der Butler ihm Julias Ankunft angekündigt hatte, und blickte ihr kühl entgegen. »Worum geht es, Madam?«

»Guten Tag, Lord Westbridge«, sagte sie, nicht willens, sich von seinen schlechten Manieren einschüchtern zu lassen. »Ich bin den weiten Weg aus London gekommen und danke Ihnen, dass Sie sich die Zeit nehmen, mit mir zu sprechen.«

Er trat auf sie zu, langsam und steif. »Wie lange Sie bleiben, wird sich zeigen. Sie sagen, Sie kommen in Geschäften, es geht um die Frau, die sich Edith Morton nennt. Sie hat also eine Botschafterin geschickt – vielleicht jemanden, der mich auf ihre Seite ziehen soll.« Jetzt stand er dicht vor Julia und schaute sie herablassend an. »Hat sie endlich eingesehen, dass sie im Irrtum ist? Möchte sie ihren Fehler wiedergutmachen?«

Julia holte tief Luft. »Eigentlich nicht, Mylord.«

»Ha! Dachte ich's mir doch!« Mit einer ärgerlichen Handbewegung drehte er sich zur Seite. »Meine Tochter möchte mich nur verärgern. Sie weigert sich, ihren Verstand zu benutzen, und ist stattdessen entschlossen, die Zielscheibe des Spotts zu bleiben, die sie seit ihrem Auszug gewesen ist. Sie bringt uns allen nur Schande.«

»Sie ist kaum eine Zielscheibe des Spotts, Sir. Sie ist eine intelligente und aufmerksame Frau und wird außerdem bald eine kluge Ärztin sein.«

Julia beobachtete die Bewegungen des Grafen, als er zum anderen Ende des Raumes ging. Was mochte ihn plagen? Die Gicht? Eine alte Verletzung? Vielleicht war es auch Arthritis, da er sich so verhielt, als würde sein gesamter Körper schmerzen.

»Eine Ärztin!« Er spie die Worte förmlich aus. »Ich habe meine Frau und meinen Sohn überlebt. Jetzt ist mir nur eine Tochter geblieben – die nicht meine Tochter ist. Sie will die Welt retten, aber sie vernachlässigt ihre eigentlichen Pflichten. Und statt selbst zu kommen, schickt sie mir jetzt eine Art Fürsprecherin.« Er trat an die hohen Fenster, zog ein Taschentuch aus der Tasche und fuhr sich damit über die Stirn. Dabei zitterte seine Hand ein wenig. Das Schwitzen und seine offensichtliche Schwäche bildeten einen starken Kontrast zu seinem entschiedenen Auftreten.

»Und?«, bellte er dann, »was haben Sie mir zu sagen?«

»Die Wahrheit ist, Sir, dass Lady Edith nicht weiß, dass ich heute hier bin.«

»Was?!«

Julia sprach rasch weiter, bevor er in eine weitere Tirade ausbrechen konnte. »Ich bin gekommen, weil ich glaube, dass sie bereit wäre, sich mit Ihnen auszusöhnen, wenn Sie ihr nur halbwegs entgegenkämen.«

»Unmöglich.« Der Graf schien zu kurzen, deklarativen Aussagen zu neigen, von einer Art, die keine Widerrede duldete. »Und wer sind Sie, dass Sie es auf sich nehmen, ohne ihr Wissen herzukommen?«

»Ich bin Studentin am Queen's College in London. Nächstes Jahr nehme ich mein Studium an der London School of Medicine for Women auf.«

»Ich wusste es! Sie sind auch nur eine dieser Frauen, die den ihnen zukommenden Platz nicht akzeptieren wollen. Warum sind Sie in London bzw. reisen durchs Land und ärgern Leute, die weit über Ihnen stehen? Sie sollten schleunigst zurückgehen zu Ihrer Familie.«

»Das kann ich leider nicht, Sir«, antwortete Julia. »Ich habe kein Zuhause, nur zwei Schwestern, die ihren eigenen Weg in der Welt gehen. Ich hatte nicht den Luxus reicher Eltern.«

»Wenn Sie auch nur ein wenig wie Edith sind – und das scheinen Sie zu sein –, hätte es Ihnen auch nichts genützt«, antwortete er trocken. »Sie zieht sich selbst und unseren Familiennamen in den Schmutz, indem sie sich mit allem möglichen Gesindel gemeinmacht, statt den Mann zu heiraten, der meinen Titel erbt, wenn ich sterbe. Ich verstehe nicht, warum sie das nicht will. Sie sind nicht einmal nah verwandt – darum macht man heutzutage ja auch viel Aufhebens. Er ist ihr Cousin zweiten Grades. Wer könnte also etwas dagegen einwenden?«

»Vielleicht liebt sie ihn nicht?«, meinte Julia.

»Sie kennt ihn doch kaum! Wenn sie mehr Zeit mit ihm verbringen würde, würde sie sehen, dass er ein sehr angenehmer, vernünftiger Mann ist. So schlimm es für mich ist, dass mein Familienzweig mit meinem Sohn ausgestorben ist, ich muss doch zugeben, dass mein Erbe ein guter Mann ist. Aber nein, sie muss weglaufen und ein öffentliches Schauspiel aus sich machen. Frauen als Ärzte! Frauenwahlrecht! Schulen für die Armen!« Er sprach es aus, als seien es die absurdesten Vorstellungen, die er je gehört hatte.

Während seines Redeschwalls bemerkte Julia einen Schreibtisch, auf dem ein Stift und Papier lagen. Sie ging hin und fing an zu schreiben.

Das erregte die Aufmerksamkeit des Grafen – vielleicht mehr, als Proteste es vermocht hätten.

»Was tun Sie da?«, wollte er wissen.

»Das ist die Zusammensetzung einer Salbe, die Ihnen helfen könnte.« Sie schrieb weiter, während sie sprach. »Die einzelnen Bestandteile sind einem Apotheker problemlos zugänglich. Ich habe ganz genau das Verhältnis der einzelnen Ingredienzien aufgeschrieben und auch, wie genau man die Kermesbeeren zuerst rösten muss.«

Sie streckte ihm das Blatt hin, doch er machte eine abwehrende Handbewegung.

»Ich brauche keine Instruktionen von Ihnen!«

»Nun gut; ich lasse es hier liegen.« Sie legte das Blatt auf den Schreibtisch. »Bevor ich gehe, möchte ich Ihnen noch sagen, dass es eine Schande ist, wenn Familienangehörige nicht miteinander auskommen. Ich habe meine beiden Eltern verloren, als ich noch nicht einmal neun Jahre alt war, und hatte nie die Möglichkeit, dieses Glück zu erfahren. Sie und Edith sollten sich aussöhnen und nicht zulassen, dass Belanglosigkeiten sie auseinanderbringen.«

»Glauben Sie vielleicht, es ist meine Schuld? *Sie* ist doch fortgegangen! Respektloses Geschöpf!«

»Statt sich für Ihre Tochter zu schämen, sollten Sie stolz auf sie sein! Sie hat die Gabe, anderen zu helfen, und sie benutzt sie. Ich habe selbst miterlebt, wie sie im Royal Hospital das Leben eines Jungen gerettet hat. Sie hat die Symptome einer inneren Blutung erkannt und sofort Maßnahmen ergriffen, sodass er nicht sterben musste. Es gab approbierte Ärzte in dem Hospital – alles Männer –, doch keiner von ihnen hat den Zustand des Jungen erkannt. Nur Edith.«

»Aufhören!«, befahl der Graf. »Ich lasse mir in meinem eigenen Haus keine Standpauken halten.« Er riss an dem Seil, mit dem die Diener gerufen wurden. »Ich weiß gar nicht, warum ich mich überreden ließ, Sie zu empfangen.«

Doch Julia gab noch nicht klein bei. »Die Eltern des Jungen sind sehr dankbar, dass Edith Ärztin geworden ist. Was ist das Leben eines Jungen wert?«

Der Graf stand da, starrte sie an und wurde dabei bis unter die Haarwurzeln rot. »Ich weiß sehr gut, was das Leben eines Jungen wert ist. Es freut mich zu hören, wie gut Edith darin ist, die Kinder anderer Leute zu heilen.«

Die untröstliche Kälte seiner Worte brach Julia schier das Herz. Sie hatte ihn nicht überzeugt; im Gegenteil. Indem sie ihn an den Sohn erinnerte, den er verloren hatte, hatte sie unabsichtlich Salz in seine Wunden gestreut.

Der Butler trat ein.

»Führen Sie die Frau hinaus«, befahl der Graf.

Der Butler sah zum Fenster hinüber. Draußen trommelte der Regen gegen die Scheibe. »Jetzt, Sir?«

»Sie haben gehört, was ich sagte!«

Der Graf sprach so scharf, dass ein normaler Mensch hochgesprungen wäre. Julia hätte es beinahe getan, obwohl sie keine Angst vor diesem Mann hatte. Doch der Butler war offenbar an diese Art gewöhnt. Er drehte sich zu Julia um, anscheinend wollte er sie zur Tür bringen.

»Auf Wiedersehen, Euer Lordschaft. Vielen Dank, dass Sie mich empfangen haben.« Trotz ihres Fehlgriffs war sie entschlossen, sich von der Tatsache, dass man sie jetzt in den Regen hinausjagte, nicht ihre Würde nehmen zu lassen.

Doch ihre höflichen Worte schienen ihn nur noch wütender zu machen. »Guten Tag!«, antwortete er, doch es war so viel Gift in seiner Stimme, dass er Julia beinahe leidtat.

Sie folgte dem Butler in die Halle und schlüpfte in ihren feuchten Mantel, den er ihr hinhielt. Während sie die schlammige Einfahrt hinunterging, betete sie. Wahrscheinlich beteten nicht viele Menschen für diesen Mann, vor allem, wenn er sie so behandelt hatte wie jetzt sie. Jedenfalls hatte ihr Besuch nicht das Ergebnis gehabt, das sie sich erhofft hatte. Sie betete, dass es kein Fehler gewesen war hierherzukommen, und wenn doch, dass dennoch etwas Gutes daraus entstehen würde.

»Wunderbare Neuigkeiten«, sagte Lisette, wie gewöhnlich ohne Einleitung, als sie das Studentenlabor betrat und zu dem Tisch kam, an dem Julia arbeitete.

Julia blickte von ihrem Mikroskop auf und war verärgert, dass sie unterbrochen wurde. Gerade war es ihr gelungen, die Blutprobe scharf einzustellen. Bis zur Prüfung war es nur noch etwa einen Monat Zeit und sie musste noch so viel lernen – was schwer genug war zwischen der Sorge über den bevorstehenden Prozess und ihrem ständigen Kampf, nicht an Michael zu denken. »Was für Neuigkeiten?«

»Hast du das hier denn nicht mit der Post bekommen?« Lisette legte ein Blatt Papier vor Julia hin.

»Ich war den ganzen Nachmittag hier.« Die Hausmutter brachte den Studentinnen die Post auf ihre Zimmer, doch Julia war fast den ganzen Tag im Labor gewesen. Sie betrachtete das Schreiben. Es war eine gedruckte Nachricht.

»Die Schule bietet kostenlose Nachhilfe an«, sage Lisette. Sie sagte ihr auch die Einzelheiten, doch diese las bereits mit wachsendem Staunen.

The London School of Medicine for Women

Ab sofort kostenlose Nachhilfe für die Kandidatinnen für die im Juni stattfindende Hochschulaufnahmeprüfung an der London School of Medicine for Women.

Alle Fächer: Latein, Algebra & Geometrie, Englische Sprache, Englische Geschichte, Naturwissenschaften, Chemie.

Je nach Bedarf werden bis zu vier Gruppen gebildet.

Informationen bei der London School of Medicine for Women während der regulären Geschäftsstunden. Die Anmeldung zur Aufnahmeprüfung im Juni ist vorzulegen.

Julia las den Brief zweimal durch, sie konnte es nicht fassen. Wie seltsam, dass dieses Angebot ausgerechnet in dem Moment kam, in dem sie es brauchte. »Hat die Schule schon früher so etwas angeboten?«

»Nicht dass ich wüsste.«

»Was meinst du, warum machen sie das jetzt? Und wie können sie es sich leisten – und das auch noch, wo doch wegen des Prozesses sowieso alles so unsicher ist!«

»Vielleicht ja gerade deshalb!« Lisette warf dramatisch einen Arm hoch, die Hand zur Faust geballt. »Es ist ein Akt des Widerstands, um es dem allmächtigen Grafen von Westbridge zu zeigen: Ja, die Schule wird überleben und ja, sie wird qualifizierte Studentinnen haben!«

Julia bezweifelte dieses Motiv. Doch was immer der Grund sein mochte, sie war dankbar. »Haben sich viele zu der Prüfung angemeldet?«

Lisette zuckte die Achseln. »Wir sind ein kleiner, aber illustrer Haufen. Ich glaube allerdings nicht, dass alle die Nachhilfe in Anspruch nehmen werden. Manche haben sich bereits selbst Lehrer besorgt und brauchen keine Hilfe mehr. Aber ich bin jedenfalls dabei. Ich trage mich für Englische Geschichte ein – da habe ich die größten Defizite. Was für ein trockener, langweiliger Stoff!« Da Lisette größtenteils in Frankreich aufgewachsen war, waren ihr mangelndes Wissen und Interesse an Englischer Geschichte verständlich. »Und du wählst sicher Latein, oder?«

»Ja!«, antwortete Julia begeistert. »Und alles andere, so viel, wie ich kann!«

Lisette legte einen Arm um sie. »*Mon amie*, wir werden diese Prüfung mit Auszeichnung bestehen – vielleicht bekommen wir sogar einen Preis! Du weißt doch, dass die Schule zwei Preise verleiht, nicht?«

»Ja, das weiß ich.« Die Preise waren Bargeldspenden, die für das Studium zu verwenden waren. Mit einem solchen Preis würde sie nächstes Jahr sehr viel leichter über die Runden kommen. Doch Julia glaubte nicht, dass sie einen Preis gewinnen würde. Da sie, was Schulwissen betraf, nicht gerade glänzen konnte, hatte sie schon vor langer Zeit beschlossen, mit einigermaßen vernünftigen Noten zufrieden zu sein.

»Ich kann noch eine Theorie anbieten«, sagte Lisette. »Du weißt doch, dass diese Preise von den großzügigen Mäzenen der Schule gestiftet wurden. Vielleicht wollen sie mehr Wettbewerb in die Sache bringen und bezahlen deshalb den Nachhilfeunterricht.«

»Wie kommst du denn auf so etwas?«, neckte Julia sie und schüttelte den Kopf. Sie und Lisette waren nicht immer einer Meinung, doch Julia bewunderte die Zähigkeit und den Tatendrang ihrer Freundin.

Lisette las den Brief noch einmal laut vor. »›Die Anmeldung ist vorzulegen.‹« Sie sah Julia an. »Du hast dich doch für die Prüfung angemeldet?«

»Natürlich!«

»Wollen wir gleich zur Schule gehen und uns für die Nachhilfe eintragen?«

»Ja. Lass uns gehen!«

Das war ein wunderbares Geschenk, von dem es Gebrauch zu machen galt, auch wenn Julia ein bittersüßes Gefühl dabei hatte. Der Unterricht bei Michael – und so vieles andere – waren vorüber, doch schon eröffneten sich neue Wege. Sie begriff dieses Geschenk als Mahnung, ihre Augen – und ihr Herz – auf die Träume zu konzentrieren, die Gott ihr eingegeben hatte.

26

Der Nachhilfeunterricht kam Julia sehr zugute. Jeden Tag, vom Spätnachmittag bis neun Uhr abends, arbeiteten sie und eine Handvoll Kommilitoninnen mit Experten in ihrem jeweiligen Fachgebiet; nach Bedarf wurden auch kleinere Arbeitsgruppen gebildet. Die Schule hatte für den Unterricht einen Klassenraum zur Verfügung gestellt.

Seit zwei Wochen paukte Julia nun schon Deklinationen, Konjugationen und Vokabeln. Es war ein effektives Lernen, doch leider nur ein Auswendiglernen. Ihr neuer Lehrer besaß nicht Michaels Begeisterung dafür, den tieferen Sinn, die weniger offensichtliche Bedeutung eines Textes herauszuarbeiten. Doch er lehrte sie, was sie für die Prüfung brauchte, und dafür war sie dankbar.

An den beiden folgenden Tagen stellte Julia den Unterricht jedoch hintan, weil sie den Prozess mitverfolgen wollte. Sie gestattete sich zwar nicht zu glauben, die Verleumdungsklage könne das Ende der Schule bedeuten, doch sie musste sich eingestehen, dass die Lage ernst genug war, um in ihre dringendsten Gebete eingeschlossen zu werden.

Natürlich wusste sie auch, dass sie bei dem Prozess höchstwahrscheinlich auch Michael sehen würde. Als sie den Gerichtssaal betrat, sah sie ihn zum ersten Mal seit ihrer herzzerreißenden Trennung im Park wieder. Er stand an einem Tisch in der Nähe des Richterpults, im Gespräch mit Mr Tamblin. Heute sah sie ihn zum ersten Mal mit Perücke und in Anwaltsrobe. Er wirkte ganz anders, sehr feierlich und würdevoll.

Doch seine grauen Augen waren wie immer. Ihr Herz machte einen schmerzhaften Satz, als er aufsah und ihrem Blick begegnete. Sie sehnte sich nach einem Zeichen des Erkennens, so subtil es auch sein mochte. Nach einem Hauch der früheren Vertrautheit zwischen ihnen oder auch nach jenem Bedauern, das sie an ihrem letzten Tag in seinen Augen gesehen hatte. Doch sie begegnete nur kühler Unpersönlichkeit; er sah sie an wie eine Fremde. Vielleicht fiel es ihm gar nicht schwer, sein Leben einfach fortzuführen. Wenn ja, dann hatte sie die richtige Entscheidung getroffen – auch wenn es wehtat, das zuzugeben.

Michael sah nicht lange zu ihr herüber. Als Mr Tamblin etwas sagte, drehte er sich zu ihm, um ihm zu antworten. Danach hatte er keinen Blick mehr für sie. Er musste arbeiten und allem Anschein nach wollte er das auch. Tat ihm denn gar nicht leid, was ebendiese Arbeit bewirken konnte? Er wusste doch, welche Folgen sie für Julias Zukunft haben konnte! Sie schluckte den Kloß in ihrer Kehle zusammen mit ihrer Enttäuschung hinunter.

Lisette, die sie begleitete, zog sie zu den Besucherbänken. Sie mussten sich durch die Menge durchwühlen bis zum Ende einer Bank ganz hinten; der Raum platzte aus allen Nähten.

»Kommen eigentlich immer so viele Zuschauer zu den Prozessen?«, fragte Julia.

»Sie wollen alle die Ärztinnen sehen«, antwortete Lisette und verzog das Gesicht. »Als seien wir eine fremde Lebensform oder Affen im Londoner Zoo. Sieh doch nur, wie sie Dr. Tierney und die anderen anstarren.«

Die meisten Anwesenden blickten tatsächlich wie gebannt auf Dr. Tierney und Dr. Anderson, die soeben den Gerichtssaal betraten, begleitet von etlichen Vorstandsmitgliedern der Schule und ihren Anwälten. Die kleine Gruppe wirkte sehr feierlich. Die Frauen taten ihr Bestes, die Zuschauermenge und das Gejohle und die Pfiffe, mit denen sie empfangen wurden, zu ignorieren.

Julia spürte einen Schubs und blickte auf; Edith quetschte sich neben sie; sie passte gerade noch so auf die Bank.

»Ich war nicht sicher, ob du kommst«, sagte Julia.

Edith sah grimmig aus. »Ich denke nicht im Traum daran, mir das entgehen zu lassen.«

Die Menge wurde erneut unruhig, als der Graf von Westbridge

den Saal betrat. Er ging langsam und stützte sich schwer auf seinen Stock, doch jegliche Anzeichen körperlicher Schwäche wurden durch seinen hoch erhobenen Kopf und seinen hochmütigen Gesichtsausdruck mehr als kompensiert. Er ging nach vorne und setzte sich zu Michael und Mr Tamblin.

Die Jury nahm auf der Geschworenenbank Platz. Jetzt saßen alle bis auf den Gerichtsdiener, einen großen Mann, der vor dem Richtertisch stand. Er trug eine Robe, aber keine Perücke, und hielt einen langen Stab in der Hand.

»Ruhe im Gerichtssaal!«, rief er und pochte mit seinem Stab auf den Boden. Schweigen legte sich über den Raum. Er forderte die Anwesenden auf, sich zu erheben, und kündigte den Richter an.

Julia hatte sich gar nicht vorstellen können, warum die Prozessdauer auf zwei Tage festgelegt war, doch langsam verstand sie es. Allein die Eröffnungsprozeduren, einschließlich der Vereidigung der Geschworenen, des Verlesens der Klageschrift und etliche andere Formalitäten schienen eine Ewigkeit zu dauern. Oder lag es daran, dass sie sich Michaels Anwesenheit so sehr bewusst war? Sie beobachtete ihn aus dem Augenwinkel. Er wirkte ernst und ganz auf seine Aufgabe konzentriert.

Mr Tamblins Plädoyer zog sich in die Länge; er zitierte Präzedenzfälle, die Julia absolut nichts sagten. Dazu gebrauchte er außerordentlich viele lateinische Wendungen – manche waren leicht zu übersetzen, doch was genau sie in rechtlichem Sinn bedeuteten, wusste sie jedenfalls nicht. Dann beschrieb er zwar detailliert das Verhalten und die Aussagen Dr. Tierneys, die zu diesem Prozess geführt hatten, doch sie hatte nicht das Gefühl, dass sie den Schwerpunkt seiner Argumentation bildeten; weit mehr Zeit verwendete er für die Erörterung der Gründe für frühere Verleumdungsprozesse, ihre Geschichte und ihre Bedeutung. Er sprach davon, dass sie den Ruf der Menschen schützten und wie wichtig und richtig das vor allem dann war, wenn es sich um einen Angriff auf einen englischen Peer handelte. Schon bald kam Julia das Ganze eher wie eine Vorlesung vor als wie eine Erörterung des Falles, um den es in dieser Verhandlung ging.

Lisette ging es offenbar genauso, denn einmal murmelte sie verärgert: »Ich weiß nicht, was das soll. Die Anklage hat noch nicht einmal versucht, Dr. Tierneys Aussagen zu widerlegen. Stattdessen lässt Tamblin sich darüber aus, wie wichtig und vornehm Seine Lordschaft ist – und jetzt achten alle nur noch auf ihn.«

Lord Westbridge wirkte in der Tat überaus zufrieden, im Mittelpunkt der Aufmerksamkeit zu stehen. Immer wieder schweifte sein Blick hochmütig durch den Gerichtssaal, wie um sich seiner Autorität zu versichern. Einen ganz bestimmten Platz schienen seine Augen jedoch zu meiden – die hinteren Bänke, wo Julia und die anderen Studentinnen saßen.

Julia warf Edith einen Seitenblick zu. Es war bestimmt nicht leicht für sie, das Ganze durchzustehen. Doch Julia sah keinen Hauch von Traurigkeit in Ediths Gesicht, nur Zorn.

»Sieh ihn dir an, er tut so, als würde er Gericht *halten*, statt selbst vor Gericht zu stehen«, sagte Edith.

Der Graf hatte Julia alles andere als gut behandelt, als sie ihn besucht hatte, doch es machte sie trotzdem traurig, dass Edith so harsch über ihren Vater sprach.

»Ich hoffe, die Verteidigung sorgt dafür, dass unsere Seite richtig dargestellt wird«, flüsterte eine der anderen Studentinnen nervös.

»Wir werden gewinnen«, antwortete Julia überzeugt.

Lisette sah sie überrascht an. »Was macht dich da so sicher?«

»Wir werden gewinnen, weil wir es müssen«, sagte Edith, bevor Julia antworten konnte. Doch der finstere Blick, den sie ihrem Vater zuwarf, zeigte, dass sie nicht wie Julia aus Optimismus sprach, sondern aus Kampfgeist.

Das Verfahren nahm seinen Gang in einer geradezu ermüdenden Langsamkeit, bis der Richter die Verhandlung endlich auf morgen vertagte.

»Was meinst du, wie läuft es?«, fragte Julia Edith, während die Zuschauer nach draußen strömten.

»Schwer zu sagen. Morgen, wenn wir uns endlich verteidigen dürfen, wissen wir mehr.«

Plötzlich schien es ganz in ihrer Nähe zu einem kleinen Aufruhr zu kommen. Offenbar war der Graf, der den Gerichtssaal durch eine andere Tür verlassen hatte, gestolpert. Julia hörte Edith leise aufschreien, als er auf die Knie fiel. Mehrere Leute eilten ihm zu Hilfe. Im Laufe des Nachmittags hatte Julia mehr als einmal gedacht, dass die Energie des Grafen zu erlahmen schien. Jetzt wirkte er völlig erschöpft. Michael und zwei andere Männer stützten ihn und geleiteten ihn zu einer Bank, wo er sich setzen und wieder zu Atem kommen konnte.

»Jemand muss ihm helfen«, sagte Julia.

»Es sind genügend Ärzte hier«, antwortete Lisette, »schade nur, dass es alles Frauen sind.«

Julia sah Edith an, in Erwartung einer ähnlichen Antwort, doch zu ihrer Überraschung sah sie, dass Ediths Gesichtsausdruck alles andere als verächtlich war. Ihr war anzumerken, dass sie am liebsten zu ihm gelaufen wäre – doch wohl ebenso aus töchterlicher Zuneigung wie aus ihrem Instinkt als Ärztin heraus.

»Warum gehst du nicht zu ihm?«, drängte Julia.

Doch ihre Worte bewirkten genau das Gegenteil dessen, was sie beabsichtigt hatte. Ediths Gesicht verschloss sich. »Nein. Er hat alles getan zu verhindern, dass ich Ärztin werde. Jetzt soll er weder von meiner Kompetenz noch von meinem Mitleid profitieren!«

Damit drehte sie sich auf dem Absatz um, doch Julia hörte, wie sie tief aufseufzte, und ihre Schultern schienen ein wenig zu beben.

Ich gehe zu ihm, dachte Julia. Und dann sah sie den Gesichtsausdruck des Grafen. Er wehrte die Leute, die sich um ihn drängten, herrisch ab und behauptete, es ginge ihm gut – doch sein Blick folgte seiner Tochter.

Und für einen Moment, nur für einen winzigen Moment, sah Julia in seinen Augen den gleichen Kummer und dieselbe Sehnsucht, die sie in Ediths Augen gesehen hatte.

Sie war so gebannt bei diesem Gedanken, dass sie kaum merkte, wie sie auf den Grafen zuging, bis dieser mit zitterndem Finger auf sie deutete und sagte: »Lassen Sie mich bloß in Ruhe! Sie haben schon genügend Ärger gemacht. Seien Sie froh, dass ich Sie nicht angezeigt habe, weil Sie unerlaubt auf meinen Grund und Boden eingedrungen sind.«

Michael stand neben dem Grafen und sah sie überrascht an, als er das hörte.

»Ich erinnere mich, dass ich die Erlaubnis hatte, Ihr Haus zu betreten«, erwiderte Julia gelassen; die Umstehenden sollten hören, dass sie keine Gesetzesbrecherin war. »Wie geht es Ihnen? Ist Ihnen schwindelig? Haben Sie Schmerzen? Haben Sie die Salbe ausprobiert, deren Rezept ich Ihnen dagelassen habe?«

Sie wollte die Hand auf seine Stirn legen, doch er schlug sie fort. »Ich lasse mich nicht so behandeln«, bellte er. »Ich verlange Respekt!«

Michael zog sie fort. »Sie sollten jetzt lieber gehen, Miss. Sie meinen es sicher gut, aber Sie regen ihn nur auf.«

Er sprach mit ihr, als sei sie eine völlig Fremde. Sie sah ihn erschrocken an und nahm ihm seine Distanziertheit im Stillen übel.

Doch als Michael sah, dass die Aufmerksamkeit der anderen allein dem Grafen galt, der nun klagte und verlangte, dass nach seinem Arzt geschickt wurde, wurde sein Ausdruck weicher. Er flüsterte: »Bist du wirklich zu Seiner Lordschaft nach Hause gegangen?«

Sie sah, dass ihn der Gedanke beinahe amüsierte. Ein Blick, den sie in ihren Unterrichtsstunden unzählige Male gesehen hatte, traf sie, und sie freute sich. »Aber ja, ich …«

»Hier ist Dr. Adams, Sir!«, rief Mr Tamblin erleichtert, als ein Gentleman mit einer Arzttasche auf sie zueilte.

»Sir, ich habe Ihnen doch gesagt, Sie dürfen sich nicht überanstrengen«, schalt Dr. Adams. Er prüfte die Vitalparameter des Grafen, genau so, wie Julia es hatte tun wollen.

Der Graf ließ ihn machen und sagte nur säuerlich: »Schimpfen Sie nicht mit mir, Adams. Bringen Sie mich einfach nach Hause.« Er sprach mit dem Arzt wie mit einem Diener statt wie mit seinem Privatarzt.

»Stephenson! Kommen Sie, helfen Sie uns«, befahl Mr Tamblin.

Michael warf Julia noch einen Blick zu, lange genug, dass ihr Herz schmolz. Ihm lag noch an ihr; sie spürte es an der Intensität seines Blicks, bevor er sich abwendete.

Julia brauchte einen Moment, um sich zu sammeln. Sie konnte hier nichts mehr tun. Sie drehte sich um und lief den langen Flur entlang durch die schwere Tür hinaus auf die Straße und hielt Ausschau nach Edith.

»Edith, warte«, rief sie, als sie ihre Freundin eine halbe Straßenlänge weiter entdeckte.

Doch Edith blieb nicht stehen. Auch als Julia sie eingeholt hatte, schritt sie entschlossen weiter aus, ohne sie zu beachten. Julia hielt mit ihr Schritt.

»Was ist denn los?«

»Mach mir bloß keine Vorwürfe, weil ich ihm nicht geholfen habe. Es waren genügend Ärzte anwesend, die tun konnten, was immer nötig war.«

»Deshalb bin ich dir nicht nachgelaufen«, beharrte Julia.

Sie kamen an die Straßenecke, doch Edith schien so dringend fortkommen zu wollen, dass sie ihre Schritte nicht verlangsamte. Julia schrie auf, griff nach ihrem Arm und riss Edith im letzten Moment zurück, sodass sie um Haaresbreite einer vorbeifahrenden Kutsche entkam.

Die Kutsche ratterte donnernd vorüber und schleuderte dabei Schlamm und kleine Steine in die Luft. Julia spürte, wie Edith zitterte, als ihr klar wurde, was beinahe geschehen wäre. Sie stand still und rang nach Luft, dann entzog sie Julia ihren Arm, mied jedoch noch immer ihren Blick.

Julia nutzte die Gelegenheit. »Ich habe da drin dein Gesicht gesehen. Ich sah, was es dich kostete, einfach zu gehen.«

»Du verstehst überhaupt nichts.«

»Und ich sah etwas, das du nicht gesehen hast: den Blick, mit dem er dir nachsah.«

Edith lachte bitter auf, doch ihre Hand zitterte, als sie ihren kurzen Mantel richtete, der verrutscht war, als Julia sie zurückgerissen hatte. »Das brauchte ich nicht zu sehen, das kann ich mir gut vorstellen.«

»Du irrst dich. Er sah so traurig aus – und zärtlich. Sehnsüchtig …«

»Das, wonach er sich sehnt, hat er schon seit Jahren verloren. Ich habe mich für diesen Weg entschieden und werde meine Meinung nicht ändern. Wenn er dafür sorgt, dass die Schule geschlossen wird, schließe ich mein Studium in Wien ab. Ich werde ihm zeigen, dass er mich nicht in die Knie zwingen kann. Eigentlich hätte ich schon lange gehen sollen.«

Julia hakte sofort nach. »Und warum bist du nicht schon längst auf den Kontinent gegangen? Bestimmt nicht, weil dein Wunsch, Ärztin zu werden, nicht groß genug ist. Du sprichst fließend Deutsch und hast oft gesagt, wie gern du eines Tages das Land deiner Vorfahren besuchen würdest. Und doch bist du geblieben. Du hast nicht einmal die Möglichkeit wahrgenommen, drei Monate in der ausgezeichneten Geburtsklinik in Irland zu hospitieren.«

»Lass mich einfach in Ruhe.« Edith nutzte eine Lücke im Verkehr und wollte die Straße überqueren.

»Ich weiß, dass es nicht aus Geldmangel gewesen sein kann«, fuhr Julia fort und folgte ihr verbissen. »Ich glaube, dass du aus irgendeinem Grund deine Heimat nicht verlassen wolltest, und frage mich natürlich: Was ist das für ein Grund?«

»Du hast recht. Ich hätte viel früher gehen sollen. Mein Vater will mich über den Kanal jagen – oder sogar über den Atlantik. Er wird mich bestimmt nicht vermissen. Er sähe mich am liebsten so weit fort wie möglich. Nun gut, ich werde ihm den Gefallen tun.«

»Aber wenn du einen Waffenstillstand mit deinem Vater schließen könntest – würdest du es nicht tun?«

Jetzt standen sie auf der anderen Straßenseite. Edith blieb stehen und drehte sich zu Julia um. »Arbeitest du für ihn? Hat er dich beauftragt, mich zu beschwatzen?«

»Du weißt, dass das absurd ist!«

»Wirklich? Egal. Ich weiß, dass du mit diesem Anwalt befreundet bist – dem, der alles tut, um der Schule zu schaden.«

»Ich habe versucht, der Schule zu helfen!«

»Ich glaube, du wolltest nur dir selbst helfen. Ich habe gesehen, wie er dich anschaut. Wenn du nicht Medizin studieren kannst, hast du eine ausgezeichnete Karriere als Anwaltsgattin vor dir. Oder meinetwegen Mätresse. Vielleicht wolltest du das schon die ganze Zeit. Es ist bestimmt einfacher, als sich den Lebensunterhalt selbst zu verdienen.«

»Edith, du kennst mich doch besser!«, mahnte Julia, erschrocken über die brutalen Worte. »Wie kannst du so etwas sagen?«

»Weil du aufhören sollst, mich zu quälen. Lässt du mich jetzt endlich in Ruhe?« Ediths Stimme und Verhalten waren gleichermaßen hart und unnachgiebig; sie glich einer undurchdringlichen Mauer. Julia hatte ihr zu großen Druck gemacht und ihre Freundin hatte sie angegriffen – wie ein verwundetes Tier. Wieder einmal hatte sie mit ihrer direkten Art mehr Schaden angerichtet als Gutes bewirkt.

»Es tut mir leid«, sagte sie freundlich. »Ich belästige dich nicht mehr.«

Sie glaubte, einen Anflug von Reue in Ediths Gesicht zu sehen, doch er machte rasch einem Lächeln stolzer Befriedigung Platz, weil sie sich durchgesetzt hatte. Ohne ein weiteres Wort drehte sie sich um und ging.

Julia wanderte langsam nach Hause. Hatte sie das, was sie heute im Gerichtssaal gesehen hatte, wirklich völlig missverstanden? War es falsch gewesen zu glauben, dass Vater und Tochter sich im Grunde sehnlichst eine Versöhnung wünschten? Nein, das glaubte sie nicht. Doch es schien keine Brücke zwischen den beiden zu geben.

Auch was Edith über Michael gesagt hatte, machte ihr Sorgen. War die Anziehung zwischen ihnen beiden so offensichtlich gewesen? Konnte es sein, dass es alle gesehen hatten? Im Moment war ihr ganzes Leben ein einziger Wirrwarr. Die Schule, ihre Freundschaften und ihr Herz – alles war in Gefahr.

Es war ein langer Heimweg, auf dem Julia unablässig betete. Mehr konnte sie nicht tun, doch heute schenkte ihr nicht einmal das Beten Trost.

27

Der zweite Gerichtstag. Nach Tamblins Anklageerhebung schien die einhellige Ansicht zu herrschen, dass die Jury gar nicht anders konnte, als die Angeklagte für schuldig zu befinden.

Michael war von Herzen froh, dass es nun bald vorüber war. Er hatte alles getan, was von ihm verlangt wurde, doch es hatte einen hohen Preis von seinem Gewissen gefordert. Sosehr sein Leben auch davon abhing, dass sie diesen Prozess gewannen, vergaß er doch keinen Moment, dass andererseits Julias Leben vom Fortbestand der Schule abhing. Nach seiner Unterhaltung mit Anderson war Michael beinahe geneigt zu glauben, dass Gebete tatsächlich etwas bewirken konnten, doch während des Prozesses brachte er es nicht über sich, für den Sieg einer Partei zu beten. Er befand, dass es das Beste war, seine Bitten unausgesprochen zu lassen.

Im Moment war er beeindruckt, wie sorgfältig der Anwalt von Dr. Tierney die Verantwortung und Haftung der Ärztin von der der Schule trennte. Wahrscheinlich war das der beste Weg, die Schule zu retten. Die Verteidigung hatte Dr. Tierneys Aussagen über den Zustand des Grafensohnes bei seinem Tod nicht belegen können; ebenso wenig hatte sie den Vorwurf, Dr. Tierney hätte dem Ruf des Grafen geschadet, widerlegen können. Michael dachte insgeheim, dass Tamblin die ganze Sache völlig unverhältnismäßig aufgeblasen hatte, doch das war schließlich von Anfang an ihre Strategie gewesen.

Der Verteidiger wandte sich jetzt an die Jury und fasste die Antworten seiner behutsamen Zeugenbefragung zusammen. »Sie sehen also, Gentlemen, die London School of Medicine for Women vertritt in Bezug auf die Gesetze über ansteckende Krankheiten keine eigene offizielle Position. Im Gegenteil, wir haben soeben bewiesen, dass es durchaus Meinungsverschiedenheiten unter den Direktoren der Schule gibt.«

»Was wohl niemanden überrascht«, sagte ein Mann, der hinter Michael saß, zu seinem Sitznachbarn. »Wann war sich eine Gruppe von Frauen schon jemals in irgendetwas einig?«

»Es sei denn darin, wie sie durch ihre Einkäufe am besten ihre Ehemänner ruinieren«, antwortete der andere lachend.

Die beiden Männer hatten im Laufe des Nachmittags viele verächtliche Bemerkungen über den Prozess gemacht. Michael war ziemlich sicher, dass sie nur gekommen waren, um über Frauen herzuziehen.

Sie hatten leise genug gesprochen, um nicht die Aufmerksamkeit des Richters oder des Gerichtsdieners zu wecken, doch sie saßen nahe genug, dass Michael sie hören konnte.

Der Verteidiger sprach noch immer zur Jury. Er ging noch einmal auf die Zeugenaussagen ein und wiederholte – bis ins Detail hinein –, welche Hochachtung sie Lord Westbridge entgegenbrachten und wie bekümmert sie waren, dass er oder irgendjemand anders glauben konnte, sie hätten ihn verunglimpfen wollen.

Michael beobachtete währenddessen die Jurymitglieder und versuchte herauszufinden, was sie dachten. Die meisten wirkten ernst, aber neutral. Ein paar hörten dem Anwalt mit steinernem Gesichtsausdruck zu, sodass für Michael kein Zweifel bestand, wie sie abstimmen würden. Doch manche nickten nachdenklich und sahen mitleidig zu den Frauen auf der Anklagebank hinüber.

Michael blickte zu den Medizinstudentinnen hinüber, die im Zuschauerraum saßen, und dachte an Lauras Kommentar im Theater. Was würde sie jetzt denken? Für Michael sahen sie wie ganz normale Frauen aus. Manche waren hübsch, andere weniger hübsch, doch keine war besonders auffällig.

Bis auf Julia natürlich. Sie war die schönste Frau im Gerichtssaal. Michael hütete sich, zu oft zu ihr hinüberzublicken, doch er konnte immer sagen, wenn ihr Blick auf ihm ruhte. Es war ihm schwergefallen, seinen Gleichmut zu wahren. Der Zwischenfall nach der gestrigen Sitzung hatte ihn beinahe all seinen Vorsätzen untreu werden lassen, vor allem, als er gehört hatte, dass sie tatsächlich den Grafen aufgesucht hatte. Was hatte sie sich dabei gedacht? Natürlich hatte sie ihn beeinflussen wollen. Es hatte sicher mehr geschadet als genützt, doch er konnte ihr seine Bewunderung für ihren Versuch nicht versagen.

Der Richter wandte sich an die Jury: »Gentlemen, Sie haben die Argumente der Anklage gehört. Jetzt liegt es bei Ihnen, diese Argumente gegen die Schuld oder Unschuld der Angeklagten abzuwägen.«

Er erteilte ihnen noch ein paar Anweisungen, dann entließ er sie zur Beratung. Michael hatte seinen Teil der Vereinbarung gehalten; auf das, was jetzt geschah, hatte er keinen Einfluss mehr. Er bedauerte nur, dass er, wenn es vorbei war, nicht mehr die süße Qual erdulden musste, Julia zu sehen – wenn auch nur aus der Ferne.

Die Jury kehrte nach knapp zwei Stunden zurück.

»Sind Sie zu einem Urteil gekommen?«, fragte der Richter.

»Ja, Euer Ehren«, antwortete der Sprecher.

Julia wartete und konnte kaum atmen, während Angst und Hoffnung in ihr miteinander kämpften. Gott würde alles in Ordnung bringen. Er würde sie nicht im Stich lassen.

Der Sprecher sagte ernst: »Wir geben dem Kläger recht.«

Nein! Julia konnte es nicht glauben.

Ein Tumult brach aus, als die Zuschauer lautstark protestierten oder zustimmten. Diejenigen, die Julia am nächsten saßen, verharrten wie Julia selbst in fassungslosem Schweigen.

»Ruhe im Saal!«, befahl der Gerichtsdiener. Er musste den Befehl wiederholen; erst dann schwoll der Lärm allmählich ab.

»Fahren Sie fort«, forderte der Richter den Sprecher auf.

»Wir geben dem Kläger recht. Und wir setzen den Schaden auf die Höhe von einem Pfund fest.«

Wieder brach ein Aufruhr aus – manche Leute lachten laut, andere schrien empört auf. Julia war verwirrt. Ein Pfund war in diesem

Kontext eine sehr unbedeutende Summe. Hieß das, dass der Schule trotz allem nichts weiter zustoßen würde?

»Die Jury gibt dem Kläger recht und veranschlagt den Schaden mit einer Höhe von einem Pfund«, wiederholte der Richter. »Da die Jury für den Kläger stimmt, legt das Gericht fest, dass sämtliche Gebühren von den Angeklagten getragen werden müssen.«

»O nein«, jammerte Lisette. »Nach den vielen Monaten, die der Prozess sich nun schon hinzieht, sind die Gerichtskosten sicherlich ruinös.«

Edith deutete auf die Jury. »Warum sehen manche von ihnen so überrascht aus? Sie müssen doch wissen, was sie beschlossen haben?«

Julia blickte verwirrt zu der Bank, auf der die Angeklagten saßen. Sie gehörten zu den wenigen Menschen im Saal, die schwiegen. Diese Frauen hatten ein Jahrzehnt oder länger für die Gründung und Aufrechterhaltung der Schule gekämpft. Dieses Urteil war ein furchtbarer Schlag und doch stellten sie sich dem Schlimmsten mit düsterer Tapferkeit – bis auf Dr. Tierney, deren Gesicht ganz rot war von unterdrücktem Zorn.

Der Graf war so leicht zu lesen gewesen wie ein offenes Buch: sein triumphierendes Lächeln, als das Urteil verlesen wurde; seine Fassungslosigkeit, als der Sprecher die Schadenshöhe verkündete; die tiefe Befriedigung, mit der er sich zurücklehnte, als der Richter die Gerichtskosten den Angeklagten aufbürdete.

Die rätselhafteste Person im Saal war Michael. War er zufrieden mit dem Ausgang? Bereute er, dass sie den Prozess gewonnen hatten, weil er wusste, was das für Julia bedeutete? Sie wusste es nicht. Sie starrte ihn an, versuchte ihn zu zwingen, ihren Blick zu erwidern, was er zuletzt auch tat. Als ihre Blicke sich trafen, flackerte etwas in seinen Augen auf. Doch bevor sie es entziffern konnte, war es auch schon wieder vorüber. Er musste sich zu Mr Tamblin umdrehen, der ihm die Hand schütteln wollte.

Die Sitzung wurde geschlossen, und Julia hatte keine Chance, Michael in dem Menschengewimmel, das gleich darauf entstand, noch einmal zu sehen. Auch Edith war rasch gegangen, ganz allein. Sie hatte heute kein Wort mit Julia gesprochen, offenbar war sie immer noch zornig auf sie wegen gestern. Doch heute ging Julia ihr nicht nach. Sie brauchte Zeit, um darüber nachzudenken, was das Ganze nun für ihre Zukunft bedeutete.

Als die Menschenmenge sich aufgelöst hatte, saß Julia noch lange ganz allein auf einer der rot gepolsterten Bänke in der großen Halle. Mit dem hohen Deckengewölbe, den Buntglasfenstern mit den Wappen und dem aufwendigen Mosaik des Marmorfußbodens wirkte sie feierlich – fast wie eine Kathedrale. Sie bewunderte diese Schönheit, doch der Königliche Gerichtshof war ein Schrein für das Werk von Menschen, nicht Gottes. War hier heute ein gerechtes Urteil gefällt worden? Sie glaubte nicht.

Die große Halle war noch immer von geschäftigem Treiben erfüllt. Julia beobachtete Anwälte in Roben und mit Perücke, die in andere Gerichtssäle eilten, häufig begleitet von ihren Schreibern oder Mandanten. Doch Michael war nirgends zu sehen. Vielleicht war es ein Fehler gewesen oder sogar heuchlerisch, nach einem Anzeichen zu suchen, dass er ihretwegen Reue empfand. Wenn sie ihn liebte, sollte sie sich dann nicht wenigstens ein bisschen für ihn freuen, für den heutigen Erfolg, der seiner Karriere fraglos sehr zugutekommen würde? Doch ihr Herz wurde nur noch schwerer, als sie darüber nachdachte.

Julia konnte sich nicht erinnern, jemals an ihrer Berufung gezweifelt zu haben. Sie war immer ganz sicher gewesen, wo sie hingehen wollte und wie sie dorthin kommen würde. Doch in den letzten paar Monaten hatten sich ihre Pläne als trügerisch erwiesen. Sie hatte ihre Mäzenin verloren. Ihr Einfall, sich Lateinunterricht zu verschaffen, den sie als Gottesgeschenk betrachtet hatte, hatte nichts als Ärger und Herzweh gebracht. Sie war von der Missionsgesellschaft abgelehnt worden. Was sollte sie jetzt tun? Die Idee, nach Indien zu gehen, wollte ihr nicht gefallen, doch wahrscheinlich spielte es ohnehin keine Rolle mehr. Das heutige Urteil bedeutete höchstwahrscheinlich, dass sie nie Ärztin werden würde.

Tränen stiegen ihr in die Augen und brannten, als sie sie mit einem langen, schweren Seufzer zurückdrängte. Wenn sie die Augen schloss, sah sie Michael vor sich. Wenn sie sie öffnete, sah sie seine Welt, die so restlos im Widerspruch zu ihrer eigenen stand. Schließlich fuhr sie sich ein letztes Mal mit der Hand über die Augen und stand auf. Es hatte keinen Sinn, hier noch länger herumzusitzen. Sie hatte nie zum Selbstmitleid geneigt und würde jetzt nicht damit anfangen.

Draußen auf der belebten Straße kam sie an einem fliegenden Händler vorüber, der kleine Windrädchen an eine Frau und ihren Sohn verkaufte. Der Junge sah ein bisschen aus wie Sam. Er erinnerte Julia daran, dass sie versprochen hatte, heute Sybil zu besuchen und nach dem Baby zu schauen. Sie seufzte wieder. Es war ein langer Weg nach Bethnal Green und sie war müde nach einer schlaflosen Nacht. Sie sehnte sich einfach nur nach einer Tasse Tee und einem ruhigen Ort, um nachzudenken. Während sie noch dastand und mit sich selbst haderte, fiel ihr etwas ein, das Mr Müller immer gesagt hatte: »Wenn man lange auf eine Antwort von Gott warten muss, ist es das Beste, sich diese Zeit mit der Hilfe für andere zu vertreiben.« Ihre Zukunft war ungewiss, doch im Hier und Jetzt gab es mehr als genug für sie zu tun.

Sie ging noch einmal zurück zu dem Straßenverkäufer und kaufte zwei Windräder. Ihr Herz wurde ein wenig leichter, als sie an die Freude dachte, die sie Sam und Jemmie mit dem bunten Papierspielzeug machen würde. Sie ging nach Osten, bis die St.-Pauls-Kathedrale in Sicht kam, dann wandte sie sich nach Norden und ging vorüber am Strafgerichtshof, bekannt unter dem Namen Old Bailey, und vorbei am Newgate Gefängnis, das gleich danebenlag. Sie betete für Myrtle und für Gwen. Ihre Prozesse würden in wenigen Wochen stattfinden. Julia betete, dass ihnen Gerechtigkeit und, in Gwens Fall, Nachsicht zuteilwerden würde.

Doch einmal unterbrach sie ihren Weg noch. Im Laden des Bäckers, der so freundlich zu Cara gewesen war, kaufte sie frisches Brot. Und von Straßenverkäufern vor der Bäckerei kaufte sie ein paar Äpfel und eine kleine Fleischpastete. Sie würde um dieser Extravaganz willen mehrere Tage auf ihr Abendessen verzichten müssen, doch das war es ihr wert.

Sybil und das Baby waren angesichts ihrer Lebensumstände in zufriedenstellendem Zustand und die beiden anderen Kinder auch. Sybil und Hettie arbeiteten im Akkord und verdienten so den Lebensunterhalt für alle. Es war ein schweres Leben, doch Julia war beeindruckt von ihrer Belastbarkeit und Widerstandsfähigkeit. Sie nahmen ihre einfachen Gaben mit einer solchen Freude entgegen, als hätte sie ein Festmahl mitgebracht.

Es hatte Julia schon immer Befriedigung geschenkt, wenn sie anderen helfen konnte, sei es in körperlichen Dingen während ihrer Tätigkeit als Krankenschwester oder in geistlichen Fragen, durch das gemeinsame Gebet und das Reden über das Evangelium. Heute hatte sie jedoch zum ersten Mal das Gefühl, als hätten andere ihr geholfen. Der Besuch entwickelte sich beinahe zu einer Art Party und half, ihre gebeugte Seele wieder aufzurichten.

Sie blickte sich in dem einfachen Raum um; heute wirkte er heiterer als beim ersten Mal. Durch das Fenster drang frische Luft herein, und auch die fröhlichen roten Windrädchen, mit denen die Kinder hingerissen spielten, trugen ihren Teil dazu bei. Hettie hatte Tee gekocht. Doreen war ebenfalls gekommen und hatte einen Teelöffel Teeblätter mitgebracht, der der Kanne hinzugegeben wurde, sodass der Tee tatsächlich für alle reichte.

»Sie werden bestimmt eines Tages Ärztin sein«, meinte Hettie, nachdem Julia ihnen von dem Prozess und seinem Ausgang erzählt hatte. »Sie haben eine ganz besondere Gabe, die Menschen zu heilen. Heute war ein schlimmer Tag, aber Gott ist bei Ihnen. Sie sind es doch, die uns die ganze Zeit von der Macht des Gebets erzählt, oder nicht?«

»Ja.«

»Was hat sich also geändert?«

Julia spürte, wie ihre Augen feucht wurden, während sie über Hetties Frage lächelte. »Sie haben recht, Hettie. Gott hat sich nicht geändert.« Sie hob die Hände. »Wollen wir zusammen beten?«

Und das taten sie denn auch. Sybil betete für Edith, denn sie alle waren sehr traurig gewesen, als sie erfahren hatten, dass sie wegen der Schule gegen ihren eigenen Vater kämpfte. Sogar Doreen betete mit; sie sprach ein schlichtes Gebet für Myrtle, das Julia sehr zu Herzen ging. Anfangs hatte Doreen sich standhaft geweigert, über Gott zu reden, doch in den letzten Wochen, in denen Julia immer wieder von Gottes Liebe und Vergebung erzählt hatte, hatte sie sich ihr geöffnet.

Nach dem Gebet sagte Doreen: »Ich will Gott ja nicht vorschreiben, was er zu tun hat, aber kann nicht vielleicht Ihr gut aussehender Anwalt auch Myrtle helfen – so wie er uns geholfen hat?«

Julia stockte der Atem. Eine Einzelheit, die sie den anderen nicht erzählt hatte, war Michaels Rolle in dem Prozess. Sie hatte es einfach nicht fertiggebracht, von ihm zu sprechen. Noch jetzt rief die Erwähnung seines Namens widersprüchliche Gefühle in ihr hervor. »Das kann ich leider nicht versprechen.«

Doreen seufzte, nahm es jedoch mit einem Nicken hin. »Er arbeitet wohl nur für die feineren Kreise.«

»Irgendwie wird Myrtle geholfen werden, da bin ich ganz sicher«, tröstete Julia sie.

Als es Zeit wurde zu gehen, würde es immer noch mindestens eine halbe Stunde hell sein, also brauchte Julia sich keine Sorgen über den Heimweg zu machen. Die enge Gasse war düster und abweisend wie immer, doch heute wirkte sie weniger bedrohlich. Vielleicht fing Julia an, sich daran zu gewöhnen. Im Moment war sie noch sehr belebt und voller Lärm von spielenden Kindern und bellenden Hunden. Keiner achtete auf sie.

Dass Doreen Michael erwähnt hatte, war der einzige Dämpfer an einem sonst sehr erbaulichen Nachmittag gewesen. Julia schien nicht an Michael denken zu können, ohne sich zu grämen, doch sie konnte auch nicht zornig auf ihn sein; dafür liebte sie ihn viel zu sehr.

Auf dem Heimweg verfiel Julia erneut in Melancholie. Die Unsicherheit machte ihr zu schaffen. Hinzu kam das Gefühl, dass die Antwort zum Greifen nah war und sie sie nur nicht sehen konnte. An der Straßenecke blieb sie stehen, weil sie den Drang empfand, sich umzudrehen und die Szene noch einmal in sich aufzunehmen, bevor sie weiterging. In einem Türeingang tröstete eine Mutter ein weinendes Kind. In einem anderen stritten ein Mann und eine Frau. In einem dritten saß ein junges Mädchen teilnahmslos auf der Treppe ihres baufälligen Heims. Über all dem waren Wäscheleinen zwischen den Häusern gespannt. Bettlaken und Unterröcke bildeten eine weiße Wand, die in der Luft wehte.

»Hebt eure Augen auf und seht die Felder an; sie sind schon weiß zur Ernte.«

Julia atmete scharf ein, als ihr diese Worte aus dem Evangelium einfielen. Sie hatte einmal in einer Predigt gehört, dass Jesus sie gesprochen hatte. Wahrscheinlich hatte er die Menschenmenge gemeint, die gekommen war, ihn zu sehen, denn damals trugen viele Leute weiße Kleidung.

Sie alle brauchen Hilfe.

Das hatte sie natürlich gewusst. Sie hatte es bei ihren Besuchen in der Armenklinik und in den Slums gesehen. Es gab Armut und Elend in ganz London, doch dieses Wissen und der Anblick hatten noch nie so an Julias Herz gerührt. Diese Menschen lebten in einem christlichen Land und doch kannten viele von ihnen Gott nicht. Doch die spirituelle Not beschränkte sich keineswegs auf die Armen, das wusste Julia aus ihrer Bekanntschaft mit vielen anderen, darunter ihren Mitstudentinnen und der Tochter eines Grafen.

Jetzt begriff sie. Auch wenn sie nie Ärztin wurde, gab es Menschen, denen sie auf die Weise helfen konnte, die am wichtigsten war. Sie dachte an die Ermahnung, zuerst das Gottesreich zu suchen, und die Verheißung, dass dann auch alle anderen Bedürfnisse erfüllt würden.

London war Missionsgebiet und es war groß genug für ein ganzes Leben.

Die freitäglichen Abendessen in der großen Halle von Gray's Inn waren immer gut besucht, doch diese Woche war das Dinner eine wahre Siegesfeier.

Michael saß mit einem halben Dutzend Kollegen zusammen, die ihm zu seinem Beitrag zum Sieg in diesem Prozess gratuliert hatten. Sie alle waren sich einig, dass das der erste Schritt zu Größerem für ihn war.

»Jetzt werden Sie alle Aufträge bekommen, die Sie wollen«, versicherte ihm ein Mann.

»Tamblin war der federführende Anwalt«, erinnerte Michael ihn.

»Sicher, aber wir alle wissen, dass er bald zum Richter ernannt werden und dann nicht mehr praktizieren wird. Außerdem ist Ihr Anteil an der Arbeit nicht unbemerkt geblieben.«

»Das wird ein gutes Fallbeispiel für die Lehrbücher abgeben«, sagte ein anderer. »Die Art, wie der Prozess geführt wurde, entsprach ganz und gar nicht dem, womit die Leute gerechnet haben.«

Michael blickte sich in der alten, eichengetäfelten Halle um. An langen Tischreihen saßen Anwälte und Jurastudenten. Die Buntglasfenster zeigten die Wappen der berühmtesten Mitglieder von Gray's Inn im Laufe der Jahrhunderte. Dieser altehrwürdige Ort war von Geschichte durchdrungen. Michael wünschte sich seit Langem, sich hier zu profilieren, doch er hatte es nicht durch einen fragwürdigen Verleumdungsprozess tun wollen. Der Ausgang des Prozesses machte ihm noch immer zu schaffen.

Einer der Männer am Tisch gab etwas zu bedenken, an das Michael auch schon gedacht hatte. »Es scheint ein ungewöhnliches Urteil zu sein – für den Kläger zu stimmen und gleichzeitig eine so geringe Summe festzusetzen. Was haben sie wohl damit beabsichtigt?«

»Vielleicht dachten sie, Seine Lordschaft hat schon genug Geld«, meinte einer der Männer.

»Vielleicht wollten sie die Angeklagten nicht schuldig sprechen, wussten aber, dass sie Lord Westbridge nicht vor den Kopf stoßen durften«, warf ein anderer ein.

»Die anwesenden Gentlemen scheinen den Brief heute Morgen in der *Times* nicht gelesen zu haben«, sagte John Findlay, eines der Mitglieder des Inn, den Michael gut kannte. »Ein Jurymitglied hat darin den ganzen Hergang berichtet. Tut mir leid, dass ich mein Exemplar nicht mitgebracht habe, aber ich erzähle es Ihnen gern.«

Michael war sofort fasziniert. »Was hat er gesagt?«

»Er sagte, die gesamte Jury sei der Ansicht gewesen, dass der Kläger eigentlich eindeutige Beweise dafür hätte vorlegen müssen, dass die Aussagen der Angeklagten über den Tod des Sohnes Seiner Lordschaft falsch waren. Was das Urteil betraf, fiel ihnen eine Einigung dennoch schwer; so waren zum Beispiel nicht alle überzeugt, dass die hohe Schadensersatzsumme, die der Kläger forderte, gerechtfertigt sei. Der Sprecher sagte, sie hätten den Gerichtsschreiber gefragt, ob sie die Angeklagte für schuldig befinden konnten, ohne eine Schadensersatzhöhe zu benennen. Das sei nicht möglich, erfuhren sie. Dann fragten sie, ob die Festsetzung einer Schadensersatzhöhe von nur einem Pfund bedeutete, dass die Angeklagte auch die Gerichtskosten übernehmen müsste, und erfuhren, dass das nicht der Fall sei. So fällten sie denn ihr Urteil, waren aber natürlich sehr überrascht, dass das Gericht die Gerichtskosten dann doch der Angeklagten aufbürdete.«

»Das Problem ist also, dass der Gerichtsschreiber ihnen keine korrekte Auskunft gab«, sagte einer der Männer, woraufhin alle, auch Michael, zustimmend nickten. »Man hätte ihnen sagen müssen, dass die Gerichtskosten nicht zwangsläufig dem Kläger übertragen werden, sondern dass diese Entscheidung letztlich dem Richter obliegt, auch wenn der Schadensersatz auf weniger als fünf Pfund festgesetzt wird.«

»Genau!«, sagte Findlay. »Angesichts dieser Umstände glaube ich nicht, dass dem Urteil viel Gewicht beigemessen wird. Wenn ich der Anwalt der Angeklagten wäre, würde ich ihr raten, Berufung wegen unrichtiger Auskunft des Gerichtsschreibers einzulegen.«

»Findlay, warum wollen Sie Stephensons Sieg unbedingt eine kalte Dusche verpassen?«, fragte einer der anderen Männer. Er hob ein Weinglas. »Wir schulden ihm noch einen Toast!«

Doch Michael war bereits zu genau derselben Schlussfolgerung wie Findlay gekommen. Nach dem Essen, als sich die Halle leerte, nahm er Findlay beiseite. »Würden Sie mich auf einem kleinen Spaziergang begleiten?«, fragte er. »Ich würde gern etwas mit Ihnen besprechen.«

Findlay wirkte überrascht, stimmte jedoch zu. »Ich hoffe, ich habe Sie nicht verärgert«, sagte er, als sie zu der Parkanlage kamen und aufs Geratewohl einen Weg einschlugen.

»Aber nein, überhaupt nicht. Wir wissen doch alle, dass es in einem Fall – und sogar bei einem Urteil – immer viele Facetten gibt. Wie Sie gesagt haben, zeigt der Brief des Sprechers, dass die Jury im Grunde der Seite der Angeklagten zuneigte. Doch es ist nicht immer ganz einfach, sich gegen jemand so Mächtigen zu stellen, nicht einmal in unserem ausgezeichneten Rechtssystem.«

»Das stimmt.«

»Meiner Ansicht nach sollte ein Anwalt oder irgendjemand aus dem Rechtsstand der *Times* ein Antwortschreiben auf den Brief des Sprechers schicken.«

Findlay blieb abrupt stehen. »Das wollen Sie tun?«

»Leider kann dieser Brief nicht von mir kommen. Aber da Sie neutral und ein geachteter Anwalt sind, dachte ich, Sie könnten es vielleicht übernehmen.«

Findlay sah ihn zweifelnd an. »Warum wollen Sie etwas tun, das eine Berufung unterstützen würde?«

»Lassen Sie mich Ihnen eine Frage stellen: Glauben Sie, dass Frauen die ärztliche Approbation erlaubt werden sollte?«

»Natürlich!«

Genau diese Antwort hatte Michael jetzt auch erwartet. Er wusste, dass Findlay zu den progressiveren Mitgliedern von Gray's Inn gehörte.

Findlay fügte hinzu: »Ich rechne damit, dass Frauen eines Tages auch den Anwaltsberuf ausüben werden. Ich billige auch das, muss allerdings sagen, dass es mich ein wenig bangen lässt, ob ich dann in Zukunft noch Prozesse gewinnen kann. Aus meiner persönlichen Erfahrung mit meinen Schwestern muss ich sagen, dass niemand eine Sache so vertreten kann wie eine Frau.«

Doch er lächelte, als er das sagte. Michael spürte einen kleinen Stich im Herzen, denn er erinnerte sich, dasselbe einmal von Julia gedacht zu haben.

»Nun, dann sollte dieser Brief den Stachel des Urteils ein wenig mildern, jedenfalls, was den Ruf der Schule in der Öffentlichkeit angeht. Es würde sie wenigstens moralisch, wenn auch nicht finanziell unterstützen.«

»Der Gedanke war mir auch schon gekommen«, gab Findlay zu. »Aber es überrascht mich, das von Ihnen zu hören.«

»Wenn ich Ihnen etwas im Vertrauen sagen darf ...«, Michael hielt inne und wartete, bis Findlay genickt hatte, bevor er fortfuhr: »Ich selbst bin durchaus dafür, Frauen den Zugang zum Arztberuf zu ermöglichen. Ich habe mein Bestes getan, nach den Grundsätzen unseres Berufsstands zu handeln und den Fall für meinen Mandanten zu gewinnen, doch das Ganze sollte die Schule jetzt auf keinen Fall daran hindern dürfen, ihr Ziel weiterzuverfolgen.«

»Da haben Sie recht!«

»Und noch etwas würde ich Sie gern fragen, wenn ich darf. Ich habe gehört, dass Sie manchmal ehrenamtlich am Strafgericht tätig sind, und hätte Interesse, das ebenfalls zu tun. Ich denke da insbesondere an zwei Frauen, die im Moment inhaftiert sind; allerdings bin ich durchaus bereit, meinen Wirkungsbereich auszudehnen.«

Findlay klopfte ihm freundschaftlich auf den Rücken. »Stephenson, bis heute hielt ich Sie für einen Menschen, der allein für seinen persönlichen Erfolg lebt, doch anscheinend habe ich mich geirrt. Offenbar sind Sie tatsächlich ein Mensch, der Wahrheit und Gerechtigkeit über persönlichen Gewinn stellt.«

»Aber erzählen Sie das nicht herum.«

Das rief das Lachen hervor, das er beabsichtigt hatte, dabei dachte Michael im Stillen, dass Findlay mit beidem recht gehabt hatte. Er wäre noch immer die erstere Art Mensch, wenn Julia ihn nicht geändert hätte.

28

Julia saß da, hatte die Hände im Schoß gefaltet und betete. Doch ihre Augen waren weit geöffnet. Sie blickte auf das Papier, das mit der Vorderseite nach unten auf dem Tisch vor ihr lag. Sobald der Aufsichtsführende die Prüfungsbögen verteilt hatte, würde die Lateinprüfung beginnen.

Dies war der Höhepunkt von langer, anstrengender Arbeit. Die Aufnahmeprüfung würde drei Tage dauern. Latein war das erste Prüfungsfach und für Julia war diese erste Hürde die wichtigste. Wenn sie sie schaffte, würde das die nächsten drei Tage bestimmen.

Nach dem Prozess hatte Julia sich ganz auf ihre Studien konzentriert. Sie würde die Wahrheit, die Gott an jenem Tag in ihr Herz gelegt hatte, nicht vergessen – dass sie bereits am richtigen Ort war, ihre wichtigste Berufung zu erfüllen. Die Ausbildung zur Ärztin wäre der vorläufige Höhepunkt dieses Weges, und solange die Chance bestand, dass die Schule geöffnet blieb, würde Julia diesen Weg weitergehen. Die Kuratoren der Schule hatten öffentlich erklärt, das laufende Semester, das im Juli endete, wie geplant fortzusetzen. Auch der Nachhilfeunterricht wurde weitergeführt. Die Prozesskosten waren noch nicht festgesetzt worden und der kollaterale Schaden – möglicherweise wurden den Studentinnen die Erlaubnis entzogen, die klinische Ausbildung am Royal Hospital absolvieren zu dürfen – war noch nicht bekannt. In der langen Pause zwischen Juli und dem Beginn des nächsten Semesters im Oktober würde sich der Staub sicherlich ein wenig legen. Beim Lernen stellte Julia sich vor, wie sie die Prüfung bestand und im Oktober ihr Studium aufnahm. Einen anderen Gedanken gestattete sie sich im Moment nicht.

Mit ihr im Saal saßen etwa hundert Prüflinge, doch nur etwa zwanzig davon waren Frauen. Und nicht alle Frauen hier wollten die medizinische Schule besuchen; einige wollten sich in ganz andere Fächer an der Universität von London einschreiben.

Sie alle saßen in den hinteren Bänken des Saales.

»Sitzen wir hier hinten, damit wir die Männer nicht ablenken?«, hatte eine von ihnen sarkastisch geflüstert, als sie auf ihre Plätze geführt wurden.

»Nein, wir sollen einfach näher beim Ausgang sitzen; wenn dann eine wegen der Anstrengung in Ohnmacht fällt, kann sie leichter hinausgeschafft werden«, hatte Lisette zurückgeflüstert.

Julia war es egal. Für sie war es schon ein Triumph, im gleichen Saal wie die Männer sitzen und die gleichen Ausbildungsziele anstreben zu dürfen.

Der Aufsichtsführende erteilte ihnen noch genaueste Verhaltensregeln, dann gab er die Erlaubnis, die Prüfungsbögen umzudrehen und anzufangen.

Die erste Stunde war für die Übersetzung einer Passage aus dem Lateinischen ins Englische gedacht. Julia überflog rasch den Text, um sich einen Überblick zu verschaffen. Trotz ihrer Nervosität konnte sie ein winziges, schmerzhaftes Lächeln nicht unterdrücken. Heute brauchte sie keine lateinischen Vokabeln für Wildblume oder Weinfass – und doch war sie mehr als glücklich, dass sie sie gelernt hatte.

Sie holte tief Luft, tauchte die Feder ein und begann zu schreiben.

»Glückwunsch zum gewonnenen Prozess«, sagte Jamie Anderson.

Michael saß zum zweiten Mal im Büro der P&O-Dampfschifffahrtsgesellschaft. Anderson hatte ihn zwar eingeladen, doch er war sich absolut nicht sicher gewesen, wie er unter den gegebenen Umständen empfangen werden würde. »Sie nehmen es hoffentlich nicht persönlich.«

Anderson lächelte ihn freundlich an. »Ich habe Ihnen doch gesagt, dass ich die beruflichen Angelegenheiten meiner Frau streng von meinen eigenen trenne.«

»Trotzdem, es war ein schwerer Schlag für die Schule.«

»Sie haben noch nicht aufgegeben. Die Gerichtskosten sind enorm, doch die Direktoren suchen bereits Sponsoren, die ihnen helfen, sie zu begleichen. Schwerer wird es sein, den Zugang zur klinischen Ausbildung am Royal Free Hospital zu erhalten. Doch auch darum bemühen sich bereits einflussreiche Personen. Vermutlich wird ein bestimmter Brief in der *Times* so manche Meinung ändern.« Aus dem Blick, mit dem er Michael ansah, konnte dieser schließen, dass er glaubte, er hätte den Brief geschrieben.

»Ja«, antwortete Michael, »ich habe den Brief auch gelesen. John Findlay hatte ein paar ausgezeichnete Argumente.«

Anderson nickte verständnisvoll. »Wenn Sie ihn kennen, richten Sie ihm bitte meinen persönlichen Dank für diesen Brief aus.«

»Das werde ich.« Michael konnte zwar nicht die Urheberschaft für den Brief für sich beanspruchen, doch er war froh, dass er Findlay gebeten hatte, ihn zu schreiben. »Darf ich fragen, ob Sie etwas über Paul Bernay in Erfahrung gebracht haben?« Er hoffte, dass Anderson ihn deshalb zu sich gebeten hatte.

»Ja, das habe ich, aber es war nicht einfach. Der Mann bei der Unfallversicherung der Marine, mit dem ich gesprochen habe, war nicht sehr hilfsbereit. Er sagte mir nur, was bereits bekannt war: Das Schiff war auf dem Weg nach Südamerika, als es in einen Hurrikan geriet und sank.«

»Damit hatte ich gerechnet.«

Anderson schlug einen fast zehn Zentimeter dicken Folianten auf, der auf seinem Schreibtisch lag. »Ich habe allerdings in diesem Schiffsregister eine weitere Information gefunden. Hier sind die Namen der Kapitäne und Offiziere der Schiffe aufgeführt. Ich kann Bernay nirgendwo als Kapitän finden.«

»Wie kann das sein?«

»Ich nehme an, die Bernay-Schwestern irren sich. Immerhin waren sie noch sehr jung, als sie ihre Eltern verloren.«

Michael schüttelte den Kopf. »Julia erinnert sich genau, dass ihre Mutter sagte, ihr Vater sei Kapitän. Die Leiter des Waisenhauses müssen seinen Rang ebenfalls gekannt haben und den Schwestern wurde nie etwas anderes gesagt.«

Anderson zuckte die Achseln. »Ich kann es auch nicht erklären. Ich weiß nur, dass Bernay diesem Register zufolge auf der letzten Fahrt des Schiffes der Zweite Offizier war. Das ist immer noch ein hoher Rang; immerhin der Dritte hinter dem Kapitän und dem Ersten Offizier. Der Zweite Offizier hat wichtige Aufgaben bei der Navigation. Wenn das Schiff vom Kurs abgekommen ist, wäre er dafür verantwortlich gewesen.«

Michael konnte es kaum glauben; er sah selbst in der Liste nach. Dann schaute er Anderson an. »Damit wären wir also in einer Sackgasse.«

»Nicht unbedingt. Da ich die üblichen Kanäle nicht benutzen durfte, versuchte ich etwas anderes. Ich wollte jemanden finden, der ihn persönlich gekannt hatte.«

»Daran habe ich auch schon gedacht«, sagte Michael. »Aber ich bin noch nicht dazu gekommen.«

»Sie hätten wohl auch kaum Erfolg gehabt«, antwortete Anderson. »Es ist schwer, jemanden aufzutreiben, der bereit ist, mit einem völlig Fremden über einen Mann zu sprechen, der vor zwanzig Jahren unter geheimnisvollen Umständen verschwunden ist.«

»Das klingt, als glaubten Sie, diese Leute hätten etwas zu verbergen.«

»Ich dachte mir so etwas schon, weil die Leute bei der Versicherungsgesellschaft so extrem zurückhaltend waren. Deshalb bat ich einen unserer Agenten in Plymouth, sich ein wenig umzuhören. Er ist bekannt und geachtet unter den Seeleuten dort und er fand tatsächlich einen früheren Angestellten meiner Gesellschaft, der mit Paul Bernay befreundet war. Er heißt Charlie Stains und ist schon lange im Ruhestand, doch er hilft in einem Heim für alte und invalide Seeleute aus.«

»Wird er mit mir sprechen?«

»Ich habe ihm einen Brief geschrieben und ihm mitgeteilt, dass wir ein paar persönliche Nachforschungen für Bernays Kinder anstellen.

Er hat zurückgeschrieben, dass er bereit sei, sich mit Ihnen zu treffen, aber nicht sagen kann, wie viel er weiß.«

»Scheint ein besonnener Mann zu sein.«

»Er wird wissen, warum.« Anderson zog ein Papier heraus und reichte es Michael. »Hier ist seine Adresse. Er hat auch geschrieben, dass er die Nachmittage zusammen mit anderen pensionierten Seeleuten in der Taverne in derselben Straße verbringt und dort am ehesten anzutreffen ist.«

Michael nahm den Brief und überflog ihn kurz, dann steckte er ihn sorgfältig ein. »Ich kann Ihnen gar nicht sagen, wie dankbar ich Ihnen für Ihre Hilfe bin.«

»Gern geschehen. Ich hoffe, die Information wird helfen, ans Licht zu bringen, was wirklich geschehen ist.« Er brachte Michael zur Tür und sagte dann: »Übrigens, ich habe gerade eine Nachricht von meiner Frau erhalten, die Sie vielleicht interessiert. Die Ergebnisse der Aufnahmeprüfung wurden heute Morgen veröffentlicht. Dieser Nachhilfeunterricht war ein voller Erfolg.«

Michael musste grinsen. Es tat gut zu wissen, dass es Hoffnung für die Schule gab und er eine Spur entdeckt hatte, die ihn möglicherweise zu Julias Vater führte, doch die schönste Neuigkeit war, dass Julia die Prüfung tatsächlich bestanden hatte.

Julia blickte auf die lange Liste von Namen, die am Schwarzen Brett im Verwaltungsgebäude ausgehängt war, insbesondere auf ihren eigenen Namen, den sie gleich ganz oben entdeckt hatte. Die Ergebnisse waren in drei Kategorien unterteilt: Es gab die, die mit Auszeichnung, die, die mit »sehr gut«, und die, die mit »gut« bestanden hatten. Julias Punktzahl war zwar nicht hoch genug für eine Auszeichnung und ein Stipendium, doch ein Sehr Gut war auch eine beachtliche Leistung. Das Zeugnis würde sie später erhalten, doch im Moment genügte es ihr zu wissen, dass sie in allen Fächern bestanden haben musste, um dieses Ergebnis zu erreichen, auch in Latein.

»Wir werden uns irgendwie durchwurschteln, hm?«, meinte Lisette, deren Name ein paar Zeilen unter Julias stand. »Nach dem ersten Jahr werden noch mehr Stipendien verliehen. Das nächste Mal schaffen wir es!«

»Ja«, antwortete Julia.

Sie würde eine Hürde nach der anderen nehmen und so sparsam leben wie möglich, um mit dem Geld, das sie noch besaß, so lange wie möglich auszukommen. Gott hatte sie so weit gebracht; er würde auch in Zukunft für sie sorgen.

»Heute Abend wollen wir feiern!« Lisette nahm ihren Arm, und sie traten vom Schwarzen Brett zurück, damit die anderen, die schon warteten, ebenfalls ihre Namen suchen konnten.

»Es wird eine sehr schlichte Feier sein müssen«, meinte Julia. »Wir müssen sparen, das weißt du doch!«

»O nein, es wird sogar die allergroßartigste Feier von allen – und das ohne Kosten! Hast du nicht in der Zeitung von dem großen Kometen gelesen? In den kommenden Nächten wird er sichtbar sein. Ein paar von uns gehen heute Nacht in den Hyde Park, um ihn zu sehen.«

Julia hatte davon gelesen. Es war eine Gelegenheit, die Wunder des Himmels zu bestaunen, die einem nur einmal im Leben zuteilwurde. »Ja«, sagte sie, »das ist die beste Art, es zu feiern.«

Sie würde heute Nacht das Werk dessen bewundern, an den sie glaubte und dem sie vertraute.

Der Komet war ganz genau so eindrucksvoll, wie die Zeitungen geschrieben hatten. Seine Koma war blendend hell und zeigte nach unten zur Erde; sein langer Schweif war nach oben gerichtet und bildete eine Art Zwillingsspur am Nachthimmel. Um sich herum hörte Michael bewundernde Ausrufe und lautes Lachen, als die Gäste auf der Jacht des Viscounts versuchten, einander in der Beschreibung dieses wunderbaren Naturphänomens zu übertreffen.

Zusätzlich war das Ploppen eines Korkens zu vernehmen, als Delaford eine weitere Flasche Champagner öffnete. Er hatte zu diesem Ereignis etwa dreißig Gäste eingeladen, die er Michael als seine engsten Bekannten vorgestellt hatte. Interessanterweise stammten die Geladenen aus sehr unterschiedlichen gesellschaftlichen Schichten; unter ihren waren Mitglieder des Adels und ihre weniger vornehmen Verwandten, bekannte Geschäftsleute, Schriftsteller und Künstler. Ein älterer Herr, der Künstler war, saß zeichnend in einem Polstersessel und meinte, etwas so Schönes habe er seit dem Kometen des Jahres '53 nicht mehr gesehen.

Heute Nacht war ganz London auf den Beinen. Viele waren an die Themse gekommen, weil man von hier die beste Sicht hatte. Der Fluss war übersät mit Schiffen und Booten, am Ufer drängte sich die Menge. Von seinem Aussichtspunkt auf dem Fluss konnte Michael sehen, dass die Kometenbeobachter auch auf der Dachterrasse des Westminsterpalastes dicht an dicht standen. Man musste Mitglied des Parlaments oder des House of Lords sein, um Zugang nach dort oben zu haben. Der Viscount hätte dort sein können, doch die Party mit seinen Freunden sagte ihm offenbar mehr zu.

Michael stand an der Reling, ein wenig abseits von den übrigen Gästen. Der Viscount trat mit zwei Gläsern Champagner in der Hand zu ihm. Eins davon reichte er Michael. »Sie sind sehr still heute Nacht, Stephenson. Ich hoffe, Sie gehören nicht zu diesen griesgrämigen Typen, die in einem Kometen einen Vorboten von großem Unglück sehen.«

»Absolut nicht«, antwortete Michael wahrheitsgemäß.

Er hatte an Julia gedacht. Nach seinem Treffen mit Jamie Anderson war er zur Universität gegangen, um sich die ausgehängten Ergebnisse selbst anzusehen. Dabei war er das Risiko eingegangen – oder vielleicht hatte er sogar insgeheim darauf gehofft? –, Julia zu begegnen, doch sie war nicht dort gewesen. Als sei er seit Jahren ihr Tutor gewesen und nicht erst seit wenigen Monaten, hatte er stolz ihren Namen gelesen, der unter den Ersten stand.

War sie heute Nacht ebenfalls draußen, um das Naturwunder zu beobachten? Wenn ja, dann dachte sie sicherlich an den Schöpfer, der das Universum und alles, was darin war, erschaffen hatte. Und sie würde natürlich ihren Erfolg feiern. Michael wünschte sich, mit ihr feiern zu können. Und er hätte ihr gern von den neuen Aufgaben erzählt, die er übernommen hatte. Die Prozesse von Myrtle und Gwen waren auf nächste Woche festgesetzt und er würde die beiden vertreten. Besonders Gwen hatte ihn mit ihrer Demut und ihrer Entschlossenheit, nach ihrer Entlassung aus dem Gefängnis ein »ordentliches« Leben zu beginnen, wie sie es formulierte, beeindruckt. Er wusste, wie sehr Julia sich darüber freuen würde.

Er nahm das Glas von Delaford und wies auf den Kometen. »Ich glaube, der Anblick hat mich ein wenig sprachlos gemacht.«

»Sprachlos? Erstaunlich für einen Anwalt!« Delaford lachte. »Normalerweise finden die doch so viele Worte.« Er nickte zu den anderen Gästen hinüber, die sich mit ihren Beschreibungen gegenseitig zu übertrumpfen versuchten. *Ein leuchtendes Silberband am Himmel!*

Unter ihnen war auch Laura. Umgeben von der jungen, eleganten Londoner Avantgarde, nippte sie am Champagner und nahm sich hin und wieder ein Petit Four von der langen Tafel, die sich unter den Speisen und Getränken bog. Der Viscount hatte ihr als nachsichtiger Bruder erlaubt, ein paar Freunde einzuladen, darunter auch die Browne-Geschwister. Seit sie sich im Theater begegnet waren, waren sie Michael bei mehreren anderen gesellschaftlichen Anlässen aufgefallen.

Arthur Browne schenkte den Gästen Champagner nach. Als Laura ihm ihr Glas hinstreckte, bemerkte sie, dass Michael sie beobachtete. Sie klimperte mit den Wimpern, als wollte sie ihn animieren, zu der Gruppe zu stoßen. Michael nickte ihr lächelnd zu und signalisierte ihr, dass er gleich hinüberkommen würde.

»Laura amüsiert sich wirklich in dieser Saison«, sagte Michael und knüpfte damit an das Gespräch an, das er und der Viscount im März geführt hatten. Es schien ihm unendlich lange her zu sein.

»Ja, und jetzt hat sie sogar ihre eigene Kometenparty! Wer hätte das gedacht?« Delaford trank einen Schluck Champagner. »Ich finde, es wird allmählich Zeit, ihre Zukunft zu regeln. In den letzten Wochen hat sie die Aufmerksamkeit mehr als eines Gentlemans auf sich gezogen, aber wenn Sie immer noch um sie anhalten wollen – meine Erlaubnis haben Sie. Natürlich müssen Sie zuerst mit ihr reden.«

»Ja, das will ich schon bald tun.«

Michael schob dieses Gespräch schon eine Weile vor sich her, obwohl er wusste, dass es ihr gegenüber nicht fair war. Mit jedem Tag, der verstrich, widerstrebte ihm der Gedanke mehr, sie zu heiraten. Er hatte viel Zeit mit ihr verbracht, gesellschaftliche Ereignisse mit ihr besucht und sein Bestes getan, die Bereitschaft zu dieser Verbindung wiederzubeleben, die er einst empfunden hatte. Vergeblich.

Er musste ständig daran denken, dass die Geschichte zwischen ihm und Julia noch nicht wirklich geklärt war. Inzwischen hatte er dem Grafen von Westbridge mehrere Nachrichten geschickt und um eine private Unterredung gebeten, da er nichts unternehmen konnte, solange er nicht sicher war, dass er Corinna und David nicht damit schadete. Doch der Graf hatte sich nach dem Prozess auf sein Anwesen zurückgezogen und seither nicht mehr sehen lassen. Er kommunizierte zwar mit Tamblin und Michael über die Rechtssache, doch nur über Briefe, die ein Privatsekretär schrieb, Michaels persönliche Anfragen hatte er dagegen noch nicht beantwortet.

Doch selbst wenn Michael Julia nie wiedersehen würde – hieß das, dass er Laura heiraten musste? War er wirklich ein solcher Schuft, dass er Laura wie eine Marionette in der Hinterhand hielt, als eine Art Rückversicherung für den Fall der Fälle? Ein solches Verhalten machte ihn unwürdig, überhaupt zu heiraten. Er war über sich selbst entsetzt.

»Ich rede bald mit ihr«, wiederholte er. Doch diesmal wusste er, was er sagen würde.

Julia war froh, dass sie heute Nacht mit den anderen nach draußen gegangen war. Der Hyde Park war trotz der späten Stunde voller Menschen. Neben ihr standen die Freunde, die sie im letzten Jahr gewonnen hatte, und sie fühlte sich wahrhaft gesegnet. Staunend blickte sie zum Nachthimmel auf. Der Komet war heller und sein Anblick sehr viel dramatischer, als sie erwartet hatte.

Der Himmel verkündet die Herrlichkeit Gottes und das Firmament bezeugt seine wunderbaren Werke.

Colleen, die neben ihr stand, plauderte mit Lisette. »Manche sagen, der Komet sei ein böses Omen. Vielleicht kommt es zu einer schrecklichen Katastrophe.«

»Nun, uns wird sie nicht treffen«, entgegnete Lisette entschieden. »Heute ist ein Tag für gute Nachrichten. Julia und ich werden an der School of Medicine for Women Medizin studieren.«

»Wenn sie nicht dichtmacht«, meinte Colleen düster.

Lisette fuhr fort, als hätte sie sie nicht gehört. »Und außerdem habe ich heute erfahren, dass Dr. Tierney nach Amerika geht. Es geht das Gerücht, das Royal Hospital hätte verlangt, dass sie die Schule verlässt, sonst entzieht es den Studentinnen die Privilegien, die sie bisher genossen. Aber ich glaube, Dr. Tierney hatte ohnehin so etwas vor. Ich habe gehört, sie möchte irgendwohin gehen, wo es demokratischer zugeht. Sie hat die Nase voll von der Aristokratie, die in diesem Land das Sagen hat.«

Julia zuckte zusammen; sie wusste, dass Edith diese Bemerkung gehört hatte.

Doch Edith sagte nur: »In Amerika werden Verleumdungsprozesse sehr viel lockerer gehandhabt, dort kommt sie hoffentlich nicht so leicht in Schwierigkeiten.« Ihre Stimme triefte vor Sarkasmus. Sie machte zwar ihren Vater für den Prozess verantwortlich und stand in dieser Sache auf der Seite der Schule, doch ihre Abneigung gegen Dr. Tierney war unübersehbar. Der offizielle Grund, warum Edith Dr. Tierney ablehnte, war, dass diese zu grob mit Patienten umging, doch Julia vermutete insgeheim, dass es sie trotz allem störte, was Dr. Tierney über ihre Familie sagte.

Julia nahm Edith beiseite, damit sie ungestört reden konnten. »Wie geht es deinem Vater?«

Edith starrte sie an, als sei sie verrückt. »Woher soll ich das wissen?«

»Ich hatte gehofft, ihr beide söhnt euch aus, jetzt, wo der Prozess vorbei ist.«

»Du meinst, ich soll zu Kreuze kriechen?«, fragte Edith empört. »Nachdem er den Prozess gewonnen hat und die Schule ums Überleben kämpft?«

»Ich meine nur, dass er während des Prozesses nicht gerade in guter gesundheitlicher Verfassung zu sein schien. Bist du denn gar nicht besorgt um ihn?«

Ihre Frage hing einen Moment zu lange in der Luft. Lange genug, dass Julia den gleichen Ausdruck von Sorge auf Ediths Gesicht sah, den sie schon bemerkt hatte, als ihr Vater am ersten Prozesstag zusammengebrochen war. Ein Blick, der ihre kühle Entgegnung Lügen strafte: »Mein Vater hat seine Entscheidungen im Leben getroffen und ich meine.«

Julia sagte nichts mehr dazu, doch als sie zu den anderen zurückgekehrt waren und alle nur noch auf den Kometen achteten, dachte sie immer noch darüber nach. Es stimmte, dass Vater und Tochter ihre Entscheidungen getroffen hatten. Doch in Julias Kopf formte sich ein Gedanke: Sie wollte ihnen helfen, bessere Entscheidungen zu treffen.

An einem Sonntagnachmittag zwei Tage später wanderte Julia abermals die Straße zum Anwesen der Westbridges entlang. Diesmal kannte sie schon alles. Sie betete, dass ihre Nachricht, die Edith heute Morgen hätte bekommen müssen, die beabsichtigte Wirkung gehabt hatte.

Heute regnete es nicht, die Nachmittagssonne brannte herab. Die Luft war voller Staub. Sie trödelte ein wenig, als sie sich der Auffahrt zum Haus näherte, weil sie annahm, dass Edith am Bahnhof einen Dogcart gemietet hatte, und hielt Ausschau nach einem entsprechenden Gefährt auf der Straße.

Doch dann kam sie beinahe zu spät. Edith hatte offenbar nicht den Zug genommen, sondern eine Privatkutsche in London gemietet. Aus Angst, dass Edith das Anwesen gar nicht erst betreten würde, wenn sie es Julia verwehren konnte, rannte Julia wenig damenhaft los. Es war nicht einfach, doch wenigstens war ihr praktischer Rock nicht so hinderlich dabei wie eines der gerade modernen schmalen Kleider.

Julia war noch knapp fünfzig Meter vom Haus entfernt, als die Kutsche sie einholte.

Edith steckte den Kopf aus dem Fenster. »Stehen bleiben!«, befahl sie.

Julia blieb nicht stehen.

Edith wiederholte den Befehl, diesmal energischer.

Inzwischen hatten sie die letzte Kurve der Auffahrt zu der halbmondförmigen Treppe zum Haus erreicht. Ein grauhaariger Gärtner und sein junger Gehilfe blickten von dem Blumenbeet auf, an dem sie gearbeitet hatten, und starrten überrascht zu ihnen herüber. Ein alter Hund, der neben den beiden gelegen hatte, fing an, die Kutsche anzubellen, doch er war wohl zu alt oder auch zu gut erzogen, um sie zu jagen.

Heute brauchte sie nicht zu klopfen, da ihr Kommen alles andere als leise gewesen war. Die hohe Tür ging auf, und ein Diener und ein Mädchen kamen herausgelaufen, um zu sehen, was diesen Aufruhr verursachte.

Zufrieden, dass Edith jetzt keine Möglichkeit mehr hatte, einen Rückzieher zu machen, blieb Julia stehen, rang nach Luft und wischte sich den Schweiß von der Stirn. Als sie aufblickte, entdeckte sie in einem Fenster im zweiten Stock des Hauses ein Gesicht; es war das des Grafen.

Es verschwand jedoch schnell, als Edith aus der Kutsche sprang und zu Julia ging. »Was fällt dir ein! Ich habe dir doch gesagt, du hast nicht das Recht, dich in mein Leben einzumischen!«

»Es ist nur zu deinem Besten«, versicherte ihr Julia.

»Und ich soll also erbaut sein, wenn ich höre, wie mein Vater sich mit seinem Triumph brüstet, überzeugt, dass ich zurückgekrochen komme, um ihn um Vergebung zu bitten?«

»Unsinn. Er wird einfach nur außer sich sein vor Freude, dich zu sehen. Wart's nur ab!«

Sie brauchten nicht lange zu warten. Der alte Mann kam durch die Tür, trat an die Balustrade und blickte höhnisch zu ihnen herunter. »Wie ich sehe, hast du deine Niederlage eingesehen. Ich wusste, dass du zurückkommst.«

Edith ballte die Fäuste und suchte noch nach einer bissigen Antwort, doch Julia sagte schnell: »Bei allem Respekt, Mylord, Sie wussten gar nichts. Sie dachten, Edith hätte Sie für immer verlassen, und über diesem Verlust ist Ihr Herz gebrochen.«

»Was machen Sie denn hier?«, bellte er. »Ich habe Sie schon einmal hinausgeworfen und tue es gerne ein zweites Mal!«

»Aber ich habe Ihnen Ihre Tochter gebracht, Sir. Sie wollte nicht kommen, aber ich habe ihr gesagt, dass Sie sie genauso vermissen wie sie Sie. Immerhin sind Sie beide alles, was Sie noch im Leben haben.«

»Ich bin gekommen, weil ich wusste, dass Julia alle möglichen Lügen über mich erzählen würde«, sagte Edith. »Du brauchst sie nicht wegzujagen; wir gehen freiwillig, und zwar beide.«

Sie nahm Julias Arm und wollte sie zur Kutsche ziehen.

»Auf Nimmerwiedersehen, alle beide!«, schrie der Graf. »Ich sehe, dass du weiter deine Zeit mit Wildfängen verbringen willst« – er deutete mit dem Stock auf Julia – »und mit Leuten, die deine Familie verleumden. Nun denn, mach ruhig so weiter! Ich habe keine Tochter mehr!«

Julia rührte sich nicht, sosehr Edith auch an ihr zerrte. »Es ist Ihnen also egal, wenn Edith Ärztin wird? Dabei sind Sie stolz, dass sie so klug und tüchtig war und sich in einem Männerberuf durchsetzen konnte. Sie haben nur Angst, dass sie Sie verlässt. Sie haben Angst, dass Sie allein sterben müssen. Vor allem jetzt, wo Ihr Rheumatismus schlimmer geworden ist.«

»Schweigen Sie!« Der Graf fuchtelte mit seinem Stock herum, doch dadurch verlor er das Gleichgewicht. Er schwankte und wäre gestürzt, wenn der Diener und das Mädchen ihn nicht gestützt hätten.

»Vater!«, rief Edith und rannte die Treppe hinauf.

Der Graf gewann das Gleichgewicht zurück, aber er stand noch nicht wieder sicher. Doch er war noch immer eine eindrucksvolle Persönlichkeit und sein Blick ließ Edith mitten auf der Treppe innehalten. »Komm nicht näher«, warnte er sie, »nicht, wenn du wieder gehen willst. Das dulde ich nicht.«

Es klang wie ein Befehl, doch als die Worte verklangen, strafte der Blick seine Worte Lügen, mit dem er seine Tochter ansah, die nur wenige Meter von ihm entfernt stand.

Auch Edith sah es. »Wenn ich glauben könnte, dass alles, was Julia gerade gesagt hat, stimmt …«

Das Zögern in ihrer Stimme war deutlich. Es konnte ihr nicht leichtgefallen sein, sich weiteren Vorwürfen ihres Vaters auszusetzen. Julia wusste, dass Edith keine Angst kannte, sie hatte es selbst gesehen, als sie in die gefährlichen Viertel Londons ging, um Menschen aller Schichten zu helfen, oder an der Art, wie sie sich mit den Ärzten anlegte, die nicht auf sie hören wollten. Doch was Edith jetzt tat, war mutiger als all das.

Julia hielt den Atem an und sprach ein stilles Gebet. Das Mädchen, der Diener und die Gärtner beobachteten die Szene wie gebannt. Sie hofften wahrscheinlich dasselbe wie Julia, denn sie alle sahen Edith voller Wärme und Mitgefühl an. Sogar der Hund, den der Gärtner unnötigerweise am Halsband festhielt, stand ganz still, mit hoch erhobenem Kopf.

Der Graf verlagerte leicht sein Gewicht, räusperte sich und umklammerte seinen Stock fester, ohne dabei den Blick von seiner Tochter zu lassen. »Du gleichst mir viel zu sehr, als gut für dich ist, mein Mädchen. Klug und dickköpfig und stolz …«

»Findest du wirklich, dass ich klug bin?«, unterbrach Edith ihn. Der verletzliche Ton in ihrer Stimme offenbarte, dass sie bereit war, die langsam bröckelnde Mauer, die ihr Vater um sich herum errichtet hatte, weiter einzureißen.

»Ich habe immer gedacht, dass du es sehr viel mehr verdienst, den Grafentitel zu erben, als John. Ich wusste, dass du sehr viel mehr daraus machen würdest.«

»Ich glaube, das ist das Wunderbarste, das du mir je gesagt hast.«

»Edith.«

Es war nur ein Wort, doch es wurde mit einer solchen Zärtlichkeit gesprochen, dass Julia die Tränen in die Augen traten.

Einen Sekundenbruchteil später lag die Tochter in den Armen ihres Vaters.

29

Am Ende dauerte es beinahe zwei Wochen, bis Michael sich freimachen und London für ein paar Tage verlassen konnte. Er hatte noch immer nicht mit Laura gesprochen, doch diese hatte es ihm auch nicht gerade leichter gemacht, denn sie war immerzu beschäftigt – was ihn nicht überraschte, schließlich war die Saison auf ihrem Höhepunkt. Michael beschloss, die Unterredung noch ein wenig hinauszuschieben. Er wollte zuerst nach Plymouth fahren und mit Charlie Stains über Julias Vater sprechen.

Am Abend vor seiner Abreise schaute er noch einmal im Fahrplan nach, wann genau sein Zug ging. Als er die Haltestellen auf dem Weg nach Plymouth las, sah er, dass die eine nicht weit vom Anwesen des Grafen entfernt lag. Er hatte zwar nur zwei Tage Zeit für seinen Ausflug nach Plymouth, doch den kurzen Abstecher konnte er sich leisten. Es war Zeit, den Mann persönlich aufzusuchen, auch ohne Einladung. Eine nicht unerhebliche Rolle bei diesem Entschluss spielte die Tatsache, dass Julia den Mut dazu besessen hatte. Ihr Vorbild war ihm Inspiration und Vorwurf zugleich. Er hatte sein Leben lang um die Dinge gekämpft, die er haben wollte, und wäre der größte Trottel, wenn er bei Julia eine Ausnahme machen würde.

Er musste herausfinden, ob man mit dem Grafen vernünftig reden konnte. Der Prozess war vorüber und gewonnen, also konnte es Seiner Lordschaft doch nicht mehr schaden, wenn Michael und Julia zusammen sein wollten. Michael wusste nicht, ob er Julia würde überreden können, in England zu bleiben, doch er wollte es wenigstens versuchen.

Und so stieg er zwei Stunden, nachdem er in Paddington abgefahren war, aus einer Kutsche, die er am Bahnhof in der Nähe des Wohnsitzes des Grafen gemietet hatte, und schritt die Freitreppe zum Portal des Landsitzes hinauf.

Draußen wirkte alles ruhig und heiter, doch als ein Diener die Tür öffnete, noch bevor Michael geklopft hatte, sah er, dass drinnen im Haus alles in Aufruhr war.

»Verzeihung, Sir«, sagte der Diener. »Ich habe den Wagen gehört und dachte, es sei Dr. Adams.«

Hinter ihm trugen zwei Mädchen Handtücher, Tee und heißes Wasser die Treppe hinauf und der Butler lief an ihnen vorbei in höchster Eile die Treppe hinunter.

Michael hielt dem Diener seine Karte hin. »Ich hatte gehofft, mit Seiner Lordschaft sprechen zu können.«

»Das ist leider nicht möglich«, sagte der Butler, der Michaels Worte gehört hatte. »Seine Lordschaft ist erkrankt.«

Michael hörte, dass eine Kutsche die Einfahrt herauffuhr. Sie stand noch kaum, da schwang auch schon der Schlag auf und der Arzt sprang mit seiner Tasche in der Hand heraus. Er nahm immer zwei Stufen auf einmal die Treppe herauf, nickte Michael und dem Butler kurz zu und hastete ins Haus.

Michael schlenderte durch den Hafen von Plymouth und grübelte. Was für eine Krankheit auch immer der Graf hatte, es schien ernst zu sein. Würde er sich wieder erholen? Wenn ja, wie lange würde es dauern? Michael bereute, dass er so lange gewartet hatte, auch wenn er nicht wusste, wie er hätte früher hingehen sollen. Es war schwer genug gewesen, sich diese zwei Tage freizunehmen. Doch jetzt würde er sich erst einmal auf die vor ihm liegende Aufgabe, Julia zu helfen, konzentrieren. Sie sagte immer, man müsse Gott vertrauen. Michael wusste nicht so recht, ob er dieses Vertrauen teilte, doch er wollte sich Mühe geben.

Der Hafen war sehr belebt: Luxusjachten, Militärschiffe und kleine Fischerboote machten sich gegenseitig den Platz streitig. Michael folgte der Beschreibung eines hilfsbereiten Straßenhändlers, ging am Laden eines Seilers vorbei und hielt Ausschau nach der Nine Bridges

Taverne. Gleich hinter den Fischbuden, in einer kleinen, gepflasterten Gasse an der Ecke der Hafenstraße, entdeckte er sie. Er zog die verwitterte Tür auf und trat ein.

An der Bar saßen zwei alte Männer. Sie unterhielten sich mit dem Wirt, der dabei die Theke abwischte. Ihren zerfurchten Gesichtern mit der Haut wie gegerbtes Leder sah man an, dass sie ihr ganzes Leben auf dem Meer verbracht hatten.

»Ist einer von Ihnen vielleicht Mr Stains?«, fragte Michael.

»Ja, das bin ich«, antwortete einer der grauhaarigen Gentlemen. »Aber Sie können Charlie sagen. Sie müssen der Mann aus London sein, der sagte, dass er mit mir reden wollte.«

»Ja. Mein Name ist Michael Stephenson.«

»Sehr erfreut.« Charlie streckte ihm die Hand hin und Michael nahm sie. Sie war vom jahrelangen Umgang mit schweren Tauen trocken und schwielig.

»Ich möchte Ihnen ein paar Fragen über Paul Bernay stellen. Sie kannten ihn gut?«

»Den Namen habe ich aber lange nicht gehört«, mischte sich der andere Mann ein und sah ihn misstrauisch an. »Warum fragen Sie nach ihm?«

»Ich glaube, das ist ein Freund, Joe«, versicherte Charlie ihm. »Mr Stephenson, wollen wir ein paar Schritte gehen? Meine knirschenden alten Knochen brauchen ein bisschen Bewegung.«

Michael war einverstanden. Die Taverne war dunkel und beengt; hier würden sie kein privates Gespräch führen können.

Sie verließen den Schankraum und schlenderten durch den Hafen. »Wie geht es den Mädchen?«, fragte Charlie. »Als ich sie zuletzt gesehen habe, waren sie noch klein. Rozzie, die Älteste, war gerade mal neun.«

»Es sind alles ganz großartige Frauen geworden.«

»Ich wusste, dass sie in dem Waisenhaus gut behandelt werden. Es hatte einen guten Ruf. War das Beste so, auch wenn es natürlich nie gut ist, wenn ein Kind ohne Eltern aufwächst.«

»Das stimmt«, sagte Michael.

»Ich war nicht da, als ihre Mutter starb. War im Indischen Ozean mit einem Schiff der P&O Dampfschifffahrtsgesellschaft. Meine Tochter Lydia hatte beschlossen, die Kinder ins Waisenhaus zu geben. Sie war damals erst neunzehn und hat Tag und Nacht als Wäscherin geschuftet. Sie wusste, dass sie nicht für sie sorgen konnte, deshalb hat sie sie ins Waisenhaus gebracht.«

»Julia hat mir erzählt, ihr Vater sei Schiffskapitän gewesen, aber den Berichten zufolge war er nur Zweiter Offizier.«

Charlie nickte. »Ihre Mutter hat den Mädchen erzählt, er sei Kapitän.«

»Warum?«

»Marie war eine liebe, gutherzige Frau, doch ihr Kopf war immer in den Wolken. Ich glaube, sie hat sich selbst immer Geschichten ausgedacht. Über Pauls Aussichten und was für ein Leben sie alle führen würden, wenn er genug verdient hatte, um nicht mehr zur See fahren zu müssen.«

Jetzt wusste Michael, von wem Cara bestimmte Charakterzüge geerbt hatte.

»Es überrascht mich, dass keiner den Mädchen je die Wahrheit gesagt hat.«

»Lydia glaubte, ihnen einen Gefallen zu tun, wenn sie bei der Lüge blieb. Sie dachte, für die Kinder sei es egal, ob ihr Vater Kapitän oder Offizier war. Ihrer Ansicht nach hätte es ihnen das Herz gebrochen, wenn sie gewusst hätten, dass ihre Mutter sie belogen hatte.«

Michael war anderer Ansicht, doch er wollte vor Charlie nicht schlecht über seine Tochter sprechen. »Das war sehr rücksichtsvoll von ihr.«

»Zu schade, dass er nicht Kapitän war, dann wäre das Schiff vielleicht nicht untergegangen. Er konnte diesen Kapitän überhaupt nicht leiden. Keiner mochte ihn. Er war ein strenger Mann.«

»Julia hat eine Erinnerung an das letzte Mal, als sie ihren Vater gesehen hat – in diesem Zusammenhang würde ich Sie gern etwas fragen.« Er erzählte Charlie die Geschichte über den Zwischenfall in der Taverne, die Julia ihm erzählt hatte. »Können Sie sich vorstellen, worüber die beiden Männer gesprochen haben?«

»Vielleicht. Ah – das ist einer meiner Lieblingsplätze, um Schiffe zu beobachten. Wollen wir hinaufgehen?«

Sie waren ans Ende der Hafenstraße gekommen; vor ihnen lag ein kurzer Weg zu einem grasbewachsenen Hügel hinauf. Charlie bezwang die kleine Steigung flinker, als Michael erwartet hatte. Oben hatte man tatsächlich eine ausgezeichnete Aussicht aufs Meer.

»Ein guter Ort, um nachzudenken«, sagte Charlie. »Oder um ein vertrauliches Gespräch zu führen. Mr Stephenson, ich habe die Theorie, dass Paul nicht mit dem Schiff untergegangen ist. Es sind nur ein paar Puzzleteile, die ich aus Dingen zusammengesetzt habe, die mir im Laufe der Jahre zugetragen wurden. Ich helfe manchmal im Heim für pensionierte Seeleute aus, deshalb höre ich so einiges. Ich weiß aber nicht, ob meine Vermutungen stimmen.«

»Ich würde sie trotzdem gern hören.«

»Zum ersten Mal habe ich geglaubt, dass Paul noch am Leben sein könnte, als ich eine Geschichte über einen Engländer hörte, der in La Guaira lebt – das ist eine Hafenstadt bei Caracas in Venezuela. Der Seemann, der mir von ihm erzählte, meinte, der Mann sei geistig ›nicht ganz in Ordnung‹. Er verbringt seine Tage in einer Taverne und spielt Dame mit jedem, der ihm den Gefallen tut. Paul hat immer leidenschaftlich gern Dame gespielt. Auch die äußere Beschreibung passt ganz exakt auf Paul, einschließlich einer Brandnarbe auf seiner linken Gesichts- und Halsseite, die von einem Gewehrunfall stammt. Die Frau, die für ihn sorgt, behauptet, seine Frau zu sein. Er wird Pablo genannt, das ist die spanische Form von Paul, aber alle wissen, dass er Engländer ist. Ich kam zu dem Schluss, dass er vielleicht Paul Bernay sein könnte, aber vielleicht klingt es in Ihren Ohren unglaubwürdig.«

»Im Moment würde ich noch gar keine Schlussfolgerungen ziehen«, antwortete Michael. »Zuerst möchte ich nur so viele Informationen wie möglich sammeln.«

»Dann erfuhr ich etwas über das Schiff, das erklären könnte, warum es sich so weit weg vom Kurs befand, als es unterging. Manche behaupten, es sei in zwielichtige Machenschaften verwickelt gewesen. Damals war in Amerika Bürgerkrieg und Pauls Schiff könnte Waffen für den Süden geschmuggelt haben. Ich glaube nicht, dass Paul freiwillig so etwas gemacht hätte, aber vielleicht hatte er ja keine andere Wahl.«

»Wenn der Mann in La Guaira Paul Bernay ist, hätten Sie dann eine Erklärung, wie er dort gelandet ist?«

Charlie kratzte sein bärtiges Kinn. »Nein. Zumal das Schiff sich sehr viel weiter nördlich befunden haben muss, wenn es in diesem Hurrikan unterging, wie alle sagten. Der Waffenschmuggel könnte das erklären, aber er erklärt nicht, wie Paul nach La Guaira kam. Das ist ein Rätsel.«

Das war es tatsächlich.

»Ich wüsste natürlich gern, ob ich recht habe«, fuhr Charlie fort, »aber ich habe nicht die Möglichkeiten, es herauszufinden. Vielleicht könnte jemand, der jünger ist und genügend Geld hat, nach Südamerika fahren und die Wahrheit herausfinden?«

»Es könnte einen Versuch wert sein, jemanden hinzuschicken«, stimmte Michael zu.

»Ich kann Ihnen gar nicht sagen, wie glücklich mich das machen würde. Ich habe oft an die hübschen Mädchen gedacht. Meine Frau starb, als meine Tochter noch klein war, aber zumindest hatten wir beide einander.«

»Die Schwestern stehen sich sehr nahe, obwohl sie charakterlich sehr verschieden sind.«

»Das waren sie schon damals. Ist Julia immer noch so herrschsüchtig?«

Michael musste lachen, auch wenn er sie nach dieser Bemerkung mehr denn je vermisste. »Ja, ich glaube schon.«

»Und warum genau sind Sie hier? Sind Sie ein besonderer Freund von Julia?«

»Ich bin als ihr Anwalt hier.«

»Oh. Ich dachte, Sie hätten vielleicht einen persönlicheren Grund.«

Michael zuckte nur die Achseln, er wollte nicht mehr sagen.

»Ich bin ein alter Romantiker«, meinte Charlie und lachte über sich selbst. »Nun gut, Mr Stephenson, ich hoffe, Sie finden, wonach Sie suchen.«

Die lange Rückfahrt von Plymouth kam Michael vor wie fünf Minuten, so tief war er in Gedanken versunken. Er dachte unablässig über das Gehörte nach.

Es bestand die Chance, dass Paul Bernay tatsächlich noch am Leben war. Doch den Ozean zu überqueren, um Nachforschungen anzustellen? Das war keine kleine Sache. Eine solche Reise würde mindestens einen Monat dauern: eine Woche hin und eine Woche zurück für die Reise, zwei Wochen an Land. Die Kosten dafür waren hoch, die Bernay-Schwestern konnten sie sich auf keinen Fall leisten. Und selbst wenn, bestand immer noch die Möglichkeit, dass die Reise ihnen nur neues Herzweh bescherte, wenn der Mann gar nicht ihr Vater war. Doch was, wenn dadurch tatsächlich ein Vater mit seinen Töchtern wieder vereint werden konnte? Dafür wäre kein Preis zu hoch.

Es war schon nach acht Uhr abends, als der Zug in London einfuhr. Michael war hungrig, doch er beschloss, nicht in seinen Klub zu gehen, sondern nur eine Kleinigkeit in seiner Wohnung zu essen. Er war jetzt nicht in der Stimmung für Gesellschaft.

Als die Kutsche in den Hof des Gebäudes einfuhr, in dem sich sein Apartment befand, sah Michael überrascht, dass Davids Kutsche vor der Tür stand. Er erwartete seinen Schwager nicht zu Besuch.

David stieg sofort aus und wartete mit besorgtem Gesicht, bis Michael den Kutscher bezahlt hatte und die Droschke davongefahren war.

»Ist alles in Ordnung?«, fragte Michael. »Stimmt was nicht mit Corinna?«

»Es geht ihr gut – jedenfalls, was das Baby betrifft. Aber sie ist sehr verärgert über dich. Du hast vor zwei Tagen versprochen, heute bei uns zu essen. Sie hat sich Sorgen um dich gemacht, weil sie dir seither mehrmals geschrieben und keine Antwort bekommen hat.«

Manchmal dachte Michael, er könne Corinnas Versuche, sein Leben zu dirigieren, einfach nicht mehr ertragen. Jetzt schickte sie sogar David aus, ihm nachzuspionieren. Verbittert sagte er: »Ich war geschäftlich in Plymouth. Tut mir leid, dass ich ein bestimmt sehr angenehmes Abendessen verpasst habe, aber ich hatte andere Dinge im Kopf.«

»Es ist nicht nur das Abendessen. Hast du vergessen, was heute für ein Tag ist? Heute ist der Ball bei Lady Amberley.«

Michael stöhnte auf. Jetzt wusste er, warum David so besorgt war. Corinna konnte nicht zu dem Ball gehen, weil ihre Schwangerschaft schon zu weit fortgeschritten war, doch seit Monaten hatte sie sich nichts sehnlicher gewünscht, als dass Michael und Laura an diesem Abend ihre Verlobung bekanntgaben. Sie hatte alles in ihrer Macht Stehende dafür getan. Doch Michael wusste, dass sich Corinnas Wunsch nicht erfüllen würde.

»Corinna bat mich vorbeizuschauen und nachzusehen, ob etwas nicht stimmt. Dein Diener sagte mir, dass du nicht in der Stadt seist und frühestens heute Abend zurückerwartet würdest.« David sah Michael ängstlich an. »Du gehst doch zu dem Ball, oder?«

»Wie du siehst, bin ich nicht dafür gekleidet. Ich komme gerade vom Zug.«

»Es ist ja noch Zeit. In den ersten beiden Stunden passiert sowieso nichts Wichtiges.«

»Ich gehe hin, aber Corinnas Hoffnungen werden sich nicht erfüllen.«

David verzog das Gesicht. Michael wusste, dass er um seiner Frau willen enttäuscht war. »Wenn du hingehst, habe ich wenigstens meine Pflicht getan. Alles andere liegt bei dir.«

Sie gingen hinein. David rauchte eine Zigarre und las die Zeitung, während Micheal sich für den Ball umkleidete.

Nein, der Abend würde nicht enden, wie Corinna es sich erträumte. Michael hätte es ihr früher sagen sollen, doch er hatte es nicht übers Herz gebracht. Aber er wusste, dass er hingehen musste; das immerhin war er Corinna schuldig.

Die Kutsche hielt vor dem Haus der Amberleys, und Michael sah sofort, dass der Ball seinem Ruf als glanzvolles gesellschaftliches Ereignis alle Ehre machen würde. Aus allen Fenstern fiel strahlendes Licht und leuchtete mit den Laternen, die die Auffahrt säumten, um die Wette. Die Kutschen warteten in langer Reihe. Michael und David waren nicht die Einzigen, die spät kamen.

Im Innern des Hauses glich alles einer funkelnden Pracht. Zahlreiche herrliche Blumenarrangements rundeten den opulenten Eindruck ab. Diener nahmen ihnen Hüte und Handschuhe ab und geleiteten sie in den Ballsaal.

Michael stürzte sich ins Gewimmel, doch ihm war alles andere als wohl dabei. Dies sollte der Höhepunkt der Saison sein, doch er sah kein gutes Ende voraus.

Er kannte die Hälfte der Anwesenden, wenn es hochkam – was weit mehr war, als er noch vor einem Jahr gekannt hätte. Seine wachsende Beliebtheit in der Gesellschaft hatte seinen Bekanntenkreis beträchtlich vergrößert. Seit dem Prozess begegneten ihm die Leute sehr viel freundlicher, doch heute hatte er den Eindruck, dass sie ihm seltsame Blicke zuwarfen – ja, manche schienen beinahe zu grinsen.

»Ich habe das Gefühl, dass etwas nicht stimmt – was meinst du?«, fragte David.

»Ja, ich dachte gerade dasselbe.«

Immerhin hatte er Laura entdeckt. Sie stand in einer kleinen Gruppe, bestehend aus ihrem Bruder und den Brownes.

Arthur Browne sagte etwas, und Laura lächelte ihn strahlend an, strahlender und natürlicher, als Michael sie je erlebt hatte – was sie noch hübscher machte. Er fragte sich, warum er selbst dieses Lächeln noch nie gesehen hatte. Wahrscheinlich brauchte es andere Qualitäten, es hervorzulocken, als er besaß. Mit Julia zu lächeln und zu lachen, war ihm nie schwergefallen, ja, es war oft vorgekommen, wenn er es am wenigsten erwartet hatte, zum Beispiel, wenn er ihr Latein korrigierte oder sie sonst irgendwie zurechtwies.

Sein Erscheinen schien einen Schatten auf die Gruppe zu werfen. Browne unterbrach sich mitten im Satz. Lauras Lächeln wirkte plötzlich ganz anders, viel härter.

Der Viscount trat zu Michael. »Tut mir leid, Ihnen sagen zu müssen, dass Sie zu spät kommen, Stephenson. Ich habe versucht, Sie zu erreichen, erfuhr aber, dass Sie nicht in der Stadt seien.«

Zu spät?

Browne tätschelte Lauras Hand, sie blickte zu ihm auf, und ihr Lächeln verlor das Frostige, das es bei Michaels Ankunft angenommen hatte.

Die Brownes trugen eine solche Selbstgefälligkeit zur Schau! Michael sah Laura an und bemerkte, dass sie ihren Arm durch Brownes geschoben hatte. Plötzlich kam ihm ein überraschender und interessanter Verdacht, sofort gefolgt von einem Gefühl, in dem sich Erstaunen, Unglaube und Erleichterung mischten.

Delaford sagte: »Wenn Sie früher gekommen wären, hätten Sie die Ankündigung nicht verpasst. Meine Schwester und Mr Browne haben sich verlobt.«

30

»Wie konntest du mir das antun?« Corinna wanderte aufgebracht im Zimmer auf und ab. Ein energisches Ausschreiten war ihr wegen ihres Leibesumfangs nicht möglich, doch ihre Gangart kam einem Marschschritt sehr nahe.

Michael hatte sich gegen diese Reaktion gewappnet; wenn sie heftiger ausfiel, als er erwartet hatte, konnte er nur die emotionale Labilität der fortgeschrittenen Schwangerschaft dafür verantwortlich machen.

»Beruhige dich doch, meine Liebe«, beschwor David sie. »Du überanstrengst dich.« Er ging zur Anrichte. »Ich hole dir ein Glas Wasser.«

Corinna schien ihn gar nicht zu hören. Sie trat vor Michael und stach ihm mit dem Zeigefinger in die Brust. »Wie konntest du alle Pläne, die wir gemacht hatten, einfach über Bord werfen?«

»Ihre Verlobung hat mich doch genauso überrascht, aber vielleicht ist es ganz gut, dass ich sie nicht heirate.«

»Warum nicht? Was stimmt nicht mit ihr?«

»Nichts! Ich liebe sie nur einfach nicht. Zählt das denn gar nicht?«

Sobald die Worte heraus waren, wusste er, dass er das Falsche gesagt hatte.

»*Liebe*?«, wiederholte sie mit schriller Stimme. »Ich erinnere mich nicht, dass das je zur Diskussion gestanden hätte. Im Gegenteil, du warst doch ganz zufrieden mit der Aussicht, Laura zu heiraten. Jedenfalls bis zu dem Unfall.« Sie nickte und drohte ihm mit dem Finger. »Diese Frau hat dich förmlich verhext. War das vielleicht der Grund für deine Abwesenheit der letzten Tage? Bist du mit ihr herumgezogen? Hattest du deshalb nicht einmal den Anstand, mir zu sagen, dass du verreist?«

Sie sprach wie eine betrogene Ehefrau.

»Nein, ich war nicht bei Julia. Ich werde sie nicht wiedersehen.«

»Nein? Und warum nicht?« Diese Aussage schien sie merkwürdigerweise genauso misstrauisch zu machen.

»Was geht dich das an?«, schoss er zurück.

Doch sie ließ sich nicht beeindrucken. «Du hast recht. Es geht mich nichts an. Aber es geht mich sehr wohl etwas an, dass du dir die Chance, Laura Maynard zu heiraten, verscherzt hast. Wenn ich mich geweigert hätte zu heiraten, weil ich auf die Liebe warten wollte, wo wären wir dann heute? Bestimmt nicht in diesem Haus! Du hättest nicht Karriere gemacht, und wir stünden nicht kurz davor, alles wiederzugewinnen, was Vater weggeworfen hat.«

Es war die mutigste Aussage, die sie je gemacht hatte: zuzugeben, dass ihre eigene Ehe lediglich eine Vernunftehe war.

David pflegte Corinnas Temperamentsausbrüche sonst mit unendlicher Nachsicht hinzunehmen. Doch diesmal erschütterte die ungeschminkte Selbstsucht, mit der sie zugab, dass er für sie einzig und allein eine Notlösung, die Rettung vor dem Ruin gewesen war, sogar seinen sonst durch nichts ins Wanken zu bringenden Gleichmut. Mit zitternden Händen stellte er das Glas ab, das er ihr hatte bringen wollen.

Michael dachte, schwanger oder nicht, Corinna hatte auf jeden Fall verdient, was David ihr gleich an den Kopf werfen würde. Doch David verließ einfach nur wortlos den Raum.

»Jetzt sieh, was du angerichtet hast!«, warf Corinna ihm daraufhin vor.

»Nein. Das lasse ich mir nicht von dir zum Vorwurf machen! Hast du denn nie einen Funken Dankbarkeit für diesen Mann empfunden? Er hat dir all das gegeben« – Michael deutete auf den Luxus, der sie umgab – »und du tust, als stünde es dir zu, und hast nur Verachtung für ihn übrig? Eines Tages wird er dieser Behandlung müde sein. Was machst du dann?«

Sie packte ihn am Arm. »Ich habe es für dich getan! Empfindest du denn keinen Funken Dankbarkeit für *mich?*« Sie sprach zornig, doch dabei standen ihr Tränen in den Augen. »Alles, was ich getan habe, geschah aus Rücksicht auf deine Karriere. Damit du dein Leben nicht als kleiner Angestellter verbringen musst. Aber du dankst es mir nicht!«

So gewandt er im Gerichtssaal argumentieren konnte, hier fiel Michael nichts ein. Kein Vorwurf, keine Erklärung. Zorn, Schuldgefühle und Kummer drohten ihn zu ersticken; er rang verzweifelt nach Luft. Dann drehte er sich um und ging zur Tür, so wie David kurz zuvor.

»Ja, geh doch einfach! Geh auch!«, rief Corinna ihm nach. »Die Opfer, die ich dir gebracht habe, kümmern dich sowieso nicht!«

Michael blieb nicht stehen.

Doch als er an der Tür war, sagte Corinna: »Ja, ich habe all das. Aber du hast etwas, das ich nicht habe und nie hatte – die Freiheit der Wahl.«

Die Trostlosigkeit in ihrer Stimme rührte sein Herz – genauso, wie sie es beabsichtigt hatte. Jetzt weinte sie, aus Wut oder Kummer. Oder beidem.

Michael ertrug es nicht länger. Er ging hinaus und schloss die Tür hinter sich.

Zu seiner Überraschung war David nicht weit gegangen. Er saß zusammengesunken auf einer Bank im Flur und hatte den Kopf in den Händen vergraben: ein Bild tiefster Verzweiflung.

Michael setzte sich neben ihn. »Bitte, nimm es dir nicht so zu Herzen. Corinna ist im Moment ein Spielball ihrer Emotionen.«

David zuckte nur die Achseln bei diesem Versuch, ihn zu trösten. »Sie hat nur laut ausgesprochen, was wir alle schon wussten. Sie hat mich aus reiner Verzweiflung geheiratet – aus Selbstschutz. Ich habe es immer gewusst. Aber ich dachte, mit der Zeit, wenn ich sie liebe, so sehr ich kann, würde sich mich auch lieben lernen.« Er zog ein Taschentuch heraus, wischte sich damit über die Stirn und, so dachte Michael, nutzte die Gelegenheit, auch seine Tränen fortzuwischen. »Jetzt muss ich zugeben, dass es töricht war, das zu hoffen. Ich war ganz einfach ein liebestrunkener Idiot.«

»Ich bin entsetzt über meine Schwester und schäme mich sehr, der Grund für all das gewesen zu sein. Du bist der beste, anständigste Mensch, den ich kenne. Sie verdient dich nicht.«

Doch das Kompliment prallte an seinem Schwager ab. »Ich habe mir immer wieder den Bibelvers vorgesagt: ›Ihr Männer, liebt eure Frauen und behandelt sie nicht grob.‹ Ich dachte, wenn ich versuche, danach zu leben, würde sich das Blatt irgendwann wenden.« Er schüttelte den Kopf. »Es hat nicht ausgereicht.«

»Du brauchst dir keine Vorwürfe zu machen.«

David seufzte und redete weiter. »Sogar jetzt. Eigentlich sollte ich – ich weiß nicht, aus dem Haus stürmen oder so etwas. Aber ich kann sie nicht verlassen. Sie ist krank. Sie leidet schon eine Weile unter Krämpfen und Übelkeit, weißt du das?«

»Nein«, sagte Michael, schuldbewusster denn je. Obwohl – woher hätte er es wissen sollen? Seine Schwester wirkte immer so stark, nie zeigte sie irgendeine Schwäche.

Allerdings hatte er in letzter Zeit auch nicht viel auf sie geachtet, im Gegenteil, er hatte sie gemieden, wo er konnte. Zu seiner Entschuldigung hatte er angeführt, dass sie jetzt Zeit brauche, um Kraft für die Geburt zu sammeln, doch in Wirklichkeit hatte er einfach nicht mit ihr über Laura und seine Zukunftspläne sprechen wollen.

»Ich liebe sie noch immer – und mein Kind, das bald geboren wird. Ich liebe sie beide.« David sprach mit zärtlichem Schmerz, trotz allem, was geschehen war.

Unten im Wohnzimmer schrie Corinna plötzlich vor Schmerz auf. Die beiden Männer sprangen auf und liefen zu ihr.

Corinna stand zusammengekrümmt da und klammerte sich an eine Stuhllehne. Eine Hand hatte sie auf ihren Leib gepresst. »Bitte«, keuchte sie, »holt einen Arzt.«

»Ich sterbe, das weißt du.«

Der Graf sprach undeutlich, doch der helle, durchdringende Blick, mit dem er Julia und Edith ansah, zeigte ihnen, dass sein Geist klar war.

Edith war zu ihrem Vater zurückgekehrt und wollte mindestens bis September bei ihm bleiben. Als Julia letzte Woche den Besuchstermin für heute mit ihr ausgemacht hatte, hatte keiner vorhersehen können, dass er wenige Tage zuvor einen Schlaganfall erleiden würde. Im Moment war sein Zustand stabil, doch seine linke Seite war teilweise gelähmt, was ihn fürchterlich ärgerte. Er seufzte frustriert, als er versuchte, sich im Bett aufzusetzen, und sich dabei nur auf einen Arm stützen konnte.

»Du hattest schon immer einen Hang zur Übertreibung, Vater«, schalt Edith, während sie ihm half, eine bequemere Position zu finden.

»Und du hast mir schon immer widersprochen«, krächzte der Graf. »Bei all deinem medizinischen Wissen weißt du doch genau, dass es stimmt.« Er deutete anklagend mit dem Finger auf sie. »Und als Ärztin solltest du mir eigentlich die Wahrheit sagen.«

Edith rückte noch einmal die Kissen zurecht, dann richtete sie sich auf und verschränkte die Arme. »Mit Dr. Adams redest du bestimmt nicht so!«

»Ehrlich gesagt doch«, warf Julia ein. Sie dachte daran, wie Seine Lordschaft den Arzt am ersten Prozesstag herumkommandiert hatte.

»Ihr versucht beide abzulenken – ein unprofessionelles und, wie ich hinzufügen möchte, sehr weibliches Verhalten!«

Edith rollte mit den Augen. »Du weißt, dass wir für dich tun, was wir können, Vater.«

Das stimmte. Sie hatten ihn nach den besten, neuesten Erkenntnissen behandelt. Warme Bäder für Hände und Füße, Bettruhe, Wärmflaschen unter die Arme und die Füße – das half, das Blut in die Extremitäten zu lenken. Für seine rheumatischen Schmerzen verwendete auch Edith die Salbe, die Julia dem Grafen bei ihrem ersten Treffen empfohlen hatte, die er jedoch bis jetzt abgelehnt hatte, stur, wie er war. Erst seit Edith wieder bei ihm wohnte und persönlich seine Pflege überwachte, hatte er sie ausprobiert.

Jetzt lag er wieder im Bett und machte einen etwas besseren Eindruck, wenn er auch sichtlich ermüdet war. Er lehnte sich in die Kissen und schloss kurz die Augen. Seine rechte Hand krallte sich in die Bettdecke. »Alles, was ihr könnt«, wiederholte er leise. »Es wird herzlich wenig sein. Auch die besten Ärzte können das Ende nicht verhindern.«

Nach seiner Versöhnung mit Edith schien der Graf ein völlig anderer geworden zu sein. Es schien, als hätten allein sein Zorn und seine Entschlossenheit, den Prozess zu gewinnen, ihn am Leben gehalten. Jetzt hatte er nichts mehr, wofür er kämpfen musste. Der Schlaganfall war ein schwerer Rückschlag für seinen ohnehin gebrechlichen Zustand gewesen. So zufrieden er auch war, dass seine Tochter zurückgekehrt war, jetzt umgab ihn nur noch eine Aura melancholischer Resignation. Julia hatte das schon früher bei älteren Patienten erlebt, die – ob zu Recht oder Unrecht – glaubten, dass sie sterben müssten.

»Das ist noch lange hin«, beharrte Edith und steckte ihm energischer als nötig die Decke um die Füße fest. Dann trat sie an das Tischchen, auf dem die Medikamente standen, und fing an, ihm ein Schmerzmittel zu mischen. Ihre Bewegungen waren hastig und ungeschickt; beinahe hätte sie eines der Fläschchen fallen lassen; man sah, wie sehr der Gedanke, dass ihr Vater sterben könnte, sie quälte.

»Sie hat recht, Sir«, sagte Julia, sowohl um Ediths als auch um des Grafen willen. »Sie werden uns noch lange plagen.« Sie wusste, dass Spott das beste Mittel war, den Grafen aus seiner Verdrießlichkeit herauszuholen, und jähzornig, wie er war, reagierte er denn auch sofort darauf.

Er grunzte. »Unverschämtes Ding. Warum ertrage ich das eigentlich alles?«

Doch er sprach halbherzig; Julia sah, dass ihre Bemühungen diesmal keinen Erfolg hatten. Sie wurde ernst. »Sir, denken Sie daran, wenn die Zeit kommt, wird es nur ein zeitliches Ende sein. Es gibt ein größeres Ziel …«

»Reden Sie nicht über Metaphysik mit mir«, unterbrach der Graf sie schroff. »Ich werde mit Sicherheit nicht in diesen wunderbaren Himmel kommen, von dem alle reden – vorausgesetzt, es gibt ihn überhaupt.«

»Vater, wie kannst du das sagen?«, mahnte Edith.

Der Graf antwortete nicht, sondern sah die beiden nur an. Julia dachte kurz, sie hätte das Thema nicht ansprechen sollen, doch wie konnte sie einen Menschen im Zweifel an Gottes Rettung lassen, wenn sie die Möglichkeit hatte, ihm zu helfen?

»Deshalb haben wir einen Erlöser«, sagte Julia. »Die Menschen selbst können sich nicht retten, doch Gottes Liebe und Gnade wird allen zuteil, die sie annehmen.«

Edith brachte ihrem Vater die Arznei. »Hier, Vater, trink das.«

Er machte eine abwehrende Bewegung, ohne Julia aus den Augen zu lassen. Dann streckte er seinen guten Arm aus und nahm ihre Hand. Sein Griff war überraschend fest, obwohl er so schwach war. »Glauben Sie wirklich, dass ich kein verlorener Fall bin?«

Julia nickte. »Bei Gott ist kein Mensch verloren.«

Er ließ ihre Hand los. »Sie sind bemerkenswert freundlich, wenn man bedenkt …« Seine Stimme verklang.

»Wenn man bedenkt, wie Sie mich immer beschimpft haben?«, ergänzte Julia lächelnd, noch immer in der Hoffnung, seine Lebensgeister wieder wecken zu können.

Er antwortete nicht. Edith bot ihm erneut das Schmerzmittel an und diesmal nahm er es. Er trank es, ließ sich wieder in die Kissen fallen und schloss die Augen. Nicht lange und er dämmerte ein.

»Der Rest spielt wohl keine Rolle«, murmelte er, »ihr habt zu viel zu tun, die Welt zu retten.«

»Wie meinen Sie das? Was spielt keine Rolle?«

»Julia, lass ihn schlafen«, sagte Edith. »Bedränge ihn nicht.«

Doch der Graf war noch nicht fertig. »Ich habe Stephenson gesagt, dass er Sie nicht wiedersehen darf.«

»Was?« Julia starrte ihn entsetzt an. »Warum?«

»Es war ein Interessenkonflikt! Ich konnte nicht zulassen, dass Sie ihn beeinflussen und versuchen, ihn auf Ihre Seite zu ziehen. Wussten Sie das etwa nicht?«

»Nein.« Julia war wie betäubt. Sie hatte geglaubt, Michael hätte sie aus eigenem Antrieb nicht wiedersehen wollen. Er hatte gesagt, er tue es für seine Familie. Hatte er sich wirklich den Launen dieses Mannes gefügt? Wie mächtig der Graf auch war, so leicht hätte Michael bestimmt nicht nachgegeben. »Ich kann nicht glauben, dass er einverstanden war.«

»Er hatte seine Gründe; es steht mir nicht zu, sie Ihnen zu verraten. Vielleicht sagt er es Ihnen, wenn Sie ihn fragen.« Er sah sie an. »Vielleicht denken Sie jetzt nicht mehr so gut von mir. Halten Sie Ihre Behauptung, dass es für mich noch Hoffnung gibt, immer noch aufrecht?«

Julia schluckte. Sie konnte nicht sprechen, ihr Mund war völlig trocken.

»Ich bereue den Prozess nicht, und sei es nur, weil diese Tierney dadurch das Land verlassen hat!« Er beugte sich vor und schüttelte zornig die Faust. »Was sie über meinen Sohn gesagt hat, ist unverzeihlich! Das hat ein Gericht bestätigt!«

»Vater, bitte!«, rief Edith und drückte ihn zurück in die Kissen. »Du schadest dir damit!«

Der Graf lehnte sich zurück. Sein Atem ging schwer, doch er fuhr fort, obwohl er kaum Luft bekam und gegen die Wirkung des Schmerzmittels ankämpfte. »Ich bin Ihnen dankbar, Miss Bernay … Sie haben mir meine Tochter zurückgebracht … trotz allem. Wenn ich Sie verletzt habe, tut es mir leid.«

In Julias Kopf verschwamm alles. Der Wunsch zu vergeben kämpfte mit dem Zorn darüber, dass dieser Mann zwischen sie und Michael getreten war. Sie hatten nicht selbst über ihre Zukunft entscheiden dürfen. Er hatte um seines eigenen Vorteils willen in ihr Leben eingegriffen.

»Ich nehme meine Worte nicht zurück.« Es fiel ihr schwer, doch Julia sprach es aus. Sie wusste, dass es richtig war.

Sie saßen auf den schmalen Stühlen, die die Diener vor Corinnas Zimmer hingestellt hatten. Michael wusste, dass David sich ebenso hilflos fühlte wie er, doch sie wussten beide, dass sie nichts tun konnten.

Die Schreie seiner Schwester zu hören, war schrecklich für Michael, und er wusste, dass es für David noch viel schlimmer war. Sein Schwager lauschte auf die Laute, die aus dem Zimmer drangen, und sagte verzweifelt: »Ich wusste, dass Frauen dabei Schmerzen haben, aber ich hatte keine Ahnung ... ich fühle mich so schuldig!«

»Sie wird es durchstehen«, versicherte Michael ihm. »Dr. Hartman wird dafür sorgen.«

Als er Schritte auf der Treppe hörte, blickte er sich um und sah Janet, das Hausmädchen; sie kam mit einer jungen Frau die Treppe herauf, die er nicht kannte. Die Frau rang die Hände; ihr Gesicht war angstverzerrt. Bevor er oder David noch fragen konnte, was geschehen war, schlüpften die beiden in Corinnas Zimmer und schlossen die Tür.

»Was war das denn?«, fragte David. »Sie hätte mich doch wenigstens um Erlaubnis fragen können, bevor sie hineinging.«

Michael hörte die Frustration in der Stimme seines Schwagers. Die Diener hörten in der Regel mehr auf Corinna als auf ihn – und so schien es auch jetzt zu sein, obwohl Corinna im Moment wirklich nicht in der Lage war, Befehle zu erteilen.

David stand auf und öffnete die Tür, doch da schrie Corinna auch schon: »Raus! Geh raus!«

Er prallte zurück und sah völlig verzagt aus. »Jetzt hasst sie mich. Bis jetzt hat sie mich geduldet, doch jetzt hasst sie mich wirklich.«

Michael fiel nichts ein, was er darauf hätte sagen können.

Kurz darauf kamen Janet und die Frau wieder heraus, begleitet von Dr. Hartman. Der Arzt hatte seine Tasche in der Hand.

»Warten Sie! Was ist los?«, fragte David, während die beiden Frauen die Treppe hinuntereilten. »Meine Frau ...«

»Neeeiiiiin!«, schrie Corinna. Es war ein langer, qualvoller Aufschrei, doch sie schrie schon seit Stunden so, deshalb konnte man nicht genau sagen, wen oder was genau sie jetzt damit meinte.

»Was geht da vor?«, fragte David.

Dr. Hartman lächelte ihn entschuldigend an. »Es ist eine schlechte Zeit für eine Geburt. Eine andere Patientin von mir, Mrs Asquith, liegt ebenfalls in den Wehen. Sie sind schon wesentlich heftiger als bei Mrs Barker, und man sagte mir gerade, dass es Komplikationen gibt. Ich muss sofort zu ihr.«

»Aber – Corinna! Sie können doch nicht einfach gehen! Hören Sie doch, wie sie schreit!« David brüllte jetzt ebenfalls, seine Emotionen schienen sich mit den Schreien seiner Frau zu steigern.

»Es ist alles in Ordnung«, wiederholte der Arzt. »Bei der ersten Geburt ist eine Frau manchmal überrascht von der Intensität der Schmerzen. Mrs Barker hilft sich damit lediglich selbst, diese neue Erfahrung durchzustehen.«

Michael schien das durchaus plausibel zu sein. Corinna war wahrscheinlich zum ersten Mal im Leben in einer Situation, die sie nicht kontrollieren konnte. Für eine Frau wie sie konnte das genauso beängstigend sein wie die Schmerzen.

»Das Kind liegt richtig«, fuhr der Arzt fort. »Ich sehe keinen Anlass zur Beunruhigung. Aber es wird wahrscheinlich noch ein paar Stunden dauern.«

»Ein paar Stunden«, wiederholte David entsetzt.

»Er weiß bestimmt, wovon er spricht«, sagte Michael. Er wollte David beruhigen, obwohl er selbst in Panik geriet bei dem Gedanken, dass der Arzt das Haus verließ.

»Ich werde zurück sein, lange bevor ich benötigt werde. Bis dahin wird Mrs Taylor gut für sie sorgen.«

Mrs Taylor war die Hebamme, die Dr. Hartman half. Sie wirkte fähig und erfahren, doch Michael wusste, dass seine Schwester zwar ihrem Arzt vertraute, aber wohl kaum einer Frau, die sie nicht kannte.

Dr. Hartmann reichte David ein Stück Papier. »Hier ist die Adresse, zu der ich fahre. Es ist nicht weit. Sie können nach mir schicken, wenn Mrs Taylor es für nötig hält.«

David wirkte noch immer verängstigt, sagte aber nichts mehr. Der Arzt murmelte noch ein paar beruhigende Sätze und ging.

»Ich darf ja nichts dagegen haben, dass er einer anderen Frau hilft«, murmelte David, blickte hilflos auf das Papier und steckte es ein. »Aber ich mache mir wirklich große Sorgen.«

Mrs Taylor kam aus dem Zimmer. Sie war klein und rund und nach allem, was Michael bisher gesehen hatte, stets energisch und zielbewusst – so wie jetzt auch.

»Sie wollen doch nicht etwa auch gehen?«, fragte David alarmiert.

Sie warf ihm einen Blick zu. »O nein, Sir. Ich bleibe, die ganze Zeit, solange es dauert. Ich muss den Mädchen nur ein paar Anweisungen geben.« Als sie sah, dass David ängstlich zur Tür blickte, fügte sie hinzu: »Mrs Barker schafft es ein paar Minuten allein.«

Doch diese Versicherung schien nicht zu Davids sorgenumnebelten Kopf durchzudringen. »Es wird doch gut gehen, oder?«

»Hören Sie nicht auf die Schreie. Manche Frauen machen ein bisschen viel Aufhebens, das ist alles. Machen Sie sich keine Sorgen, das kriegen wir schon hin. Sie kommen raus, wenn es so weit ist.« Obwohl die Hebamme durchaus vertrauenswürdig und tüchtig wirkte, ihr Verhalten am Krankenbett sprach nicht unbedingt für sie.

Sie ging und David und Michael waren wieder allein und konnten nichts tun, als zu warten.

David ließ sich auf den Stuhl fallen. »Mache ich mir zu viele Sorgen? Bin ich töricht? Ich will doch nur das Beste für sie. Haben wir wirklich alles getan, was wir können?«

»Das frage ich mich auch. Wir könnten einen anderen Arzt rufen, nur um sicherzugehen.«

Davids Gesicht hellte sich auf. »An wen denkst du?«

»Julia Bernay.«

Er blinzelte. »Warum sie? Riskieren wir da nicht ...« Er schüttelte den Kopf. »Es steht schon schlimm genug mit mir und Corinna, ich mag mir nicht vorstellen, was sie tut, wenn meine Vergangenheit ans Licht kommt.«

»Wir müssen vorsichtig sein, aber wir können es schaffen. Julia ist vertrauenswürdig und hat viel Erfahrung mit Geburten. Außerdem sieht es so aus, als hätten wir kein Vertrauen in Dr. Hartman, wenn wir einen anderen Arzt holen.«

Das stimmte alles. Zudem hatte Michael das ganz starke Gefühl, dass Julia hier sein sollte. Doch letztlich sehnte er sich einfach danach, sie wiederzusehen.

Als er sah, dass David noch immer den Kopf schüttelte, fügte Michael hinzu: »Vor allem aber ist Julia unbedingt ehrlich. Wenn etwas nicht stimmt, wird sie es uns sagen. Und das wollen wir doch, oder?«

»Ja«, stimmte David zu. Das letzte Argument schien ihn zu überzeugen. »Aber wird sie auch kommen?«

Das hatte Michael sich auch gefragt. Ihm fielen so viele Gründe ein, warum er es nicht verdiente, dass sie kam. Doch wenn sie kam, konnte er ihr erzählen, was er über den Mann in Venezuela herausgefunden hatte, der vielleicht ihr Vater war. Damit konnte er wahrscheinlich einiges wiedergutmachen.

»Ich weiß es nicht«, antwortete er ehrlich. »Aber wir sollten es versuchen.«

Julia saß am Wohnzimmerfenster des Studentinnenheims. Dem äußeren Anschein nach las sie, doch sie sah die Worte auf den Seiten gar nicht. Lord Westbridges Enthüllung, dass er Michael und sie auseinandergebracht hatte, hatte Julia so schockiert und erschüttert, dass sie nicht wusste, was sie tun sollte. Seit ihrer gestrigen Rückkehr nach Hause hatte sie wenig getan und ihre Unruhe war ständig gewachsen. Am liebsten hätte sie Michael aufgesucht und ihn selbst zur Rede gestellt. Was waren das für Gründe, von denen Seine Lordschaft gesprochen hatte? Hatte sie überhaupt das Recht, sie zu kennen? Spielte es eine Rolle, ob sie sie kannte oder nicht? Wahrscheinlich war es ohnehin zu spät. Michael schien sich mit der Situation abgefunden zu haben.

Coleen, eine eifrige Leserin der Gesellschaftsspalten, hatte in den letzten Wochen mehrmals erwähnt, Michaels Namen in Verbindung mit Laura Maynard gelesen zu haben. Seit dem Unglück verfolgte sie diese Geschichte mit größter Aufmerksamkeit. Wahrscheinlich musste Julia täglich damit rechnen, von Michaels Verlobung zu hören.

Auch im Moment war Colleen wieder über eine Zeitung gebeugt. Plötzlich schrie sie vor Überraschung auf. »Julia, das errätst du nie!«

»Was denn?«, fragte Julia dumpf. Sie war zornig auf sich selbst, weil sie spürte, dass sie Tränen in den Augen hatte.

»Miss Laura Maynard ist verlobt – mit Mr Arthur Browne!«

»Was?« Julia erhob sich so abrupt, dass ihr das Buch vom Schoß rutschte und über den Fußboden schlitterte. Sie lief zum Tisch und schaute Colleen über die Schulter, während diese laut vorlas:

»… Mr Arthur Browne, durch erfolgreiche Investitionen in der Stahlindustrie einer der reichsten englischen Industriellen …«

Julia wartete nicht länger. Sie rannte hinauf in ihr Zimmer, um ihren Hut und die Handschuhe zu holen.

Fünf Minuten später verließ sie das Haus, wobei sie so rasch durch die Tür schritt, dass sie fast mit einem Mann zusammengestoßen wäre, der gerade die Stufen heraufkam. »Verzeihung«, murmelte sie, ohne ihr Tempo zu verlangsamen, doch dann fiel ihr auf, dass sie den Mann kannte. Es war ein Diener aus dem Haus der Barkers.

»Ich soll eine Nachricht überbringen«, sagte der Diener und streckte ihr ein versiegeltes Schreiben hin. »Und ich soll auf Antwort warten.«

31

Julia und der Diener standen kaum vor dem Haus der Barkers, da öffnete Michael auch schon die Tür, noch bevor der Diener aufschließen konnte. Er sah müde aus. Sein Jackett war zerknittert und er hatte seine Krawatte abgenommen. Er zog sie herein und sah sie einen Moment lang einfach nur an. »Ich kann kaum glauben, dass du gekommen bist.«

»Ich werde tun, was ich kann. Wird sie zulassen, dass ich ihr helfe?«

»Am Anfang vielleicht nicht«, gab Michael zu. »Aber du bist genauso hartnäckig wie sie; du wirst einen Weg finden.«

Es gab so viel, was sie ihn fragen wollte! Doch sie konnte sehen, dass seine Sorge um seine Schwester sogar die offensichtliche Freude, sie wiederzusehen, überschattete. Alles andere musste jetzt warten.

Beim Hinaufgehen setzte Michael sie kurz in Kenntnis, was in den letzten Stunden passiert war. »David und ich wollen einfach nur sichergehen, dass alles in Ordnung ist und nichts versäumt wird.«

Julia fühlte sich geehrt und war beeindruckt, dass er ein solches Vertrauen in ihre Fähigkeiten hatte.

David wartete vor der Tür von Corinnas Zimmer auf sie. »Vielen Dank, dass Sie gekommen sind.« Seine Hand war feucht; der arme Mann war völlig in kalten Schweiß gebadet. »Ich würde Sie ja hineinbringen, aber mein Anblick scheint alles nur noch schlimmer zu machen.«

»Alle Frauen in diesem Zustand hassen ihre Männer. Nur Mut; das geht vorüber.«

Sie sah einen Hoffnungsschimmer in seinen Augen. »Glauben Sie wirklich?«

»Julia hat viel Erfahrung in diesen Dingen«, erinnerte Michael ihn.

»Und in vielen anderen Dingen auch«, sagte David nickend.

»Schließlich haben Sie sein Leben gerettet.« Er deutete mit dem Kinn auf Michael.

»Ich glaube, heute wird es nicht nötig werden, ein Leben zu retten«, antwortete Julia, »aber ich will sehen, ob ich ein wenig helfen kann.« Sie konnte das natürlich nicht wissen, ehe sie die Patientin gesehen hatte, doch David war so außer sich vor Sorge, dass sie sich gedrängt fühlte, ihn irgendwie zu trösten. Sie griff nach der Türklinke. »Ich gehe einfach hinein und schaue, wie es ihr geht. Mit der Hebamme mache ich mich selbst bekannt.«

»David und ich möchten auf jeden Fall die Wahrheit wissen«, sagte Michael. »Ich weiß, dass du uns gegenüber ehrlich sein wirst.«

»Das verspreche ich.«

Julia war in einer ruhigen Periode zwischen zwei Wehen gekommen. Corinna lag dösend im Bett, war gegen mehrere Kissen gelehnt und hatte die Hände leicht um den Bauch geschlungen. Die Frau, die neben ihr am Bett saß, hatte die Gelegenheit zu einer Pause wahrgenommen und döste ebenfalls – was auch ratsam war, denn Mutter und Hebamme mussten ihre Kräfte für später schonen, wenn sie sie wirklich brauchen würden. Julia ging zum Waschtisch und sah erfreut, dass Seife und frisches Wasser vorhanden waren. Sie wusch sich still die Hände.

Als sie fertig war, sah sie sich im Zimmer um. Die Hebamme hatte alles bereit: eine Schüssel, um die Nachgeburt aufzufangen, Faden und Schere für die Nabelschnur, eine Dose mit Belladonnasalbe und Speiseöl. Nach dem, was Michael ihr gesagt hatte, nahm Julia an, dass Corinna weniger ihre praktische Hilfe als vielmehr Trost und Verständnis brauchte. Und da sie Corinna kannte, würde sie sich hüten, sie zu betüddeln, sondern einfach ehrlich und freundlich zu ihr sein.

Corinnas Lider flatterten; sie öffnete die Augen und schrie auf, als die Wehen erneut einsetzten. Mrs Taylor erwachte ebenfalls und wollte sich von ihrem Stuhl erheben. Beide bemerkten Julia gleichzeitig.

Corinna schrie: »Was machen Sie hier?«

»Ich bin hier, um Ihnen zu helfen«, sagte Julia.

»Was für eine Unverschämtheit hierherzukommen, nach allem, was Sie getan haben! Sie sind der Grund, warum Michael Laura nicht heiratet!«

»Ich habe Michael seit dem Prozess nicht mehr gesehen«, erwiderte Julia kühl. »Lassen Sie mich Ihnen ein Kissen unterschieben, so. So wird es erträglicher für Sie.«

»Bleiben Sie weg von …«

Ihr Protest wurde von einem scharfen Einatmen unterbrochen, als eine neue Wehe kam.

»Mrs Barker, denken Sie daran, was ich Ihnen gesagt habe«, befahl Mrs Taylor und trat ans Bett. Die Anweisungen, die sie gab, klangen eher scheltend als tröstend. Michael hatte recht gehabt; die Hebamme war nicht gerade zartfühlend.

Sie arbeiteten jetzt zusammen und halfen Corinna durch die Wehe. Dabei stellte Julia sich der Hebamme ganz kurz als Freundin der Familie vor. Als Mrs Taylor hörte, dass Julia Krankenschwester war und Geburtserfahrung hatte, gab sie ihr mit Freuden einige Informationen über Corinnas Zustand.

Mrs Taylor war der Ansicht, dass die Wehen gute Fortschritte machten. Corinna schrie zwar sehr, doch die Schmerzen waren offenbar nicht außergewöhnlich stark. Julia dachte, dass die Hebamme wahrscheinlich recht hatte, doch sie wollte Corinna trotzdem gern selbst untersuchen, nicht nur zu ihrer eigenen Gewissheit, sondern auch, um Michael und David die Zusicherung geben zu können, um die sie sie gebeten hatten. Dazu brauchte sie allerdings Corinnas Erlaubnis.

Corinna hatte Julias Gegenwart bis jetzt geduldet, vor allem, weil sie sich mitten in einer Wehe befand und sich gar nicht wehren konnte. Ihr Vertrauen zu gewinnen, war jedoch eine ganz andere Sache.

»Mrs Taylor, könnten Sie bitte kurz hinausgehen und mit Mr Barker sprechen?«, fragte Julia, als die Wehe im Abebben war. »Er hat gebeten, dass man ihm regelmäßig Bericht erstattet.«

»Der Mann ist eine schreckliche Sorgenliese«, antwortete Mrs Taylor, doch sie ging.

»Sehen Sie jetzt, dass ich Ihnen nur helfen will?«, fragte Julia Corinna, als sie allein waren.

»Warum sollten Sie das wollen?« Corinna war müde, deshalb fiel der Protest sehr viel leiser aus als anfangs.

»Weil Michael mich darum gebeten hat.«

»Michael.« Ihre Stimme zitterte vor Erbitterung. Doch dann stieß resigniert sie die Luft aus und schloss kurz die Augen.

»Ihm liegt so viel an Ihnen. Er hatte nur Ihr Bestes im Sinn, als er mich herbat. Er tat es, weil er weiß, dass wir beide einen starken Willen haben.« Letzteres sagte sie mit einem ironischen Lächeln.

»Mrs Taylor auch«, meinte Corinna.

»Aber ich glaube nicht, dass sie Sie versteht. Sie gibt Ihnen Anordnungen, sagt Ihnen, dass Sie sich nicht zu sorgen brauchen, und denkt, das muss reichen. Sie weiß nicht, wie sie auf Ihre Befürchtungen reagieren soll, Ihre Angst, dass etwas Furchtbares geschehen könnte.«

»Tun Sie nicht so, als wüssten Sie, was ich denke«, schnappte Corinna. Doch ihre Augen verrieten sie.

Julia strich ihr sanft eine Haarsträhne aus dem Gesicht. »Wir sollten Ihr Haar flechten. Sie werden später froh sein, wenn es aus dem Weg ist.«

»Nein! Ich mag keine Zöpfe!«

»Jetzt ist nicht die Zeit für Eitelkeit.« Julia ging zur Frisierkommode und holte die Bürste. Bevor Corinna widersprechen konnte, fing sie an, ihr das Haar zu bürsten. Sie wollte den Zopf auf einer Seite flechten, da Corinna fest an den Kissen lehnte. Sie wusste, dass das Bürsten einen beruhigenden Effekt hatte.

Corinna versuchte auszusehen, als könne sie es kaum ertragen, doch ihre Schultern entspannten sich. Sie schloss die Augen.

Julia flocht ihr Haar zu einem lockeren Zopf. »Ich weiß, dass es beunruhigend ist, wenn man mit Dingen konfrontiert wird, die man nicht unter Kontrolle hat. Es fühlt sich an, wie auf offener See zu sein und die Strömung nicht zu kennen.«

»Oder über einem Abgrund zu gehen«, murmelte Corinna.

»Genau.« Julia war froh über das Zeichen, dass Corinna vielleicht doch bereit war, sich ihr zu öffnen. Sie schnitt ein Stückchen von dem Faden ab, der bereitlag, und band den Zopf unten zusammen. »Einer meiner Fehler ist, dass ich immer vollkommen ehrlich bin. Ich kann Ihnen nicht nur helfen, ich werde auch alle Ihre Fragen beantworten. Werden Sie mich das tun lassen?« Sie drückte ganz leicht Corinnas Hand und lächelte sie beruhigend an. Dabei beschwor sie sie innerlich nachzugeben – bis sie in Corinnas Augen sah, dass sie einverstanden war.

»Ja«, sagte Corinna, »das will ich.«

»Sie ist aber schon lange da drin«, meinte David. »Andererseits hat Corinna sie nicht rausgeworfen und das ist doch ein gutes Zeichen, oder nicht?«

»Zweifellos.« Michael hatte das Gefühl, je länger Julia im Zimmer war, desto besser mussten die Nachrichten ausfallen. Wenn es Grund zur Besorgnis gab, hätte Julia es ihnen gesagt.

Es war ein Risiko gewesen, sie zu holen, doch er wusste, dass er das Richtige getan hatte. Seit sie da war, war er überzeugt, dass nichts Schlimmes geschehen könnte. Sie war so schnell gekommen und dabei so fröhlich und zuversichtlich gewesen. Sie schien überhaupt nicht zu denken, dass er sie einfach völlig herzlos aufgegeben hätte, um danach die Schule zu ruinieren, die so wichtig für ihren Lebenstraum war. Sie half, ohne zu zögern, seiner Schwester, die alles andere als freundlich zu ihr gewesen war! Was für eine Frau! Sie kannte keinen Groll.

Er hörte, wie Corinna aufschrie, doch diesmal eher erschrocken als schmerzvoll.

Ein paar Minuten vergingen; sie hörten, wie die Frauen im Zimmer sprachen und herumwuselten. David stand vor der Tür und lauschte angestrengt. Er war ebenso verwirrt wie Michael.

Da flog die Tür auf und Julia trat heraus. Sie wirkte entschlossen, aber nicht besorgt. »Jetzt dauert es nicht mehr lange«, verkündete sie. »Ich habe nach Janet geläutet. Sie muss zu Dr. Hartman gehen und ihm sagen, dass Mrs Barkers Fruchtblase geplatzt ist.«

»Geplatzt!«, wiederholte David entsetzt.

»Das ist etwas Gutes«, versicherte Julia ihm. »Es muss geschehen, sonst kann das Baby nicht kommen.«

Sie wollte wieder hineingehen, doch Michael hielt sie fest. »Kannst du uns sonst noch etwas sagen?«

»Ich glaube, das Gesicht des Kindes liegt noch nicht in der günstigsten Position, aber wenigstens wird es mit dem Kopf voran kommen, deshalb brauchen wir uns keine zu großen Sorgen zu machen.« Sie lächelte ihn an.

»Danke.« Genau das hatte er gehofft zu hören, und da es von Julia kam, glaubte er es.

Doch er wollte ihren Arm noch nicht loslassen. Es war zu verlockend, sie so nahe zu haben. Wie lange hatte er dieses Lächeln und diese Sommersprossen nicht gesehen? Die klugen, lebendigen Augen? Er spürte die Wärme ihres Arms durch den Ärmel und fragte sich, wie das sein konnte, weil er aus der Erfahrung wusste, dass ihre Berührung immer kühl war. Er hatte sie nie als eine Frau voller Widersprüche gesehen, doch vielleicht war dies einer.

Sie betrachtete ihn mit derselben Faszination. Ihre Lippen waren leicht geöffnet. Michael erinnerte sich, wie sie ihn in jenem unglaublichen Moment im Park angesehen hatte, als sie ihn an sich gezogen und geküsst hatte.

»Da ist Janet!«, rief David.

Michael schluckte und trat zurück. Das Mädchen kam eilig herbei. Julia drehte sich um, gab ihr ein paar Anweisungen und schickte sie zu Dr. Hartman.

David rang die Hände und blickte unentwegt zwischen Julia und der Tür zu Corinnas Zimmer hin und her. Widersprüchliche Gefühle – hoffnungsvolle Vorfreude und Angst – schienen ihn förmlich zu zermalmen.

Julia klopfte ihm auf die Schulter. »Nur Mut, Mr Barker. Sie werden bald Vater.« Dann schien sie ihm kurz humorvoll zuzuzwinkern und ging wieder zu Corinna.

Anders als der zappelige David stand Michael ganz still. Er fühlte sich beraubt, weil sie nicht mehr bei ihm war. Doch sein Herz lebte von dem, was er gesehen hatte, bevor sie sich umgewandt und mit dem Mädchen gesprochen hatte. Es hatte sie große Mühe gekostet, sich wieder ihrer Aufgabe zuzuwenden – so wie ihn auch. Beide hatten sich gewünscht, dieser Moment möge nie enden. Michael hatte die Liebe in ihren Augen gesehen, und wenn Corinnas Baby da war, würde er etwas unternehmen, irgendetwas.

Dr. Hartmann traf ein paar Minuten, bevor das Kind geboren wurde, ein. Er und die Hebamme wussten, was sie zu tun hatten. Von jetzt an brauchte Julia nur noch bei Corinna zu bleiben, ihr beizustehen und zu erklären, was der Arzt und Mrs Taylor taten.

Julia war schon bei vielen Geburten zugegen gewesen und hatte immer über das Wunder eines neuen Lebens gestaunt, doch nie war sie so sehr persönlich involviert gewesen wie in dem Augenblick, in dem Corinnas Kind zur Welt kam.

»Welch ein strammer kleiner Junge, Mrs Barker!«, rief die Hebamme aus.

»Ein … Junge«, keuchte Corinna, noch immer ganz außer Atem. Sie sank in die Kissen zurück. »Was war das doch für eine scheußliche Geburt.« Doch sie sagte es wie im Traum und abwesend, als sei sie überrascht, noch am Leben zu sein. Und sie lächelte.

Julia wusste, dass das der richtige Moment war. Sie ging zur Tür und öffnete sie. David und Michael standen dicht davor; sie hatten auf den großen Augenblick gewartet.

»Kommen Sie, schnell«, sagte sie zu David und zog ihn ins Zimmer.

»Warum? Was ist passiert?«, rief er, erschrocken über die Leidenschaft in Julias Stimme.

»Nichts. Reden Sie mit ihr. Sofort!«

David zögerte verständlicherweise, denn im Zimmer herrschte noch helles Chaos und seine Frau hatte ihn stundenlang verflucht. Doch Julia wusste, dass es einen Zeitpunkt nach der Geburt gab, in dem die Mutter von Euphorie überschwemmt wurde. Das war die beste Zeit, den Ehemann zu holen.

Julia schob ihn vorwärts. »Gehen Sie!«

Er trat beinahe auf Zehenspitzen ans Bett, bereit, jederzeit umzudrehen und wegzulaufen. Dann sah er seiner Frau ins Gesicht. Corinna befand sich noch in dem verträumten Zustand nach den Mühen der Geburt. Sie schien den Arzt und die Hebamme, die die Nabelschnur versorgten und das Kind wuschen, kaum wahrzunehmen. Als sie ihren Mann ansah, ging die Seligkeit, die sie empfand, auf ihn über. »Es ist ein Junge«, sagte sie.

David strahlte sie bewundernd an. »O meine Geliebte! O mein Liebling! Wie schön du bist.« Er strich ihr zärtlich eine schweißnasse Haarsträhne aus der Stirn und sah dabei nur die Schönheit der Frau, die er liebte. Dann beugte er sich hinunter, um sie auf die Stirn zu küssen, was sie bereitwillig geschehen ließ. »Ich liebe dich so sehr.«

»Ja.« Es war keine Liebeserklärung ihrerseits, doch Corinnas Blick war warm und zärtlich, und das genügte David völlig.

»Jetzt müssen Sie gehen«, flüsterte Julia. »Es ist noch viel zu tun, aber ich wollte, dass Sie diesen Augenblick miterleben.«

David verließ selig das Zimmer und Julias Herz jubelte. Sie betete, dass das schwache Band, das diese beiden Menschen verband, mit der Zeit stärker werden würde. Ihre Sorge um das Wohlergehen des Paares entsprang dabei nicht nur medizinischen Überlegungen oder christlichen Idealen. Corinna und David bedeuteten Michael alles, das genügte ihr.

»Beim Anblick von Davids Gesichtsausdruck, als er aus dem Zimmer kam, wusste ich, dass du ein Wunder bewirkt hattest.«

Julia lachte leise. »Ich musste einfach die Schönheit von Gottes Schöpfung erkennen und mir zunutze machen.«

Die Schönheit von Gottes Schöpfung. Michael fand die Worte wunderbar. Julia hatte ihm in so vieler Hinsicht die Augen für Gottes Wirken in ihrer beider Leben geöffnet.

Es war schon nach Mitternacht. Michael und Julia gingen nach unten. Sie waren ganz allein. Corinna und das Baby schliefen und Mrs Taylor hatte sich in einen bequemen Sessel gesetzt und wachte über sie. David war ebenfalls bei ihnen – der frischgebackene, verliebte Vater saß neben dem Kinderbettchen und betrachtete seinen schlafenden Sohn – ja, er sog seinen Anblick förmlich in sich hinein.

Die Diener waren entlassen worden. Doch als Michael und Julia ins Wohnzimmer kamen, schloss er trotzdem die Tür, damit sie ungestört waren.

Julia widersprach nicht. Sie schien es nicht einmal zu bemerken. »Sind das Sandwiches?«, rief sie aus. Sie hatte das Essen, das auf dem Teetischchen stand, sofort erblickt.

»Ich bat die Diener, uns etwas zuzubereiten. Ich dachte, du seist vielleicht hungrig.«

»Das bin ich wirklich!«

Der Gedanke, dass er ihre Bedürfnisse erraten hatte, tat Michael unendlich wohl. Es schien ihm ein geringer Lohn zu sein für alles, was sie für ihn und seine Familie getan hatte.

Julia dachte, sie hätte nie etwas Köstlicheres gegessen. Michael selbst aß nichts; er war zufrieden, ihr zuzusehen und sich daran zu freuen, wie sehr sie das Essen genoss. Er saß da und dachte unwillkürlich zurück an die vielen Stunden, die sie in diesem Zimmer verbracht und lateinische Texte übersetzt hatten. Er dachte sogar – und vielleicht sogar besonders intensiv – an die Male, die sie seine Wunde untersucht hatte. Dabei war sie ihm so nah gewesen, ohne zu merken, welche Wirkung das auf ihn hatte.

So wie jetzt, als sie sich einen Krümel aus dem Mundwinkel wischte …

»Du lächelst«, sagte Julia. Es klang wie eine Frage.

Lächeln? Es war mehr ein dümmliches Grinsen, wie das eines liebestrunkenen Toren. Michael rief sich die anderen Gründe – neben der schieren Freude an ihrer Gesellschaft – in Erinnerung, warum er sie hatte wiedersehen wollen. »Gott ist gut, nicht wahr?«

Er genoss es, wie erstaunt – und erfreut – sie aussah. Sie sagte nichts, sondern wartete nur, dass er fortfuhr.

»Ich glaube jetzt, was du mir gesagt hast.« Er schwieg, weil er nach Worten suchte, doch sie schien ihn zu verstehen. »Vielleicht freut es dich zu hören, dass Myrtle Hodges in sämtlichen Punkten freigesprochen wurde.«

Sie schnappte freudig nach Luft. »Woher weißt du das?«

»Ich habe sie vertreten. Ich habe auch Gwen in ihrem Prozess verteidigt. Sie erhielt mildernde Umstände und ihr Urteil lautete nur auf drei Monate Haft. Ihre Tante bekam achtzehn.«

»Ich muss etwas für Gwen tun, wenn sie entlassen wird. Ich weiß noch nicht genau, was, aber …«

»Wir überlegen uns etwas.«

»Wir?« Sie sah ihn neckend an, wie er es so liebte.

»Nun, du scheinst dazu berufen, diesen Menschen zu helfen. Und ich erkenne allmählich, dass ich ihnen auch von Nutzen sein kann.«

Ihr Gesicht leuchtete vor Freude. Er wollte den Rest seines Lebens damit verbringen, alles zu tun, diesen Ausdruck auf ihrem Gesicht zu sehen. »Die schönste Neuigkeit habe ich mir aber für zuletzt aufgehoben. Ich habe ein paar Nachforschungen über deinen Vater angestellt.«

»Das hast du getan?«

»Ich war fasziniert von deiner Geschichte und habe überlegt, ob ich vielleicht irgendwie herausbekommen könnte, was ihm zugestoßen ist. Mit Jamie Andersons Hilfe trieb ich einen Mann auf, der ihn kannte. Erinnerst du dich an Charlie Stains?«

Sie runzelte die Stirn und dachte nach, dann richtete sie sich auf und sah Michael an. »Moment! Hast du gesagt, du hast Jamie Anderson um Hilfe gebeten?«

Er grinste. »Ich erzähle dir alles.«

Sie hörte aufmerksam zu und sah ihn dabei die ganze Zeit mit dem bezaubernden Ausdruck an, der so typisch für sie war. Aufmerksam. Gespannt. Schön. Es gab so viele Worte für sie und doch waren sie nicht genug.

Vor allem jetzt, wo sie verträumt wirkte, wie ein Kind, das gern ein Märchen glauben würde. »Es kommt mir so unglaublich vor. Hältst du es wirklich für möglich?«

»Ich glaube, es lohnt sich, es herauszufinden.«

»Aber der weite Weg nach Südamerika.« Bei dem Gedanken schien sie ein wenig in sich zusammenzusinken. »Es ist so weit weg. Und es würde so viel Geld und Zeit kosten …«

»Ist das dieselbe Julia Bernay, die mir so oft von dem freigiebigen Gott erzählt hat, der alles schenkt, was man braucht?«

»Nun, wenn ich überzeugt davon wäre, würde ich glauben, dass wir die Mittel bekommen, aber … ist es nicht ein bisschen töricht?«

»Vielleicht können wir uns nicht immer sicher sein. Vielleicht müssen wir manchmal einfach anfangen und abwarten, was dabei herauskommt. Ich würde dir gerne das Geld dafür geben.«

»Nein, das ist völlig unmöglich …«

»Ich liebe dich, Julia.« Er nahm ihre Hand. »Ich würde selbst mit dir hinfahren, wenn ich könnte. Aber natürlich muss ich dich zuerst heiraten. Aber dann könnte ich nicht mehr nach England zurückkehren; Corinna würde mich köpfen. David auch, so gütig er auch ist, weil ich ihm versprochen habe …«

»Was sagst du da?« Julia sah verwirrt aus und zugleich amüsiert. »War das … ein Heiratsantrag?«

Sein Mut sank. Er war ein Idiot, er hatte sich hinreißen lassen. Er hätte das nie laut aussprechen dürfen. »Ich wünschte, ich könnte es.

Aber wie ich dir an jenem Tag im Park gesagt habe, gibt es Umstände, die mich daran hindern – Dinge, die ich jedoch zu ändern hoffe.«

Wieder spielte der Hauch eines Lächelns um ihren Mund. »Wie gut, dass Seine Lordschaft einen Sinneswandel erfahren hat.«

Michael war so in seine Herzenswünsche und seine Enttäuschung verloren, dass er glaubte, er hätte nicht richtig gehört. »Wie bitte?«

»Lord Westbridge hat mir gesagt, dass er dir verboten hat, mich wiederzusehen. Aber du sagtest, es hätte etwas mit deiner Familie zu tun?«

»Es war beides.« Er zögerte, noch immer verwirrt. »Seine Lordschaft hat mit dir gesprochen?«

»Ja, und er sagte, dass es ihm leidtut. Er sagte, du hättest deine Gründe, und du würdest es mir sicher erklären, wenn ich dich fragte ...«

»Warte!« Jetzt war es an Michael, sie zu unterbrechen. »Ich glaube, mir fehlen ein paar entscheidende Informationen!«

»Das glaube ich auch. Kurz: Ich habe Edith dazu gebracht, zu ihm zu gehen und mit ihm zu reden, und sie beschlossen, nicht weiter gegeneinander zu kämpfen.«

Wenn Michael bis jetzt nur geglaubt hatte, Julia könne Wunder tun – von nun an war er sich sicher. Er sah sie bewundernd an, wie ein beglückter Reisender, der am Eingang zu einer neuen Welt steht. »Warum habe ich das Gefühl, dass noch mehr dahintersteckt?«

»Ich erzähle dir gern alles. Ich glaube, wir haben viel zu besprechen.« Sie streckte die Hand aus und zog sanft an seinem Kragen. »Aber vielleicht kann das noch ein bisschen warten?«

»Mmmh – ja.«

Er ließ sich zu ihr ziehen und tauchte ein in die Küsse dieser unbezähmbaren, leidenschaftlichen, einzigartigen Frau. Ja, sie hatten genug Zeit zu reden. Jetzt wollte er Julia einfach nur in den Armen halten und wissen, dass sie wirklich die Seine war.

32

Michael betrat das Kinderzimmer als Erster. Julia blieb in der Tür stehen; sie wollte nicht aufdringlich sein. Sie gehörte noch nicht zu dieser Familie, auch wenn es bald so weit sein würde. Doch diese Neuigkeit war nur eine von vielen, die sie den anderen heute erzählen wollten. Es war ruhig im Zimmer, was Julia als gutes Zeichen sah.

David hatte sich zu dem Entschluss durchgerungen, Corinna alles zu erzählen, und sie wussten nicht, wie Corinna es aufnehmen würde. Michael und Julia wollten im Wohnzimmer warten, bis er sie hinaufrief. Bevor er zu seiner Frau ins Kinderzimmer ging, hatte David den Dienern Anweisung gegeben, sie nicht zu stören und Michael und Julia aus dem Wohnzimmer heraufzuholen, wenn er läutete.

Sie hatten fast den ganzen Nachmittag gewartet. Es dauerte lange, bis die beiden sich ausgesprochen hatten. Julia und Michael hatten währenddessen über ihre Zukunftspläne gesprochen, doch sie hatten dabei die ganze Zeit wie auf Kohlen gesessen, weil sie nicht wussten, wie das Gespräch im Kinderzimmer verlief. Julia sprach unzählige stille Gebete. Irgendwann hielten sie es nicht mehr aus und beschlossen, einfach hinaufzugehen.

Corinna saß in einem großen, gepolsterten Lehnstuhl, ihren Sohn auf dem Arm. Sie und David hatten Tränen in den Augen. Waren es Freudentränen, Kummertränen oder Tränen der Erleichterung nach einer befreienden Aussprache?

Als Corinna ihren Bruder sah, sprang sie auf. In dem einen Arm das Baby, schlang sie den anderen um Michaels Hals und fing an zu weinen. Laut und heftig; es war, als bräche ein Strom lange aufgestauter Gefühle aus ihr heraus. An Michaels panischem Blick und der Unbeholfenheit, mit der er sie zögernd umarmte und den Rücken tätschelte, sah man, dass eine solche Zurschaustellung von Gefühlen alles andere als typisch für sie war.

David verharrte reglos neben Corinnas Sessel. Vor dem Sessel stand ein niedriger Fußschemel; Julia stellte sich vor, wie er hier gesessen hatte, während er mit seiner Frau sprach. Seine Augen glänzten noch verräterisch, doch um seinen Mund spielte ein kleines, glückliches Lächeln. Oder vielleicht war es auch ein Lächeln der Erleichterung, dass er sich endlich alles von der Seele geredet hatte.

Er hatte darauf bestanden, Corinna heute alles zu erzählen, nachdem sicher war, dass sie sich vollständig von der Geburt erholen würde. Er war dazu entschlossen gewesen, noch bevor er erfuhr, dass vom Grafen von Westbridge keine Gefahr mehr ausging.

In den drei Tagen seit der Geburt war Corinna voller überströmender Liebe für ihren Mann und ihren Sohn gewesen. Julia hatte vorsichtig angeboten, ihr zu zeigen, wie man ein Neugeborenes stillt. Eigentlich hatte sie damit gerechnet, dass Corinna ihre Hilfe ablehnen und eine Amme einstellen würde, doch zu ihrer Verwunderung hatte Corinna ihre Hilfe akzeptiert und gemeint, dass sie es versuchen wolle. Es ging denn auch wesentlich besser als erwartet. Das Stillen hatte eine tief greifende Wirkung auf Corinna und schuf ein starkes, festes Band zwischen ihr und ihrem Baby.

Julia und Michael waren überrascht, dass David diese Erfolge tatsächlich aufs Spiel setzen wollte. Julia fand es sehr mutig von ihm. Aber vielleicht konnte er nach den langen Ehejahren die Gefühle seiner Frau gut genug einschätzen, um zu wissen, wann er die Gelegenheit nutzen musste.

»Hat David dir alles erzählt?«, fragte Michael, als das Schluchzen seiner Schwester endlich verebbte.

Das Baby gluckste und wand sich, es gefiel ihm nicht, in dieser Umarmung festzustecken. Corinna ließ ihren Bruder los. Sie beruhigte ihren Sohn mit zärtlichen Worten und legte ihn sanft in ihrem Arm zurecht. Dann zog sie ihm seine kleine Decke bis unter das Kinn hoch – eine winzige Geste und doch voller unsagbarer Zärtlichkeit. Sie wischte sich die Tränen fort und sah Michael an. »Du musst mich für schrecklich töricht halten.«

Michael schüttelte den Kopf. »Du brauchst dich nicht zu entschuldigen, du hattest eine sehr schwierige Woche.«

»David hat mir von seiner Kindheit erzählt. Davon, wie er dem Armenhaus entkommen ist. Und wie er …« Sie hielt inne und holte tief Luft.

Julia verstand, dass sie den Satz nicht beenden konnte: *wie er einen Menschen getötet hat*. Man konnte sich nicht vorstellen, dass der stets so sanfte und fröhliche David früher ein Dieb und Schläger gewesen war. Auch wenn der Tod des Mannes in Manchester ein Unfall gewesen war, war er doch aufgrund einer Kette von Ereignissen erfolgt, zu deren Eintreten David beigetragen hatte.

Davids Schultern waren leicht gebeugt, den Kopf hielt er fast demütig geneigt. Julia dachte, dass er wohl nie ganz über das hinwegkommen würde, was er getan hatte, auch wenn er sich nach Kräften bemüht hatte, es wiedergutzumachen. Er beobachtete seine Frau aufmerksam. Vielleicht fürchtete er, dass sie jeden Augenblick ihren Sinn ändern und beschließen würde, ihn doch zu hassen.

»David hat uns auch alles erzählt«, sagte Michael.

Corinna nickte. War ihr aufgefallen, dass Michael *uns* gesagt hatte?

Sie blickte kurz zur Tür, wo Julia stand, ohne ihr jedoch in die Augen zu sehen. »David hat mir auch erzählt, warum du ihr keinen Lateinunterricht mehr geben durftest – und wie schwer das für dich war.« Sie holte abermals tief Luft. »Und ich habe dir Egoismus vorgeworfen!« Es war ihr anzumerken, dass sie sich Vorwürfe machte.

»Du wusstest doch nur, dass ich die Chance, eine vorteilhafte Ehe zu schließen, nicht wahrgenommen habe.« Michael sagte nicht, dass diese Ehe auch für Corinna vorteilhaft gewesen wäre. Es klang, als entschuldigte er ihr Handeln, doch Julia konnte ihm keinen Vorwurf daraus machen. Jahrelang hatten seine Verpflichtungen gegenüber seiner Schwester auf ihm gelastet, und die Ereignisse der letzten Monate hatten seine Schuldgefühle noch verstärkt, weil er sich nicht überwinden konnte zu tun, was sie sich am meisten wünschte.

Wie eine heiße Welle stieg die Liebe zu ihm in ihr auf. Sie war unendlich dankbar, dass Gott sie beide unter diesen schweren Umständen zusammengeführt hatte, ohne dass sie gegen ihre Überzeugung und ihre Pflicht verstoßen hatten. Er hatte es zu einem guten Ende geführt, so wie nur Gott es vermochte.

»Mein Mann hat mich hinters Licht geführt.« Corinna klang eher ironisch als böse, obwohl es sie sicherlich zutiefst aufgewühlt hatte, solche Dinge über den Mann zu erfahren, den sie so gut zu kennen glaubte. »Ich hatte ihn für ein schlichtes, freundliches Gemüt gehalten – für einen unscheinbaren Mann, der seinen Erfolg einfach nur dem Glück und einer gewissen Begabung verdankte. Er hat mir nie auch nur den kleinsten Anhaltspunkt gegeben, wie schwierig dieser Weg für ihn war.«

David schien ihr schlechtes Gewissen zu spüren; er trat zu ihr. Julia beobachtete die beiden und dachte, dass sie sich wohler miteinander zu fühlen schienen als früher. Es war, als sei eine Wand zwischen ihnen niedergerissen worden.

»Die Schrift sagt, wir sollten vergessen, was hinter uns liegt«, sagte David. »Ja, mein Leben war schwer. Ich wollte deines so gern leichter machen.« Er strich seinem Sohn zärtlich über das Köpfchen. »Und seines.«

Corinnas Lippen bebten, und sie blinzelte mehrmals, um gegen die Tränen anzukämpfen. Während ihrer Zeit als Krankenschwester hatte Julia immer wieder miterlebt, dass Frauen in der ersten Zeit nach der Geburt besonders emotional reagierten. Meist befanden sie sich in einem euphorischen Zustand, aber leider konnte es auch geschehen, dass sie in eine tiefe Depression verfielen. Doch Corinna war eine willensstarke Frau; sie würde diese Gefühlsschwankungen überstehen. Sie ließ sich von ihrem Mann zum Sessel zurückführen.

»Ich glaube, das Beste wisst ihr noch gar nicht«, sagte Michael, als Corinna sich aufatmend zurücklehnte.

»Du wirst mir gleich sagen, dass ihr heiraten werdet.«

Zum ersten Mal, seit sie das Zimmer betreten hatte, sah Corinna Julia in die Augen. Zu ihrer Überraschung nahm Julia einen Hauch von Unsicherheit bei Corinna wahr. Corinna wusste, dass eine Kluft zwischen ihnen beiden bestand, die sie selbst aufgerissen hatte. Um sie zu schließen, würde sie sie zuerst einmal eingestehen müssen.

Michael nahm Julias Hand, zog sie an sich und legte ihr einen Arm um die Taille. Es war das erste Mal, dass er sich öffentlich zu ihr bekannte. Julia war entsetzlich nervös, obwohl es doch nur ihre künftige Schwägerin und ihr künftiger Schwager sahen.

David grinste und nickte zustimmend.

»Wie ich sehe, bin ich überstimmt«, sagte Corinna.

Michael küsste Julia die Hand, dann antwortete er: »Ich liebe sie. Ich kann nicht anders. Manche Männer fühlen sich nun einmal zu resoluten Frauen hingezogen.«

Julia musste lächeln – Michael wiederholte damit, was sie zu ihm gesagt hatte, als sie sich zum ersten Mal geküsst hatten.

»Da hast du recht«, murmelte David und bekam schon wieder feuchte Augen. Er tätschelte seiner Frau die Schulter. »Wie recht du doch hast.«

»Ich nehme das als Kompliment«, teilte Corinna ihm mit.

Michael rieb sich das Kinn. »Vielleicht sollte ich es mir lieber noch einmal überlegen. Zwei solchen Frauen ausgeliefert zu sein …«

»Zu spät«, sagte Julia und versetzte ihm einen Rippenstoß.

Michael strahlte auf. »Du müsstest sie eigentlich mögen, Corinna. Sie besitzt einige deiner besten Eigenschaften, einschließlich des Talents für Rippenstöße, die sich gewaschen haben. Und immer zu sagen, was sie denkt.«

»Vielleicht sollte ich tatsächlich versuchen, ein wenig diplomatischer zu sein«, meinte Julia reuig.

»Diplomatie sorgt jedenfalls dafür, dass das Gegenüber die Wahrheit leichter akzeptiert«, antwortete Michael und führte damit – raffinierter Anwalt, der er war – scheinbar großzügig genau das Argument ins Feld, das ihm selbst nutzte.

Corinna schien den frivolen Ton akzeptieren zu wollen, doch Julia nahm noch immer eine leichte Angespanntheit an ihr wahr.

»Aber ich wollte euch noch etwas erzählen«, fuhr Michael fort. »Eine Neuigkeit, die ihr bestimmt alle sehr interessant findet.«

Er hielt um des dramatischen Effekts willen inne. Julia sah ihn, wie die anderen, erwartungsvoll an.

David sagte lächelnd: »Halte uns nicht hin. Was ist es?«

»Da ich Julia keinen Lateinunterricht mehr gab, wollte ich wenigstens dafür sorgen, dass sie einen anderen Lehrer bekam, doch sie hat sich geweigert, Geld von mir anzunehmen.«

Er schwieg kurz, vielleicht wollte er seiner Schwester damit – auf taktvolle Weise – klarmachen, dass Julia keine Glücksjägerin war.

Corinna zog dann auch überrascht die Augenbrauen hoch und Julia fühlte sich gerechtfertigt.

»Ich verfiel schließlich auf etwas anderes«, fuhr Michael fort. »Ich organisierte ein Tutorenprogramm an der Schule, damit Julia den Unterricht bekam, den sie brauchte. Das Programm wurde von einer Dame gefördert, die Frauen unterstützen möchte, den Arztberuf zu ergreifen. Anfangs wusste ich nicht, wer sie war; mittlerweile habe ich erfahren, dass es Lady Amberley ist.«

»Was?« Corinna fuhr erstaunt hoch. Michael lächelte befriedigt.

»Schockierend, nicht wahr? Leider ist ihr Mann nicht so modern, deshalb muss Lady Amberley diskret vorgehen.« Er legte die Hände seitlich an den Mund und flüsterte bühnenreif: »Von ihrem Einsatz für das Frauenwahlrecht schweigen wir lieber.«

Julia starrte Michael an, völlig verblüfft, dass der Unterricht seine Idee gewesen war. »Warum hast du mir das nicht gesagt?«

»Ich wollte es euch beiden gleichzeitig erzählen. Corinna, du brauchst nicht zu befürchten, dass meine Loslösung von Laura uns für alle Zeiten aus Lady Amberleys Kreisen ausschließen wird. Ganz im Gegenteil. Ich glaube, du wirst feststellen, dass sie jetzt sogar mehr denn je geneigt ist, dich in ihren engeren Kreis aufzunehmen.«

Diese gute Nachricht führte nur zu einer erneuten Tränenflut. Corinna nahm das Taschentuch, das David ihr reichte, und tupfte sich Augen und Wangen trocken. »Meine Pläne wirken dagegen so kleinkariert, nicht wahr?«

Keiner antwortete. Julia versuchte es nicht einmal. Sie war nie in Corinnas Lage gewesen und wollte auch nicht über ihre Träume urteilen. Sie freute sich einfach nur, dass Gott ihr diesen Traum erfüllt hatte. Und er hatte es – so unglaubwürdig es schien – ausgerechnet durch Julia getan. Michaels Liebe zu Julia hatte sich also letztlich nicht als hinderlich für Corinna erwiesen, sondern ihr sogar geholfen.

»Ich freue mich so, dass du glücklich bist«, sagte Michael, während Corinna sich weiterhin die Augen trocknete. »Wir wollen übrigens am 15. August heiraten.«

»Aber das ist ja schon in einem Monat!«

»Damit bleiben uns drei Sonntage für das Aufgebot. Das passt perfekt zu den Gerichts- und Parlamentsferien. Außerdem müssen wir rechtzeitig aus Südamerika zurück sein, damit Julia im Oktober ihr Studium aufnehmen kann.«

»Südamerika!«, rief David aus. »Ich glaube, diesen Plan solltet ihr uns auch noch erklären!«

Ihre Pläne. Wo sollten sie anfangen? Gott hatte Julia so viele Türen geöffnet. Ihre sehnlichsten Wünsche würden sich erfüllen. Doch getreu seinen Versprechen hatte er ihr weit mehr geschenkt, als sie erbeten hatte. Während sie gemeinsam mit Corinna und David ihre Zukunft besprachen, empfand Julia ein tiefes Glück, dass sie diese kleine Familie, in der eine solche Liebe herrschte, vervollständigen durfte. Ihren Traum an der Seite des Mannes verfolgen zu dürfen, den sie von ganzem Herzen liebte, war eine so wunderbare Aussicht, dass es ein Leben lang dauern würde, ihr nachzuspüren.

Epilog

Sie standen Arm in Arm an der Reling und schauten über das blaue Wasser hinüber aufs Land. Der Nordwind hatte sich gelegt und mit ihm die starken Wellen im Hafen. Die raue See hatte das Anlegen zu gefährlich gemacht, deshalb hatten sie warten müssen. Jetzt, nach zwei Tagen, während derer sie ihr Ziel nur aus der Ferne hatten betrachten können, gingen sie endlich an Land.

Die meisten Häuser von La Guaira lagen in der Nähe des Hafens, da gleich hinter dem schmalen Küstenstreifen hohe Berge aufragten. Direkt am Kai befand sich das Zollhaus, ein lang gestrecktes, nichtssagendes Gebäude; daneben stand das Haus des Hafenmeisters. Dahinter verliefen die Straßen des Ortes mit ihren Läden, Tavernen und bunten Häuschen. Ob Julias Vater wohl in einem dieser Häuschen wohnte? Die Hoffnung, dass es so war, hatte sie hergeführt.

Julia und Michael hatten am Montag nach dem letzten Verlesen des Aufgebots geheiratet. Es war eine stille Feier im allerengsten Kreis gewesen, mit Corinna und David als Trauzeugen. Nach der Hochzeit hatten sie das Royal-Mail-Paketschiff zu den Westindischen Inseln nicht mehr erreicht, doch sie waren in Le Havre an Bord eines deutschen Dampfschiffs gegangen, das direkt nach La Guaira fuhr.

Im Oktober nach ihrer Rückkehr planten sie ein großes Hochzeitsfest mit der ganzen Familie und allen ihren Freunden. Doch am Hochzeitstag hatte es nur ein einfaches Frühstück mit Corinna und David gegeben. Dann hatte das neuvermählte Paar gleich den Zug nach Southampton genommen. Von dort ging es mit dem Schiff nach Le Havre. Julia hatte sich ihren Hochzeitstag nie ausgemalt, da sie nicht damit gerechnet hatte, jemals zu heiraten, doch niemals hätte sie sich träumen lassen, dass sie in ihrer Hochzeitsnacht mit ihrem Mann Champagner trinken würde, während sie den Ärmelkanal überquerte. Das war wahrhaftig der Stoff, aus dem Träume gemacht wurden, ging sie doch auf ein großes Abenteuer an der Seite des Mannes, den sie liebte.

Jetzt, zwei Wochen später, waren sie da. Ihrem Ziel so nah zu sein, ohne etwas unternehmen zu können, hatte Julias gespannte Erwartung in ein qualvolles Ausharren verwandelt, das sie nur ertragen konnte, weil Michael bei ihr war. Gemeinsam hatten sie die Stunden verbracht wie die Tage auf See: Sie hatten sich aus ihrem Leben erzählt und von ihrer Zukunft geträumt. Wenn sie nach London zurückkehrten, würden sie in Michaels Wohnung in Gray's Inn wohnen. Sie war groß genug für sie beide, es machte ihr Leben einfacher und würde Julia erlauben, sich auf ihr Studium zu konzentrieren.

Was sie tun würden, wenn sie tatsächlich Julias Vater aufspürten und mit nach Hause nehmen konnten, würden sie entscheiden müssen, wenn es so weit war.

Jetzt legte ein Boot am Schiff an, das sie zum Hafen bringen würde. Michael drehte sich lächelnd zu ihr um. Sein Gesicht war gebräunt von den Tagen auf dem sonnigen Deck, seine Augen leuchteten und funkelten wie die glatte See. »Bist du bereit?«

Jetzt würde sie herausfinden, was aus ihrem Vater geworden war – jedenfalls hoffte sie das verzweifelt. Plötzlich konnte Julia kaum noch atmen. Zärtlich legte sie dem Mann, der ihr all das ermöglicht hatte, die Hand an die Wange. »Was auch geschieht, für diese Reise werde ich dir mein Leben lang dankbar sein.«

Er küsste sanft ihre Handfläche. Julias Herz schlug schneller. Doch er sagte nur neckend: »Ich werde dich in künftigen Streitigkeiten daran erinnern.«

Es dauerte eine weitere Stunde, an Land zu gehen, die Formalitäten am Zoll hinter sich zu bringen und einen Wagen mit Kutscher aufzutreiben, der sie und ihr Gepäck in ein Hotel brachte. Es war noch früh, gerade einmal sieben Uhr, doch der Kai und die Straßen waren schon belebt. La Guaira hatte mehrere Tausend Einwohner, die sich sämtlich in den Gassen und Plätzen aufzuhalten schienen. Als Hafenstadt beherbergte der Ort Menschen aus aller Welt und die Luft war erfüllt mit einer Mischung aus vielen verschiedenen Sprachen. Julia sah jedem Vorübereilenden ins Gesicht, auch dann, wenn es nach der Beschreibung von Charlie Stains auf gar keinen Fall ihr Vater sein konnte.

Das Hotel war klein und schlicht, doch der Eigentümer hieß sie höflich willkommen. Er sprach Deutsch und Spanisch, sein Englisch dagegen war kaum verständlich. Glücklicherweise hatte Michael an der Universität Deutsch gelernt und seine Sprachkenntnisse auf der Reise mit der deutschen Schiffsmannschaft etwas aufgefrischt. Als er nach der Taverne fragte, in der ein Mann namens Pablo ein häufiger Gast sein sollte, zuckte der Wirt nur die Achseln. Er kannte niemanden dieses Namens.

Julia sah die Geste. »Versuch es noch einmal«, drängte sie Michael. »Erzähl ihm alles, was Charlie Stains dir gesagt hat.«

Michael tat ihr den Gefallen. Julia verstand nicht, was er sagte, doch diesmal fiel die Reaktion des Wirts anders aus. Er nickte.

»Was sagt er?«, fragte Julia aufgeregt.

»Er sagte: ›Wenn Sie nach einem Ort Ausschau halten, wo die Seeleute hingehen, müssen Sie auf die andere Seite der Stadt. Dort ist es schmutzig und gefährlich, aber der Rum ist billig.‹«

Die Sonne stand mittlerweile hoch am Himmel und brannte gnadenlos auf sie herunter. Julia begriff jetzt, warum frühmorgens am Hafen so viel los gewesen war. Die Menschen wollten so viel Arbeit hinter sich bringen, wie sie konnten, bevor es wirklich heiß wurde. Jetzt schienen sich alle an ein schattiges Plätzchen zurückgezogen zu haben, wo sie warteten, bis die schlimmste Hitze vorüber war.

Julia und Michael trotteten eine heiße, staubige Straße entlang. Um sie herum war es ruhig, nichts bewegte sich, abgesehen von den Fliegenschwärmen. Die meisten Häuser, an denen sie vorübergingen, waren niedrige Hütten aus sonnengetrocknetem Lehm mit Strohdächern. Hin und wieder hörten sie ein paar spanische Worte, meist von Frauen, die nach ihren Kindern riefen, deren Energie die Mittagshitze offensichtlich nichts anhaben konnte.

»Wir sollten lieber ins Hotel zurückgehen und uns ausruhen«, sagte Michael, als Julia stehen blieb und sich den Schweiß von der Stirn wischte.

Sie war nahe daran zuzustimmen. Es tat ihr zwar leid, auch nur eine einzige Minute ihrer Zeit hier zu verschwenden, doch sogar sie musste zugeben, dass die unbarmherzige Hitze ihr zusetzte.

»Ha, ha! Ich gewinne!«, hörten sie plötzlich eine Männerstimme auf Englisch rufen. Sie zuckten zusammen.

Die Antwort auf diesen Ausruf war ein spanischer Redeschwall in amüsiertem Ton. Dieser kam von einer anderen Stimme, die sehr viel jünger klang als die des Englisch sprechenden Mannes.

Das Gespräch drang aus einem nahe stehenden Haus. Es bestand aus Lehmwänden wie die anderen Häuser, war jedoch wesentlich größer.

Julia und Michael folgten den Stimmen. Sie gingen um das Haus herum. Auf der Rückseite befand sich ein offener Sitzplatz, der durch ein Strohdach vor der sengenden Sonne geschützt war. Und hier, an einem kleinen, roh gezimmerten Tisch, saßen zwei Männer und spielten Dame. Der Ältere der beiden sah auf und begegnete Julias Blick.

Und endlich hatte sie ihre Antwort.

Nachwort

Ich nehme gern reale Personen, Orte und Ereignisse in meine Romane auf. Das vorliegende Buch bildet da keine Ausnahme. Eine dieser echten historischen Persönlichkeiten ist Dr. Elizabeth Garrett Anderson, eine Vorkämpferin für das Recht von Frauen auf das Medizinstudium, Mitbegründerin der London School of Medicine for Women. Ich habe die gesellschaftlichen Gegebenheiten und Voraussetzungen für eine Frau, im England der damaligen Zeit Ärztin zu werden, so genau wie möglich beschrieben. Der Prozess in meinem Roman ist fiktiv, doch er ist inspiriert von einem echten Prozess gegen eine Studentin der Medizin im Jahr 1870.

Manche Leser mag es überraschen, dass die Londoner U-Bahn, die sogenannte Underground, bereits in den Sechzigerjahren des 19. Jahrhunderts ihren Betrieb aufnahm; wir sehen sie in der Regel eher als eine Errungenschaft der Moderne. Sie fuhr als Dampfmaschine, bis die Gleise um die Jahrhundertwende elektrifiziert wurden. Man stelle sich eine solche Fahrt in den rauchgeschwängerten Tunnels vor!

Im ersten Band dieser Serie, *Die Tochter des Kapitäns*, bezog ich mich auf Gilbert und Sullivans Komische Opern *HMS Pinafore* und *The Pirates of Penzance*. Im vorliegenden Roman begegnen wir dem Folgehit *Patience* – einem satirischen Blick auf eine damals populäre künstlerische Bewegung: den Ästhetizismus. Gilbert und Sullivan machen sich in dem Stück zwar über viele Schwächen ihrer Zeit lustig, doch ihre Erkenntnisse über die menschliche Natur sind universell und ihre Opern bis heute sehr beliebt.

Im Jahr 1881 gab es tatsächlich eine Kometenerscheinung. Meine Beschreibung stützt sich auf mehrere Zeitungsberichte aus jener Zeit. Damals wie heute wecken diese himmlischen Phänomene Ehrfurcht und Faszination, und viele Menschen organisierten Feiern und Partys, auf denen man gemeinschaftlich dieses Jahrhundertereignis beobachtete.

Julia wuchs in George Müllers Waisenhaus in Bristol auf. Viele Christen kennen die Geschichte von Müller und seinem Waisenhaus, in dem über ein Jahrhundert lang für Tausende von Kindern gesorgt wurde, allein durch Glauben und Gebet. Denjenigen, die dieses inspirierende Zeugnis für Gottes Liebe und Fürsorge für seine Geschöpfe nicht kennen, lege ich Roger Steers Biografie von George Müller, *Vertraut mit Gott*, ans Herz.

Mit ihrem Traum, Ärztin zu werden, trat Julia in die Fußstapfen vieler anderer, die die Chancen und Möglichkeiten für Frauen in der westlichen Gesellschaft erweiterten. Angesichts des raschen technologischen Fortschritts und des Wandels der gesellschaftlichen Normen müssen viele Viktorianer den Eindruck gehabt haben, ihre Welt befände sich in einem tief greifenden Umbruch. Haben wir heute, im 21. Jahrhundert, nicht oft das gleiche Gefühl? In diesen Zeiten bin ich dankbar für die Erinnerung, dass Gott die Konstante in allen Zeitaltern ist. Er ist derselbe gestern, heute und für immer. Mit Gottes Hilfe fand Julia ihre wahre Berufung, auch wenn die Ereignisse sich ein wenig anders gestalteten, als sie erwartete. Ich bete darum, dass auch wir das Beste aus unseren einzigartigen, gottgegebenen Begabungen machen können – und dass wir, ob daheim oder draußen in der Welt, den Menschen, die es so dringend brauchen, Gottes Liebe und sein Evangelium nahebringen.

Dank

Mein innigster Dank gilt Dr. Nanette Lavoie-Vaughan, ANP-C und DNP, und Cathleen W. Hemphill, RN und BSN, die mich so großzügig an ihrem profunden medizinischen Wissen teilhaben ließen. (Sämtliche dennoch unterlaufenen Fehler gehen natürlich auf mein Konto, und ein paar der seltsam anmutenden Arzneien, die im Buch beschrieben sind, sind eher in der viktorianischen Zeit anzusiedeln als heute.)

Ich danke auch der fantastischen Belegschaft der Wake County Libraries für ihre Hilfe, ihre freundliche Unterstützung, viele, viele Fernleihen und die Überlassung eines wunderbaren, stillen Raums, in dem ein Großteil dieses Buchs entstanden ist. Ich weiß, dass Miss Julia Bernay ihn genauso zu schätzen gewusst hätte.

Jennifer Delamere

Die Tochter des Kapitäns

Paperback, 13,5 x 21,5 cm, 336 S.
Nr. 395.832, ISBN: 978-3-7751-5832-9
Auch als E-Book

London, 1880 – Auf der Flucht vor ihrem Arbeitgeber landet Rosalyn Bernay alleine und ohne Geld vor einem Londoner Theater. Sie kann ihr Glück kaum fassen, als sie dort als Garderobiere arbeiten darf, und taucht in die schillernde Welt des Theaters ein. Ein spannender Liebesroman!

Julie Klassen

Die Frauen von Ivy Cottage

Paperback, 13,5 x 21,5 cm, 512 S.
Nr. 395.857, ISBN: 978-3-7751-5857-2
Auch als E-Book

Ivy Hill, England, 1820: Rachel Ashford ist entschlossen, ihren eigenen Lebensunterhalt zu verdienen. Als ihre Freundinnen sie ermutigen, eine private Leihbibliothek zu eröffnen, stößt Rachel auf ein Geheimnis, dem sie unbedingt auf den Grund gehen will. Wird sie auf ihrer Suche auch die Liebe finden?

Bitte fragen Sie in Ihrer Buchhandlung nach diesen Titeln! Oder schreiben Sie an: SCM Hänssler in der SCM Verlagsgruppe GmbH, D-71087 Holzgerlingen; E-Mail: info@scm-haenssler.de; Internet: www.scm-haenssler.de

Nicola Vollkommer

Die Rückkehr des Erben

Paperback, 13,5 x 21,5 cm, 320 S.
Nr. 395.785, ISBN: 978-3-7751-5785-8
Auch als E-Book e

Die Gutsherren Charlotte und Jake hoffen auf gute und unbeschwerte Zeiten. Als der entrechtete Erbe des Anwesens auftaucht, wird eine Intrige aufgedeckt. Charlotte und ihre Familie geraten in Gefahr und nur ihr Mut und ihr Glaube entlarvt ihre Widersacher.

Katie Davis Majors, Ann Voskamp

Katie – Hoffnung gibt nicht auf

Gebunden, 13,5 x 21,5 cm, 240 S.
Nr. 395.843, ISBN: 978-3-7751-5843-5
Auch als E-Book e

In ihrem neuen Buch erzählt Katie, wie es in ihrem Leben weiterging, nachdem sie mit 16 ein Missionswerk für Waisenkinder in Uganda gegründet hatte und 14 Kinder adoptierte. Denn Großfamilie ist nicht nur Zuckerschlecken. Und so wird Katies Glaube auf die Probe gestellt.

Bitte fragen Sie in Ihrer Buchhandlung nach diesen Titeln! Oder schreiben Sie an: SCM Hänssler in der SCM Verlagsgruppe GmbH, D-71087 Holzgerlingen; E-Mail: info@scm-haenssler.de; Internet: www.scm-haenssler.de